W0239648

Né en 1974, Abir Mukherjee a grandi en Écosse dans une famille d'immigrés indiens. Il a décidé de situer son premier roman à une période cruciale de l'histoire anglo-indienne, celle de l'entre-deux-guerres. La série des enquêtes de Sam Wyndham et Sat Banerjee est depuis un succès international, traduit dans neuf pays, et a reçu les éloges, entre autres, de Ian Rankin et Val McDermid.

Pour Milan et Aran,
mes merveilleux garçons

Un vent d'est se lève néanmoins, Watson, un vent d'est tel qu'il n'en a jamais soufflé encore sur toute l'Angleterre. [...] Mais c'est un vent divin, et des contrées plus saines, meilleures, plus fortes scintilleront sous le soleil quand la tempête aura passé.

ARTHUR CONAN DOYLE,
Son dernier coup d'archet

Prologue

Février 1922 Jatinga, Assam

Les oiseaux se suicident.

Pas quelques-uns, mais des milliers.

« Ce sont des étourneaux, dit la femme. Des “oiseaux suicide”. »

Une question d’un maître d’école mort depuis longtemps résonne dans mon crâne.

« Vous, Wyndham. Le nom collectif pour un vol d’étourneaux est… ? »

Mon ignorance, marquée par un claquement de règle sur le bureau.

« *Murmuration*, mon garçon ! Une nuée d’étourneaux est une *murmuration* ! N’oubliez pas. »

Ce mot suggérait la clandestinité. Le chuchotement. Un mystère.

Il était peut-être lié à la manière dont volent ces oiseaux ; d’immenses nuées qui pirouettent dans les nuages comme d’un même élan, sous les ordres d’une seule voix.

Et ce soir, dans le vide de la nouvelle lune, cette voix leur ordonne-t-elle de descendre en vrille à travers le brouillard de la montagne pour venir s'écraser sur le sol de cette vallée au milieu de nulle part ? Je m'accoude à la balustrade de bois de la véranda et j'observe.

Dans la vallée, les flammes d'une centaine de torches éclairent une scène dantesque où des hommes demi-nus de la tribu locale poussent des cris aigus et courent attaquer les oiseaux tombés avec des massues et des bâtons.

Je demande pourquoi.

La femme se tourne vers moi, l'expression soudain assombrie.

« Par peur, dit-elle. Comme les hommes du monde entier attaquent tout ce qu'ils ne comprennent pas.

— Je parlais des oiseaux. Pourquoi viennent-ils ici pour mourir ? »

Elle sourit. « Nous devons tous mourir quelque part. Et personnellement, je ne vois pas de meilleur endroit. Et vous, capitaine ? » Elle regarde vers les hommes de la tribu. « Bien entendu, les gens d'ici disent que la vallée est maudite. Que les oiseaux sont possédés par des esprits mauvais.

— Et vous ? Que croyez-vous ?

— Moi ? »

Elle feint la surprise et se rapproche de moi. Quand elle répond, c'est par un chuchotement. « Si vous décidez de rester un certain temps dans notre petit avant-poste, capitaine, vous risquez de découvrir que bon nombre d'entre nous sont possédés par une certaine malveillance. Qui peut dire qu'ici le mal n'est pas à l'œuvre ? »

Les cris montant de la vallée s'éteignent peu à peu

et le vent commence à se calmer, libéré du tourbillon constant des oiseaux venant mourir en frappant le sol.

Une porte s'ouvre derrière nous. Une lumière jaune déborde sur l'obscurité veloutée de la véranda. Un domestique raide en tunique blanche coiffé d'un turban en éventail empesé annonce que le dîner est servi, puis il s'efface tandis que les *sahibs** et *memsahibs**[1] du Jatinga Club se hâtent de vider leur verre et retournent à l'intérieur.

Emily Carter boit la dernière gorgée de sa flûte. « Préparez-vous, capitaine, dit-elle. C'est là que le spectacle commence. »

Elle tend son verre vide au domestique et disparaît à l'intérieur, non sans avoir repoussé d'un coup de pied un oiseau ensanglanté et l'avoir fait tomber dans l'obscurité au-dessous de nous.

1. Les mots en italique suivis d'un astérisque sont définis dans le glossaire en fin de volume.

1

Deux semaines plus tôt

J'ai quitté Calcutta avec une résolution inébranlable, une pleine valise de gourdes de *kerdu** et en cas d'urgence une boulette de résine d'opium cachée entre les plis de mes vêtements. Ma destination était un ashram dans les collines de Cachar, un endroit oublié au fin fond de la lointaine province de l'Assam, à trois jours de train et un million de miles de la sophistication, si l'on peut dire, de Calcutta. Elle m'a été sinon hautement recommandée, du moins chaudement vantée par mon médecin le docteur Chatterjee, un praticien indien spécialisé dans les potions ayurvédiques, que j'aurais traité de charlatan si ses remèdes ne m'avaient paru efficaces. Il m'a expliqué avec des accents pieux que l'ashram était dirigé par un saint homme du nom de Devraha Swami, un vieux sage de deux cent cinquante ans qui peut guérir à peu près tout depuis les remontées acides jusqu'à la fièvre jaune avec seulement quelques herbes et beaucoup de prières. Ce n'est pas grand-chose sur quoi fonder ses espoirs, mais dans ma situation actuelle je n'ai guère le choix. Et comme on dit, un homme qui se noie s'accroche à une paille… ou un brin d'herbe.

La gourde de kerdu est aussi une suggestion de Chatterjee ; écrasée et mélangée à quelques autres éléments elle donne une pulpe qui, une fois allongée d'eau, a le goût du cirage, mais apporte un répit temporaire dans les crises de manque. J'en ai emporté suffisamment pour un voyage de trois jours, plus un supplément parce qu'en matière de transport ferroviaire, comme en toute chose d'ailleurs, rien en Inde ne fonctionne jamais selon les horaires prévus.

J'ai débarqué dans ce pays il y a presque quatre ans, j'ai traîné sur les quais de Kidderpore et suis entré dans la première d'un millier de fumeries d'opium – j'exagère à peine –, et j'ai certainement trouvé ma première dose dans la semaine qui a suivi mon arrivée.

Je ne suis pas arrivé toxicomane – *opiomane* – comme disent les prêtres et les pédants. Je faisais de l'opium un usage médical, un moyen de supprimer les cauchemars et provoquer le sommeil. L'addiction est venue plus tard, graduellement, *pernicieusement*, et j'ai mis encore plus longtemps à m'en rendre compte.

J'ai essayé de m'en détacher. Qui ne l'aurait pas fait ? Après tout, un policier qui fume régulièrement de l'opium est comme un coureur qui a ses chaussures attachées. Il peut réussir à tenir un moment debout, mais tôt ou tard il finira par tomber à plat ventre.

Et quand vous tombez, les gens le remarquent.

Malheureusement pour moi, ceux qui l'ont remarqué les premiers ont été les hommes et les femmes omniscients de la Section H, le bras du renseignement de l'armée, responsables de la stabilité politique du Raj. Ils ont tendance à interpréter leur tâche au sens le plus large, ce qui signifie qu'ils espionnent tout un chacun, moi inclus dans mes pèlerinages nocturnes aux mauvais temples.

Jusqu'ici ils ont gardé l'information pour eux, moins par bonté d'âme que pour avoir prise sur moi et me contraindre à leur obéir. Quoi qu'il en soit, rien ne garantit qu'ils ne changeront pas d'avis et n'informeront pas mes supérieurs, et la menace plane au-dessus de ma tête.

J'ai donc décidé d'agir, d'où mon voyage, d'abord par chemin de fer puis par la route, vers l'ashram de Devraha Swami.

L'expédition a assez bien commencé. J'ai pris le Darjeeling Mail à la gare de Sealdah pour Santahar Junction, dans le nord du Bengale, en espérant attraper la correspondance pour Guwahati, la capitale de l'Assam. Mais il n'y en a pas eu, en raison apparemment d'une grève de « ces horribles employés indigènes bons à rien » plus loin sur la ligne.

Face à une telle adversité j'ai fait ce que ferait tout Anglais qui se respecte. J'ai donné quelques annas à un garnement pour qu'il m'indique la boisson alcoolisée la plus proche et j'ai plongé dedans.

J'ai passé le plus clair de la journée à attendre accoudé au bar d'un tripot défraîchi appelé Duncan's Hotel où la bière était autorisée mais où je manquais tristement de compagnie. Ce n'est pas agréable de boire seul, en tout cas pas très, quant à des compagnons de bière, ou de n'importe quelle autre sorte, d'ailleurs, je n'en avais qu'un : mon ami et jeune second le sergent Sat Banerjee. Il m'a sauvé la vie un jour et je ne lui en ai pas tenu rigueur. Bien entendu, Sat n'est pas son véritable prénom. Les Indiens n'aiment pas les prénoms victoriens prétentieux, du moins pas pour leurs enfants. Il s'appelle en réalité Satyendra, que personne ne sait prononcer, et tout le monde l'appelle Sat. En tout cas tous les Anglais.

Or Sat était en route pour Dacca, la deuxième ville du Bengale, dans le trou du cul de la province, et séparée de Calcutta par deux cents miles et la moitié du delta du Gange. Il est allé chez sa tante pour échapper à la fièvre torride d'indépendance qui a infesté la populace indigène de Calcutta et divisé les familles, frère contre frère, père contre fils.

Au bout d'une demi-journée il me manque déjà, et je m'aperçois que c'est parce que ces six derniers mois nous avons passé très peu de temps à prendre un verre ensemble comme nous aimions à le faire lorsque je suis arrivé, quand la ville était nouvelle et brillante et que l'opium était mon serviteur, non mon maître. Au Duncan's Hotel j'ai levé mon verre en son honneur, alors que sa tolérance à l'alcool est égale à celle de l'écolière anglaise moyenne.

À la tombée de la nuit le gamin est revenu m'annoncer l'arrivée de l'Assam Mail et je l'ai suivi, sans avoir appris qui était ou avait été Duncan, ni quelle terrible folie l'avait poussé à installer cet hôtel au milieu de nulle part.

Le soulagement que j'ai pu éprouver à me trouver enfin dans l'Assam Mail s'est évaporé quand je me suis rendu compte que j'aurais probablement pu aller à pied à Guwahati plus vite que le bruyant petit train sur voie étroite. Alors que la vieille locomotive avançait pesamment dans l'obscurité j'ai tenté l'impossible en essayant de m'installer confortablement sur la rude banquette en bois du wagon de deuxième classe où j'allais passer la nuit.

Quand nous sommes arrivés à la capitale de l'Assam un soleil rouge se levait et il faisait suffisamment clair pour que je voie mon train pour Lumding quitter joyeusement la gare. Quelqu'un d'autre aurait peut-être attendu le prochain, mais il n'avait probablement pas deux courges en train de pourrir dans sa valise. J'ai préféré arrêter un chauffeur de camion et le payer pour me transporter en quatrième vitesse au prochain arrêt sur la ligne, où nous sommes arrivés juste au moment où le chef de gare allait siffler.

Lumding est apparu neuf heures plus tard ; mon stock de kerdu et moi étions au bord de l'épuisement. Je suis tombé du train dans la pagaille odorante et multicolore de la vie provinciale indienne, avec ses marchands et ses voyageurs, ses colporteurs qui vantent leurs articles avec la même urgence que les adventistes du septième jour annoncent la venue prochaine du Messie, et ses paysans qui vont au marché chargés comme des bêtes de somme de leurs produits, leur gagne-pain, qui pèsent sur leur dos étroit. Il y avait même quelques officiers coloniaux aux joues rouges de bébé, frais émoulus, qui voyagent en solitaire à l'intérieur du pays vers quelque avant-poste lointain où ils seront l'unique autorité blanche dans un rayon de cinquante miles.

C'est arrivé sur le quai. Comme un coup de tonnerre. Une décharge électrique de terreur. Le temps d'un battement de cœur j'ai croisé un fantôme, un mort, un homme que j'ai vu pour la dernière fois il y a presque vingt ans. Son regard a traversé le hall de la gare pour me transpercer. Plus vieux, ravagé par le temps, mais toujours avec la même froide fixité. Certes, avec les années la mémoire joue des tours, mais il est difficile d'oublier le visage de l'homme qui a essayé de vous tuer.

Une sueur froide a coulé dans mon cou. Je me suis dit que j'étais le jouet d'un jeu de lumière, de mon épuisement, une victime de l'opium, j'étais prêt à accepter n'importe quoi sauf l'évidence qui se trouvait devant moi. C'est peut-être la raison pour laquelle je suis resté planté là, stupéfait.

Une seconde plus tard il avait disparu dans les remous de l'océan de corps. J'ai repris mes esprits dans la panique, les tempes battantes, j'ai attrapé ma valise et je l'ai poursuivi en me frayant un chemin dans la foule, sans croire encore tout à fait à mes yeux et à ma mémoire. J'ai bousculé des voyageurs qui protestaient et j'ai aperçu le dos d'un costume en lin avant de perdre encore l'homme dans la foule qui se dirigeait vers la sortie.

J'ai couru, hors d'haleine et trempé de sueur, et j'ai émergé sur les marches de la gare juste à temps pour le voir disparaître dans une grosse voiture noire qui attendait moteur tournant au ralenti. Un porteur y a déposé sa valise et un chauffeur vêtu de blanc a démarré. Quand la voiture s'est éloignée j'ai aperçu une dernière fois l'homme assis à l'arrière. Je me disais que c'était impossible. Ici, maintenant, dans ce coin perdu, comment pouvais-je voir un homme qui avait échappé à une condamnation pour meurtre, un homme qui avait également cherché à me tuer ? Et il avait bien failli réussir.

J'ai frissonné et j'ai regardé la voiture prendre de la vitesse, désespéré. J'étais plié en deux tant ma tête et mes os étaient devenus douloureux. Je me suis dit que j'avais affaire à une absurdité, une aberration, une illusion paranoïaque, appelez cela comme vous voudrez, et que la silhouette était celle de quelqu'un d'autre, un commerçant, un inspecteur des impôts, ou encore un planteur de thé en voyage d'affaires. Après tout, j'avais déjà eu des hallucinations dues à l'opium, rien de tel il est vrai. Jamais rien d'aussi palpable, aussi précis. Qui plus est, elles étaient toujours survenues sous l'effet de la drogue et dans l'isolement d'une fumerie ; jamais, comme cette fois, au cœur d'une énorme foule. Et tout en pensant qu'halluciner soudain, après tant d'années, au sujet d'un meurtrier mort depuis longtemps était troublant, j'étais terrorisé à l'idée que je sombrais peut-être dans la folie.

2

Février 1905

Whitechapel, est de Londres

Ce sont d'abord ses cris qui ont attiré mon attention. Des cris perçants qui fendaient la pluie torrentielle et se répercutaient sur les murs effrités et dégoulinants.

« Allons, Wyndham. Courage ! »

La voix était profonde et sévère, j'ai fait de mon mieux pour obtempérer. Les ruelles étroites de Whitechapel, jamais agréables, étaient devenues un labyrinthe de lieux louches et d'impasses détrempé et glissant. En avance sur moi, le sergent Whitelaw a sifflé.

Nous avons galopé dans Black Eagle Street, nous sommes passés devant le haut mur agressif de la brasserie Truman, nous avons traversé la cour boueuse d'un groupe de logements collectifs et sommes arrivés dans Grey Eagle Street.

Deux silhouettes emmêlées dans une lutte se détachaient à la lumière du lampadaire d'une rue éloignée. À côté d'elles une femme, à en juger d'après la longueur de ses cheveux et ses cris, semblait être tombée sous les coups.

Des bougies ont fleuri aux fenêtres des étages. Whitelaw a sifflé de nouveau ; une erreur, car cela n'a servi qu'à signaler notre présence aux deux combattants alors que nous étions encore trop loin pour intervenir. En effet, les hommes ont cessé de se battre, ils ont regardé dans notre direction, et un instant plus tard ils décampaient à toute vitesse.

Nous les avons poursuivis, du moins jusqu'à ce que nous atteignions la femme, qui a continué à crier sans nous accorder d'attention. Sa joue gauche commençait à gonfler et du sang coulait, mélangé à la pluie. Soudain, j'ai eu un choc. Je la connaissais.

J'ai murmuré : « Bessie ? »

« Poursuivez-les, Wyndham ! a crié Whitelaw. Je m'occupe de la fille. »

J'ai obéi. Sans hésiter. Même si je la connaissais mieux que presque toute autre femme à Londres. Elle avait vingt ans, elle était mariée depuis moins de six mois et elle s'appelait Bessie Drummond.

Mais pour moi elle serait toujours Bessie May.

Les choses auraient peut-être été différentes si j'étais resté avec elle, mais Whitelaw était sergent et je n'étais qu'agent, dans la police depuis neuf mois seulement, et les ordres sont les ordres.

Je l'ai laissé agenouillé auprès de Bessie tandis que je poursuivais les deux silhouettes, guère plus, désormais, que des ombres dans l'obscurité. À une centaine de yards ils se sont séparés ; l'un a pris à gauche dans Pearl Street et l'autre a poursuivi tout droit. Je l'ai suivi. Il paraissait plus près maintenant et, surtout, affaibli, peut-être blessé. Il courait en se tenant une main.

Derrière moi Whitelaw a sifflé de nouveau pour appeler des renforts. J'ai espéré que ce soit pour qu'ils participent à la capture des deux fugitifs et non parce que les blessures de Bessie exigeaient une attention particulière.

L'homme que je suivais a disparu dans le noir puis il a réapparu dans le halo d'un lampadaire et a traversé Quaker Street comme une flèche. Je me suis accordé un sourire. Je savais qu'à cent yards plus loin il y avait une impasse, un mur, et quarante pieds plus bas le remblai de la voie ferrée.

J'ai ralenti. Un homme aux abois est un homme dangereux, et je voulais être prêt au cas où il essaierait de revenir sur ses pas, ou de tenter sa chance avec ses poings. La rue a replongé dans l'obscurité, mais je l'entendais encore courir. Des semelles fines frappant les pavés mouillés. Et soudain il s'est arrêté.

J'ai crié : « Laissez tomber ! Vous ne pouvez aller nulle part. »

J'ai avancé, les sens en alerte, jusqu'à ce que je le voie. Un homme maigre coiffé d'une casquette en tissu qui tenait son bras droit avec le gauche. Dieu sait comment il avait réussi, mais il s'était hissé sur le mur séparant la rue de la voie ferrée.

Il s'est retourné et a regardé dans le vide. J'ai juré et me suis mis à courir une fois de plus dans l'espoir de l'empêcher de faire une idiotie.

« N'essayez pas ! Vous vous casserez le cou ! »

Il a hésité. Je n'étais plus qu'à quelques yards. Il a regardé par-dessus son épaule, il m'a souri, puis il a pivoté de nouveau et dans un mouvement presque gracieux il a sauté.

Je l'ai entendu heurter le sol et je suis resté un instant pétrifié. Quand j'ai repris mes esprits j'ai couru me hisser sur le mur. J'ai regardé en bas en me blindant contre le spectacle de son corps brisé sur les rails. Au lieu de quoi j'ai vu une demi-douzaine de wagons de marchandises arrêtés directement au-dessous. L'homme descendait de l'un d'eux et courait sur la voie en direction de Shoreditch.

J'ai sauté et j'ai atterri lourdement sur le toit du wagon. Il était glissant de pluie et les semelles de mes bottes offraient autant de prise qu'un porc gras sur un lac gelé. En moins de temps qu'il n'en faut pour le dire j'étais sur mon cul, je tâtonnais pour trouver à quoi me retenir et je descendais du toit. Quand j'ai atteint le bord j'ai attrapé la gouttière qui bordait le wagon. Emporté par mon élan j'ai poussé un juron quand une douleur fulgurante m'a déchiré le bras droit. Mais je n'ai pas lâché prise. J'ai juré de nouveau, cette fois de soulagement, j'ai tout lâché et j'ai atterri sur le sol mouillé. En reculant, j'ai trébuché, mon pied a heurté un rail et je suis tombé sur la voie.

Un sifflement a retenti, bien plus fort que celui de Whitelaw. J'ai levé la tête, et en quelques secondes j'ai vieilli de dix ans : une locomotive colossale se ruait furieusement sur moi.

Chaque fibre de mon être soudainement et violemment imprégnée de la crainte de Dieu, je me suis ressaisi et j'ai roulé hors de la voie à une vitesse qui aurait impressionné Mercure aux pieds ailés. Un instant plus tard le monstre est passé en trombe et je suis resté là, à plat ventre, le cœur martelant mes côtes.

Je me suis redressé. J'ai eu un haut-le-cœur. J'ai regardé autour de moi en recherchant frénétiquement mon bonhomme. J'ai entendu au loin un bruit de pas écrasant le gravier. Je me suis relevé avec difficulté pour courir derrière eux sur la voie vers la gare de Shoreditch, j'ai longé des trains de marchandises fouettés par la pluie, immobilisés sur leurs voies de garage. Illuminée comme un arbre de Noël la gare se détachait sur l'obscurité. Quelques voyageurs tardifs abrités sous une marquise victorienne scrutaient les voies en attente d'un train aussi invisible que l'homme que je poursuivais. J'ai continué de courir le long de la voie avant de tourner le coin du dépôt de marchandises de Shoreditch et me trouver dans un chapitre de l'Exode. Un groupe d'hommes courbés déchargeaient des sacs de jute d'un wagon. D'autres, en rang tels les Hébreux en esclavage en Égypte, attendaient leur tour en silence, trempés, pour que deux autres posent un énorme sac sur leurs épaules. Puis, titubant sous leur fardeau, ils se dirigeaient lentement vers un entrepôt proche.

J'ai couru questionner le chef d'équipe.

« Avez-vous vu passer quelqu'un par ici ? »

Il a eu du mal à m'entendre dans le bruit de la cour.

Vu de près il m'est apparu plus âgé que je n'avais cru, grisonnant, la cinquantaine. Mais un tel travail use un homme et il se pouvait qu'il ait dix ans de moins voire davantage.

J'ai répété la question.

Il a secoué la tête. « Qui serait assez fou pour mettre le nez dehors une nuit pareille ? »

J'ai parcouru l'entrepôt mais il n'y avait pas le moindre signe du fugitif. Désespéré, je suis revenu vers les voies et j'ai scruté l'obscurité. Au loin une silhouette grimpait sur le quai à Shoreditch.

Je me suis mis à courir, mais il était déjà trop tard. La distance était trop grande, et une fois sorti de la gare il disparaîtrait dans le dédale des rues sans que je le retrouve jamais. J'ai couru tout de même et j'ai atteint le quai à l'instant où le train de Liverpool Street s'arrêtait. J'ai étudié les visages fatigués des rares voyageurs, mais aucun signe de lui.

Je suis sorti tristement de la gare, je suis resté un instant sous la marquise, à l'abri de la pluie battante. Meurtri et trempé, j'ai pensé à ce que j'allais dire au sergent Whitelaw. De l'autre côté de la rue, la lumière qui brillait dans un pub ne servait qu'à aggraver mon malheur. J'ai entrepris le long trajet du retour vers Grey Eagle Street, en passant devant un groupe de malheureux qui s'abritaient sous les arches de la voie ferrée.

3

Février 1922

Assam

Le dernier tronçon du voyage, de la ville de Lumding à l'ashram, devra attendre demain matin. Pour le moment, je ne suis pas vraiment en état de voyager où que ce soit. Je prends une chambre à l'hôtel le plus proche et je demande que l'on me serve un repas dans ma chambre, de préférence non épicé.

Quand une jeune fille aux cheveux tressés et pieds nus vient me l'apporter j'ai déjà commencé à frissonner. Je lui donne un pourboire de quelques annas. J'en rajoute en lui tendant ma dernière gourde de kerdu, et en lui demandant de l'écraser pour m'en apporter un verre le plus vite possible.

Elle revient au bout d'un quart d'heure glacial et je bois la moitié de la pulpe en gardant le reste pour demain matin. Mon appétit est un peu revenu et je me sens capable d'affronter la nourriture ; je soulève le couvercle et je découvre du riz, des lentilles et un curry de mouton. Je mange lentement, je dépose les reliefs devant ma porte et je m'effondre dans mon lit.

Le lendemain matin, après avoir fini le reste de la pulpe, je me mets en quête d'un véhicule qui me fasse franchir les soixante-dix derniers miles qui me séparent de l'ashram. Celui-ci est situé près d'un avant-poste appelé Jatinga, tellement petit qu'il ne figure pas sur ma carte, mais dont le docteur Chatterjee m'a assuré catégoriquement qu'il existe. Une heure plus tard, avec l'aide d'un commissionnaire de transports local, je réussis à négocier un voyage sur un camion qui se rend à Silchar, au sud. Le chauffeur, un Sikh barbu couvert de poussière avec un rang de perles autour de son cou gris et une image de son saint gourou dans son véhicule, ne parle pas l'anglais, mais il est content de me déposer en chemin moyennant une petite somme.

Six heures plus tard et après un échange de très peu de mots, il me dépose en haut d'une colline, à côté d'un mur d'enceinte au bout d'un chemin de terre. S'il s'agit réellement de l'ashram de Devraha Swami, le but de ces trois derniers jours et nuits, il y a infiniment peu de choses à voir : rien que deux grilles dans un haut mur de pierre et le sommet d'un dôme qui apparaît quelque part derrière. Mais il y a la vue sur la montagne ; la lumière faiblit et la vallée est enveloppée par la brume bleutée d'un soir alpin. Non que je sois vraiment en mesure de l'apprécier attendu que je n'ai plus de kerdu. Le paysage pourrait venir d'une toile de Monet que je le regarderais à peine. L'opium, hélas, a le pouvoir de réordonner vos priorités.

Inquiet, je pousse la grille qui s'ouvre en grinçant, je prends une bonne respiration, je bande mes muscles et j'entre dans une cour au fond de laquelle se trouve un bâtiment trapu ocre. À côté, un groupe de moines vêtus de safran, le crâne rasé, sont en conversation.

L'un d'eux, un homme de petite taille aux traits népalais, vient vers moi. Je sens ma poitrine se serrer et une légère panique m'envahir. Je reste sans voix.

« En quoi puis-je vous aider ? »

Il ne peut pas avoir plus de vingt-cinq ans.

La langue me colle au palais. Je bredouille : « Wyndham. Je m'appelle Wyndham… Je… »

Le moine sourit. « Vous êtes attendu. Venez avec moi, je vous prie. »

Je le suis en silence ; nous traversons la cour, nous montons des marches de pierre et nous entrons dans un couloir éclairé aux chandelles. Une cloche sonne à proximité. Le moine s'arrête devant une porte et prend une mèche qu'il allume à la chandelle la plus proche.

« Entrez, s'il vous plaît. »

La faible lueur de la flamme éclaire une petite pièce sans fenêtre qui sent les ans et jette des ombres sur une table et deux chaises en bois. Avec la mèche, le moine allume une bougie fixée sur le mur du fond puis une autre sur le mur à sa gauche.

Il indique une des chaises. « Je vous en prie, reposez-vous quelques minutes. Je vais informer frère Shankar de votre arrivée. »

Avant que j'aie une chance de poser des questions il sort en fermant la porte sans bruit. J'obéis une fois de plus, je laisse tomber ma valise et je m'écroule sur une des chaises « pour me reposer quelques minutes ».

Il n'y a rien d'autre dans la pièce que la table et les chaises, les murs sont nus, à l'exception d'un calendrier accroché à un clou sur celui qui me fait face, un de ces calendriers religieux si populaires parmi les hindous : l'image d'une divinité, la déesse Kali en l'occurrence, surmontant les mois de l'année que l'on arrache au fur et à mesure. C'est ma première surprise. Pour une raison quelconque je m'attendais à trouver un monastère bouddhiste, mais ce calendrier est manifestement hindou, expiré de surcroît.

Personne, semble-t-il, ne se préoccupe de savoir qu'il indique encore juin 1920. Le passage du temps importe peut-être moins ici. Ou tout simplement les moines aiment bien cette image.

Je regarde le portrait de Kali, déesse de la destruction, dansant sur le corps étendu de son compagnon masculin le dieu Shiva, une épée dans une main et une tête coupée dans l'autre, sa langue rouge sang étalée sur sa peau noir de jais, sa guirlande de crânes et sa jupe faite de bras coupés.

Je me suis habitué à cette image. Au Bengale elle est omniprésente, et accompagnée de Durga, la déesse mère, elle orne presque chaque rue des quartiers indigènes de Calcutta. En fait, certains disent que la ville lui doit son nom, Calcutta la ville de Kali, mais il n'y en a aucune preuve. Pourtant, assis dans cette petite pièce, j'éprouve une sensation nouvelle. C'est peut-être l'effet du sevrage de l'opium, ou la première fois que je prends le temps de la regarder, mais il y a quelque chose dans ces grands yeux injectés de sang, une expression d'extase sauvage, qui me fait tressaillir.

La porte s'ouvre en grinçant et un autre moine vêtu de safran entre, celui-ci a une bonne tête de plus que le premier, qui se tient à quelques pas derrière lui. Il est aussi plus âgé, plus replet et plus blanc. Il sourit devant ma surprise, les pattes-d'oie au coin de ses yeux se plissent derrière des lunettes rondes à monture d'acier.

« Capitaine Wyndham, dit-il en joignant les paumes en *pranam**, c'est un plaisir de faire votre connaissance. Je suis le frère Shankar. Je suppose que vous ne vous attendiez pas à trouver quelqu'un comme moi ici. »

En effet.

Je réponds : « J'imagine qu'il n'y a pas beaucoup de personnes qui s'attendent à trouver un Anglais habillé en moine hindou ici, au milieu de nulle part. Où que ce soit non plus, d'ailleurs. Notamment quelqu'un avec un accent des Home Counties. »

Il a un rire qui se répercute contre les murs. « Je ne suis pas sûr que mon accent fasse une grosse différence, capitaine. »

Il a raison, bien entendu. En toute logique, un moine hindou qui parle comme s'il sortait de l'académie royale de Sandhurst ne devrait pas surprendre davantage que s'il avait l'accent de Swansea ou de Sunderland, mais pour moi c'est subtilement pire. Après tout, les Celtes et les habitants du Nord peuvent être bizarres, mais on peut s'attendre à mieux d'un homme qui parle l'anglais du roi.

Cependant, je m'aperçois qu'en tant qu'opiomane je ne suis guère habilité à le juger. Mais je me demande finalement si dans les cercles raffinés du Surrey l'étiquette opiomane n'est pas préférable à celle d'un converti à l'hindouisme.

Je réponds : « Je suppose que non. »

Le moine aux traits népalais qui m'a conduit ici lui tend une feuille de papier que l'Anglais parcourt par-dessus ses lunettes.

« Donc, dit-il en lisant, vous êtes ici sur la recommandation de votre médecin, le docteur Chatterjee.

— Je n'irais pas jusqu'à l'appeler vraiment mon médecin. »

Frère Shankar lève les yeux. « Oui, bon, ne nous encombrons pas de détails. Qu'il suffise de dire que ce docteur Chatterjee » – il agite la feuille devant mes yeux – « est la personne qui vous a suggéré de venir nous voir pour traiter votre addiction à… » Il parcourt de nouveau la feuille.

« L'opium, dis-je.

— Oui, bien sûr. L'opium. »

Quelques minutes plus tard, je le suis plus avant dans le bâtiment. Nous entrons dans une cour plus large bordée d'un côté par plusieurs constructions de plain-pied et de l'autre par ce que je pense être une sorte de temple d'où sort une psalmodie rythmée.

« Les prières du soir », dit le moine.

Je dois encore m'adapter à tout cela. Cet endroit m'est étranger. C'est toujours l'Inde, mais différente de *mon* Inde, celle des plaines, de la jungle et des villes que depuis quatre ans j'apprends de mauvaise grâce à ne pas détester. C'est un ashram hindou, mais sans le chaos des temples de Calcutta. Et c'est un moine hindou, qui est aussi un Anglais.

Je lui demande : « Comment avez-vous acquis le nom de Shankar ?

— Vous voulez dire, comment un Anglais se retrouve-t-il moine dans un ashram au fond de l'Assam ? C'est une longue histoire, capitaine, et elle peut attendre pour le moment. Quant au nom, Devraha Swami l'a choisi pour moi. Autrefois je m'appelais Stephen.

— Comme l'apôtre. »

La remarque semble le surprendre.

« Eh bien oui, dit-il avec affabilité, je suppose.

— Le premier martyr de la chrétienté. Il est mort lapidé, n'est-ce pas ?

— C'est sans doute pour cela que je préfère Shankar, dit-il en souriant. Qui signifie "celui qui apporte la joie". »

Il me conduit vers l'une des quatre constructions de bois qui ressemblent beaucoup à des baraquements militaires.

« Vous logerez dans le dortoir des Européens.

— Vous voulez dire qu'ils sont en majorité ? »

Il ne m'était pas venu à l'idée qu'il pouvait y avoir ici d'autres non-Indiens en quête de guérison.

« Oh oui, répond-il nonchalamment. Nous en avons six en ce moment : deux autres Anglais, quoique l'un part demain, un Américain, un Allemand et deux Français… en fait l'un des deux est belge. Et puis il y a les Asiatiques : des Chinois, naturellement, des Birmans, et une poignée de Népalais. Ils partagent les dortoirs des Indiens. Nous avons aussi quelques femmes, mais vous ne les verrez pas. Elles sont dans une section séparée de l'ashram.

— Votre propre Ligue des Nations. Quand nous serons tous guéris vous pourriez organiser ici les Olympiades Post-Opium.

— Nos hôtes ne sont pas tous drogués à l'opium. Certains sont ici à cause de l'alcool, de l'héroïne, de diverses autres substances. Mais les opiomanes constituent le groupe le plus important. Et je dois dire que c'est pour eux que la cure est la plus pénible, ajoute-t-il avec un soupir. Je crains que quelques nuits douloureuses ne vous attendent.

— Je croyais que vous étiez censé annoncer la joie.

— Ne vous inquiétez pas. La joie sera là en abondance plus tard. Pour le moment, allons vous installer. »

Le dortoir est à peine plus qu'une boîte en bois éclairée par deux lampes-tempête, avec six lits de chaque côté d'un passage central, séparés les uns des autres par un petit meuble de rangement en bois grossièrement taillé. Et il n'y a personne.

« Les autres font leurs exercices de purification, dit frère Shankar qui montre une aptitude déconcertante à lire mes pensées. Malheureusement, vous êtes arrivé un peu trop tard pour commencer le traitement ce soir. »

Certains lits ne sont pas faits, les draps sont en désordre et traînent jusqu'au sol. Je suppose que c'est normal. Nous ne sommes pas chez des militaires et des hommes en sevrage ont généralement des soucis plus pressants qu'un lit au carré.

Frère Shankar me conduit tout au fond vers une couchette sur laquelle sont posés des draps propres pliés.

« Installez-vous, capitaine. » Il indique le petit meuble à côté du lit. « Vous trouverez là des vêtements. Si vous souhaitez vous laver, il y a une salle de douches juste derrière le dortoir. Quant aux latrines, elles sont à côté et de type oriental, vous devrez donc vous accroupir. »

Il prononce la dernière phrase sans aucune nuance de dénigrement, ce qui d'après mon expérience est une chose rare chez un Anglais parlant de toilettes indiennes.

« Les autres devraient bientôt être là, poursuit-il,

après quoi le dîner est servi dans la salle à manger, pour ceux qui sont en état de s'y rendre. Je viendrais volontiers vous chercher, mais je suis sûr que vos compagnons vous montreront le chemin. Maintenant si vous voulez bien m'excuser. »

Il sort dans l'obscurité après un bref salut en me laissant debout dans le dortoir vide. Épuisé, je laisse tomber ma valise, je m'écroule sur le matelas maigre et je pose les mains sur mon visage.

C'est le silence, troublé seulement par les cantillations rythmées. Je reste ainsi quelques minutes à écouter, je ne pense plus à rien, jusqu'à ce qu'un tambour me tire de ma rêverie. Je me rappelle que frère Shankar – Stephen – m'a ordonné de revêtir les vêtements fournis. Je me lève, j'ouvre le meuble et j'en sors le contenu : une paire de sandales brunes usagées, une chemise en coton grossier et un pantalon ample à ceinture coulissante. Un uniforme de prisonnier. Ou de pénitent.

Sous les vêtements il y a une serviette indienne fine appelée *gamcha*. Du moins à Calcutta. Je n'ai aucune idée du nom qu'elle porte ici. Quelles qu'elles soient, ces choses sont totalement inutiles, et aussi adaptées à l'essuyage qu'un suroît. Mais comme elles sont très bon marché, on les trouve partout. Je me déshabille en ne conservant que mon caleçon, je prends la serviette et me dirige vers les douches.

L'endroit est froid et il lui manque un toit, ses murs ont le gris verdâtre du vieux béton encrassé d'algues, et le sol est glissant de mousse verte. Contre le mur du fond sont alignées plusieurs cabines, et au-dessus de chacune pend un seau muni d'une corde. Dans la pénombre, la pièce paraît dangereuse ; un seul faux pas et vous risquez de vous ouvrir le crâne. Je dépose la serviette et mon caleçon sur une surface sèche, je prends le reste de savon dur et fissuré qui se trouve là et j'entre avec précaution dans la cabine la plus proche. Je rassemble tout mon courage et je tire la corde. Le seau se retourne avec un grincement et un déluge d'eau glacée me tombe sur la tête. J'ai le souffle coupé, je rassemble à nouveau mes forces et je me savonne. Je claque des dents. J'entends le seau se remplir lentement. J'attends quelques secondes et je tire la corde. Cette fois le choc est moins pénible. Je me rince, je prends la *gamcha* et entreprends la tâche surhumaine qui consiste à m'essuyer.

À peine rentré au dortoir la *gamcha* autour des reins, je vois la porte s'ouvrir et mes compagnons de chambrée arriver en trébuchant. Ils forment une bande hétéroclite. Le peu de conversation qu'ils avaient cesse quand ils me voient planté là, nu jusqu'à la taille et tout trempé. Je leur adresse un signe de tête sans cesser de dégouliner sur le sol de pierre. L'homme qui est entré le premier, un petit bonhomme aux cheveux noirs, guère plus qu'un gamin, me fait un demi-sourire peiné en guise de bienvenue avant de s'effondrer sur sa couchette. Aucun ne semble d'humeur à faire la conversation. Le dernier à entrer est un homme d'une cinquantaine d'années au visage poupin et rougeaud, aux cheveux grisonnants, et il porte des lunettes ; il s'assoit sur le lit en face du mien. Il a autour du cou une fine chaîne portant une petite étoile de David en or.

« Vous devriez vous habiller, mon ami. » Son accent est indubitablement allemand. Il indique le meuble à côté de mon lit. « Vous ne devez pas prendre froid.

Croyez-moi, la dernière des choses à faire est de vomir tripes et boyaux toute la semaine tout en crachant vos poumons. » Il a un rire bourru et me tend la main. « Adler, Jacob Adler.

— Wyndham, dis-je en la serrant. Sam Wyndham. » Je suis sa recommandation, je me penche, je sors les vêtements monastiques et je les enfile.

« Anglais, dit-il avec un hochement de tête. Vous êtes en bonne compagnie. » Il m'indique les lits près de la porte. « Cooper et Green, ils sont anglais aussi. Mais votre prénom, c'est le diminutif de Samuel, n'est-ce pas ? Vous êtes juif ? »

Je secoue la tête. « Je ne suis rien du tout, dis-je en boutonnant la chemise grossière, en tout cas rien qu'un rabbin ou un prêtre puisse reconnaître comme appartenant à son troupeau. » Je glisse les pieds dans les sandales et m'assois au bord de mon lit. « Je crains que quelle que puisse être la divinité là-haut elle ne se soit désintéressée de moi depuis belle lurette. »

Adler hoche de nouveau la tête. « Et pourtant vous êtes ici, dans un monastère, pour que des hommes de Dieu vous débarrassent de votre affliction.

— Croyez-moi, je préférerais de loin suivre une cure dans un établissement dans les Alpes dirigé par des psychanalystes viennois, mais comme je ne peux pas me permettre de payer le voyage, sans parler de leur tarif horaire, je dois me résoudre à l'Assam, des moines hindous et une semaine de vomissements. »

Le Juif se met à rire.

Je poursuis : « Et vous, quelle est votre excuse pour être venu ici ? J'aurais pensé que l'Autriche était plus près de chez vous que l'Assam.

— Vous avez raison sur ce point sinon sur l'efficacité

des hommes de sciences viennois. Je suis ici parce que le monastère de Devraha Swami m'a été recommandé par un vieil ami qui s'est fait traiter ici.

— Quel est votre poison ? »

Son front se plisse. « Mon poison ?

— Le malheur que vous avez choisi. L'opium ? L'héroïne ? Vous n'avez pas l'air d'un alcoolique. »

Son visage s'éclaire.

« Ah, j'ai compris. Mon "poison", je le crains, est intérieur, dit-il en appuyant les doigts sur sa poitrine. J'ai une tumeur dont mon médecin me dit qu'elle est cancéreuse.

— Le traitement vous fait-il du bien ? »

Il hausse les épaules d'un air las. « Eh, qui sait ? Ils me donnent le tonique aux herbes, je bois le tonique aux herbes. Ils m'en redonnent, je le bois. Et ensuite je vais aux latrines pisser tout ça.

— Vous n'êtes pas au régime des vomissements ?

— Si j'y suis, il ne marche pas », dit-il en gloussant.

Il s'étend sur son lit. « Maintenant, monsieur Wyndham, avec votre permission, j'aimerais me reposer avant le dîner. Les efforts me rendent faible.

— Bien sûr. » Je regarde les autres pensionnaires. Aucun d'eux ne s'intéresse beaucoup à moi, ni à quoi que ce soit d'autre semble-t-il. Ils se taisent, étendus sur leur lit, l'épuisement inscrit sur leur visage, et me rappellent un groupe de marins que j'ai tirés un jour de la mer du Nord après que leur navire avait été torpillé par un sous-marin. Soudain un frisson me parcourt l'échine. Une vague de terreur de ce qui m'attend.

Je me distrais en me concentrant sur les autres et en essayant de deviner qui ils sont. Après tout, je suis inspecteur de police, et la déduction est censée être mon fort. Pour le moment, je sais qu'Adler est allemand et que les deux qui sont le plus près de la porte sont anglais. Frère Shankar a dit que les autres sont français, belge et américain.

J'ai appris par Adler que les deux Anglais s'appellent Cooper et Green, bien que je ne sache pas lequel est lequel. Le plus proche de la porte est un grand type pâle et squelettique aux cheveux blonds et son nez pourrait avoir appartenu à Jules César. L'autre est plus petit et ses cheveux sont foncés, il a la peau basanée de quelqu'un qui a passé sa vie exilé sous les tropiques. Si je devais choisir, je dirais que Cooper est le cadavre ambulant et Green celui qui a la figure aussi tannée qu'une vieille selle de cheval.

Je passe aux trois étrangers restants : un Américain, un Français et un Belge. C'est comme le début d'une blague prometteuse, mais aucun d'eux n'a l'air d'y trouver de quoi rire. Faute d'informations sur eux je décide de m'en remettre à l'intuition naturelle de l'Anglais quant aux étrangers. Autrement dit, compter sur les préjugés ancrés et aiguisés pendant des générations.

Le lit à côté de Green est occupé par le jeune homme qui a passé la porte le premier et qui semble être tombé dans une sorte de stupeur dès que sa tête a touché l'oreiller plat de coton écrasé. Je décide que ce doit être le Belge, sa petite stature correspondant à la taille de son pays.

Celui qui lui fait face est d'une autre trempe, il a l'air taillé dans le roc. Il fait plus de six pieds et a une tignasse de feu qui me fait penser au géant irlandais légendaire, Finn MacCool, qui, en bon Celte et avec son équivalent écossais Benandonner, a décidé de construire un pont entre leurs pays rien que pour pouvoir se battre. J'en conclus que ce doit être l'Américain, descendant probable d'immigrés écossais ou irlandais, ou des deux.

Ce qui laisse l'homme couché en face d'Adler. Il paraît dans un pire état que tous les autres. Des perles de sueur luisent sur son front pâle et son corps agité d'un tremblement incontrôlable réclame la drogue dont il est soudain privé. Ses bras sont jaunes et ridés, et de temps à autre il laisse échapper une plainte étouffée. Je devrais éprouver de la sympathie pour lui, mais je ne ressens rien. Je ne peux que m'imaginer dans sa situation. L'homme a à peu près ma taille et ma corpulence, avec les mêmes cheveux d'un blond sale. C'est comme si je me voyais dans vingt-quatre ou quarante-huit heures. Ou peut-être moins. Peut-être deux. Peut-être trois.

Le fait est que l'opium rend incapable d'empathie et de la plupart des autres émotions nobles. La seule chose qui compte est d'avoir sa prochaine dose, et la souffrance physique des autres ne devient qu'une curiosité que vous regardez comme un film. Je devrais ressentir de la sympathie pour cet homme. Mais je l'écoute se plaindre pour voir si je peux dire si c'est en français.

*

Une heure plus tard le gong du dîner retentit. Je suis maintenant installé, avec Adler et trois autres, à l'une des douze tables en bois du réfectoire du monastère, devant un bol de riz brun sans assaisonnement et une soupe claire jaunâtre aux lentilles. Les deux n'ont ni saveur ni parfum, ce qui est miraculeux attendu que nous sommes en Inde, mais c'est peut-être volontaire. La dernière chose dont ait besoin un drogué en désintoxication c'est que ses sens soient assaillis par un curry.

Face à moi est placée la montagne que j'ai identifiée correctement comme l'Américain. Il s'appelle Fitzgerald et vient de New York. Je me dis que si beaucoup de ses concitoyens sont bâtis comme lui, cela pourrait expliquer que la ville ait besoin de tant de gratte-ciel. À côté de lui c'est le petit jeune homme dont j'ai conclu qu'il était belge. Il est finalement français et s'appelle Lavalle, mais la barrière de la langue et sans doute un désir naturel de ne pas parler de lui font qu'il ne dit pas grand-chose.

À ma gauche est assis l'Allemand, Adler, et à ma droite l'Anglais pâle que j'ai identifié comme étant Cooper, ce qui se confirme. Green et l'autre occupant de ce dortoir, un homme du nom de Le Corbeau, qui est le Belge, semblent subir les affres du sevrage et n'ont pas de force ou d'appétit pour manger. Autour de nous, séparés par un *cordon sanitaire*[1] de quelques pas, sont assis des Indiens et autres Orientaux, tous regroupés selon leur appartenance.

Il doit y avoir une trentaine de personnes dans le réfectoire ; rien que des hommes qui mangent tous le même repas servi par un groupe de moines qui vont de table en table avec de grandes casseroles de riz et de lentilles. Autour de nous le niveau sonore des conversations baisse, du moins selon les critères indiens, les

1. En français dans le texte.

visages fatigués se concentrent sur leurs assiettes, me confortant dans l'impression d'être tombé dans un camp de travail.

Notre groupe n'est pas très différent, bien que sur les cinq, étonnamment, ce soit l'Anglais Cooper qui se montre le plus bavard. Peut-être à cause de notre nationalité commune. Mais c'est plus vraisemblablement parce qu'il a presque terminé son régime, qu'il est désormais désintoxiqué et qu'il part demain.

« Je rentre à Bombay, dit-il en avalant une bouchée de riz, et ce n'est pas trop tôt. Il se passera encore une semaine avant que j'y arrive, bien entendu. » Il racle son assiette en métal avec sa cuillère et engouffre une nouvelle portion. Il a l'air particulièrement affamé, ce qui me fait penser qu'il a peut-être été près de mourir de faim avant son arrivée ici, ou bien que son régime l'a amené à perdre la moitié de son poids. Quoi qu'il en soit, maintenant, il compense.

Je lui demande depuis combien de temps il est là.

« Trois semaines, je pense, mais ça m'a paru plus long. Une éternité au purgatoire. »

Ce à quoi répond un petit rire méprisant de l'Américain, Fitzgerald.

« Ne vous inquiétez pas, Wyndham, dit-il. La cure dure moitié moins longtemps. Normalement sept à dix jours. Si elle se prolonge, elle risque de vous tuer.

— Le reste du temps vous récupérez, intervient Cooper. Vous pouvez soit rester ici, soit aller chez une bonne âme de Jatinga. Les moines aiment bien vous confier à l'extérieur afin de libérer des lits, mais ils vous gardent à proximité pour continuer à vous surveiller.

— Ils tiennent à s'assurer qu'il n'y a pas de rechute,

ajoute Fitzgerald. Que nous sommes réellement désintoxiqués. Bien entendu, Adler est un cas spécial. Il est ici depuis plus longtemps qu'aucun de nous. »

Je me tourne vers l'Allemand.

« Depuis combien de temps êtes-vous ici ? »

Adler réfléchit, puis déglutit. « Qui sait ? On perd la notion du temps. »

Comme personne n'est très en verve en dehors de Cooper, la conversation est hachée. Elle s'éteint complètement pendant plusieurs minutes avant de repartir, provoquée par une question ou une remarque particulière. Se déclenche alors un bavardage désordonné, tout le monde donne son opinion, avant que le silence ne retombe, trop vite.

Il me semble impoli de demander pour quel vice les autres sont ici, et honnêtement, peu importe. À l'exception d'Adler, il est évident que nous sommes tous des drogués et, comme en temps de guerre, cela fait naître une camaraderie naturelle entre des êtres très différents les uns des autres que le destin a jetés ensemble dans les mêmes épreuves. L'idée d'un groupe d'hommes qui ne se connaissent pas, de différentes nationalités, rassemblés dans un monastère au milieu de nulle part pourrait même paraître à certains assez poétique. Mais seulement en omettant les vomissements, évidemment.

Un hindou pourrait vous dire que notre destin a été écrit dans les étoiles à l'instant où nous sommes nés, que nous étions destinés depuis toujours à nous rencontrer ici et maintenant dans les collines de l'Assam, destinés à nous droguer, à tomber au niveau le plus bas et à aboutir ici.

Mais c'est absurde.

On dit que l'esprit humain cherche à trouver un sens au chaos. Ce serait bien plus facile de le mettre sur le compte du destin ou des dieux que de faire face à la réalité : l'univers est un endroit sans pitié où il arrive de mauvaises choses à de braves gens parce qu'il n'y a pas de bonne raison pour qu'elles n'arrivent pas.

Un à un mes camarades terminent leur repas et retournent vers le dortoir. Il ne reste bientôt plus que Cooper et moi. Comme il a terminé la cure il est plein d'entrain, et à l'idée de partir le lendemain matin il est ravi de s'attarder au réfectoire. Je ne suis pas pressé de rentrer non plus. Je sais d'expérience que la nuit sera longue et difficile, et je suis prêt à la retarder autant que possible. Pour moi, l'opium et la tombée de la nuit sont inextricablement entrelacés. La nuit c'est quand je fume, et quand je ne fume pas c'est la nuit que le besoin est le plus intolérable. Mes mains tremblent déjà et la peau commence à me brûler. Plus tard, cela ne fera qu'empirer. À ce jour j'ai connu la torture du manque dans l'isolement de ma chambre et, une fois, enfermé dans une cellule d'une base militaire où j'étais tout aussi seul. Seule consolation, ma souffrance et mes cris n'ont pas eu de témoin. Mais ce soir ils ne seront que trop publics, et cette idée trouble le policier et l'Anglais que je suis.

J'ai envie d'une cigarette, mais j'ai cru à tort qu'elles étaient interdites dans le monastère. Pour m'éviter d'y penser, je reprends la conversation.

« Parlez-moi de la cure. »

L'attitude de Cooper change. Il secoue la tête et détourne les yeux. « C'est l'enfer. Ou ce que vous pouvez trouver de plus ressemblant dans cette vie.

Mais sept jours en enfer valent mieux qu'une vie dans l'esclavage de l'opium. Voyez ça comme une punition ; le prix à payer pour votre faiblesse et les mauvaises actions que vous avez commises en y cédant. »

Je pense aux mensonges que j'ai dits à cause de l'opium, aux amis que j'ai perdus et à la femme que j'ai blessée. Au regard de tout cela, sept jours en enfer paraissent une affaire avantageuse.

« De quand date votre dernière dose ? me demande Cooper.

— Il y a quatre jours. »

Il me regarde attentivement. « Vous vous en sortez bien pour quelqu'un qui a survécu aussi longtemps. Dans mes pires moments je ne pouvais pas tenir vingt-quatre heures.

— J'ai survécu grâce à la pulpe de kerdu. Mais je suis à court.

— De la pulpe de kerdu ?

— Une variété de courge qui m'a été recommandée par un toubib à Calcutta. Elle calme le besoin. Temporairement.

— Les moines ont quelque chose de similaire. Une sorte de tisane apaisante. » Il me montre une grosse casserole au fond de la pièce où deux résidents se servent dans des gobelets émaillés. « Elle est disponible en permanence. Je vous suggère d'en boire quelques gobelets maintenant, et ne craignez pas de revenir pendant la nuit si vous en ressentez le besoin. »

Le conseil me paraît bon et je suis prêt à entonner un alléluia. Je me lève, et sans avoir l'air de me précipiter je me dirige vers le chaudron qui mijote dans le coin. Quelques Orientaux réunis autour de lui me regardent approcher et s'éloignent à une distance prudente. Deux autres, des Indiens qui attendent leur tour pour remplir leur gobelet, s'écartent pour me laisser me servir le premier. Même ici la pyramide raciale de l'Empire tient solidement debout.

Je prends sur une table un gobelet d'émail bleu ébréché et avec la louche qui pend d'une anse de la marmite je me sers une mesure du liquide brun. Je bois, et j'ai immédiatement envie de tout vomir. La tisane a le goût de l'eau des tranchées, avec une pincée de fil barbelé pour la corser. Je rassemble néanmoins tout mon courage et je vide le gobelet, puis je le remplis de nouveau.

Avec le gobelet rempli pour la troisième fois je retourne au banc où Cooper attend.

Il a un sourire las. « Alors ? Qu'en pensez-vous ?

— Ce n'est pas tout à fait un single malt.

— Ça, c'est vrai.

— J'espère que c'est un goût auquel on se fait.

— Espérons seulement que vous n'aurez pas besoin de vous y faire trop longtemps. »

Tandis que je me rassois, Cooper commence à me décrire une journée de traitement.

« Réveil à cinq heures. Nul besoin de remonter un réveil, vous saurez qu'il est l'heure parce qu'ils frappent sur cet énorme gong dans la cour. Nul besoin non plus de vous lever si vous ne pouvez pas, ou simplement si vous ne voulez pas. Le gong est là pour appeler les moines aux prières du matin, mais nombre d'entre nous doivent participer aux corvées quotidiennes. L'ashram doit rester impeccable. » Il a un sourire sardonique. « Il y a encore des prières à six heures, puis une heure de gymnastique. Les moines l'appellent *joge* ; il s'agit surtout d'exercices d'étirements et de respiration bizarres, et là encore, c'est facultatif, mais frère Shankar dit qu'elle contribue à détendre le corps et l'âme. Quoi qu'il en soit, vous voudrez être debout à huit heures. C'est le moment où on sert le petit déjeuner.

— Frère Shankar. Que pensez-vous de lui ? »

Cooper se gratte le lobe de l'oreille. « C'est vraiment un drôle d'oiseau. Je n'avais encore jamais entendu parler d'un Anglais converti à l'hindouisme, mais… après le mois que je viens de passer, qui suis-je pour juger ? »

Il continue d'énumérer la routine quotidienne. La plupart du temps elle semble alterner entre ne rien faire pendant des heures au dortoir – il appelle cela récupérer – et avoir la possibilité de méditer ou faire de petits travaux pour ceux qui s'en sentent capables. Avant et après le déjeuner il y a une séance d'étuve. « Obligatoire, précise-t-il. Pour expulser les poisons de son corps dans la sueur. »

Jusqu'ici, tout cela ressemble davantage à des vacances qu'à l'enfer, et je le lui dis.

Il a un rire bref. « Attendez, dit-il. J'y viens. C'est vers l'heure du thé que la récréation et les jeux démarrent vraiment. C'est alors que nous nous réunissons tous dans la cour pour "la cure". Là, je ne peux vous dire que ce que d'autres m'ont dit, à savoir que c'est une concoction de certaines herbes et feuilles particulières qui ont des propriétés médicinales et qui poussent dans les collines environnantes. On dit que la recette a été créée dans la nuit des temps par Devraha Swami lui-même lorsqu'il était jeune initié. L'histoire raconte que, jeune moine itinérant, il rencontra un homme que le sevrage de l'opium avait rendu fiévreux et qui lui demanda de prier pour son âme. C'est ce que fit Devraha Swami : il pria et médita toute la nuit, et pendant qu'il priait il eut une vision. Il semble que l'un des dieux hindous, celui de la médecine ou peut-être de la cuisine, lui donna la recette de l'élixir sinon de vie du moins de quelque chose qui pouvait sauver les damnés tels que nous. Quoi qu'il en soit, le pauvre type survécut par miracle. Mais le lendemain il était dans un sale état. Devraha Swami le confia à des villageois et lui dit qu'il reviendrait bientôt. Il alla dans les collines cueillir les ingrédients selon les instructions du dieu, puis les fit bouillir tout en priant. Ensuite il donna la potion à boire au malheureux.

— Et elle l'a guéri ?

— Non. Elle l'a fait vomir tripes et boyaux. Vous pensiez vraiment que ce serait aussi simple ? Cette nuit-là le swami resta près de lui en prière, et une fois de plus l'homme survécut. Mieux encore, les douleurs étaient moins violentes. Le lendemain le swami suivit le même rituel, il confia l'homme à des villageois pour aller ramasser les ingrédients de la potion. De nouveau l'homme la but et fut malade comme un chien, mais progressivement, au bout d'une semaine il était guéri. »

C'est prometteur. Une fois débarrassé du fatras de la légende, il apparaît que le moine est tombé sur un remède végétal qui combat les symptômes du sevrage et qui contrairement à la pulpe de kerdu les supprime une fois pour toutes.

« Et il n'a pas été tenté de recommencer à fumer ?

— En fait, si. L'histoire raconte que quelques mois plus tard le pauvre imbécile revint. Il avait repris ses vieilles habitudes. Il implora le moine de l'aider une nouvelle fois. Mais le vieil homme refusa. Il l'envoya plus ou moins se faire voir.

— Vraiment ?

— Absolument. Ici ce n'est pas l'Église anglicane, Wyndham, avec son amour et son pardon. C'est le bon sens et l'intransigeance de l'hindouisme. Vous déraillez une fois, ils vous aideront. Vous recommencez, vous vous retrouvez tout seul. Vous ne me croyez pas ? Demandez à notre ami frère Shankar. La cure est unique. Une fois sevré, c'est à vous de le rester. Le monastère ne vous accepte jamais deux fois. »

Je hoche lentement la tête en signe d'approbation. C'est logique. Il y a ici un million d'opiomanes dont la plupart souhaitent se libérer de la drogue. Pourquoi le monastère devrait-il continuer à perdre son temps avec des hommes qui retombent dans le péché alors que tant d'autres ont besoin de son aide ? Il y a là aussi une précieuse leçon, à savoir que si l'univers vous donne une chance de rédemption, vous avez diablement intérêt à la saisir, parce que les secondes chances sont rares et que les troisièmes n'existent pas.

C'est une leçon que j'ai apprise à la dure.

4

Février 1905

Est de Londres

La première image que j'avais eue de Bessie avait été son visage à la fenêtre du deuxième étage de son immeuble délabré, aussi hardie que la figure de proue d'un navire et maudissant la foule au-dessous d'elle dans la rue. Elle avait les cheveux noirs et les traits anguleux de la reine Boadicée, jurait comme un charretier et ne pouvait guère avoir plus de vingt ans.

Vue de près c'étaient les yeux que l'on remarquait vraiment, profonds, et sombres, et vifs. Ils étaient indéchiffrables, mais un seul regard et vous saviez avec certitude que cette fille était intelligente, en tout cas plus intelligente que la plupart des hommes, et que si on lui donnait la moitié d'une chance elle vous montrerait à quel point. De plus elle était jolie, mais ses yeux, l'étincelle qui les habitait et l'esprit qu'ils laissaient deviner faisaient d'elle un être à part.

Elle partageait le 42 Fashion Street avec un chat, un canari en cage et une demi-douzaine d'autres locataires, tous pauvres et en retard pour le paiement du loyer.

Mais Bessie était différente. Elle travaillait comme domestique chez un certain Caine. C'était un homme d'affaires, en quelque sorte, impliqué dans l'échange de produits de toute nature avec les quatre coins de l'Empire. Il possédait aussi plusieurs maisons dans Whitechapel, les ruines habituelles qu'il louait par chambres et remplissait à ras bord. Bessie était une de ses locataires et elle encaissait pour lui les loyers des autres occupants, gagnant ainsi un petit supplément.

Le matin où je l'ai rencontrée elle surveillait l'expulsion de l'un d'eux, un certain O'Keefe, dont à en croire Bessie les loyers en retard étaient devenus aussi irrécupérables que son âme. Et compte tenu de sa tendance à boire chaque shilling qui lui tombait sous la main on pouvait difficilement la contredire.

Naturellement, O'Keefe ne partageait pas cet avis. Il a déclaré qu'il traversait une mauvaise passe, ce qui était vrai, et promis de tout payer avant le vendredi suivant, ce qui ne l'était sûrement pas. Comme Bessie n'était pas une sotte, elle l'a mis dehors et lui s'en est remis au jugement de la rue en pestant contre tant d'injustice. La réaction de Bessie a été de jeter toutes les affaires d'O'Keefe par la fenêtre.

Je me suis approché pour voir d'où venait cette agitation et elle m'a repéré, frimant dans mon uniforme tout neuf. « Attendez là, monsieur l'agent », a-t-elle dit d'un ton qui ne me laissait pas grand choix. Sa tête a disparu et une minute plus tard elle sortait tout entière de la maison.

« J'veux que vous embarquiez ce bon à rien. Il a été expulsé et maintenant y fait une scène. »

Je ne pouvais pas m'empêcher de penser que la scène avait été déclenchée en partie au moins par le fait qu'elle avait lancé sa valise et la moitié de ses vêtements par une fenêtre du deuxième étage, mais il m'a paru sage de garder mon opinion pour moi.

Finalement je n'ai pas eu grand-chose à faire. O'Keefe était connu de la police. Il avait passé davantage qu'une nuit occasionnelle en cellule et une nouvelle visite ne le tentait pas. Au bout de quelques minutes de protestation assourdie il a circulé et la foule s'est dispersée.

Mais pour Bessie et moi ce n'était qu'un commencement vertigineux.

J'étais arrivé à Londres un mois plus tôt, les yeux écarquillés et sans aucune expérience. Dans l'East End, où j'avais un oncle. Je ne l'avais vu qu'une fois en dix-sept ans et il m'avait aidé à entrer dans la police métropolitaine. Pour un garçon middle class venu de nulle part, l'East End était toute une éducation, et Bessie m'a donné beaucoup de leçons. Je l'ai revue une semaine après l'expulsion d'O'Keefe, cette fois devant le commissariat de Leman Street. C'était peut-être le destin, ou bien elle m'attendait. En tout cas, avant de m'en rendre compte je lui offrais un gin au Ten Bells.

Elle était un petit peu plus âgée que moi, et tellement jolie que c'en était embarrassant. C'était bientôt deux ou trois fois par semaine que j'allais l'honorer avec ardeur.

J'ai été heureux pendant quelques mois. Dieu sait ce qu'elle me trouvait. Peut-être de l'innocence. Plus vraisemblablement l'uniforme. Mais quand mon oncle l'a appris il n'a pas hésité : ce qu'elle voyait c'était l'occasion d'une ascension sociale. En invoquant les noms de Dieu et de mon père décédé et en insistant sur la honte que je leur infligeais il a fait valoir que mon avenir dépendait de sa protection, laquelle dépendait à son tour de la fin de ma liaison avec Bessie.

Bien entendu j'ai défendu ma position, j'ai crié ma colère comme n'importe quel jeune fou qui se croit amoureux, j'ai mis en avant les qualités de Bessie susceptibles de soutenir mon cas : son honnêteté, son intelligence (en taisant les autres qui aux yeux de mon oncle risquaient de la précipiter aux enfers). J'ai proposé de la lui présenter, de l'inviter à prendre le thé pour qu'il voie qu'elle n'était pas une Jézabel calculatrice… mais en vain. Mes affirmations et mes contestations se sont toutes fracassées contre le roc de son intransigeance, ainsi qu'elles y étaient destinées depuis le début.

J'ai passé la semaine suivante dans un purgatoire personnel. Et j'ai finalement obéi à mon oncle. Je me suis dit que je n'avais pas le choix. J'ai enterré profondément la vérité honteuse : que je ne faisais que trahir Bessie et mes sentiments pour elle. Ensuite ma culpabilité a été tempérée par une sensation de soulagement. La fin de ma relation avec Bessie signifiait la poursuite d'une carrière. L'amour sacrifié sur l'autel de l'intérêt personnel. Je m'attendais à ce que Bessie voie cela comme une trahison. Pour mon oncle c'était du simple bon sens.

J'ai rompu. Dans la cuisine de la maison de Fashion Street, un beau jour sinistre de septembre. Je lui ai dit que notre relation était « inappropriée ». Elle a pris la chose sans larmes ni lamentations, sans grincements de dents ni bris de vaisselle. Elle avait trop d'amour-propre pour se donner en spectacle devant les voisins. Au contraire elle a réagi avec une dignité froide et caustique. Et le mois suivant elle épousait Tom Drummond.

Pas l'ombre de Whitelaw, de Bessie, ou de qui que ce soit d'autre dans Grey Eagle Street. J'ai jugé que c'était bon signe. Si elle avait été grièvement blessée, il y aurait du monde autour d'elle, au moins un agent de police et les badauds habituels.

Je me suis interrogé sur ce que je devais faire. J'aurais dû retourner au commissariat de Leman Street, mais l'idée de me retrouver là-bas après avoir laissé m'échapper les deux agresseurs ne me réjouissait pas particulièrement. Par ailleurs, et en supposant que j'avais raison et que Bessie n'avait pas été grièvement blessée, il y avait des chances que Whitelaw l'ait accompagnée chez elle au 42 Fashion Street.

Je m'y suis rendu et j'ai frappé à la porte.

J'ai entendu des pas lourds dans le corridor, puis un rai de lumière jaune a percé l'obscurité.

« Oui ? »

La voix était un grognement.

J'ai annoncé : « Police, ouvrez. »

La porte s'est ouverte plus grande. Devant moi se tenait la masse considérable de Tom Drummond, gangster sans envergure, bon à rien et mari de Bessie. La plupart des gens du coin connaissaient Tom Drummond, à commencer par la police. Docker de métier et buveur de nature, c'était le genre de gars qui se voyait en meneur d'hommes, mais dont les hommes avaient le bon sens de s'éloigner. Il n'était jamais facile de décrocher un travail régulier à Whitechapel, et Drummond, comme des milliers d'autres, partait souvent à la recherche de petits boulots à la journée. Quand, comme le plus souvent, il n'en trouvait pas, il se rendait au Bleeding Hart dans Bethnal Green Road, et avec l'argent de sa femme il buvait jusqu'à ce qu'il se sente heureux.

La chemise fatiguée de Drummond était ouverte au col, manches retroussées. Son pantalon rapiécé à un genou et retenu par une paire de vieilles bretelles usées avait l'air de s'être échappé d'un costume qui aurait mérité que l'on mette fin à sa misère depuis des années.

« Qu'est-ce que vous voulez ? »

Normalement il sentait l'alcool à des lieues, mais cette nuit-là il paraissait sobre. Il menait peut-être une nouvelle vie. Ou bien il n'avait plus d'argent.

« Votre femme. Est-ce qu'elle est rentrée ? »

Il a fait un signe de tête vers l'escalier. « Elle est là-haut. Quelqu'un de chez vous l'a ramenée ici il y a dix minutes. Il est avec elle. »

Je l'ai poussé pour entrer dans le couloir. L'air sentait les lieux de vie et l'odeur de trop de corps humains. Une porte s'est ouverte et le visage ridé d'une vieille femme est apparu.

« Fermez la porte et mêlez-vous de vos affaires, vieille peau, a grondé Drummond. Ça vous regarde pas. Retournez vous occuper de votre vieux. »

J'ai vu l'expression choquée sur le visage desséché de la femme avant qu'il ne disparaisse et que la porte se referme.

« Ces foutus youdes », a dit Drummond en guise d'explication et il m'a conduit vers l'escalier.

Whitelaw se tenait sur le seuil du premier étage. Il s'est retourné en nous entendant monter, il est sorti en fermant la porte. Il a paru surpris de me voir.

« Wyndham ? Qu'est-ce que vous faites là ? »

C'était une question qui ne méritait pas de réponse, et comme il n'en venait pas il s'est tourné vers Drummond derrière moi.

Il a aboyé : « Vous. Descendez, mettez la bouilloire sur le feu et faites du thé pour votre femme. »

Drummond est devenu tout rouge. J'ai cru qu'il voulait protester, peut-être avec ses poings, mais son cerveau a calculé rapidement que frapper un flic ou deux pouvait l'envoyer en prison… ou à l'hôpital. Il s'est finalement ravisé et il est descendu sans discuter.

Whitelaw m'a demandé : « Vous les avez eus ? » Je lui ai répondu qu'ils s'étaient séparés et que j'en avais poursuivi un le long de la voie ferrée mais qu'il m'avait échappé à Shoreditch.

Je m'attendais à ce qu'il me passe un savon, mais au bout d'un instant son irritation a cédé la place à une équanimité résignée. Il a dit en soupirant : « Je suppose que c'est sans importance. Cette femme ici ne dit pas grand-chose.

— Alors Bessie n'est pas blessée ? »

C'était une erreur d'employer son prénom, et je m'en suis aperçu dès que je l'ai prononcé.

« Vous la connaissez ?

— Je l'ai déjà vue par ici.

— En tout cas elle va bien. Quelques bleus, pas de fractures. Elle a sûrement vu pire avec son bonhomme.

— Elle sait qui l'a agressée ?

— C'est là le hic. » Whitelaw a baissé la voix. « Elle n'en dit pas un mot. » Un petit sourire jouait sur ses lèvres. « Mais elle parlera peut-être à un jeune et beau policier comme vous. »

J'ai frappé et je suis entré avec Whitelaw à un pas derrière moi. Des ombres dansaient sur les murs nus et la faible lueur d'une unique bougie luttait contre l'obscurité en tremblotant dans le courant d'air.

Au centre de la pièce, sous les couvertures d'un vieux lit en cuivre à moitié effondré était couchée Bessie, les cheveux encore mouillés, un bras sur les yeux. Dans un coin était suspendue la cage du canari recouverte d'un chiffon noir, telle que je me la rappelais. Je me suis demandé où était le chat, mais les chats vont et viennent à leur guise. Ils sont trop futés pour se conformer aux règles des humains.

Je me suis éclairci la gorge pour dire : « Madame Drummond », en y mettant toute l'officialité de ma fonction.

Le bras s'est déplacé et a révélé sa joue gonflée. Elle a levé la tête et m'a regardé. J'ai craint pendant une seconde qu'elle n'utilise mon prénom. Whitelaw en ferait certainement ses choux gras.

Elle a répondu : « Oui ?

— Je suis l'agent Wyndham. » Je me suis avancé vers la lumière pour qu'elle me voie mieux. « Vous vous rappelez peut-être que je vous ai assistée quand vous aviez besoin de vous débarrasser d'un locataire l'année dernière. »

Cette remarque était à l'intention de Whitelaw.

Elle a acquiescé lentement. « Je me rappelle. »

Sa voix était rauque et faible.

« Savez-vous qui vous a agressée ?

— Je n'ai pas vu sa figure.

— Alors dites-nous ce qui s'est passé. »

Bessie a reposé la tête sur l'oreiller. Derrière moi

le plancher a craqué sous le poids de Whitelaw qui changeait de position.

« Je revenais de mon travail… je marchais dans la rue quand… J'ai pas bien vu ce qui s'est passé. Un homme est arrivé par-derrière et y m'a attrapée à la gorge. J'ai essayé de crier mais il m'a mis la main sur la bouche. Alors je l'ai mordu. Et puis un autre mec est arrivé et tout à coup je me suis retrouvée par terre en train de hurler à la mort pendant qu'ils se battaient. Ensuite vous êtes arrivés, messieurs, en donnant des coups de sifflet, et vous êtes venus à mon secours.

— Celui qui vous a agressée, a dit Whitelaw. Qu'est-ce qu'il voulait ? »

Elle a eu un petit rire amer. « Ce qu'ils veulent toujours, je suppose. »

J'ai demandé à mon tour : « Et l'homme qui est intervenu pour vous aider, vous l'avez vu ? »

Elle a répondu d'un ton catégorique : « Non. Comme j'ai dit, j'étais trop occupée à crier.

— C'est un coup de chance qu'un bon Samaritain soit passé précisément au moment où vous aviez besoin de lui ? » a demandé Whitelaw.

J'ai ajouté : « Plus important, pourquoi s'est-il enfui quand nous sommes arrivés ?

— Peut-être qu'y voulait pas avoir affaire à la police ? Peut-être qu'il a déjà eu des ennuis avec vous ? Je peux pas lui en vouloir. Les flics honnêtes, par ici, je pourrais les compter sur les doigts d'une main… Et encore, il m'en resterait. »

Ce dernier commentaire a semblé toucher un point sensible chez Whitelaw.

« Alors comme ça un homme vous prend à la gorge

dans la rue et vous ne pouvez rien nous dire sur lui. Un autre vient à votre secours “par hasard” avant de filer et vous ne pouvez rien nous en dire non plus ?

— C’est ça. »

J’ai essayé une autre approche.

« Vous rentrez toujours aussi tard de votre travail ?

— Je travaille aussi longtemps que mon employeur me le demande.

— Et qui est votre employeur ? a demandé Whitelaw.

— Jeremiah Caine. »

J’ai senti Whitelaw se raidir à la mention de ce nom. Caine était un homme d’une certaine importance dans ce quartier, c’est-à-dire qu’il était riche, heureux de dépenser sans compter et pas particulièrement scrupuleux quant aux bénéficiaires du moment que cela servait ses intérêts. On disait qu’il entretenait l’ambition de devenir membre du Parlement. Ses poches étaient certainement assez profondes, et le bruit courait qu’elles contenaient une précieuse collection de policiers, des simples agents aux inspecteurs.

« Je fais le ménage chez lui. »

J’ai ajouté : « Elle encaisse aussi les loyers pour lui.

— Et pourquoi je le ferais pas ? »

Il y avait du défi dans sa voix. Ou bien était-ce de l’orgueil blessé ?

Si Bessie Drummond était venue au monde avec les deux malchances d’être une femme et de basse extraction, alors le don de l’intelligence n’avait fait qu’aggraver sa situation. Là où un homme né dans le même milieu pouvait trouver dans son intellect une chance de progrès ou d’amélioration, chez une femme l'intelligence amenait surtout la suspicion et souvent les claques.

À côté de moi Whitelaw se taisait. Avoir entendu mentionner Jeremiah Caine semblait l'avoir complètement désarçonné.

J'ai insisté. « Vous êtes certaine de n'avoir reconnu aucun des deux hommes ? »

Bessie m'a regardé avec une souveraine indifférence, le genre de regard accordé à un balayeur dans la rue ou à un chauffeur d'autobus, comme si les mois que nous avions passés ensemble n'avaient jamais existé, comme s'ils étaient bannis de sa mémoire. J'ai eu un coup au cœur, mais je ne pouvais pas lui en vouloir.

Elle a répondu : « Il faisait nuit et il pleuvait, et un type venait de m'attaquer et de me jeter par terre. Vous m'excuserez si j'ai pas fait plus attention à la tête qu'ils avaient.

— Du calme, petite, a dit Whitelaw. L'agent essaie seulement de vous aider. »

Bessie l'a bien regardé avant de répondre : « Bien sûr. Je suis désolée si mes mots étaient "inappropriés". »

« Qu'est-ce qu'elle a voulu dire par là ? m'a demandé Whitelaw pendant que nous descendions l'escalier.

— Elle est probablement toujours sous le choc de l'agression. »

Whitelaw a secoué la tête, exaspéré.

« Probablement. »

Tom Drummond traînait au pied de l'escalier.

Le sergent lui a demandé : « Vous l'avez préparé ce thé pour votre femme ? »

Drummond a fait un signe de tête en direction de l'arrière-cuisine. « Une des femmes s'en occupe. »

Le sergent lui a lancé un regard sous lequel on aurait dit que le mari se ratatinait.

« Depuis combien de temps êtes-vous mariés ? » lui a-t-il demandé.

Drummond a paru embarrassé. « Environ cinq mois. Pourquoi ?

— Votre femme vient de se faire agresser. Elle a eu beaucoup de chance de s'en tirer. Elle pourrait être morte, ou pire, mais cela n'a pas l'air de vous inquiéter. Y a-t-il quelque chose que vous ne nous dites pas, mon petit Tommy ? »

Des gouttes de sueur sont apparues sur la lèvre supérieure de Drummond. « Je ne vois pas où vous voulez en venir.

— Je vous demande si vous avez une idée de pourquoi quelqu'un voudrait agresser votre femme. Vous n'avez fait de tort à personne, n'est-ce pas ? Quelqu'un qui se vengerait sur Bessie ? »

Drummond a regardé ses chaussures et secoué la tête. « Vous ne savez pas ce que vous dites, sergent. Vous pensez que je sais qui a tabassé ma Bessie ? »

Derrière lui il y avait une jeune fille avec un plateau chargé d'une théière, de tasses, de petits pots de lait et de sucriers. Même dans l'obscurité du couloir elle avait quelque chose qui se remarquait, une vitalité insolite dans cet environnement décrépit. Ses cheveux bruns étaient coiffés en arrière et tombaient sur les épaules d'une simple blouse blanche boutonnée jusqu'au cou. Elle était attirante, avec une sorte de charme étranger mystérieux, et si j'avais dû deviner j'aurais dit qu'elle avait dans les dix-neuf ans.

Elle a dit : « Excusez-moi », Drummond s'est écarté et l'a regardée monter l'escalier.

Whitelaw a émis un grognement amusé. « Ce que je veux dire, Tommy, c'est que si quelqu'un s'en était pris à ma femme, je voudrais découvrir qui, et peut-être lui casser la figure. Je ne resterais sûrement pas planté dans mon couloir à lorgner une Juive lui monter du thé. Je fouillerais les rues, je m'assurerais que ce salaud ne s'avise jamais de recommencer. »

Durant un instant des mots ont semblé se former dans la bouche de Drummond, mais il s'est apparemment ravisé.

« Vous voulez dire quelque chose ? » a demandé Whitelaw par provocation, mais Drummond a refusé de mordre à l'hameçon.

« Comme je disais, j'ai pas la moindre idée de qui l'a attaquée. »

Whitelaw et moi sommes ressortis sous la pluie. J'ai regardé par-dessus mon épaule Tom Drummond monter la garde sur le seuil tel un loup. Nous nous sommes éloignés en silence. Nous savions tous les deux que nos chances de retrouver quiconque avait agressé Bessie Drummond avaient disparu à l'instant où j'avais perdu mon bonhomme à Shoreditch. En fait, si quelqu'un pouvait découvrir qui l'avait attaquée c'était probablement Tom Drummond. Il avait des contacts que nous n'avions pas. On disait qu'il faisait de temps en temps des petits boulots pour les frères Spiller, deux gars du Yorkshire très costauds et très persuasifs qui avaient trouvé « le pays de Dieu » trop petit et s'étaient installés dans l'East End de Londres. À en croire les rumeurs (et pourquoi pas ?) ils étaient mêlés à presque toutes les activités illicites autour des docks, de la prostitution au racket de protection, grâce à un solide réseau de trafic de tout, de l'alcool de contrebande aux diverses drogues. Si cela passait par les docks, il y avait des chances que les Spiller prennent leur commission.

Ce qui était hors de doute c'était le réseau qu'ils contrôlaient de Whitechapel à l'extrémité de l'île aux Chiens en passant par Bethnal Green, Limehouse et Poplar. Si Tom Drummond voulait vraiment découvrir l'agresseur de sa femme, et en supposant qu'il soit dans leurs bonnes grâces, il lui suffisait de demander à Martin et Wesley Spiller de le faire savoir. Naturellement, Whitelaw le savait aussi, et pendant que nous rentrions au commissariat de Leman Street en traînant les pieds j'ai eu l'impression que ses dernières remarques étaient destinées à encourager Drummond à faire précisément cela.

5

Février 1922

Assam

Je remplis encore une fois ma tasse à la marmite de tisane et je suis Cooper à notre dortoir.

Une seule lampe-tempête suspendue au plafond par un crochet rouillé apporte à la pièce une faible lueur. Elle est secouée quand je ferme la porte derrière moi. Il n'y a pas d'électricité dans le monastère. En fait on la trouve très rarement à la campagne à l'est de Calcutta.

La plupart des lits sont maintenant enveloppés dans la gaze fine des moustiquaires, et leurs occupants bien protégés comme des mites dans leur cocon. L'exception est le Belge, Le Corbeau, qui se débat dans tous les sens, le visage, les cheveux, la poitrine et les vêtements trempés de sueur. Je doute qu'il soit en état de se lever, encore moins d'installer une moustiquaire.

« Ne vous tracassez pas pour lui. »

Je me retourne vers Adler dans son sarcophage de gaze, adossé au mur un livre entre les mains.

« Il sera comme ça toute la nuit. Un moustique ne pourrait même pas atterrir sur lui, encore moins lui sucer le sang. Et si vous installiez une moustiquaire au-dessus de son lit, dans l'état où il est il risquerait de s'emmêler dedans en essayant de se lever. Il trébucherait probablement et se briserait le cou. »

Le Corbeau pousse un cri et met les mains sur ses oreilles.

« Il est là depuis presque une semaine mais on dirait toujours que ce sont les jeunes les plus durement frappés. »

Je vais m'installer sur mon lit.

Le vieil homme se redresse, détache un côté de la moustiquaire de sous son matelas et la soulève pour mieux me voir.

« Comment vous sentez-vous ?

— Pas trop mal. »

C'est un mensonge, mais un mensonge sain. La pinte de tisane que je viens d'avaler n'a pas fait grand-chose pour réduire mon besoin, et la vérité est que je me sens comme si un éléphant m'avait marché dessus, mais dans ces cas-là il est important de conserver sa dignité.

Il hoche la tête. « J'espère que vous continuerez à tenir le coup. Mais pour éviter les risques je suggérerais que vous vous passiez de moustiquaire cette nuit. »

Le conseil me paraît judicieux, ne serait-ce qu'en raison de mon état actuel, je doute d'avoir la force de relever ce fichu machin.

Adler retourne à sa lecture et je vais dans la salle de douches sous les étoiles m'asperger la figure d'eau froide. Je lève les yeux pour contempler la tapisserie du ciel nocturne et je recherche parmi les constellations le point lumineux particulier, le talisman qu'est Vénus, l'étoile la plus brillante de toutes. Napoléon à la veille d'une bataille la considérait comme un présage de victoire, et moi aussi, dans les tranchées, j'ai plus d'une fois levé la tête à sa recherche. Ce soir encore je la cherche, je fouille chaque coin du ciel, mais en vain, et je ressens son absence comme un abandon.

Quand je reviens au dortoir il est sombre, baigné dans la pâle lueur bleue qui tombe de deux petites fenêtres. Quant à la lampe-tempête, l'odeur me dit que sa faible flamme a été éteinte non par une main humaine mais par manque d'huile de paraffine. Je quitte mes sandales, je m'étends sur le matelas en faisant grincer la couchette en bois. Je remonte la couverture jusqu'aux épaules et je commence à frissonner en claquant des dents.

De l'autre côté du passage j'entends Adler ronfler. À côté de lui Le Corbeau se bat avec ses draps en grognant comme un homme qui lutte contre la fièvre. Je ne distingue pas bien les autres, mais il y a des chances qu'ils soient réveillés comme moi, chacun aux prises avec ses démons personnels.

J'attends la torture qui va venir. La souffrance, la peur, les appels à l'aide de Dieu à demi formulés pour un soulagement ou simplement une mort rapide… Je suis déjà passé par là, bien entendu. Deux fois, pour être exact. Deux fois j'ai essayé de me libérer de la dépendance et deux fois j'ai échoué ; je suis retourné en rampant misérablement dans les bras miséricordieux de l'opium. Rien de tel que le sevrage pour vous faire prendre conscience de votre faiblesse. La douleur, physique et mentale, est absolue.

Ce sera pire ici, devant d'autres hommes, même s'ils traversent leur propre enfer. Je voudrais que mes membres soient liés pour m'empêcher de me débattre et que ma bouche soit remplie d'ouate pour étouffer mes cris. Mais les cris et les gesticulations, aussi indignes soient-ils, ne sont que la partie évidente. Le sevrage provoque des nausées et des vomissements, accompagnés d'excrétions incontrôlables telles qu'elles font paraître la mort préférable à la honte d'être dans cet état.

Je me mets à réciter le Notre-Père à voix basse, encore et encore, tel un mantra, non par conviction religieuse mais parce que la répétition rythmique contribue à juguler la panique intérieure grandissante. Et avec cette hypnose faite maison je me prépare à l'une des nuits les plus longues de ma vie.

Viennent ensuite les éternuements, suivis du rhume de l'opium : rhinite, chair de poule et tremblements incontrôlables. Ma tête cogne au rythme de mon pouls, chaque battement de cœur transperce mes tempes et mon torse trempé de sueur, pris de convulsions.

Au bout de cinq heures, ou cinquante minutes, je craque. La douleur parcourt mon corps tout entier, je tombe de mon lit sur le sol de ciment froid, je me mets debout tant bien que mal et vais aux latrines. Penché sur le trou bordé de porcelaine dans le sol je vomis une bile aussi noire que le ciel au-dessus de moi.

Les événements du reste de la nuit sont à peine plus qu'une suite de scènes de film. Je dois avoir halluciné. Je me trouvais dans une cour, entouré d'ombres, ensuite dans le hall de la gare de Lumding où je courais en me frayant un chemin parmi les corps, non à la poursuite de l'homme sans visage, mais pour rester en vie, poursuivi par une présence invisible. Je courais jusqu'à ce que la foule devienne trop compacte, qu'elle m'enveloppe et que je suffoque. Le ciel devenait noir, je voyais un corbeau qui tombait et restait sur le sol humide le cou brisé, et j'entendais le rire d'un homme mort. Je me bouchais les oreilles, serrais les paupières et invoquais le ciel. La manœuvre devait être efficace puisque j'ouvrais les yeux et voyais un ange aux cheveux d'or dont le visage exprimait la béatitude. Il prenait soin de moi, me raccompagnait au dortoir. La dernière chose dont je me souvienne est le visage d'Adler. Je me revois lui crier quelque chose. Je le revois me traîner dans la cour et m'apporter une tasse de la marmite de tisane.

Agité de convulsions je la lui ai fait tomber des mains en jurant et en lui criant des obscénités. J'ai dû hurler car un des moines indiens est accouru. Il m'a fourré quelque chose entre les dents et tous les deux m'ont forcé à l'avaler. Et c'est tout ce dont je me souviens.

Le gong retentit à cinq heures et j'ouvre les yeux. Il fait jour. L'aube froide et grise de la région des collines se glisse par les fenêtres dans le dortoir. La douleur dans la tête et les membres s'est quelque peu atténuée, comme toujours au petit matin. La fièvre de l'opium, comme toutes les fièvres, est pire la nuit, elle joue sur nos peurs de l'obscurité.

Autour de moi mes compagnons de chambrée se lèvent. Je reste un moment étendu à me demander ce qu'ils ont pensé de mes frasques. Je me redresse lentement. En face, Adler est déjà debout. Il regarde de mon côté et sourit.

« Alors, vous avez survécu ?

— Peut-être. »

Il décroche sa moustiquaire pour la plier.

« Vous vous sentez assez bien pour vous lever ?

— Seulement si c'est pour le petit déjeuner.

— Pas avant quelques heures encore, mais si vous pouvez vous devriez vous lever quand même. »

Je suis son conseil. Tous les autres sont debout aussi sauf le Belge, Le Corbeau, qui est couché avec son drap sur la tête comme un linceul. Cooper, lui, a l'air en pleine forme. Il vient vers moi.

« Toujours parmi nous, mon vieux ? C'est un sacré concert que vous nous avez offert cette nuit. »

Il l'a dit sans méchanceté et doit s'apercevoir de mon embarras.

« Ne vous tracassez pas, poursuit-il. Tous ici nous avons donné notre interprétation personnelle de cette chanson. La vôtre a été l'une des plus anodines. Vous devriez avoir honte. »

Il me tend la main, m'aide à me lever et me tape sur l'épaule.

J'enfile la paire de sandales fournie par l'ashram et j'examine ma chemise de même provenance. À part quelques taches séchées, il y a étonnamment peu de traces de la récréation de cette nuit.

« Allons, dit-il. Bienvenue à votre première journée complète de cure. »

6

Février 1905

Est de Londres

Nous avons été alertés par les clameurs de la foule accourue devant l'entrée de la maison. Moins de quarante-huit heures après l'incident dans Grey Eagle Street, je jouais des coudes pour atteindre la porte de Bessie. Le sergent Whitelaw était moins discret, il brandissait sa matraque et s'ouvrait la voie avec un joyeux « dégagez, bordel » et une vigueur qui suggérait davantage que son enthousiasme habituel. Il faut dire qu'il n'aimait pas les gens, particulièrement les étrangers : Irlandais, Chinois, Juifs, Arméniens, Whitelaw les maudissait tous, mais tout spécialement les Juifs, et les habitants des rues et ruelles autour de Brick Lane en particulier.

Je l'ai rattrapé dans le couloir sans éclairage où nous nous trouvions deux nuits plus tôt, son visage marqué par un rictus de dégoût. La transpiration faisait briller son front et ses favoris, et une odeur forte émanait de lui telle une aura.

Nous effectuions notre ronde habituelle : de Shoreditch au commissariat de Leman Street en passant par Brick Lane, nous tuions une demi-heure à traverser quelques-unes des rues les plus miséreuses de

Londres. Nous étions à dix minutes de chez nous et d'une tasse de thé quand nous les avons entendus : des cris individuels qui se rassemblaient dans la clameur amassée d'une foule. Il était difficile de savoir ce qui se passait. Brick Lane était si encombrée d'hommes et d'animaux qu'il était presque impossible de voir sur le trottoir d'en face, à plus forte raison à une centaine de yards de là. Mais le bruit nous a fait courir jusqu'à l'entrée de Fashion Street, et c'est là que nous les avons vus, un groupe de soixante-dix environ agglutinés autour d'une porte un peu plus bas dans la rue. Tout en courant, j'ai su qu'il s'agissait de Bessie et je craignais déjà le pire. En effet, c'était devant la porte noire du 42 que la foule s'était massée et je suis resté paralysé sur place. La voix retentissante de Whitelaw m'a ranimé.

Le sergent s'est appuyé contre la rampe en soufflant. Sa respiration était sifflante. « Ces gens-là », a-t-il dit en regardant la vieille femme qui se tenait devant lui sans rien comprendre. Sa petite bouche fripée restait ouverte de peur tandis qu'elle indiquait le premier étage.

« Là. Haut. »

Whitelaw lui a crié : « En anglais, fichue bonne femme ! Quelqu'un parle anglais ici ? »

La vieille femme a appelé d'une voix incertaine, hésitante : « Rivkah ! »

Une porte s'est ouverte et une silhouette féminine est apparue dans le couloir sombre. En la regardant approcher je me suis aperçu que c'était la jeune fille qui avait fait du thé pour Bessie deux nuits plus tôt. Elle avait les yeux rouges et gonflés.

La vieille femme, l'air terrorisé, a lancé une phrase dans une langue étrangère.

« Je parle anglais, a dit la jeune fille.

— Dieu soit loué, s'est exclamé Whitelaw. Et comment t'appelles-tu, mon chou ?

— Rebecca.

— Eh bien, tu peux peut-être nous dire ce qui se passe ici.

— C'est Mme Drummond, a dit Rebecca. Elle a été attaquée. »

Une seconde plus tard j'étais à mi-étage, Whitelaw soufflant derrière moi. Le jour gris entrait à travers une tabatière et éclairait le palier du premier. Deux autres femmes, d'un certain âge et enveloppées dans un châle comme des poupées russes, se tenaient sur le seuil de la chambre de Bessie et Tom Drummond. La porte pendait sur ses gonds comme si elle avait été soufflée par une tempête.

Je les ai écartées et je suis resté pétrifié.

Une lumière jaune traversait des rideaux fins. Le canari s'accrochait aux barreaux de sa cage et regardait à l'extérieur. C'était cette scène et cette couleur qui resteraient dans ma mémoire pour les années à venir, conservées dans l'ambre.

Bessie était couchée sur le vieux lit en cuivre, le visage caché sous une masse de boucles sombres et la tête encadrée dans un halo de sang cramoisi. Sa peau était grise, son corps flasque. L'énergie vitale qu'était Bessie Drummond semblait disparaître sous mes yeux.

J'étais agenouillé auprès d'elle quand Whitelaw est arrivé à la porte.

« Nom de Dieu. Elle est… ? »

J'ai pris son poignet. Il avait déjà l'étrange moiteur froide qui annonce la mort.

« Elle vit encore », ai-je dit. Puis je me suis tourné vers Rebecca qui se tenait maintenant à côté de Whitelaw. « Avez-vous appelé un médecin ?

— Oui, monsieur. Le docteur Ludlow. Son cabinet est au coin de la rue. On est allé le chercher. »

Je le connaissais, un bon chrétien qui soignait les pauvres et jouissait d'une réputation sans égale, mais je craignais que même lui ne puisse plus faire grand-chose pour Bessie.

En dépit de la proximité de son cabinet, la foule avait réussi à parvenir à la porte de la rue avant le brave docteur. Dans les rues de Whitechapel les mauvaises nouvelles ont toujours circulé vite. Comme au temps de Jack l'Éventreur. Un étrange téléphone arabe plus rapide que le télégraphe.

J'ai demandé à Rebecca où était Tom Drummond.

« Je ne sais pas, a-t-elle répondu. En train de chercher du travail, je suppose.

— Qui l'a trouvée ? a demandé Whitelaw en se penchant sur Bessie.

— Moi, a dit la jeune fille. C'est-à-dire Mme Rosen, qui est au rez-de-chaussée, et moi. C'est elle qui est allée chercher le docteur Ludlow. »

Avant qu'elle puisse poursuivre, un grand bruit nous est parvenu d'en bas. J'ai entendu la porte de la rue s'ouvrir et des bottes dans l'escalier. Bientôt la grande silhouette du docteur Ludlow portant son sac est entrée dans la pièce.

« Comment va-t-elle ? » a-t-il demandé en jetant son manteau par terre et en venant s'agenouiller à côté de moi.

J'ai répondu en m'écartant : « Le pouls est faible, et sa respiration est… »

Ludlow a effectué un examen rapide puis s'est tourné vers Whitelaw et moi. « Je ne vois pas d'où vient tout ce sang. Aidez-moi à la mettre sur le côté. »

Je me suis armé de courage et je l'ai prise par les épaules. Whitelaw a pris ses jambes. Suivant les instructions de Ludlow nous avons fait doucement rouler Bessie sur le côté et fourni une réponse immédiate à sa question. L'arrière de sa tête était collé de sang, le crâne défoncé.

Ludlow a perdu son calme. « Nous devons la déplacer, et vite. » Il m'a demandé : « Allez chercher un fiacre. Il faut la transporter au London Hospital. »

J'ai obéi et suis sorti en passant devant un Whitelaw bouche bée et décomposé. Rebecca était sur le seuil et je l'ai prise par le bras, je l'ai entraînée dans l'escalier en courant. Nous étions presque dehors quand je l'ai lâchée.

Il y avait de la peur dans ses yeux. « Qu'est-ce qui vous prend ? »

J'ai essayé de ne pas crier. « Qu'est-ce qui s'est passé ?

— Je ne sais pas. Comme Bessie n'est pas descendue boire son thé ce matin je suis montée mais sa porte était fermée à clef. J'ai entendu du bruit à l'intérieur, alors je suis allée chercher Mme Rosen et nous avons défoncé la porte. »

Avant que je puisse en dire plus elle est sortie, a plongé dans la foule et couru en direction de Brick Lane pour héler un fiacre.

La rue était étroite et toujours encombrée, mais il y avait un endroit un peu plus loin vers le sud où elle s'élargissait et où les cochers de fiacre laissaient leurs chevaux se reposer en attendant le client. Seulement ce jour-là l'emplacement était vide. La jeune fille a essayé de héler des voitures qui passaient, aucune ne s'est arrêtée. Elle allait essayer de nouveau quand je suis descendu sur la chaussée, j'ai levé la main et ordonné au cocher de s'arrêter. Le pouvoir de l'uniforme de la police n'a jamais manqué de m'impressionner. Le cocher a tiré fermement sur ses rênes et son cheval a stoppé net.

J'ai ordonné au passager, un monsieur portant un costume, des bottes et un chapeau, de descendre. Il n'était pas très content, mais un des traits de la middle class britannique sur lequel on peut compter est l'obéissance sans discussion à tout uniforme.

« Alors qui va me payer ma course, petit ? » a grogné le cocher pendant que je le dirigeais dans Fashion Street vers le numéro 42. « J'ai pris ce monsieur à Bethnal Green. Je l'emmenais jusqu'à Ludgate Circus.

— Je la paierai, et aussi le trajet jusqu'à l'hôpital. »

Le cocher m'a souri avec une bouche jaunie et très aérée. « Bien aimable à vous, monsieur. »

J'ai tiré quelques pièces de ma poche. « Tenez, ai-je dit en les lui tendant. Gardez la monnaie. »

Cela m'a valu un petit salut de la tête et un autre sourire jauni.

À la maison, Ludlow et Whitelaw avaient transformé le drap sur lequel reposait Bessie en civière de fortune. Sous les directives du médecin, le cocher, Whitelaw et moi l'avons descendue doucement et transportée dans le fiacre. Entre-temps, d'autres agents étaient arrivés et contenaient la foule.

J'ai demandé à Whitelaw : « Voulez-vous que j'aille avec elle et le docteur ?

— Alors vous êtes médecin, Wyndham ?

— Non… ai-je bégayé. J'ai seulement pensé…

— Laissez-moi m'occuper de penser. Tenez-vous-en à ce que vous savez faire. Restez ici et assurez-vous que personne n'entre ni ne sorte. »

7

Février 1922

Assam

« Prenez un balai », me dit Fitzgerald.

Nous sommes sortis de notre dortoir tous les sept et nous avons rejoint le groupe de pensionnaires qui se dirige vers l'enclos près du bâtiment principal du monastère. Là, un moine maigre comme un clou, vêtu d'orange, remet des balais à la congrégation réunie.

« La première tâche quotidienne, poursuit l'Américain, est de balayer l'ashram. Tous y participent. Enfin, tous ceux qui peuvent tenir debout. »

Je regarde Cooper. Il part ce matin mais il fait tout de même la queue pour avoir un balai.

« Vous savez, je n'avais jamais touché à un de ces trucs avant de venir ici », dit Fitzgerald en brandissant le balai dans ses grandes pattes comme un enfant son jouet préféré. Il le contemple, fasciné. Je pourrais rire, mais je m'aperçois que moi non plus je n'en ai pas touché un depuis des années. Pas depuis mon arrivée en Inde.

« Vous avez parlé avec frère Shankar ? Il parle beaucoup de la voie de l'illumination. Il dit que le meilleur endroit pour s'y engager est ici même, en balayant par terre. » L'Américain regarde encore une fois son balai. « Je pense que c'est une idée intéressante. »

Je commence vite à comprendre ce qu'il veut dire. Il y a quelque chose d'apaisant dans le mouvement rythmé qui consiste à balayer la poussière et les feuilles qui sont tombées pendant la nuit, et je m'aperçois bientôt que mon esprit vagabonde. Je me rappelle la nuit passée, ma vision angélique et la main d'Adler me retenant pendant qu'un moine introduisait quelque chose dans ma bouche. Le goût et la texture me reviennent. Herbeux, agressifs. Comme une feuille d'épinard mais en plus épais, plus cireux. Plus amer.

Les corvées durent au moins une heure, et après avoir rendu mon balai je suis de nouveau mes camarades de chambrée, cette fois dans la grande cour dominée par la statue de la déesse Kali, à côté de laquelle brûle un petit feu entretenu par un vieux moine accroupi.

Les pensionnaires se mettent en rang, plus ou moins par race. Contrairement à l'habitude, nous, les Occidentaux, nous allons au bout, notre sens des privilèges éclipsé pour une fois par un refus d'invoquer une divinité païenne alors même que nous cherchons le salut grâce à ses moines.

Frère Shankar longe notre rangée en nous distribuant des bâtonnets d'encens et j'en prends un, comme les autres. Autour de nous les moines s'alignent dans leurs tenues safran en récitant leurs mantras et en offrant des prières à la déesse. À côté de moi Adler se tient respectueusement tête baissée. Le Français, Lavalle, a une expression de dédain qui suggère un degré de dégoût pour toute cette affaire ou une grave indigestion.

L'air s'emplit du parfum de bois de santal et l'un après l'autre les rangs de fidèles s'approchent du feu, allument leur bâtonnet d'encens à la flamme sacrée puis le plantent dans le sol meuble devant l'idole. Mais quand arrive notre tour personne ne bouge. Frère Shankar revient prendre nos bâtonnets.

Je chuchote à Fitzgerald : « Et maintenant ?

— *Joge*. »

Je sens mon front se couvrir de sueur. Affaibli par la faim, épuisé par mes épreuves de la nuit et les muscles encore pris de crampes en raison du sevrage, il ne me manque plus que de me lancer dans des efforts physiques. Bien entendu, je suis libre d'y échapper, les exercices ne sont pas obligatoires, et pourtant, parce que des indigènes sont présents, je sens que je n'ai pas d'autre choix que d'y participer. C'est curieux. Je suis opiomane, le plus méprisable des méprisables, et loin d'être un modèle pour une campagne de défense de l'homme blanc, et pourtant, la nature de l'Empire est telle que même maintenant une part de moi croit que je dois conserver un certain standing. Comme s'il était essentiel de montrer qu'un opiomane anglais est supérieur à un opiomane indigène. Et le pire c'est que je ne le fais pas pour moi, mais parce que je sens que les indigènes l'attendent de moi.

En fait, il n'y a rien à redouter. *Joge* se révèle n'être guère plus que quelques étirements et des exercices de respiration, dont le plus étrange consiste à se boucher une narine et respirer profondément par l'autre avec une expression de grande surprise. Comme pour le reste de la théâtralité de la matinée, je suis le mouvement parce que je n'ai rien à perdre.

Il doit être près de huit heures quand cette séance de gymnastique prend fin. Je ne peux pas en être sûr parce que ma montre a été confisquée avec mes vêtements et se trouve actuellement, m'a dit frère Shankar, en sécurité dans un coffre-fort quelque part à l'intérieur de l'ashram. Les exercices sont suivis de l'appel, puis d'un petit déjeuner avec, encore, du riz, des lentilles et de la tisane.

Pendant le petit déjeuner Adler m'explique la routine de la vie monastique.

« Ils aiment que vous vous impliquiez, dit-il en récupérant ses dernières lentilles. Dans la préparation des repas, dans les travaux des champs. Vous pourriez même participer aux prières si le cœur vous en dit. Mais je suggère qu'aujourd'hui du moins vous économisiez vos forces. Reposez-vous dans le dortoir. Prenez un bain de vapeur, lisez… »

Après le petit déjeuner je me joins aux autres pour dire au revoir à Cooper, un moment qui se révèle étonnamment sentimental, accompagné de plus de larmes qu'un enterrement italien.

« Quand vous souffrez aux côtés d'un homme, dit Adler, un lien se crée entre vous. Et il est d'autant plus fort que personne ne peut comprendre tout à fait ces souffrances partagées. »

Je sais de quoi il parle. Après tout, j'ai passé trois ans dans les tranchées.

La sueur. Noire comme le goudron, relevée d'opium, elle suinte de mes pores et goutte ; elle retourne à la poussière indienne d'où elle est venue. Je suis étendu sur un lit de planches, un avant-bras luisant sur les yeux.

L'air ressemble à un brouillard oppressant qui brûle la peau et irrite les sinus ; le silence est ponctué par la chute des gouttes d'eau condensée sur le plafond en béton qui tombent avec une régularité de métronome sur le sol poussiéreux. D'un côté, un poêle à bois brûle doucement, un étroit tuyau le relie à un trou dans le plafond. Posée dessus bouillonne une casserole remplie d'eau et de feuilles, noircie et cabossée de vieillesse. La forte odeur d'herbes de la vapeur me rappelle un bain turc. Il manque toutefois la branche de bouleau pour se flageller. À l'ashram la pénitence prend une forme différente.

La chaleur me fait penser à Calcutta avant la mousson, cette chape torride, poisseuse, oppressante qui accable la ville pendant des mois comme une fièvre et éclate finalement en pluie bénie qui apporte la vie. Je me souviens de ce premier été à Calcutta quand l'imagination d'un jeune homme se tourne vers des pensées d'ombre, d'heures chaudes passées à l'intérieur, et du soulagement de la fin d'après-midi quand la température tombe mais que l'humidité demeure. Je pense à Sat et à ses promenades le long du fleuve au crépuscule pour trouver là l'unique murmure de vent. Je pense aussi à Annie Grant, la femme qui m'a tant apporté, sinon le bonheur au moins un espoir dans ma vie depuis mon arrivée en Inde. Je ne sais pas si je l'aime. Je ne sais pas si je peux même aimer une autre femme après la mort de mon épouse, mais je tiens à elle. Quant à ses sentiments, en supposant qu'elle m'ait jamais aimé, alors son amour a été mis à l'épreuve bien au-delà du point de rupture. Je ne peux pas lui en vouloir. Je suis loin d'être facile à aimer, même dans les meilleures circonstances, ce qui n'a pas été le cas ces dernières années. En général je n'aime pas y penser. S'attarder sur des histoires d'amour, comme admettre aimer la cuisine française, est une faiblesse plutôt répugnante et résolument non anglaise. Mais ici, dans la chaleur et l'isolement d'une boîte de béton pleine de vapeur, mon esprit retourne à Annie et à ce que je pourrais faire à mon retour pour me racheter auprès d'elle.

Je reste là vêtu seulement d'un pagne et je cuis comme un porc dans un four. Parmi les expériences de l'ashram celle-ci n'en est pas moins l'une des plus agréables, et elle s'achève bien trop tôt.

La porte s'ouvre et la chaleur s'évapore comme un beau rêve. Un moine indigène se tient sur le seuil avec une *gamcha* pliée sur le poignet comme un serveur du Ritz.

« Venez, dit-il, frère Shankar souhaite vous voir. »

Je m'essuie, j'enfile ma plus belle tenue d'ashram, chemise, pantalon à taille coulissante et sandales, et je le suis à travers la cour à midi.

Il me laisse à la porte du bureau de Shankar avec un sourire de contentement tellement serein que partout ailleurs je le soupçonnerais d'avoir fumé une pipe d'opium.

Les bribes d'une conversation agréable me parviennent de l'intérieur, ainsi qu'une voix féminine. Je frappe doucement mais assez fermement pour me faire entendre.

C'est Shankar qui répond.

« Entrez. »

J'ouvre la porte, et je sens aussitôt deux regards sur moi. La petite pièce embaume un parfum de prix. Je le respire, je le déguste comme un homme affamé.

« Vous voilà, Sam », dit le moine rayonnant en se levant. Il vient poser deux mains protectrices sur mes épaules puis se retourne pour me montrer à la visiteuse.

« Je voudrais vous présenter à une amie. Voici Mme Emily Carter. »

Une femme d'environ trente ans est assise devant le bureau de Shankar. Elle sourit, dents blanches entre des lèvres rouges, et je me rends compte que je l'ai déjà vue. L'ange blond de la nuit dernière.

« Vous me paraissez familière, dis-je. M'avez-vous aidé à retourner au dortoir la nuit dernière ? »

Emily Carter est assise là, une vision en robe d'été, et elle acquiesce. « Je pensais que vous ne vous en souviendriez peut-être pas. »

« Mme Carter nous aide avec certaines de nos patientes de l'ashram, dit Shankar. Elle vous a trouvé errant dans la cour. J'ai pensé qu'il lui serait peut-être agréable de vous rencontrer dans des circonstances plus… paisibles. »

C'est une façon intéressante de le dire. Je suppose que par « paisibles » il parle des moments où je ne délire pas comme un fou furieux.

« C'est un plaisir de vous rencontrer, madame », dis-je. Et c'est vrai. Un réel plaisir. Nous sommes peut-être tous créés à l'image de la divinité, mais certains sont visiblement plus proches de l'original que d'autres. Ce n'est pas seulement sa beauté d'actrice de cinéma. Il y a quelque chose de plus, quelque chose d'inextricablement lié à la bonté qu'elle m'a montrée la nuit dernière.

« C'est aussi une grande bienfaitrice.

— Elle ressemble beaucoup au bon Samaritain. »

Emily Carter chasse le compliment d'un geste de la main et à son doigt un diamant de la taille de l'iceberg qui a fait sombrer le *Titanic* scintille à la lumière.

« Frère Shankar me dit que vous venez de Calcutta, capitaine Wyndham.

— C'est exact. J'ai pensé m'éloigner quelques semaines. Admirer les paysages de l'Assam. »

Encore une fois elle a ce sourire céleste. « J'espère que vous aurez l'occasion de le faire. Après votre séjour ici. »

J'ai soudain la bouche aussi sèche que les plaines salées du Gujarat. « Je… Je l'espère aussi. »

On frappe avant que je puisse ajouter un autre commentaire brillant. La porte s'ouvre et le moine qui m'a introduit apparaît de nouveau.

« Madame Carter, dit-il, votre voiture est arrivée. »

Emily Carter se lève.

L'ascension de Vénus.

« Veuillez m'excuser, capitaine. Enchantée d'avoir fait votre connaissance. »

Shankar prend ses mains dans les siennes avec un sourire rayonnant. « Merci pour tout, Emily. »

Un instant plus tard elle a disparu en ne laissant que le souvenir d'elle enveloppé dans les effluves de son parfum qui s'attardent. Je surprends l'expression de Shankar, un air distant, lointain, évoquant des pensées qui ne sont pas totalement compatibles avec la vie monastique. Non que je le blâme. Emily Carter a l'air du genre de femme capable de déstabiliser n'importe quel mâle à sang chaud, moine ou autre, y compris le vieux Devraha Swami ou le pape.

« Une dame intéressante, dis-je.

— Hmm ? » Shankar sort de sa rêverie. « Oh oui, merveilleuse. Simplement merveilleuse. Elle a fait tellement pour nous depuis son arrivée à Jatinga. La plupart des dames anglaises refuseraient d'être vues ici à l'ashram. Cela ne se fait pas de fréquenter des drogués ou des hindous. Mais Mme Carter, ah, une grande dame. Elle vient deux fois par mois environ nous aider autant qu'elle le peut. Principalement auprès de nos patientes, naturellement, mais aussi à la cuisine parfois. Elle s'intéresse réellement à tout, de l'administration de l'ashram à la préparation des herbes curatives.

— Attention, elle va bientôt se convertir à l'hindouisme.

— N'ayez crainte. Elle n'a manifesté aucun intérêt. »

Par la fenêtre derrière lui je vois Emily Carter traverser la cour où l'attend une grosse voiture noire. Aussitôt un chauffeur descend et s'empresse d'aller ouvrir la portière arrière. Elle le remercie d'un sourire puis elle baisse la tête et disparaît à l'intérieur.

Avec le souvenir de Mme Carter qui s'attarde agréablement dans ma tête et du temps libre avant le déjeuner je quitte frère Shankar et pars à la recherche de la bibliothèque.

La pièce est plus grande que je ne m'y attendais, quoique je ne sache encore pas quelle idée je devrais me faire d'une bibliothèque d'ashram. Trois murs sont occupés du sol au plafond par des étagères de textes religieux. Il y en a pour tous les goûts à condition que vous aimiez la littérature portée sur la théologie, des épais volumes reliés en cuir et imprimés à la main, avec une couverture décorée d'un élégant filigrane raffiné jusqu'aux livres produits en masse, mal imprimés, grossièrement brochés que tous les book-wallahs de College Street à Calcutta vendent à la pelle pour quelques annas chacun.

Je me demande pourquoi Adler m'a suggéré de venir ici. Il est évident que je ne me consacre pas au sanscrit, et même si j'avais envie d'étudier les textes sacrés hindous, ce n'est vraiment pas le meilleur jour pour commencer. Je remarque enfin qu'en bas de quelques étagères poussiéreuses il y a des livres en anglais, et à ma grande joie ils ne concernent pas la religion. Je m'agenouille, je regarde rapidement les titres et je souris. Vers la fin d'une rangée je reconnais un titre. J'essuie la poussière du dos. *Les Quatre Justiciers*. C'est un roman policier publié en 1905. Je le sais parce que je l'ai acheté la semaine de sa parution. C'était un best-seller, pas à cause de ses qualités mais parce que l'auteur, Edgar Wallace, n'avait pas écrit le dernier chapitre. Il avait fait passer une annonce dans le *Daily Mail* offrant 250 livres sterling à qui résoudrait le crime. Bien entendu, Wallace, comme la plupart des auteurs, surestimait sa propre intelligence. Tout d'abord, la solution n'était pas tellement difficile à trouver ; à l'époque tout jeune agent de police dans l'East End de Londres j'avais réussi à la trouver et l'avais dûment envoyée au *Mail*. Plus important, Wallace avait omis de dire qu'il n'y aurait qu'un gagnant, si bien que tous ceux qui avaient envoyé la bonne réponse avaient droit à la récompense. Résultat,

Wallace a été ruiné et dix-sept ans plus tard j'attends toujours mes 250 livres.

Je prends le roman et retourne au dortoir, je m'étends sur ma couchette et au son des prières et du chant des oiseaux, je l'ouvre.

En quittant la Plaza del Mina, descendez la rue étroite où de dix à quatre heures le grand drapeau du consulat des États-Unis pend paresseusement…

Je referme le livre et le pose sur ma poitrine. C'est étrange comme l'année 1905 continue de resurgir. Depuis mon arrivée dans l'Assam on dirait qu'une présence invisible dirige mes pensées vers cette année-là ; la silhouette à la gare de Lumding, mes souvenirs de Bessie Drummond, la compassion dont fait preuve le Juif Adler, et maintenant ce roman.

1905.

L'année où je n'ai pas été assez fort.

J'ai l'impression de lire dans des viscères porteurs de mauvais augures.

Un homme religieux pourrait y voir la main de Dieu ou des dieux, et après tout je me trouve dans un ashram dédié à Kali la Destructrice. Tout cela fait-il partie de quelque jugement surnaturel ? On dit que le passé nous rattrape tous. Peut-être m'a-t-il finalement rattrapé.

8

Février 1905

Est de Londres

Quand le corps de Bessie inconsciente a quitté la scène, la foule, comme toutes les foules, a senti que le spectacle était terminé et a commencé à se disperser. Ceux qui restaient se sont transformés de badauds en juge et jury, échafaudant des théories sur l'identité de l'agresseur.

La réponse était toute prête. C'était forcément Tom Drummond, ce gaspillage d'espace que Bessie avait épousé si hâtivement. C'était dans son caractère et ses habitudes de régler les problèmes avec ses poings. Mais en l'occurrence, dans l'atmosphère misérable de l'East End, rien n'était jamais aussi simple.

J'ai attendu jusqu'à ce que la foule se soit éloignée, je suis retourné à l'intérieur et je suis monté. La porte de la chambre de Bessie était entrouverte, la pièce était vide et le lit réduit au matelas trempé de sang. Ces quatre murs avaient contenu la totalité de ses possessions terrestres : le canari dans sa cage, un bureau branlant, entaillé et rayé, un fauteuil miteux sur lequel était plié son châle rouge, une armoire dont la porte ouverte pendait sur ses charnières et sur laquelle était posée une valise, et sous le lit une malle en acier comme les aiment les marins, protégée par un solide cadenas.

Je suis entré et j'ai essayé de fermer derrière moi la porte défoncée, mais elle s'est rouverte aussitôt. J'ai regardé les dégâts de plus près. La serrure semblait suffisamment résistante, le pêne était entièrement sorti. Mais la meilleure serrure ne sert à rien si le chambranle est pourri. Le montant lui-même était mince et s'était détaché facilement. Il n'avait pas dû falloir davantage que quelques vigoureux coups d'épaule pour qu'il se détache de l'encadrement.

C'est alors que je l'ai remarquée, bien qu'en réalité j'aie failli trébucher dessus. Sur le sol, non loin de la porte, se trouvait sa clef. Bizarre. La seule raison pour laquelle la clef pouvait se trouver là par terre était qu'elle avait été délogée quand la porte avait été forcée par ses voisines. Et si la porte était fermée de l'intérieur, alors comment Tom Drummond, ou qui que ce soit d'ailleurs, avait-il attaqué Bessie et était-il sorti de la pièce ? Cela impliquerait que son agresseur l'ait massacrée puis soit parti pendant qu'elle fermait la porte derrière lui avant de s'effondrer sur le lit. C'était absurde.

J'ai pris mon mouchoir et j'ai ramassé la clef avec précaution, je l'ai enveloppée et glissée dans la poche de ma tunique. J'ai passé les cinq minutes suivantes à fouiller la pièce à la recherche de l'arme qui avait été employée. Je n'ai rien trouvé. Je m'apprêtais à regarder par la fenêtre ouverte quand j'ai entendu la voix de Whitelaw qui venait de quelque part sur le palier. Je me suis hâté de retourner dans le couloir dans l'espoir qu'après le départ de la foule il m'autorise à aller à l'hôpital prendre des nouvelles de Bessie.

Deux portes plus loin j'ai trouvé Whitelaw debout devant un vieux couple assis au bord d'un lit. À côté d'eux se tenait Rebecca. Elle avait le visage tout rouge. La vieille dame était celle qui nous avait ouvert la porte précédemment. J'ai présumé que l'homme était son mari. Il avait l'air vieux comme Mathusalem, avec un visage épais et noueux comme de l'écorce. De fines mèches de cheveux blancs et rares sortaient de sous un petit calot noir. D'une main tremblante il tenait le manche de sa canne, et de l'autre la main de sa femme.

« Alors ils n'ont rien entendu ? » a demandé Whitelaw.

Rebecca a acquiescé. « C'est ce que j'essaie de vous expliquer.

— Une femme se fait battre comme plâtre à quelques pas d'ici et M. et Mme Rip Van Winkle n'ont strictement rien entendu ? Ils dormaient ? C'est ça ? »

La jeune fille a soupiré. « Mme Feldman a quitté la pièce avant sept heures ce matin. Elle était dans la cuisine ou dans la cour presque toute la matinée. M. Feldman est partiellement sourd d'une oreille et complètement de l'autre. Un train aurait pu traverser le palier sans qu'il l'entende. »

J'ai signalé ma présence en toussotant.

Whitelaw a dit : « Wyndham ? Je croyais vous avoir demandé de surveiller en bas.

— En effet, monsieur, mais il n'y a plus personne à surveiller. J'ai cru que je pouvais…

— Eh bien puisque vous êtes là, pourquoi vous n'essayez pas de tirer quelque chose de ces deux-là ? Une femme est attaquée au bout du couloir et apparemment ils n'entendent rien. À les croire, ç'aurait aussi bien pu arriver sur la lune. »

Rebecca a intercédé au nom du vieux couple. « J'ai essayé d'expliquer à votre collègue que M. Feldman est presque totalement sourd et que Mme Feldman n'était pas chez elle, mais il n'a pas l'air de comprendre l'anglais. »

Whitelaw s'est raidi et je me suis empressé de réprimer tout signe d'amusement.

« Avez-vous vu des étrangers entrer ou sortir de la maison aujourd'hui ? »

Rebecca a haussé les épaules. « Je ne pense pas. » Soudain son expression a changé. « Il y a eu un homme. Il était avec Tom, M. Drummond.

— Avec ? Quelle heure était-il ?

— Ce devait être après huit heures. Le sifflet des docks avait déjà retenti depuis un moment. M. Drummond l'a amené. Ils sont entrés et ils se sont assis dans la cuisine. Je le sais parce que j'étais là quand ils sont arrivés, je préparais le petit déjeuner.

— Et vous dites qu'il est arrivé avec Drummond ?

— Oui. Je n'ai pas vu Tom sortir, mais d'habitude il va à St Katharine Docks vers six heures le matin pour rejoindre les hommes qui cherchent un travail à la journée. S'il n'en trouve pas il revient généralement prendre le petit déjeuner.

— A-t-il l'habitude de revenir accompagné ?

— C'est la première fois que je l'ai vu avec un invité. »

Le choix du terme était surprenant. Tom Drummond ne m'apparaissait pas comme susceptible de recevoir des invités, notamment à huit heures le matin.

« De quoi cet invité avait-il l'air ? »

Elle a réfléchi un instant. « Taille moyenne, plus petit que M. Drummond. Il avait un nez bizarre.

— Bizarre ?

— Comme un aileron de requin.

— Autre chose ?

— Il portait un manteau marron. Rapiécé.

— Comme tout le monde par ici », a remarqué Whitelaw.

Elle lui a lancé un regard furieux. « Les pièces étaient vertes. Qui rapièce un manteau marron avec du tissu vert ? »

J'ai proposé : « Quelqu'un qui n'a pas d'autre couleur ? »

Elle a paru trouver ma réponse amusante. « À Whitechapel ? Il y a trente tailleurs rien que dans Brick Lane. »

C'était une remarque juste. Dans le quartier on trouvait un tailleur à chaque pas, et chaque tailleur avait des tas de chutes de tissus de toutes les couleurs.

« Il est peut-être seulement excentrique ? a dit Whitelaw.

— Peut-être. J'ai simplement trouvé ça inhabituel. »

Toujours assise sur le lit la vieille Mme Feldman a pris nerveusement la parole. Des mots en yiddish, destinés à Rebecca.

L'expression de la jeune fille a changé, son air supérieur a soudain disparu, sans doute temporairement.

Je lui ai demandé : « Qu'a-t-elle dit ?

— Qu'il y avait eu un autre visiteur ce matin… pas exactement un visiteur, et ce n'était pas un étranger.

— Qui donc ?

— Le propriétaire, M. Caine.

— Quelle heure était-il ? » a demandé Whitelaw.

Rebecca a consulté la vieille femme qui avait maintenant l'air de se repentir d'avoir ouvert la bouche.

« Elle pense qu'il devait être sept heures et demie. Avant que Tom Drummond revienne avec son ami.

— Et il a rendu visite à Bessie ? »

Nouvelle série de questions, réponses et traduction.

« C'est exact, a dit Rebecca. Il est venu voir si elle allait bien… et récupérer le loyer, sans aucun doute.

— Vous ne l'avez pas vu ?

— J'avais des courses à faire. Je me suis absentée entre sept et huit heures. »

Mme Feldman est intervenue de nouveau. Rebecca s'est tournée vers elle.

« Elle demande si vous avez encore besoin d'elle ou de son mari. »

Whitelaw a eu un rire bref et ironique. « Non, dites-leur que ça suffit, mon chou. Dites-leur qu'ils nous ont été très utiles.

— Dans ce cas, vous pensez que nous pouvons nous en aller ?

— Le bruit dérange M. Feldman ? » a-t-il dit d'un ton acerbe.

Rebecca Kravitz n'a rien vu là de drôle.

Quand nous sommes sortis le vieux M. Feldman nous a adressé un grand sourire édenté. J'ai fermé la porte et j'ai continué de poser des questions.

« Quand Drummond est revenu avec son invité, est-il monté voir sa femme ? »

Rebecca s'est gratté l'oreille. « Je ne l'ai pas vu, mais je suppose que oui.

— Pourquoi ?

— Parce que c'est ce qu'il fait d'habitude quand il n'a pas trouvé de travail. Il revient ici et arrache ce qu'il peut à Bessie pour aller au pub.

— Savez-vous à quelle heure ils sont partis, Drummond et l'homme au manteau marron ?

— Non. J'étais chez moi, mais je suis descendue vers neuf heures. Ils étaient déjà partis.

— Avez-vous vu Bessie après le départ de Drummond ?

— Vous voulez dire avant que nous la trouvions… chez elle ? »

J'ai acquiescé.

« Non. La dernière fois que je l'ai vue c'était vers six heures quand je suis allée à la cuisine. Elle faisait bouillir de l'eau pour le thé.

— Quelqu'un d'autre l'a vue ? »

Elle a réfléchi. « Difficile à dire. Certainement pas les Feldman, ni mes parents.

— Qui d'autre vit dans cette maison ?

— Il y a Mme Rosen. Elle est veuve. Elle loue la chambre à côté de la nôtre au rez-de-chaussée. Elle est assistante d'un pharmacien dans Whitechapel Road. Et il y a l'homme qui occupe les combles, Israel Vogel. Je ne l'ai pas vu ce matin.

— Donc, pour le moment, nous savons que Drummond est la dernière personne à avoir vu sa femme avant son agression ? » a demandé Whitelaw.

Et moi : « Où est-il en ce moment ?

— Je ne sais pas.

— Je pourrais faire une proposition, a dit Whitelaw. Si, comme dit la jeune fille, il est allé prendre un verre, je parie à deux contre un qu'il est au Bleeding Hart en train de se saouler. »

J'ai dit : « Nous devrions y aller », en me dirigeant vers l'escalier.

« Pas si vite, petit. Je vais poster un agent ici.

Ensuite nous devrions informer la brigade criminelle. Croyez-moi, cette affaire de meurtre sera close. »

Je n'étais pas prêt à accepter cela. « Les médecins la sauveront sûrement. »

Le visage de Whitelaw est soudain devenu grave. D'une voix à peine plus forte qu'un murmure il m'a dit : « Fiston, le Seigneur lui-même aurait du mal à la sauver. Elle ne reviendra pas. »

9

Février 1922

Assam

C’est la fin de l’après-midi. En Inde, le moment de la renaissance quotidienne après la chaleur abrutissante de midi. Celui où hommes et femmes ressortent de leurs cabanes, les chiens des endroits ombragés, et où les oiseaux s’envolent.

Je suis étendu dans le dortoir après un nouveau cauchemar trempé de sueur ; je courais encore, une course effrénée, cette fois dans les ruelles de l’est de Londres, poursuivi par la même menace invisible que dans le rêve à la gare de Lumding. Comme chaque mouvement fait fuser des aiguilles de douleur à travers mon corps frissonnant et mon crâne, j’essaie de rester immobile.

La porte s’ouvre. Frère Shankar entre et s’approche.

« Pouvez-vous vous asseoir ? »

Je réponds d’une voix rauque et me redresse, dos appuyé contre le bois du mur.

Frère Shankar sourit, comme François d’Assise dans un livre d’histoire de l’école du dimanche, ressuscité et vêtu de safran.

« Nous devrions parler de votre traitement. »

Il s’assoit au coin de mon lit.

« Comment vous sentez-vous ?

— J'ai connu mieux. Mais je ne me rappelle pas vraiment quand. »

Il écoute et hoche la tête, comme un médecin qui vous dispense des soins palliatifs.

« Eh bien la bonne nouvelle est que nous allons commencer votre traitement dans une heure environ.

— Et la mauvaise ? Non, ne répondez pas. Je ne tiens pas à le savoir. »

Le moine sourit. « La cure consiste en un bouillon préparé et consacré par Devraha Swami. Il diffère de la tisane que vous avez bue jusqu'ici en ce que vous ne le conserverez pas dans l'estomac. Le secret est de le boire vite et de le vomir aussitôt. » Il indique mon uniforme de l'ashram. « Je suggère que vous veniez torse nu, et il vaut probablement mieux que vous ne mangiez rien avant. J'ai vu des hommes manger d'abord un repas complet, et croyez-moi, ce n'est pas un spectacle agréable quand il remonte. »

Une heure plus tard le gong retentit.

Je sors de mon cocon de couvertures et je me lève lentement. Autour de moi la plupart des autres font de même. Seul Adler reste sur son lit. Il pose son livre.

« Bonne chance, dit-il. La prochaine heure ne sera pas facile, mais rappelez-vous que dans la guerre pour vous débarrasser de votre addiction c'est le début de la dernière bataille et vous la gagnerez dans dix jours. »

Les pensionnaires se réunissent dans l'enclos devant l'idole de la déesse Kali, là où on a fait l'appel ce matin. Cette fois nous sommes partagés différemment, entre les sans et les avec chemise ; ceux qui suivent le traitement et ceux qui ont fait leurs dix jours et en sont à la récupération.

Les moines divisent ensuite les sans chemise en groupes plus restreints, ils nous alignent devant de longues auges en bois sur lesquelles sont posés des seaux d'eau pleins à ras bord. Une tasse en métal est accrochée à chacun d'eux.

Frère Shankar s'approche.

« Par ici, dit-il en m'emmenant vers la première rangée d'auges près de l'idole de la déesse. Les nouveaux initiés devant. »

De chaque côté de l'idole se tient un moine portant un tambour indien à deux faces appelé *dhol*. Tandis que nous prenons place les moines commencent à battre un rythme régulier. Une silhouette rouge apparaît. Menue, fragile comme un oiseau et flanquée de deux autres moines, elle marche lentement dans la cour et je présume que c'est le légendaire Devraha Swami. Il a la tête rasée, sa peau paraît aussi fine que du papier à cigarette, presque translucide, et je me demande un instant s'il peut être vraiment aussi vieux que l'a dit le docteur Chatterjee. Mais son visage est lisse, ses traits sont doux et sous les lignes de cendre de son front son regard est clair et vif.

Il passe devant nous avec quelques mots pour chaque initié jusqu'à ce qu'il s'arrête devant moi. Frère Shankar fait les présentations. « Swami-ji, dit-il sur le ton qu'un autre pourrait employer pour s'adresser au roi, votre présence nous honore. »

Le vieil homme lui adresse un sourire, ensuite à moi, et je me sens étrangement en paix, comme s'il suffisait que cet homme pose ses mains sur moi pour me guérir de mon addiction à l'opium.

Mais rien n'est jamais aussi simple.

Le swami se tourne vers un des moines derrière lui et prend une grande bouteille remplie d'un liquide verdâtre qui ressemble à l'eau d'un fleuve. Soudain les tambours se taisent. C'est le silence. Absolu et déconcertant. Même pas un souffle de vent. Le swami débouche la bouteille. Le moine lui tend un petit récipient en verre et le swami verse une mesure. Le swami prend le verre et me le donne.

« Buvez. »

Tous les visages se tournent vers moi.

« Cul sec », dis-je et j'avale le cocktail.

Un goût fort et amer se répand dans ma bouche avant que le liquide frappe mon arrière-gorge comme une balle et creuse son chemin dans mon ventre.

Les tambours commencent à battre de nouveau. Plus vite. Plus fort.

J'ai la tête qui tourne.

Je sens frère Shankar près de moi. « Tenez-vous droit. »

J'imaginais que j'allais commencer à vomir juste après que le liquide aurait atteint mon estomac ; après tout, c'est un émétique. Mais les secondes s'écoulent et il ne se passe rien.

Shankar prend la tasse en métal et la remplit d'eau. « Tenez. Buvez. Tout. »

J'obéis, je vide la tasse et la lui rends.

« Encore, dit-il en la remplissant de nouveau. Continuez de boire jusqu'à ce que vous n'en puissiez plus. »

Je le regarde troublé, et soudain c'est de nouveau saint François d'Assise qui me sourit.

« Faites-moi confiance. »

Alors je bois. Je bois jusqu'à ce que mon estomac

commence à gonfler et que je ne puisse plus avaler une goutte de plus.

Devraha Swami a maintenant administré sa potion à toute la première rangée. Les tambours battent et les observateurs crient des encouragements. Autour de moi d'autres vomissent déjà, pliés en deux sur l'auge.

Je suis planté là, un boxeur K.O. debout qui regarde son coin pour avoir une serviette. J'ai du mal à entendre frère Shankar dans le bruit.

« Enfoncez-vous les doigts dans la gorge ! »

J'obtempère sans discuter et c'est le déclenchement, les premiers spasmes ; et tout à coup j'ai un haut-le-cœur, je vomis, j'expulse des flots d'eau verdâtre. C'est interminable, une houle rythmique, involontaire, qui à chaque vomissement me réduit davantage à une malheureuse chose plaintive à la figure dégoulinante de larmes et de mucus.

Enfin les vomissements cessent, remplacés par des nausées sèches. Je m'effondre, je m'essuie la bouche avec la main et j'essaie de reprendre haleine. Je regarde autour de moi, le corps secoué de convulsions douloureuses. Les tambours résonnent toujours, la foule continue de crier, mais je n'entends rien. À côté et derrière moi d'autres continuent de vomir. Saint François redevient frère Shankar et soudain je suis frappé par une grande clarté : une chaîne d'événements qui a commencé ce jour de 1918 où j'ai survécu à un obus allemand, qui a continué avec la mort de ma femme et ma décision de quitter l'Angleterre pour l'Inde et l'opium. Tout mène et culmine ici, à cet instant, moi effondré et décomposé dans la poussière d'une cour d'ashram sous le regard compatissant de la déesse Kali.

10

Février 1905

Est de Londres

Whitelaw avait raison.

Quand nous sommes arrivés au commissariat de Leman Street on y savait déjà que Bessie n'avait pas survécu à son transport au London Hospital.

La nouvelle m'a frappé comme un obus et le monde s'est mis à tourner de façon incontrôlable. Je suis ressorti et je me suis agrippé à la grille devant le bâtiment, j'ai eu du mal à respirer à fond.

Bessie Drummond… Bessie May… était morte et c'était comme si je lui avais porté moi-même le premier coup.

Je me suis senti vidé de tout, plus rien dans ma poitrine ; la conscience déchirante de tenir encore à elle d'une certaine façon et de l'avoir perdue. Je ne pouvais plus me racheter. Si j'avais été davantage un homme, si j'étais resté auprès d'elle deux soirs plus tôt, si je l'avais questionnée plus à fond elle serait peut-être encore en vie. Soudain, la culpabilité, le chagrin, le dégoût de moi-même et la violence de la colère se sont réunis et je me suis penché pour vomir dans le caniveau.

J'ai entendu la voix de Whitelaw derrière moi, puis j'ai senti sa main sur mon épaule.

« Vous vous sentez bien, petit ? »

Je me suis retourné et je lui ai vu une expression d'inquiétude paternelle.

J'ai simplement fait signe que oui, ne voulant pas parler de peur que ma voix ne me trahisse.

« Bien, a-t-il dit. Être agent de police n'est pas pour les mauviettes. Vous allez avoir besoin de vous endurcir. Mais vous êtes encore jeune. Vous apprendrez. »

J'ai demandé : « Et maintenant ?

— Maintenant ? Maintenant c'est une affaire de meurtre. Scotland Yard envoie un inspecteur. Nous devrons lui faire un compte rendu.

— Qu'allons-nous lui dire ? »

La question a semblé le surprendre.

« Tout ce que nous savons. Que nous avons vu un attroupement devant la maison, que nous sommes entrés pour voir ce qui se passait et que nous avons trouvé une femme le crâne défoncé. Nous lui dirons que le mari est probablement la dernière personne à l'avoir vue vivante, qu'il est venu avec un copain, qu'ils sont montés dans sa chambre, probablement pour lui soutirer de quoi aller boire un coup, qu'ils sont repartis et qu'une heure plus tard deux Juives ont défoncé la porte et ont trouvé Bessie la tête fracassée.

— Vous pensez que Drummond l'a tuée ? » Whitelaw s'est écarté pour laisser sortir deux agents du commissariat.

« Je ne crois pas qu'il en avait l'intention. Je crois qu'il est monté lui demander de l'argent. Elle a refusé et Drummond s'est mis en colère, il n'a pas voulu perdre la face devant l'autre, il a foncé et il l'a frappée à la tête avec un objet lourd. Maintenant qu'elle est morte il va certainement être pendu. »

Tout cela tenait debout sauf une chose.

J'ai dit : « La porte.

— Quoi, la porte.

— Elle était fermée de l'intérieur.

— Vous êtes sûr ? »

J'ai tiré le mouchoir de ma poche et l'ai déplié avec précaution pour montrer la clef. « Je l'ai trouvée au pied du lit. Je pense qu'elle a sauté quand les deux femmes ont défoncé la porte. »

Whitelaw a immédiatement compris ce que cela impliquait.

« Mauvais signe.

— Et si quelqu'un était entré, avait attaqué Bessie, puis fermé la porte et était parti par la fenêtre ? »

D'une main épaisse Whitelaw s'est frotté le favori gauche. Il ne paraissait pas convaincu.

« Nous devrions retourner vérifier la fenêtre.

— Ne nous précipitons pas, a-t-il dit en levant la main. La chambre est surveillée. Nous devrions attendre que l'inspecteur arrive. »

J'ai senti la bile monter. Bessie était morte et Whitelaw suggérait que nous attendions tranquillement qu'une grosse légume de Scotland Yard se présente pendant que la piste refroidissait.

J'ai frappé violemment la grille, presque indifférent à la douleur dans mon poing. Le barreau a résonné avec un son creux et métallique.

« Mais enfin, nous devons faire quelque chose. »

Whitelaw m'a regardé d'un air las qui contenait toute une vie de déceptions.

« Qu'est-ce que vous suggérez, petit ?

— Je suggère que nous trouvions Tom Drummond. »

Nous sommes sortis et nous avons remonté Commercial Street, bouillonnante d'activité.

Londres ressemblait à Calcutta par certains aspects, mais en moins honnête. Si Calcutta était divisé entre White Town et Black Town, Londres n'était pas moins coupé en deux entre ouest et est, riche et pauvre. Là aussi les faits étaient exposés en noir et blanc, ou plutôt en rouge et bleu par Charles Booth dans sa carte des pauvres de Londres. Les secteurs aisés étaient colorés en bleu et les pauvres en différentes nuances de rouge, avec les rues les plus misérables en cramoisi profond. Dans un rayon d'un mile à Whitechapel il n'y avait guère de bleu, et les plus rouges étaient bourrés d'étrangers, essentiellement des Juifs, une centaine de milliers qui fuyaient la terreur sanglante des pogroms qui semblaient se produire sans cesse quelque part dans les Russies. Persécutés et sans un sou, ils étaient venus en Angleterre, c'est-à-dire à Londres, et en particulier dans l'East End. Pourquoi à Whitechapel ? Parce que c'était là qu'ils débarquaient des bateaux, et parce que personne ayant un autre choix ne voulait y vivre.

Il en a toujours été ainsi. Avant les Juifs étaient venus les Irlandais pour échapper à la famine, et avant eux les Huguenots fuyant les guerres de religion. Il y a toujours eu quelqu'un pour fuir quelque chose et venir là sans rien parce qu'il n'avait pas le choix, et parce qu'une vie de manque vaut mieux que pas de vie du tout.

Dans Fashion Street, Tom et Bessie Drummond étaient à peu près les seuls Anglais de souche, et dans tout Whitechapel ce n'était guère différent. Des milliers d'immigrés entassés dans un espace prévu pour des centaines, souvent à cinq ou six dans une seule pièce et dormant à tour de rôle. Les Juifs avaient même une expression : « Dormez vite. Nous avons besoin des oreillers. »

Whitechapel était une autre Angleterre, et tout en n'étant pas un pays étranger c'était quand même un monde à part ; ses occupants étaient considérés par plus d'un avec un mélange d'hostilité et de crainte.

« Mettez-les tous sur un bateau et renvoyez-les là d'où ils sont venus », disait souvent le sergent Whitelaw au cours de nos patrouilles, et quelles qu'aient été mes opinions je ne pouvais pas contester sa logique. Il prêchait le même traitement pour les Chinois de Limehouse, les Irlandais de Millwall et les catholiques en général, bien que je n'aie jamais su précisément où il comptait les réexpédier.

Cependant, lui et d'autres semblaient entretenir une répugnance particulière à l'égard des Juifs. Ce ne pouvait pas être seulement à cause de leur langue et leur culte d'un dieu étranger ; après tout, les Chinois avaient les deux, mais les Juifs commettaient le péché supplémentaire de nous ressembler. Les Chinois avaient un aspect et un comportement tellement différents qu'il était admis qu'ils ne faisaient rien comme tout le monde. Tandis qu'un Juif en costume et chemise propre pouvait passer pour un Anglais, et c'était peut-être ce que les gens trouvaient impardonnable.

Devant une boulangerie un groupe d'hommes avaient une discussion animée. Quand nous sommes passés près d'eux Whitelaw est revenu sur la question. « Écoutez ça.

— Quoi ?

— Vous avez entendu un seul mot d'anglais depuis que nous avons quitté le commissariat?

— Je n'écoutais pas. Je pensais encore à Bessie Drummond.

— Eh bien vous n'avez pas manqué grand-chose. Vous pouvez marcher de Bishopsgate à Stepney un dimanche et vous aurez de la chance si vous entendez une phrase complète en anglais. C'est tout en hébreu, non?

— Yiddish.

— Quoi?

— Leur langue est le yiddish.

— Vous êtes aussi expert en langues étrangères, maintenant?» Il a poursuivi : «Une conspiration, voilà ce que c'est. Au train où vont les choses, dans cinquante ans on ne reconnaîtra plus ce pays. Il y a déjà des Juifs au Parlement. Bientôt nous aurons un Premier ministre juif.

— N'en avons-nous pas déjà eu un?

— Quoi?

— Benjamin Disraeli. N'était-ce pas un Juif?»

Il a réfléchi un instant à la question. Quand sa réponse est arrivée elle a été énigmatique.

«Eh bien, en voilà la preuve. Vous voyez? On ne peut pas leur faire confiance.»

Le Bleeding Hart, un pub niché entre une épicerie et une quincaillerie de Bethnal Green Road, faisait à peine plus de cent pieds carrés avec un long comptoir et des tables basses sur un sol couvert de sciure de bois. Mais son exiguïté était en contradiction avec son importance pour un certain courant de la fraternité criminelle de l'East End à laquelle il servait non seulement d'abreuvoir mais aussi de centre des opérations pour la multitude d'entreprises sous la coupe des frères Spiller ou liées à eux. C'était là que les bons à rien allaient discuter affaires, planifier des opérations et recruter toutes sortes de talents y compris des crocheteurs de serrure, des faussaires et de simples gros bras. Ainsi le Bleeding Hart était-il à la fois club, centre d'affaires et Bourse du travail. Et il était célèbre.

Pendant quelque temps les bonnes âmes de l'Armée du Salut avaient placé sur le trottoir un vigile bruyant qui agitait une pancarte en appelant les pécheurs à l'intérieur à se détourner du Diable, mais finalement c'étaient les fidèles de l'Armée du Salut qui avaient été forcés de changer de procédé. Le bruit a couru que les Spiller avaient organisé leur propre manifestation de protestation chez un responsable de l'Armée du Salut. On n'a pas su si c'étaient les menaces de Martin ou les poings de Wesley qui s'étaient montrés les plus persuasifs, mais le message avait été reçu et les prêcheurs et leurs pancartes s'étaient évaporés.

Bien qu'à un mile environ de Fashion Street, le Bleeding Hart était le pub préféré de Tom Drummond, d'abord parce qu'un homme aux compétences douteuses tel que lui pouvait souvent y trouver du travail, ensuite parce que Bethnal Green Road et la voie ferrée proche constituaient une frontière naturelle entre les secteurs «étrangers» du sud et les rues plus anglaises au nord. Je doutais qu'en cinquante-deux ans d'activité un seul non-Anglais ait jamais franchi la porte du Bleeding Hart, sauf par erreur ou parce que les frères Spiller l'avaient convoqué. De toute façon la réception n'avait pas dû être chaleureuse.

Son aspect extérieur n'avait rien de remarquable.

Une peinture noire qui pelait encadrait une porte d'un brun sale et des fenêtres opaques de crasse. Au-dessus de l'entrée se balançait une enseigne fanée représentant l'animal qui avait donné son nom au lieu : un cerf blanc avec une couronne autour du cou et une flèche plantée dans le flanc. Du sang coulait de la blessure et si l'expression de l'animal n'était pas celle de la douleur elle suggérait qu'il n'était pas particulièrement enchanté d'être utilisé comme cible d'entraînement.

Whitelaw a poussé la porte et je l'ai suivi dans le brouillard de l'intérieur. L'endroit était animé malgré l'heure matinale. Plusieurs corps étaient appuyés au comptoir, des vieux aux cheveux jaunissants et aux joues cireuses couperosées, penchés sur des exemplaires du *Pink' Un* ou faisant tourner une bière éventée entre leurs doigts crevassés, ressemblaient aux épaves rejetées sur les rives noires de la Tamise à marée basse.

Pour permettre une certaine intimité à ceux qui en voulaient, une rangée de boxes isolés par des séparations en bois et verre occupait un mur. Dans les bars chics du West End la mode était au verre dépoli et décoré de motifs gravés à l'acide. Mais dans l'Est on obtenait le même effet avec la poussière, la crasse et des dessins grossiers faits avec le doigt.

Drummond était penché sur la table de l'un d'eux ; il tenait dans sa main calleuse une pinte dans laquelle ne restaient plus que quelques traînées de mousse et de liquide décoloré qui s'accrochaient aux parois comme les victimes d'un naufrage. En face de lui était assis un homme maigre à la peau grise, des cheveux noirs que menaçait un début de calvitie, et un énorme pif. Quand nous sommes entrés aucun des deux ne nous a regardés ni ne semblait bavarder. Drummond avait les yeux dans le vague et n'a pas réagi quand Whitelaw l'a appelé par son nom.

Il a finalement levé les yeux.

Whitelaw a ôté son casque. Il a dit : « Tom, il faut que vous veniez avec nous. »

Drummond n'a pas répondu. Son compagnon est intervenu.

« De quoi s'agit-il ? »

Le sergent l'a regardé sévèrement.

« Et qui pouvez-vous bien être, fiston ? »

Si son regard était destiné à intimider j'ai douté de son efficacité. L'homme a paru aussi impressionné que Fred Karno dans son numéro à l'Hippodrome. Il a eu un soupçon de ricanement aux coins de la bouche.

« Finlay. Archibald Finlay.

— Eh bien monsieur Finlay, je vous serais reconnaissant de vous taire. »

Drummond a tripoté son verre nerveusement, puis il s'est préparé à glisser hors du box. Face à lui, Finlay a fait de même et a commencé à se lever, mais Whitelaw a posé lourdement une main sur son épaule et l'a forcé à se rasseoir.

« Monsieur Finlay, a-t-il dit, vous devriez peut-être rester ici avec mon collègue pendant que je dis un mot à votre ami. »

Tom Drummond s'est levé et j'ai pris sa place sur la banquette opposée tandis que le sergent Whitelaw le conduisait vers la porte. Je ne l'enviais pas. Tom Drummond n'était sûrement pas un ange, mais lui apprendre le meurtre de sa femme n'était pas une chose que j'aurais voulu faire.

Je les ai regardés sortir et j'ai attendu que la porte

se referme, puis je me suis tourné vers Finlay. Il faisait tourner le reste de sa bière au fond de son verre.

« Dans quelle branche travaillez-vous, monsieur Finlay ?

— Moi ? On pourrait dire que je suis homme à tout faire. Des petits boulots. Un peu de tout, en fait. Tout ce qui se présente.

— Vous et Drummond êtes bons amis ? »

Il a cessé de faire tourner son verre. « Plutôt.

— Depuis combien de temps le connaissez-vous ? »

Finlay a regardé en l'air comme si la réponse pouvait être écrite au plafond. « Six mois ? Peut-être plus ?

— Comment l'avez-vous rencontré ?

— Nous avons été présentés. Ici, d'ailleurs.

— Par qui ? »

Finlay a bu une gorgée. « Une connaissance commune. J'ai oublié son nom.

— Vous êtes allé chez lui ? »

Pour la première fois il m'a jeté un regard soupçonneux.

« Pourquoi ?

— Contentez-vous de répondre.

— Oui, je suis allé dans sa taule. J'y étais il y a moins de trois heures.

— Qu'est-ce que vous y faisiez ? »

Finlay a haussé les épaules. « Rien. Je suis tombé sur lui ce matin sur les docks. On cherchait tous les deux du boulot mais y avait rien alors on a décidé de venir ici pour passer le temps, en somme. On s'est arrêtés chez Tommy et il a pris son petit déjeuner. »

Des voix fortes parvenaient de l'extérieur. À travers la brume des fenêtres je pouvais distinguer la forme de Whitelaw et Drummond ; le sergent avec son casque sous le bras et face à lui Drummond, plus large, plus grand. Tom semblait ne plus tenir debout. La porte s'est ouverte et Whitelaw est resté sur le seuil.

« Venez, Wyndham. Il est temps d'y aller. »

J'ai acquiescé et me suis adressé de nouveau à Finlay ; j'ai tiré mon calepin et mon crayon de ma poche de poitrine.

« Je vais avoir besoin de votre adresse.

— Pourquoi ?

— Parce que j'apprécie beaucoup votre conversation pétillante. »

Il a indiqué très vite une adresse dans Durant Street.

En me levant de la banquette j'ai dit : « Bien. Une dernière chose, monsieur Finlay. N'envisagez pas de quitter la ville. »

*

Whitelaw et moi encadrant Drummond nous nous sommes mis en route pour Leman Street sous un ciel couleur de plomb fondu. Quand les premières gouttes se sont mises à tomber nous avons hélé un fiacre. Whitelaw et Drummond étaient assis en face de moi. Pour le moment nous le traitions comme un mari affligé plutôt qu'un suspect dans le meurtre de sa femme, et compte tenu de son comportement cette décision paraissait appropriée. Dépouillé de l'assurance agressive qu'il affichait d'ordinaire avec désinvolture il paraissait frappé de sidération.

Pendant le trajet une idée m'est venue.

Je lui ai demandé : « Avez-vous vos clefs ?

— Quoi ?

— Les clefs de chez vous. »

Je l'ai vu se troubler.

« Oui.

— Puis-je les voir, s'il vous plaît ? »

Il a fouillé les poches de son manteau et a tiré un petit trousseau de trois clefs sur un anneau. L'une était grande et lourde, les deux autres étaient plus petites, plus plates et dans un métal plus léger.

« À quoi sert chacune ? »

Drummond a pris la plus grande. « Ça c'est la clef de la porte de la rue. Et les deux autres c'est pour des cadenas.

— Quels cadenas ?

— Un c'est pour la malle qui contient mes affaires de valeur. L'autre pour ma valise.

— Et la clef de votre chambre ? »

Drummond a rougi. « J'en ai pas.

— Pourquoi ? a demandé Whitelaw.

— Bessie a jamais eu le temps de m'en faire un double.

— Et si vous sortiez chacun de votre côté ?

— Quand Bessie sortait, elle fermait à clef et elle la laissait en bas chez la Rosen. »

De retour à Leman Street nous avons laissé Drummond entre les mains du sergent à l'accueil pour chercher notre nouveau patron qui, nous a-t-on dit, nous attendait dans le bureau vacant.

Whitelaw a frappé à la porte ouverte. Au fond de la pièce l'inspecteur Robert Gooch en costume trois pièces regardait par la fenêtre dans un brouillard de fumée bleue. C'était une sorte de célébrité à la fois dans la police et dans la population en raison de son implication dans une affaire de l'année précédente : le meurtre de la domestique d'un banquier important à Holland Park. Gooch avait la réputation d'être incorruptible. Il avait été l'objet d'innombrables articles de presse et était connu désormais sous le nom du Vieil incorruptible ou simplement Gooch of the Yard.

La première chose qui m'a frappé a été sa taille, à savoir sa petite taille. Il ne pouvait pas faire plus de cinq pieds cinq pouces avec ses talons, et sachant que la taille minimum exigée pour un membre de la police métropolitaine était de cinq pieds sept pouces on pouvait se demander comment il avait pu devenir policier.

Il s'est retourné et avec sa cigarette il nous a fait signe d'entrer. Il devait avoir la cinquantaine, cheveux grisonnants et le genre de traits épais et bienveillants que l'on associe davantage au pasteur de la paroisse qu'à un inspecteur de police. Pourtant, et à en croire la rumeur, c'était de l'acier qui coulait dans ses veines.

Il a dit au sergent : « Vous devez être Whitelaw.

— Oui, monsieur, et voici l'agent Wyndham.

— Monsieur », ai-je dit et j'ai reçu un signe de tête en échange.

« Vous êtes donc les deux hommes arrivés les premiers sur les lieux ce matin.

— Exact, a répondu Whitelaw au garde-à-vous comme s'il venait d'être incorporé dans l'armée.

— Bien. Dites-moi ce que j'ai besoin de savoir. »

Il s'est assis derrière le bureau et Whitelaw a relaté les faits ; non seulement les détails de la matinée mais aussi l'agression contre Bessie Drummond deux soirs plus tôt. Naturellement, je n'ai rien dit. Ce n'était pas à moi d'ajouter ou de contredire quelque chose, d'autant moins que Whitelaw commentait la partie où je n'avais pu appréhender aucun des deux hommes que j'avais poursuivis depuis Grey Eagle Street.

Le sergent a terminé son rapport et Gooch a écrasé son mégot dans un cendrier en verre posé sur le bureau.

« Vous pensez que les deux événements sont liés ?

— Nous ne pouvons pas nous prononcer, monsieur, a répondu Whitelaw.

— Et vous êtes sûrs que la porte était fermée de l'intérieur ? »

Il y a eu un silence. Whitelaw a toussoté. « Il vaut mieux que je laisse l'agent Wyndham l'expliquer, monsieur, puisque c'est lui qui a trouvé la clef. »

J'ai senti la sueur me picoter la nuque.

« Les femmes qui ont donné l'alerte ont dit que la porte était fermée. Elles ont dû la défoncer pour entrer. D'après le mari il n'existait qu'une seule clef et je l'ai trouvée par terre près de la porte. Je suppose qu'elle était dans la serrure à l'intérieur et qu'elle a sauté quand les femmes sont intervenues. »

L'inspecteur s'est gratté la tempe.

« Où est le mari actuellement ?

— En bas, monsieur. Le sergent à l'accueil fait en sorte qu'il soit accompagné au London Hospital dans Whitechapel Road pour les formalités d'identification.

— Et vous avez trouvé l'instrument ?

— Pardon ?

— L'arme du crime, agent Wyndham, a-t-il dit d'un ton irrité. La femme est morte d'un ou plusieurs coups violents à la tête vraisemblablement portés par un gros instrument, probablement couvert de sang maintenant. Avez-vous trouvé quelque chose qui puisse correspondre à la description ?

— Non, monsieur, quoique nous n'ayons pas… »

Whitelaw est intervenu. « Ce que veut dire l'agent Wyndham c'est que notre priorité a été de nous occuper de la victime, qui était encore vivante quand nous sommes arrivés. Ça nous a semblé plus urgent que de chercher l'arme ou les armes utilisées pour l'agresser.

— Vous voulez dire que vous n'avez pas cherché. Eh bien messieurs, c'est notre point de départ. Je veux un examen approfondi de la pièce, de la maison et de ses environs avant la nuit, et je veux aussi voir le mari. Amenez-le-moi dès qu'il en aura fini avec l'hôpital. »

11

Février 1922

Assam

Les tambours se sont tus.

À la périphérie de mon champ de vision je vois des hommes commencer à se disperser. Lentement, et tel un poulain nouveau-né, je me mets debout. Frère Shankar me tend une main secourable mais je n'en veux pas et tremblant, la bouche desséchée et la gorge en feu, je retourne au dortoir.

J'entre sous les félicitations auxquelles je réponds à peine d'un signe de tête. Éreinté, je me laisse tomber sur mon lit et remonte les couvertures. Je ferme les yeux et prie pour dormir, mais c'est impossible. Je suis dans les limbes du délire, je souffre et je suis trop faible pour remuer.

Les heures passent. Le gong du dîner retentit. Mes compagnons de chambrée se rendent au réfectoire et je reste sur place. Si j'étais en état de penser je pourrais m'apercevoir qu'il y a quelque chose de nouveau dans ma douleur, quelque chose de différent des symptômes habituels du sevrage. Je pourrais le prendre pour un signe que les choses sont en train de changer, peut-être même de s'améliorer. Mais étendu là, après avoir subi mon premier traitement, tout cela m'échappe et je perds connaissance.

Je me réveille dans l'obscurité, pris de fièvre, trempé de sueur, je m'arrache à ma couche en tremblant. Comme je commence à frissonner je m'aperçois que je n'ai pas ma chemise. Je la cherche partout puis je renonce et sors en titubant pour aller au réfectoire et à la marmite de tisane. J'aperçois du coin de l'œil une ombre qui m'observe du fond de la cour. Je me retourne, mais la silhouette se dissout dans l'obscurité et je crois un instant entendre des pas étouffés s'éloigner dans la nuit. J'essaie de me ressaisir. Je sens mon corps creux et quand je bois une tasse j'ai l'impression que la tisane imbibe ma coquille desséchée et va directement dans mes cellules.

Encore deux tasses et je retourne au dortoir. Le sommeil me fuit toujours. Je commence à avoir des crampes. Pour tenter d'apaiser la douleur je me lève, puis je marche, je fais les cent pas en marmonnant toutes sortes d'absurdités, jusqu'à ce que finalement, fourbu encore une fois, je m'écroule sur mon lit et soudain je me retrouve en 1905 en train de courir sous la pluie, avec la voix de Bessie Drummond qui résonne dans mes oreilles. Je poursuis un homme qui a sauté sur la voie ferrée à Shoreditch.

C'est Adler qui me réveille en me secouant gentiment l'épaule.

« Vous avez encore survécu, mon ami. Comment vous sentez-vous ?

— Quelle heure est-il ?

— Sept heures et demie. Vous avez manqué l'appel

et les prières, mais j'ai pensé qu'il valait mieux ne vous réveiller que pour le petit déjeuner. Vous devez reprendre des forces. »

Je le remercie tout en me frottant les yeux.

« En plus nous avons eu d'autres soucis.

— Ne me dites pas que nous sommes à court de tisane.

— Le jeune, Philippe Le Corbeau. Il a disparu. »

Je regarde le lit du Belge où ne restent que des draps en désordre en partie par terre.

« Disparu ?

— Certains hommes ont du mal à surmonter leur addiction. La douleur est trop insoutenable pour eux. Ils essaient de s'enfuir, de courir à la ville la plus proche ou à un village où ils puissent trouver une dose d'héroïne ou d'opium, ou même seulement un verre.

— Il est sorti comme ça ?

— Les portes ne sont pas verrouillées. Les moines surveillent, mais si un homme est réellement désespéré il trouvera un moyen. De temps en temps quelqu'un s'échappe mais il ne peut aller qu'au village de Jatinga, et Le Corbeau ne va sûrement pas obtenir ce qu'il veut des résidents blancs. Quant aux indigènes, ils ont le bon sens de ne pas accueillir un fugitif du monastère. »

Une étrange expression, semblable aux premiers nuages de l'hiver, recouvre son visage fripé.

« Qu'est-ce qu'il y a ?

— C'est que nous les retrouvons généralement au petit jour. Soit ils reviennent, soit les gens d'ici les ramènent.

— Il est encore tôt. Il va peut-être revenir.

— Peut-être. »

Je trouve ma chemise par terre à côté de mon lit, je

l'enfile et je vais aux latrines. Quand je reviens, Adler m'attend. Il range sa moustiquaire dans son placard et vient vers moi.

« Une question, monsieur Wyndham, dit-il. La nuit dernière, quand vous vous rendiez à Jérusalem, vous avez appelé quelques noms. Je pense que l'un d'eux était juif. Un homme appelé Vogel. C'est un de vos amis ? »

Je le regarde surpris. Vogel. Dans mon esprit c'est un nom inextricablement lié à celui de Bessie et à l'homme que j'ai cru voir à la gare de Lumding.

Soudain, d'autres images de la nuit traversent ma mémoire. Je revois Adler une fois encore à côté de moi essayant de me faire boire de la tisane tandis que je vomis.

« C'était quelqu'un que j'ai rencontré à Londres il y a longtemps.

— Juif ?

— Oui. »

Après un instant de réflexion Adler poursuit :

« Eh bien… prêt pour le petit déjeuner ?

— Oui.

— Alors venez. »

Il se tourne vers la porte, mais je le retiens.

« Je voulais vous dire merci. »

Il me regarde avec curiosité.

« De quoi ?

— De… » J'ai du mal à prononcer les mots. « Pour m'avoir aidé à passer la nuit. »

Il sourit. « Vous auriez fait la même chose pour moi. »

J'acquiesce. Mais si on se fie à l'histoire, c'est un mensonge. Et je me demande ce qu'il dirait s'il connaissait la vérité.

12

Février 1905

Est de Londres

Un agent de police solitaire montait la garde devant l'entrée du 42 Fashion Street. L'inspecteur Gooch lui a à peine accordé un regard en passant devant lui pour pénétrer dans l'entrée suivi de Whitelaw et moi.

Le couloir était vide, les résidents s'enfermaient dans leurs chambres et nous évitaient. Même le ronronnement de leurs conversations, amorti par des murs minces, avait cessé, interrompu au bruit de nos pas.

« Où est-ce ? a demandé Gooch.

— En haut », a répondu Whitelaw.

La porte des Drummond avait été grossièrement refermée par une ficelle enroulée autour de la poignée et attachée à un clou enfoncé dans ce qui restait du chambranle. Gooch l'a dénouée et il est entré.

L'endroit paraissait tel que je l'avais laissé plusieurs heures plus tôt. Le lit en cuivre et le matelas sali de sang au milieu de la pièce, la malle métallique dessous, le bureau, le fauteuil avec le châle de Bessie plié sur le dossier et la vieille armoire avec sa porte entrouverte et la valise posée au-dessus.

Gooch a fait lentement le tour de la pièce, s'arrêtant

devant le bureau pour ouvrir le petit tiroir. Rien dans son contenu n'a paru retenir son attention et il l'a refermé pour s'intéresser au lit.

Il a passé la main sur la tête de lit en cuivre, puis il a appuyé sur le matelas qui s'est plaint avec un grincement métallique. En se penchant il a tiré le coffre qui était dessous et a manipulé le cadenas. Lequel était solidement fixé.

Gooch s'est redressé, a reculé d'un pas et contemplé la scène.

« Où sont les draps ? »

Nous nous sommes regardés, Whitelaw et moi.

« Nous les avons utilisés pour transporter la femme dans un fiacre, a répondu Whitelaw. Je ne me rappelle pas ce qu'ils sont devenus ensuite. Ils ont peut-être fini à l'hôpital, ou bien un des autres locataires pourrait les avoir pris pour les faire laver, monsieur. »

Gooch l'a fixé longuement. « Ces draps sont des pièces à conviction d'une scène de crime, sergent. Allez les chercher. Maintenant ! »

L'ordre était destiné à Whitelaw, mais en tant que débutant j'ai cru qu'il me revenait de m'en charger. Je me suis dirigé vers la porte.

« Pas vous, a dit Gooch. J'ai quelques questions à vous poser, agent Wyndham. » Il s'est tourné vers Whitelaw. « Allez-y, sergent. Trouvez-moi ces draps. »

Il a attendu que Whitelaw soit parti, puis il est allé examiner la serrure et le montant en passant lentement le doigt sur le bois éclaté.

« Vous dites que c'était fermé de l'intérieur ?

— Je pense que oui. J'ai trouvé la clef là-bas par terre. » J'ai tiré mon mouchoir de ma poche, je l'ai déplié et lui ai montré la clef. Pour la première fois depuis que je l'avais rencontré il a souri.

« Vous ne l'avez pas touchée à mains nues ?

— Non, monsieur. »

Parfois la chance est avec vous. Je savais très peu de choses sur le travail d'enquêteur, mais j'avais lu suffisamment pour savoir que l'avenir de la police reposait sur les méthodes scientifiques et que les empreintes jouaient un rôle essentiel.

« Brave garçon », a dit Gooch en prenant le mouchoir et la clef. Il a couvert seulement l'anneau de la clef pour l'insérer dans la serrure et il a tourné. Le pêne est rentré doucement. Il a tourné de nouveau et le pêne a repris sa position originale, puis il a tourné la clef plusieurs fois. Il y avait assez de jeu pour que les quelques coups violents nécessaires pour défoncer la porte aient pu suffire à la déloger.

Gooch a enchaîné. Il a laissé la clef dans la serrure, il est sorti de la pièce et a tiré la porte derrière lui. Puis, sous l'effet d'une puissante secousse, la porte s'est ouverte violemment pour aller cogner le mur. La clef est tombée lourdement près du mur et non près de la porte où je l'avais trouvée précédemment, mais cela pouvait être dû au fait qu'à ce moment-là la porte avait été fermée. La clef avait peut-être été délogée au premier coup d'épaule et la porte se serait ouverte sous un autre coup. Gooch est entré et a ramassé la clef avec mon mouchoir dans lequel il l'a enveloppée. « Je suppose que vous pouvez vivre sans votre mouchoir », a-t-il dit et il l'a mis dans sa poche.

Il a poursuivi : « Donc, en admettant que la porte était en effet fermée de l'intérieur, et avec la clef encore dans la serrure, et en admettant que notre agresseur n'est pas un fantôme, alors la question qui se pose est comment est-il sorti. »

Nos regards se sont tournés vers la fenêtre en même temps.

Whitelaw est revenu avec les draps ensanglantés à l'instant où j'allais me pencher à la fenêtre. Tom Drummond le suivait, visage cendreux et casquette à la main.

Le sergent l'a présenté à Gooch.

« Toutes mes condoléances, monsieur Drummond, a dit l'inspecteur. Soyez assuré que nous arrêterons le coupable. »

Drummond n'avait pas l'air d'écouter.

« Dorénavant, a poursuivi Gooch, je considère que vous êtes la dernière personne à avoir vu votre femme avant son agression. »

La réaction de Drummond a été résignée. « Si vous le dites.

— Dites-moi à votre manière ce qui s'est passé ce matin. »

Le mari a raconté une histoire qui recoupait ce que son copain Finlay m'avait dit : qu'il s'était levé à cinq heures et qu'après que Bessie lui avait fait un café il était parti à St Katharine Docks chercher un emploi pour la journée. Il y avait rejoint Finlay et comme ils n'avaient rien trouvé ils avaient décidé d'essayer de tenter leur chance au Bleeding Hart, en s'arrêtant en route à Fashion Street.

« Et pourquoi exactement vous arrêter en route ? »

Drummond a cligné des yeux. « Pour manger quelque chose.

— Qu'avez-vous pris ?

— Quoi ?

— Pour votre petit déjeuner. Qu'avez-vous mangé ?

— Du pain et du fromage, a répondu Drummond en se passant les doigts dans les cheveux.

— Avez-vous vu votre femme ?

— Non. Elle était en haut.

— Autrement dit, vous ne l'avez pas vue ?

— Pas dans l'arrière-cuisine, non.

— Êtes-vous monté dans la chambre ensuite ? »

Drummond a regardé Gooch puis Whitelaw avant de fixer son regard sur moi. Il se passait quelque chose dans son crâne.

Il a finalement répondu : « Oui. Avant de partir je suis monté dire au revoir à Bessie.

— Quelle heure était-il ?

— Vers huit heures et demie.

— Dites-moi ce qui s'est passé. »

Drummond a hésité. « Y a pas grand-chose à dire. J'ai monté l'escalier. La porte était fermée. J'ai frappé, j'ai dit que c'était moi. Elle a ouvert, nous avons parlé une minute et je suis parti.

— De quoi avez-vous parlé pendant cette minute ?

— Je lui ai dit que j'allais à Bethnal Green, a-t-il répondu d'une voix qui n'était soudain plus qu'un murmure, et que j'espérais qu'y aurait du travail.

— Et qu'a-t-elle dit ?

— Pas grand-chose.

— Pendant une minute ? »

Drummond n'a pas répondu.

« De quoi d'autre avez-vous parlé ? a demandé l'inspecteur avec cette fois de la menace dans la voix.

— Je… je me rappelle pas. »

Ce n'était pas mon rôle, mais cela ne m'a pas arrêté.

« Lui avez-vous demandé de l'argent ? »

Gooch et Drummond m'ont tous les deux regardé. C'est Gooch qui a parlé le premier.

« Eh bien ? Répondez à la question. Avez-vous demandé de l'argent à votre femme ? »

Drummond était mal à l'aise. « Peut-être bien… »

L'inspecteur m'a encouragé d'un regard.

Enhardi, j'ai continué. « Bessie Drummond, monsieur, était employée comme intendante et elle collectait le loyer des autres locataires de la maison. Elle gagnait probablement davantage que Drummond. À tout le moins, ses appointements étaient réguliers. »

Bessie n'était pas la seule dans ce cas, et de loin. Si vous vous contentiez de lire les journaux vous pouviez penser que les seules femmes qui travaillaient à Londres étaient maîtresses d'école, bonnes d'enfants et putes, mais ici dans l'Est c'était ridiculement faux. En réalité, la plupart des femmes de Whitechapel travaillaient comme couturières, cuisinières, lingères et une douzaine d'autres métiers. Il le fallait, n'était-ce que pour garantir qu'il y ait de quoi manger quand il n'y avait pas de travail pour leurs hommes. En fait, je soupçonnais les revenus de Bessie d'avoir en partie décidé Drummond à l'épouser. Revers de cette aubaine financière, Drummond et les autres dans sa situation se sentaient et rejetés et déchus de leur virilité, ce qu'ils ne compensaient souvent que par la violence physique, histoire de rappeler qui commandait. Bessie n'aurait pas été la première dans l'East End à souffrir de l'ironie de donner de l'argent à son mari pour qu'il le boive et n'obtenir qu'un œil au beurre noir en retour. Elle ne serait pas non plus la dernière.

« Combien lui avez-vous demandé ?

— Quelques shillings, a répondu Drummond en tortillant sa casquette entre ses doigts.

— Et vous les a-t-elle donnés ? »

Drummond a acquiescé.

« Comme ça ? Tout simplement ? Vous lui demandez son argent durement gagné pour pouvoir passer la journée dans un pub à boire avec vos copains et elle vous le donne en souriant ?

— C'est ça qu'elle a fait, a confirmé Drummond. C'était ma femme. Elle savait où que c'était sa place.

— J'en suis sûr, a dit Gooch en estimant la taille de l'homme en face de lui. J'en suis bien sûr. Et ensuite ? Vous avez pris l'argent et vous êtes parti ?

— C'est ça. J'ai redescendu, et on est partis moi et Finlay.

— Et c'était la dernière fois que vous avez vu votre femme ? »

Drummond a dégluti avec difficulté. « C'est ça.

— Et elle a fermé à clef derrière vous ?

— Probable. C'est ça qu'elle faisait… l'habitude en somme.

— Aviez-vous une clef ? »

Drummond a secoué la tête. « Elle m'en a jamais donné une.

— Y a-t-il une autre clef de cette porte en dehors de celle que possédait votre femme ?

— Si y en avait, elle m'a rien dit. »

Gooch a réfléchi à cette réponse.

« Eh bien, nous voilà pratiquement au même point que lorsque vous êtes arrivés, vous et le sergent. La seule autre issue est la fenêtre. » Il s'est tourné vers moi. « Agent Wyndham. Auriez-vous l'obligeance ? »

Je me suis penché sur le rebord de la fenêtre et j'ai

regardé dehors. Il y avait une cour intérieure entre l'arrière des immeubles de ce côté de Fashion Street et ceux du côté opposé. La disposition du 42 était telle que, sur la façade, il n'y avait qu'un niveau au-dessus de la rue, alors que sur l'arrière il y en avait pratiquement deux.

Il n'y avait pas grand-chose à voir. La cour boueuse contenait un appentis délabré, du linge gris sur une corde et les déchets habituels de la vie dans l'East End : un cimetière de voitures d'enfant, des meubles détruits et des monceaux d'ordures, le tout transformé en terrain de jeux par une tribu de gamins pieds nus à peine vêtus.

De la fenêtre au sol il n'y avait aucun chemin autre que la confiance en soi ou en Dieu. Trop haut pour sauter si vous accordiez de la valeur à vos membres. En me penchant davantage j'ai examiné les murs à droite et à gauche : une façade misérable en briques couverte de suie et s'effritant par endroits pour révéler le sable jaune en dessous. Plus loin, d'autres rebords de fenêtres, mais tous à une distance de dix pieds ou plus, un trop grand saut pour tout autre qu'un trapéziste suicidaire.

D'un côté il y avait cependant un tuyau d'évacuation. Fixé au mur pourrissant par de vieilles attaches il s'en était séparé à environ un pied au-dessous du niveau de la fenêtre, et le mur autour était taché de vert d'algue et d'humidité provoquée par l'eau qui en coulait sans cesse dans un cloaque boueux. Le tuyau était à portée de main. Si un homme se tenait sur le rebord de la fenêtre et n'avait pas le vertige il était concevable qu'il l'atteigne. L'utiliser pour descendre était impossible, mais pas pour monter. En me tordant le cou j'ai regardé son parcours jusqu'au chéneau qui longeait le toit. Il passait tout près d'un rebord de fenêtre à l'étage au-dessus.

Je suis rentré et me suis redressé.

J'ai dit : « On ne peut pas descendre, mais un homme en bonne forme aurait pu utiliser le tuyau d'évacuation pour atteindre un rebord de fenêtre directement au-dessus de nous, ou même le toit. »

Gooch s'est tourné vers Drummond : « Qui habite la pièce au-dessus ? »

Drummond a regardé par terre en secouant lentement la tête. « J'aurais dû le savoir, sacré nom.

— Savoir quoi ?

— Vogel. Le youde du dessus. Il avait un béguin malsain pour Bessie. J'ai surpris plus d'une fois le salaud en train de la reluquer. »

Gooch a regardé le sergent Whitelaw, puis moi. Son expression nous a dit tout ce que nous avions besoin de savoir.

Une minute plus tard nous étions en haut de l'escalier devant la porte de Vogel. Le sergent Whitelaw a essayé la poignée de la porte puis a frappé fort contre la peinture qui s'écaillait.

« Police ! Ouvrez ! »

Silence. Il a frappé de nouveau.

Il a regardé Gooch. « Dois-je la défoncer, monsieur ?

— Allez-y. »

Whitelaw a pris son élan pour se jeter contre la porte.

J'ai crié : « Attendez ! Il doit y avoir un autre moyen. »

Je suis redescendu avec Tom Drummond chez lui et lui ai demandé d'ouvrir l'armoire à vêtements.

Je lui ai expliqué que comme Bessie s'occupait de la maison pour le propriétaire elle devait avoir les clefs de toutes les autres chambres.

Drummond a tiré un petit coffre en acier de sous une pile de vêtements.

J'ai demandé : « C'est là qu'elle gardait l'argent du loyer ?

— Oui. »

Il est allé le déposer sur le bureau dont il a ouvert le tiroir.

« La voilà », a-t-il dit en me tendant une petite clef. Je la lui ai prise, j'ai ouvert le coffre et soulevé le couvercle. Il ne contenait que quelques shillings. J'ai écarté les pièces et un petit calepin et j'ai pris un trousseau de clefs accrochées à un anneau.

J'ai refermé le coffre et l'ai rendu à Drummond qui l'a remis dans l'armoire, et un instant plus tard nous sommes remontés rejoindre Gooch et Whitelaw qui attendaient. J'ai brandi le trousseau de clefs comme un trophée.

Gooch m'a arrêté avant que je puisse en essayer une.

« M. Drummond devrait peut-être le faire. »

Drummond en a choisi une, l'a glissée dans la serrure et a tourné.

Il y a eu un clic satisfaisant et la porte s'est ouverte, mais avant que Drummond puisse tourner la poignée Whitelaw l'a arrêté en lui posant une main sur la poitrine.

« Si vous permettez, monsieur Drummond, c'est une affaire pour la police, maintenant. »

L'inspecteur Gooch est entré le premier dans une pièce au plafond bas plus petite et plus nue que celle des Drummond, contenant seulement un lit, une commode avec une valise posée dessus, une chaise et une table sur laquelle il y avait un étau et des outils métalliques.

La première chose qui m'a frappé a été l'odeur, une puanteur pénétrante, âcre, suffocante qui vous atteignait dans l'arrière-gorge comme de la vodka pure. Les yeux ont commencé à me piquer.

Gooch a toussé, puis il a sorti son mouchoir de sa poche pour se protéger le nez. J'aurais fait la même chose si mon mouchoir n'avait pas été dans sa poche pour envelopper une clef.

« Bon sang de bois, qu'est-ce qui pue comme ça ? a demandé Whitelaw.

— Aucune idée, a dit Drummond en se couvrant le nez.

— C'est de l'acide nitrique, a répondu Gooch.

— Qu'est-ce que ce Vogel fait avec de l'acide nitrique ? » a demandé Whitelaw.

J'ai ouvert le premier des trois tiroirs de la commode. Il ne contenait que des broutilles : quelques enveloppes portant des timbres que j'ai jugés russes et renfermant des lettres dans une écriture étrangère, deux couteaux de sculpture, un cuir à rasoir et autres épaves. Je l'ai refermé et suis passé aux deux autres. Bien que loin de déborder ils contenaient deux chemises (il manquait un bouton à l'une et les deux étaient râpées au poignet), un pantalon usé jusqu'à la corde aux genoux, un fin cardigan vert et quelques sous-vêtements. Ce n'était peut-être pas grand-chose mais c'était beaucoup pour un homme avec les moyens de Vogel.

Gooch, toujours avec son mouchoir sur le nez, s'est penché sur la table pour étudier les outils. Il s'est agenouillé et a ramassé ce qui ressemblait à des copeaux de bois. « Quel est le gagne-pain de l'homme ?

— D'après Bessie il fait des cannes, des manches de parapluies, des trucs comme ça, a répondu Drummond. Il travaillait pour un autre youde, mais y s'est fait virer y a quelques semaines et il a décidé de se mettre à son compte. Même qu'il a eu le culot de demander à Bessie d'y prêter de l'argent. »

Gooch a levé un sourcil. « Elle prêtait de l'argent aux gens ?

— Des fois, oui. Si elle les connaissait assez bien et si elle pensait le récupérer. Avec des intérêts, bien sûr.

— Elle en a prêté à Vogel ?

— Sûrement pas. Pour faire ça il aurait fallu qu'elle perde la boule. Elle y a dit d'aller se faire voir.

— Vous étiez présent quand ça s'est passé ? »

Drummond a paru mal à l'aise. « Pas vraiment, mais elle m'a raconté. Elle a dit qu'il était devant notre porte, qu'il l'attendait. Que ça la rendait nerveuse.

— Et vous avez fait quelque chose ?

— Et comment, a répondu Drummond soudain sur un terrain plus sûr. Je suis monté ici et j'y ai dit de pas s'approcher de ma femme.

— L'avez-vous frappé ? » a demandé Gooch, mais Drummond n'a pas eu le temps de répondre.

« Inspecteur, est intervenu Whitelaw agenouillé à côté du lit, vous feriez bien de jeter un coup d'œil ici. »

13

Février 1922

Assam

Le Corbeau a réapparu.

Je viens de l'apprendre quand frère Shankar m'a réveillé en me secouant et en m'arrachant à un délire plutôt agréable où une femme qui pouvait être Emily Carter ou Annie Grant apaisait mon front fiévreux.

Il m'informe des faits en murmures précipités, je le suis en sandales, ceinture de pantalon nouée et nous sortons de l'ashram. Nous descendons la colline par le chemin de terre qui mène à Jatinga, puis par une piste étroite d'herbe piétinée dans la forêt pleine de vie. L'air est lourd du parfum du jeune bois et du bourdonnement des insectes volant de chrysanthème en safran cobra. Nous marchons à travers la végétation tachetée de soleil, en direction d'un chuintement d'eau qui jaillit. Finalement, dans une clairière, nous arrivons à un ruisseau glacé qui dévale la colline. Ce serait idyllique sans ce corps couché à plat ventre dans l'eau, la tête reposant sur un rocher, comme endormi sur un oreiller.

Sur la rive proche se tient un autre moine vêtu de safran, son visage de lune sans expression. Auprès de lui se tiennent deux indigènes en chemise et short, moins sereins et en conversation animée, ainsi qu'un Européen en costume de lin, avec une cravate en soie or tellement brillante qu'elle en fait mal aux yeux. Il n'a pas l'air tout à fait sûr de savoir comment réagir.

J'indique à Shankar l'Européen qui passe instinctivement une main agitée dans ses cheveux. « Est-ce lui qui l'a trouvé ? »

Shankar acquiesce. « Il s'appelle Preston, un des ingénieurs d'ici. Il s'occupe surtout de drainage, irrigation et autres.

— Ce doit être passionnant. »

Shankar se tourne vers moi. « C'est un brave homme, capitaine, et un ami.

— Bien entendu.

— Lui et ses hommes inspectaient le secteur ce matin et ils ont découvert le corps.

— Aucun doute ? Il s'agit bien de Le Corbeau ? »

Nous nous avançons davantage. Le corps se voit nettement. Masculin, européen, grand, cheveux blonds sales. Vu de derrière, du moins, on dirait vraiment le Belge.

« C'est bien lui », dit Shankar.

Le moine s'arrête à côté de Preston et les deux hommes se serrent la main sans un mot. De mon côté, je descends sur la rive et j'enlève mes sandales. J'entre dans une eau glaciale et m'approche du corps. Je me retourne pour appeler les hommes sur la rive.

« C'est ainsi qu'il a été trouvé ?

— Exact », répond Preston. Il indique ses assistants indigènes. « Mes hommes sont allés vérifier s'il respirait, mais quand ils se sont rendu compte que non... Personne ne l'a déplacé. »

En équilibre précaire sur un rocher je m'agenouille

près du corps et cherche inutilement un pouls. Je voudrais soudain que Sat soit là. C'est un garçon sacrément intelligent et sa perspicacité me serait bien utile. Plus important, j'aurais pu l'envoyer dans la rivière à ma place au lieu de me mouiller les pieds. Après tout, le rang a ses privilèges.

Le corps est frigorifié, par la mort et par la rivière. J'essaie de le retourner, mais un cadavre aux vêtements imprégnés d'eau pèse plus que vous ne l'imagineriez. Je perds l'équilibre, je glisse et je tombe à côté de lui. Deux corps côte à côte. L'un mort, l'autre pas tout à fait… pas encore. Je ressors péniblement tandis que les assistants de Preston essaient de dissimuler leur amusement. Je décide de les aider en leur ordonnant de remonter le corps de Le Corbeau sur la rive.

Ils tirent le Belge hors de l'eau et le couchent dans l'herbe sur le dos. Je l'examine de plus près. Il a une blessure à la tempe. Une entaille de deux pouces, cramoisie et violette, aux bords fripés et gris.

« Il a dû se perdre, dit Shankar. Il aura quitté la piste et aura abouti en bas. Puis il est tombé dans l'eau, s'est cogné la tête sur le rocher et s'est noyé. »

Je le regarde attentivement, mais le visage du moine ne suggère rien d'autre que la sincérité.

« Ce genre de chose est déjà arrivé ?

— Vous me demandez si quelqu'un est déjà mort de cette façon ? La réponse est non. À ma connaissance nous n'avons encore jamais perdu personne, sûrement pas un Européen.

— Et Le Corbeau ? Il s'est déjà échappé ? »

Le moine acquiesce. « La deuxième nuit après son arrivée. Mais nous l'avons arrêté. Ce n'est pas particulièrement exceptionnel. Beaucoup de personnes trouvent la première semaine difficile. Certaines essaient d'aller jusqu'à Jatinga en quête d'une dose, mais… » Shankar paraît perplexe.

« Mais ?

— Je sais que Philippe avait des difficultés, mais c'est rare que quelqu'un essaie de s'enfuir une deuxième fois. Notamment quand il est aussi avancé qu'il l'était dans le traitement. »

Je me redresse et je réfléchis à la situation. Le Corbeau, souffrant le martyre des symptômes de son sevrage, trouve un moyen de sortir de l'ashram et se dirige vers Jatinga. Dans son délire il quitte le sentier principal, entre dans la forêt et échoue ici, où il glisse, tombe et se heurte la tête contre un rocher.

C'est possible.

Je me tourne vers l'ingénieur, Preston, les yeux fixés sur Le Corbeau. Une trentaine d'années, taille moyenne, épais cheveux bruns, un teint pâle qui laisse penser qu'il est sur le point de vomir.

« Que faisiez-vous ici, vous et vos hommes ? »

Il lève la tête. « Pardon ?

— Ne me dites pas que vous êtes tombés sur lui par hasard ici au milieu de nulle part.

— Nous étions en train d'étudier la rivière. En aval elle traverse un terrain marécageux que le propriétaire veut assécher. Nous la remontions en établissant une carte pour décider s'il était possible de dévier son cours, et il était là, couché. »

Preston devient d'un vert pastel, se plie en deux et vomit dans l'herbe.

Son explication est assez plausible, et qu'il vomisse ajoute indubitablement à sa crédibilité.

Je dis : « Nous devons déplacer le corps. Y a-t-il un hôpital à proximité ?

— Le plus proche est à Lumding. À presque une journée d'ici. Mais il y a Deakin, notre médecin local. Il a une clinique à Haflong.

— Vous avez un moyen de transport ?

— Non, mais je sais où emprunter une voiture.

— Bien. Envoyez quelqu'un chercher le médecin et la voiture. »

Les assistants de Preston sont maintenant à bonne distance, accroupis, et ils nous observent. L'ingénieur en appelle un et lui aboie des ordres dans une langue que je ne comprends pas. L'homme se lève à moitié endormi et s'approche sans se presser. Preston aboie de nouveau et l'homme acquiesce, puis il se dirige lentement vers le sentier. Un dernier aboiement de Preston, un coup de pied aux fesses verbal, le fait hâter le pas, au moins jusqu'à ce qu'il atteigne la ligne des arbres et disparaisse.

Une heure s'écoule lentement. D'autant plus que le manque semble revenir. Je commence à avoir des crampes et j'ai la sensation que quelqu'un me lance des cailloux à la tête. Je me couche sur l'herbe à distance respectueuse du corps de Le Corbeau, je ferme les yeux et j'essaie de repousser la douleur. Shankar et Preston sont assis à proximité et bavardent à voix basse. On dirait que le moine propose un conseil ou des ablutions à l'ingénieur.

Finalement le silence est déchiré par le gémissement d'un moteur au ralenti. Je me redresse. Le son devient un grondement de plus en plus fort. Un coup de klaxon retentit et une nuée d'oiseaux jaillit des arbres. Un véhicule surgit soudain et s'arrête sur la rive en amont. Le moteur est coupé et le silence de la forêt revient. L'assistant de Preston apparaît, accompagné cette fois par un monsieur rondouillard au teint rose, aux cheveux argentés et vêtu d'un costume trois pièces en lin dont les boutons du gilet donnent l'impression qu'ils craquent sous l'effort de la marche.

« Docteur Deakin », dit Shankar en se levant pour l'accueillir. Il va vers lui et prend la grande main du médecin entre les siennes. « Je suis désolé de vous faire venir ici sans préavis. »

Le moine le conduit vers le corps de Le Corbeau dont la moitié supérieure est maintenant recouverte par respect avec un châle safran grossier. Je me relève et m'avance à l'instant où un des assistants de Preston la découvre.

Debout au-dessus du cadavre le médecin l'estime plus qu'il ne l'examine, tel un critique d'art devant un tableau ou un boucher une pièce de viande. Peut-être ne veut-il pas salir son costume, ou le fait de s'agenouiller pour effectuer un examen est-il trop éprouvant physiquement. Toujours est-il qu'il regarde le cadavre d'un air las et déçu, comme s'il se disait que le garçon aurait dû éviter d'aller se faire tuer au milieu de la nuit.

« Docteur Deakin, dit Shankar, permettez-moi de vous présenter le capitaine Wyndham de la police de Calcutta. »

Le médecin me tend la main. « Capitaine.

— Docteur, dis-je en la serrant.

— Un peu loin de votre ronde ordinaire, je présume ?

— En effet.

— Un de vos amis ?

— Non, je me trouvais seulement dans le secteur. »

Deakin échange un regard avec frère Shankar puis remarque Preston.

« Oui, bon, dit le médecin, où l'a-t-on trouvé ? »

J'indique l'endroit dans la rivière. « Là, dans l'eau, la tête sur ce rocher. » Le médecin va sur la rive et regarde de nouveau le crâne défoncé de Le Corbeau. « Il va falloir emporter le corps à la clinique. » Puis, s'adressant à Preston : « Demandez à vos hommes de le mettre à l'arrière de la voiture. »

Preston obtempère. Les deux Indiens soulèvent le corps, l'un par les pieds et l'autre sous les bras, et l'emportent sans ménagement vers le véhicule.

Je demande : « Pouvez-vous déjà nous dire quelque chose ? »

Deakin rit comme si la question était ridicule, puis il explique : « Il me semble qu'il a glissé, qu'il est tombé et que sa tête a heurté le rocher. La question est de savoir si le coup a suffi à le tuer ou s'il a été seulement étourdi et s'est noyé ensuite. C'est la quantité d'eau dans ses poumons qui nous le dira. Dans un cas comme dans l'autre, c'est un tragique accident. »

Sur quoi il remonte vers la voiture. Shankar, Preston et moi le suivons en silence comme dans un cortège funèbre.

Le chauffeur ouvre les portières arrière et lentement, maladroitement, le corps de Le Corbeau est déposé sur la banquette. Un des assistants de Preston pousse les pieds du cadavre pour qu'ils ne gênent pas la fermeture et c'est à cet instant que je remarque quelque chose

Je crie : « Attendez ! »

L'homme recule instinctivement, effaré, en me

voyant courir vers lui. Je me penche pour examiner le pantalon de Le Corbeau et ses mollets. Je me maudis de n'avoir pas remarqué ce détail plus tôt. Il porte comme moi le pantalon gris noué à la taille que fournit le monastère. Je considère que nous avons fait grosso modo le même trajet dans la forêt, nous sommes tous les deux tombés dans la rivière et nous sommes restés étendus dans l'herbe durant une heure environ. Or, l'arrière des jambes de pantalon de Le Corbeau est marron et boueux alors que chez moi il est gris.

Bien entendu, la chose en soi ne signifie rien. Le Corbeau peut très bien être tombé en route, ou son pantalon a pu se salir de boue n'importe quand. Alors j'examine ses chevilles et ses mollets. Il n'y a pas grand-chose à voir, rien de significatif du moins, mais là, à l'arrière de la cheville gauche, juste au-dessus du talon, il y a plusieurs écorchures. Une image commence à se former. Se pourrait-il que Le Corbeau ait été abordé, frappé à la tête puis traîné à la rivière pour faire croire à un accident ? Les écorchures et les jambes de pantalon boueuses indiquent que ce serait possible, mais alors pourquoi ? Pourquoi tuer un Belge inconnu dans ce trou perdu ? La réponse la plus simple serait le vol, mais Le Corbeau porte comme moi la tenue du monastère. Il était évident qu'il n'avait pas d'argent sur lui. Je repense au moment que j'ai passé dans la cour au milieu de la nuit. À la sensation qu'il y avait là quelqu'un qui me surveillait. Cela pouvait-il être Le Corbeau ? Ou quelqu'un qui l'attendait ?

J'entends derrière moi la voix de Shankar. « Qu'y a-t-il ? »

J'hésite. Que lui dire ? Que l'homme a de la boue

sur son pantalon et des écorchures à la jambe ? Que j'envisage l'éventualité d'un meurtre ?

Se pose aussi une question plus générale : puis-je me fier à lui ? Je secoue la tête. C'est de la folie. L'opium est connu pour aggraver la paranoïa. Les symptômes du sevrage doivent obscurcir mon jugement.

« Rien », dis-je.

Seuls Deakin, le chauffeur et le moine au visage de lune emportent le corps de Le Corbeau à Haflong. J'ai voulu les accompagner mais en me voyant couvert de sueur Shankar a décidé que je n'étais pas en état de voyager. Je suis incapable de protester. Il promet en échange que je serai le premier à connaître le rapport du médecin.

J'accepte et avec un dernier regard à la rivière je remonte derrière lui la colline vers le sentier qui mène à l'ashram.

14

Février 1905

Est de Londres

Le lit de Vogel était bas et étroit, appuyé contre le mur opposé à la fenêtre. Whitelaw était agenouillé pour regarder dessous et il s'est relevé quand nous nous sommes approchés Gooch et moi.

« Aidez-moi, agent Wyndham. »

Nous avons pris chacun un côté du lit et l'avons éloigné du mur. Une épaisse couche de poussière recouvrait l'espace découvert et divers objets : une vieille valise, un tas de cannes à moitié terminées avec leur manche taillé mais non verni, et encore des copeaux de bois. Il y avait autre chose aussi : un gros marteau à manche en bois qui, à la différence des autres objets, était couvert non de poussière mais de sang poisseux.

Whitelaw a émis un sifflement de satisfaction.

« N'y touchez pas », a dit Gooch. Puis il a demandé à Drummond : « Reconnaissez-vous cet objet ? »

Drummond paraissait en état de choc. « C'est un marteau.

— Mais vous appartient-il ? L'avez-vous déjà vu ?

— Jamais vu avant. »

Gooch m'a dit : « Agent Wyndham, retournez au

commissariat. Je veux que deux hommes viennent mener une fouille méticuleuse. Assurez-vous qu'ils apportent des sacs pour les pièces à conviction. »

Une heure plus tard, pendant que la chambre mansardée était examinée deux étages au-dessus, Gooch, Whitelaw et moi faisions une pause dans l'arrière-cuisine. L'inspecteur était assis à la table en bois au centre de la pièce, là où moins de neuf mois plus tôt j'avais rompu avec Bessie.

De son côté, Drummond avait été remmené au commissariat pour y faire sa déposition, après quoi il était libre d'aller où bon lui semblait, ce qui était probablement le Bleeding Hart ou, s'il était trop loin, l'un des énièmes autres pubs sur sa route. Reconnaissons-lui des circonstances atténuantes. La chambre qu'il avait partagée avec Bessie était devenue une scène de crime interdite d'accès au moins jusqu'à ce que nous en ayons fini, et je doutais qu'il ait un autre endroit où aller. Je pouvais difficilement lui reprocher de s'enfermer dans une bouteille aussi longtemps que possible s'il décidait que c'était la meilleure chose à faire.

Gooch a allumé une cigarette.

« Que savons-nous de Vogel ?

— Pas grand-chose, monsieur. La jeune fille qui habite au rez-de-chaussée a dit qu'il venait de quelque part en Russie. Il est locataire depuis six mois environ, mais où il était avant est un mystère. Il se peut qu'il ait débarqué récemment, tout comme il peut être ici depuis plus longtemps. Il parle mal l'anglais.

— Non que ce soit un gros problème à Whitechapel, a remarqué Whitelaw.

— Cette jeune fille, a dit Gooch en rejetant un

nuage de fumée grise, celle qui vous a parlé de Vogel, où est-elle ?

— J'imagine qu'elle est partie travailler. Elle est couturière, elle travaille pour plusieurs tailleurs dans le voisinage.

— Voyez si vous pouvez la trouver. Je veux en apprendre davantage sur notre M. Vogel. Que savons-nous d'autre sur lui ?

— Seulement ce que Drummond nous en a dit, qu'il a perdu son emploi et s'est mis à son compte pour fabriquer des cannes et des manches de parapluie, qu'il est fasciné par Bessie et qu'elle a refusé de lui prêter de l'argent. »

Gooch a fait tomber les cendres de sa cigarette. « Voilà deux motifs d'assassinat. Parlons maintenant de l'opportunité. »

Whitelaw a relaté le déroulement probable des événements.

« Peu après huit heures, quand Tom Drummond part pour la seconde fois, Vogel descend de sa chambre au premier étage. Il frappe à la porte de Bessie dans l'intention de la menacer pour obtenir de l'argent ou… pire. Elle refuse de lui donner ce qu'il veut et, pris de colère, il l'attaque avec le marteau. Puis il ferme la porte de l'intérieur et s'enfuit par la fenêtre en s'aidant du tuyau d'évacuation pour atteindre sa chambre, où il cache l'arme sous son lit.

— Vous oubliez une chose, sergent, a dit Gooch. En admettant que ce soit le marteau de Vogel, il aurait fallu qu'il l'emporte, soit simplement pour la menacer, soit parce qu'il savait qu'il allait l'attaquer, ce qui dénote un certain degré de préméditation. » Il a tiré de nouveau sur sa cigarette. « Il sera pendu. »

J'ai réfléchi à cette théorie.

« J'ai une question, monsieur.

— Oui ?

— Le coffre dans lequel elle conservait les loyers qu'elle recevait était encore dans sa chambre. C'est dedans que nous avons trouvé la clef de chez Vogel. Il y restait quelques shillings.

— Où voulez-vous en venir, agent Wyndham ?

— Je me demande pourquoi un homme assez désespéré pour tuer une femme pour de l'argent partirait sans prendre la peine de chercher le coffre. Peut-être n'a-t-il pas agi pour de l'argent.

— Ou bien il a pris peur, a dit Whitelaw.

— C'est possible, mais si c'était prémédité et qu'il avait apporté le marteau, pourquoi avoir peur ? Et s'il prévoyait de fermer la porte de l'intérieur et de s'échapper ensuite par la fenêtre, n'aurait-il pas pris quelques minutes pour chercher ce pour quoi il était venu ? »

Gooch a croisé les bras sur sa poitrine. « Eh bien, il y a un moyen de savoir quels étaient ses motifs. Nous n'avons qu'à le retrouver. »

*

La lumière faiblissait déjà quand Gooch et Whitelaw ont quitté Fashion Street. Ils rentraient au commissariat, Gooch pour superviser le classement des pièces à conviction récoltées sur la scène de crime et Whitelaw pour coordonner les recherches de Vogel.

Quant à moi, j'ai été chargé d'interroger les résidents de l'immeuble et de découvrir ce que je pouvais sur notre fugitif. Mais les Feldman, qui occupaient la chambre à côté de celle de Bessie, et les Kravitz – les parents de Rebecca – avaient ajouté peu de choses. Son père, Carl Kravitz, qui était parti travailler à six heures pour revenir à quatre heures de l'après-midi n'avait croisé Vogel que quelques fois dans le couloir, et sa femme avait apparemment passé beaucoup de temps à s'assurer que leur fille n'avait pas affaire à lui. Seule Mme Rosen, au rez-de-chaussée, a paru disposée à parler de Vogel, mais ce qu'elle a ajouté avec des phrases polyglottes en mauvais anglais et en yiddish a rapidement dégénéré en réminiscences des shtetls, des synagogues et de la vie dans la Zone de Résidence.

J'ai cependant appris par elle que Vogel venait de Varsovie, qui à l'époque appartenait encore à l'Empire russe. À dix-huit ans, pour éviter la conscription dans l'armée du tsar il s'était enfui, d'abord en Allemagne, qui traitait mieux ses Juifs que la Russie mais plutôt mal quand même, puis en Angleterre.

La seule personne qui lui ait parlé régulièrement était, semblait-il, Rebecca. Sa mère m'a appris que celle-ci était employée par un tailleur de Brick Lane du nom de Shmuel Eckstein. Elle avait normalement un poste de douze heures et ne rentrait pas avant sept ou huit heures au plus tôt. Ce jour-là, naturellement, avec tout ce qui s'était passé, elle n'était partie de chez elle qu'après midi et personne ne pouvait savoir quand elle rentrerait.

Après avoir échangé deux mots avec l'agent stationné devant l'entrée, j'ai ajusté mon col et je suis parti vers Brick Lane. Il faisait un froid mordant et il soufflait un vent qui donnait l'impression de venir directement de l'Oural et vous glaçait jusqu'à la moelle.

Les rues résonnaient du bruit des charrettes sur les pavés. À côté des étals, des hommes se groupaient autour de braseros, tête baissée, se réchauffant les mains en attendant le chaland de passage.

Une lampe brillait entre deux mannequins nus et sans tête dans la vitrine de chez Eckstein. Quand j'ai poussé la porte et suis entré dans une pièce à peine plus chaude que la rue une clochette a tinté. Derrière un comptoir en bois et verre se tenait un homme d'une cinquantaine d'années en fin cardigan avec des lunettes rondes à monture d'acier et une calotte sur la tête. Il avait l'air inquiet, comme la plupart des hommes de Whitechapel quand ils se trouvaient en face d'un policier en uniforme.

Il m'a demandé avec un fort accent : « En quoi puis-je vous aider ? »

Une rangée d'étagères occupait la longueur du mur derrière lui, chacune divisée en casiers, de sorte que tout le mur ressemblait à un assemblage de niches contenant chacune un rouleau de tissu différent.

J'ai demandé : « Monsieur Eckstein ?

— Oui, a-t-il répondu prudemment.

— Je cherche Rebecca Kravitz. »

Son inquiétude a grandi. J'ai soupçonné Rebecca de n'avoir pas parlé de la raison de son retard le matin. Un meurtre, même sans aucun rapport avec elle, avait tendance à semer le trouble, surtout chez des gens qui y étaient déjà habitués. J'ai soudain regretté d'avoir fait irruption. Si Eckstein croyait que Rebecca avait des ennuis avec la police il allait sans doute penser plus prudent de la mettre simplement à la porte plutôt que de prendre le risque qu'elle attire le mauvais œil des autorités sur lui et ses affaires. Mais je ne pouvais plus faire grand-chose à ce stade.

J'ai bien précisé qu'elle n'avait aucun ennui. « J'ai simplement besoin de lui parler. »

Il a acquiescé lentement. « Excusez-moi, s'il vous plaît. Vous attendez ici. Je la cherche. »

Eckstein s'est dirigé vers une porte qui devait mener à l'arrière-boutique et à l'escalier du sous-sol où travaillaient probablement ses couturières. Le silence s'est installé. Je me suis approché du comptoir et j'ai examiné deux rouleaux de tissu gris posés dessus. Un tissu bon marché et grossier, mais c'était ce qui se vendait dans ce quartier de la ville.

J'ai entendu des pas sur un escalier en bois. La porte s'est ouverte et Eckstein est entré suivi de Rebecca à quelques pas derrière. La jeune fille s'est avancée tandis que le tailleur restait sur le seuil.

« Que puis-je pour vous, monsieur l'agent ? »

Le ton de sa voix était poli, mais son expression laissait entendre que ma présence était aussi bienvenue qu'un coup de poing dans l'œil.

« J'ai besoin de vous poser encore quelques questions.

— Je travaille. Je n'ai pas le temps de parler maintenant. En outre, je vous ai déjà tout dit. »

J'ai regardé Eckstein qui ne paraissait guère plus qu'une tache parmi les ombres. « Votre aide nous serait extrêmement précieuse, ai-je dit. Et je suis sûr que la police métropolitaine serait infiniment reconnaissante à votre employeur s'il vous accordait quelques minutes pour nous aider. »

Eckstein a eu l'air troublé.

J'ai dit à Rebecca : « Peut-être pourriez-vous traduire pour lui. »

Elle l'a fait, et bientôt le vieux tailleur acquiesçait avec enthousiasme. Il m'a adressé un sourire complaisant.

« S'il vous plaît, allez. Parlez. Rivkah est fille bien. »

J'ai conclu : « On dirait que M. Eckstein tient à ce que vous m'aidiez. Vous avez un manteau ? Il fait froid dehors. »

Un quart d'heure plus tard nous étions assis derrière une fenêtre dans un salon de thé de Hanbury Street. Rebecca souhaitait parler dehors, mais le froid et la promesse d'un thé chaud l'ont fait changer d'avis.

Le thé était russe, servi noir et sucré d'un samovar argenté. La serveuse a rempli deux verres qu'elle a posés sur notre table, puis elle a déposé la théière à côté d'un petit bol de confiture.

Rebecca regardait le thé fumer dans son verre.

« Parlez-moi d'Israel Vogel. »

Elle a levé les yeux, l'air étonné. « Pourquoi est-ce à lui que vous vous intéressez ?

— Parce que ce sont les ordres que j'ai reçus.

— Il s'est installé il y a six mois, a-t-elle répondu avec un haussement d'épaules. Je crois qu'il était arrivé de Varsovie peu avant. » Elle a soudain paru irritée. « Pourquoi ne l'interrogez-vous pas lui ?

— On dirait qu'il a disparu. Nous pensons qu'il pourrait être responsable de la mort de Bessie. »

Elle a secoué la tête. « C'est absurde.

— Vraiment ? On nous a dit qu'il était obsédé par Bessie. »

Elle a rétorqué : « Qui vous a dit ça ?

— Tom Drummond.

— Nous y voilà, a-t-elle soupiré, comme si j'avais confirmé son opinion. Vous ne devriez pas croire un mot de ce qu'il vous raconte.

— Il a aussi dit que Vogel lui a demandé de l'argent et que Bessie le lui a refusé. »

Elle a eu l'air de vouloir ajouter quelque chose mais elle s'est mordu la lèvre. Une étincelle de colère est apparue dans ses yeux.

Elle a finalement répondu : « C'est vrai que Bessie prêtait de l'argent à des gens, soit pour payer le loyer, soit pour les aider dans leurs affaires. Je peux comprendre qu'elle ait décidé de ne pas prêter d'argent à Israel, mais s'il en avait eu besoin, il ne se serait pas adressé à elle de toute façon.

— Pourquoi ?

— Parce qu'il pouvait aller simplement au Centre.

— Le Centre ?

— Le Centre d'assistance aux Juifs nécessiteux. Ils accordent des prêts sans intérêts aux immigrants juifs qui cherchent à monter une affaire. Vous voyez donc qu'il n'avait pas besoin de l'argent de Bessie.

— Il avait peut-être déjà essayé ? On lui avait peut-être refusé ?

— Vous pourriez toujours leur poser la question. Leurs bureaux sont au coin de la rue. »

J'ai bu une gorgée de thé et j'ai enregistré le renseignement. J'irais le lendemain à l'ouverture et je verrais s'ils avaient reçu une demande de prêt d'Israel Vogel.

« Quoi qu'il en soit, il reste la question de l'intérêt de Vogel pour Bessie. Était-il amoureux d'elle ? Bessie avait-elle parlé de ses attentions ? »

Elle m'a lancé un regard plein d'aigreur et a croisé les doigts.

« Je ne sais pas ce qui vous le fait croire. »

J'ai feint la surprise. « Vraiment ? N'étiez-vous pas proches, Bessie et vous ? Elle n'a jamais parlé d'avances déplacées de la part de Vogel ? Son mari paraît convaincu qu'il lui en faisait.

— Je vous l'ai déjà dit, vous devriez prendre ce que dit Tom Drummond avec de très longues pincettes. Vous devriez peut-être le surveiller davantage.

— Pourquoi ?

— Leur mariage était loin d'être semé de roses. Tom passait le plus clair de son temps à boire et à jouer avec l'argent de sa femme. Il rentrait du pub ou du champ de courses et se débarrassait de sa malchance sur elle avec ses poings. »

Elle avait raison. Tom Drummond était colérique et avait des antécédents de violence. Il avait été aussi mon premier suspect, mais il avait un alibi, et lui n'avait pas pris la fuite. Et enfin, bien sûr, il y avait le marteau.

J'ai dit doucement : « Nous pensons avoir trouvé l'arme utilisée contre Bessie. Elle était sous le lit de Vogel. »

En secouant vigoureusement la tête elle s'est exclamée : « Non ! Ce n'est pas possible. Israel n'aurait jamais fait de mal à Bessie ! » Une larme a coulé sur sa joue.

« Pourquoi ? Pourquoi ne lui ferait-il pas de mal ? » Puis j'ai soudain pensé à une chose.

« Est-il possible que votre jugement soit faussé ? »

Elle a écarquillé les yeux. « Vous pensez que… que je suis amoureuse de lui ?

— Vous l'êtes ?
— Non !
— Alors pourquoi ? » Je lui ai redemandé, cette fois sur le ton de l'urgence : « Pourquoi ne lui ferait-il pas de mal ? Bessie et lui étaient-ils… ? »

Je n'ai pas fini la phrase. Je ne parvenais pas à prononcer le dernier mot.

Sentant que j'étais gêné elle a demandé : « Vous voulez dire, étaient-ils amants ? »

Elle a soudain paru se délecter de mon embarras. « Vous trouvez répugnant qu'une Anglaise trouve le réconfort dans les bras d'un Juif ?

— Ce n'est pas cela », ai-je répondu en bafouillant, et ma dénégation a même eu l'avantage d'être en partie vraie.

Rebecca a pris son verre entre ses doigts fins et a bu une gorgée.

Elle a dit tout à coup, presque comme une accusation : « Je me souviens de vous. Ce devait être il y a presque un an, juste après notre installation à Fashion Street. N'était-ce pas vous qui veniez rendre visite à Bessie ? Est-ce pour cela que vous trouvez difficile d'accepter l'idée que Vogel pouvait lui plaire ? »

J'ai senti mes oreilles me brûler. Je ne me rappelais pas avoir jamais vu cette jeune fille à l'époque où je fréquentais Bessie, mais cela ne voulait pas dire qu'elle n'avait pas été là. Les locataires allaient et venaient, les visages changeaient et se fondaient en un seul. La période avait été étrange, surtout vers la fin. Je me suis demandé si Mme Rosen ou les Feldman se souvenaient aussi de moi. Quant à Vogel, je ne savais pas pourquoi je trouvais si difficile de digérer la possibilité que Bessie ait eu une liaison avec lui, mais en réalité c'était sans importance.

J'ai dit : « Ce que je trouve difficile à accepter c'est le fait qu'elle ait été assassinée, et les indices désignent Israel Vogel comme son assassin. Alors si Bessie était vraiment votre amie vous devriez peut-être m'apporter une certaine coopération. »

Elle a sorti un mouchoir de sa manche pour se tamponner les joues. Je me suis senti coupable. En fait, cette jeune fille prouvait que son amitié pour Bessie avait été bien plus forte que la mienne, et je n'avais aucun droit de prétendre le contraire.

J'ai bredouillé des excuses et j'ai essayé une approche plus conciliante.

« En admettant que vous ayez raison et que Vogel soit innocent, qui d'autre pourrait vouloir tuer Bessie ?

— Je ne sais pas, mais…

— Mais quoi ?

— Ces dernières semaines elle paraissait différente. Comme si elle avait un secret qu'elle ne pouvait pas partager. Je lui ai demandé si elle attendait un bébé, mais elle a ri. Elle a dit que le hasard faisait bien les choses. Ensuite, après son agression d'avant-hier soir il y a eu un nouveau changement. Hier elle avait l'air carrément terrifié. Elle était trop épouvantée pour sortir de chez elle. Elle a même refusé d'aller au travail, ce qui ne lui ressemble pas. Autrefois elle travaillait même quand elle avait la grippe et beaucoup de fièvre. Je me suis dit qu'elle était sous le choc.

— Vous pensez que l'attaque dont elle a été victime dans Grey Eagle Street n'était pas due au hasard ?

— Je ne sais pas, mais hier j'ai eu l'impression que Bessie en était certaine.

— Avez-vous vu Vogel ce soir-là ? »

Après avoir réfléchi elle a répondu : « Il est rentré tard, environ une heure après que votre sergent avait accompagné Bessie chez elle. Il était trempé jusqu'aux os. Je me rappelle m'être demandé quel genre d'homme pouvait sortir sans parapluie par un temps pareil alors qu'il en fabriquait.

— Décrivez-le-moi.

— Taille moyenne. Mince. Cheveux noirs. »

La description convenait à la moitié de la population masculine de Whitechapel… y compris aux Chinois.

« Quand vous l'avez vu ce soir-là, avait-il l'air d'être blessé au bras gauche ? »

Elle m'a regardé affolée. « Pourquoi cette question ?

— S'il vous plaît. C'est important. »

Elle a froncé les sourcils en essayant de se souvenir. « Je… je ne peux pas en être certaine. Vous ne croyez pas que Vogel a attaqué Bessie dans la rue, n'est-ce pas ? C'est ridicule ! Ça ne rime à rien. S'il l'avait attaquée elle l'aurait reconnu. Et elle me l'aurait dit. Je vous répète que le lendemain elle craignait pour sa vie. » Elle a secoué la tête. « Non, ce ne pouvait pas être lui.

— De toute façon, reste la question de savoir où il se trouve maintenant.

— S'il s'est réellement caché vous pourriez essayer la soupe populaire ou l'Abri temporaire juif, mais il lui faudrait du courage pour y aller.

— Pourquoi ?

— Parce que c'est dans Leman Street, un peu plus loin que votre commissariat.

— A-t-il des amis qui pourraient l'accueillir ?»

Elle a eu un mince sourire. « Ces gens-là sont respectueux de la loi, monsieur l'agent. Et ils se parlent, c'est une communauté soudée. Ils veillent les uns sur les autres. S'il s'est réfugié chez des amis je vous suggère de parler aux anciens de la communauté, les rabbins de la *shule* ou les chefs de la *chevrot*. Ils pourraient peut-être faire pression pour qu'ils le dénoncent. Mais s'il est vraiment coupable, il est plus vraisemblable qu'il tentera sa chance chez les anarchistes ou un autre groupement radical. Les *chaverim* recrutent sans cesse. S'il est allé chez eux, il y a des chances que vous ne le retrouviez jamais. »

15

Février 1922

Assam

Le rapport de l'autopsie de Le Corbeau est arrivé… ou plutôt il ne l'est pas. Il a été envoyé au commissaire de police du district, quel qu'il soit, dans un endroit appelé Silchar, où qu'il se trouve. L'essentiel en est quand même parvenu à l'ashram, et pendant un de mes instants de plus grande lucidité frère Shankar me fait asseoir et m'en donne un résumé.

« Les poumons de Philippe étaient vides, me dit-il en s'asseyant devant moi les mains jointes devant le visage tel un professeur d'Oxford. Le docteur Deakin dit qu'il est mort instantanément quand sa tête a heurté le rocher. Il n'aurait pas souffert. »

Je hoche bêtement la tête.

Shankar me regarde comme s'il pouvait lire en moi.

« Vous êtes troublé ?

— Non. Si c'est ainsi qu'il est mort, alors c'est au moins sans douleur. C'est seulement…

— Quoi ?

— Je me demande avec quelle violence il aurait dû heurter ce rocher pour être tué instantanément. Je pensais que les chances d'un coup aussi sévère étaient, disons, de mille contre un. Le scénario le plus vraisemblable aurait été que le coup l'ait étourdi, qu'il soit tombé à l'eau et se soit noyé. »

Le moine change d'expression. « Que dites-vous ?

— Je… » J'hésite, je me gratte la nuque. Puis-je me fier à cet homme ? Si Le Corbeau a été assassiné, comment puis-je être sûr que Shankar n'y est pas mêlé ? Après tout, je n'ai que sa parole pour m'assurer qu'il était sorti de l'ashram. Pour autant que je sache, il pourrait avoir été assassiné ici, peut-être dans cette pièce même, puis emporté à la rivière.

« Sam ?

— Je… »

J'essaie de me contrôler. Je me dis de cesser de délirer. Si Shankar était effectivement impliqué dans ce qui est arrivé à Le Corbeau, pourquoi m'aurait-il emmené voir le corps ? Il ne l'a fait que parce qu'il pensait qu'en tant que policier je pourrais peut-être expliquer un peu l'événement. Je décide de lui faire confiance.

« Cela paraît fou mais Le Corbeau est peut-être mort autrement. Quelqu'un l'a peut-être frappé à la tête, l'a peut-être tué et traîné à la rivière pour faire croire à un accident ? »

Le moine semble horrifié. « Mais pourquoi quelqu'un aurait-il voulu le tuer ?

— Connaissait-il des personnes par ici ? »

Shankar secoue la tête. « Il est arrivé chez nous directement d'Anvers. Nous avons informé sa famille là-bas. À ma connaissance il ne connaissait personne en dehors de l'ashram.

— C'est peut-être un vol qui a mal tourné ?

— Je ne peux pas le croire. Il était habillé comme vous. Toutes les tribus locales savent que les initiés et les autres personnes qui dépendent de l'ashram n'ont pas d'argent sur eux. Je ne vois pas comment il peut s'agir d'autre chose que d'un tragique accident. »

Il a raison, bien entendu, du moins dans la mesure où il n'y a en effet aucun motif rationnel pour que quelqu'un autour de Jatinga veuille tuer Le Corbeau. Mais parfois des gens sont tués sans raison rationnelle ou sans raison aucune. J'en ai vu se faire tuer pour avoir simplement regardé un type de travers au pub, pour avoir été au mauvais endroit au mauvais moment, pour appartenir à la mauvaise religion, avoir le mauvais accent ou le mauvais fichu nom de famille ; ou pour être nés l'année qui leur donnait le bon âge pour être mobilisés et envoyés au massacre. Ce peut être difficile à comprendre pour un homme tel que Shankar, mais dans mon univers c'est tout le temps que les gens meurent pour des motifs irrationnels. La mort frappe sans discrimination, au hasard, comme à la loterie. Et quand votre numéro sort vous n'avez pas d'autre choix que de quitter ce monde cruel pour le prochain, s'il y en a un.

Je retourne au dortoir peu après et j'essaie de ne plus penser à Le Corbeau. Adler est étendu sur sa couchette, plongé dans un livre en hébreu.

En me voyant il le ferme, le pose à côté de lui et s'assoit.

« Wyndham, mon ami. Quelque chose vous préoccupe ?

— Le Corbeau. Le rapport du médecin confirme que sa mort est un accident…

— Mais vous n'y croyez pas ?

— Je n'ai aucune raison de ne pas y croire… sauf mon instinct. »

Le Juif réfléchit en appliquant à sa mâchoire un mouvement circulaire pendant qu'il rumine.

« Le décès de Philippe, le fait qu'il est survenu par hasard, vous rappelle peut-être que votre vie est éphémère, que vous êtes sans défense devant la mort.

— Quoi ?

— Allons donc, capitaine. Est-ce si difficile à croire ? Philippe avait votre taille, votre corpulence, et même votre couleur de cheveux. Se pourrait-il que vous vous voyiez en lui ? Et si lui, un jeune homme, a pu être emporté d'une façon aussi absurde, alors pourquoi pas vous ? »

Quelque chose dans ses mots m'atteint. Pas la bouillie métaphysique à propos de ma nature mortelle mais la similarité physique réelle entre Le Corbeau et moi. Shankar a dit qu'il était rare qu'un homme quitte le monastère à un stade du traitement aussi avancé que Le Corbeau. Et Adler a dit que les hommes étaient plus enclins à sortir pour essayer de trouver une dose de leur poison au cours de leurs premiers jours ici. Se pourrait-il que quelqu'un ait pris Le Corbeau pour moi ?

Je manque tomber à la renverse sur mon lit et je crains pour ma santé mentale. Il y a quelque chose dans cet endroit, une malveillance qui grésille dans l'air. Depuis que je suis descendu du train à Lumding, la réalité a commencé à échapper à tout contrôle : les hallucinations nocturnes de l'apparition à la gare, les souvenirs de Bessie Drummond, et maintenant la mort de Le Corbeau. Je ne peux pas m'empêcher de sentir que tout est lié d'une certaine façon, et pourtant c'est ridicule.

J'ai tout à coup très froid, je suis glacé jusqu'à la moelle. Je ferme les yeux et je me mets l'oreiller sur la figure tandis qu'une nouvelle vague de frissons incontrôlable m'envahit.

16

Février 1905

Est de Londres

Aucun doute, Vogel était en fuite.

Il était huit heures et Gooch, Whitelaw et moi étions réunis autour du tableau noir dans la pièce encombrée et sans air que Gooch avait réquisitionnée comme base d'opérations.

L'inspecteur a essuyé ses lunettes avec le coin de son gilet.

« Alors, que savons-nous ?

— Jusqu'ici, monsieur, a répondu Whitelaw avec l'air d'un homme sûr de son affaire, nous avons la confirmation que Vogel a été vu deux fois hier matin, et pas dans l'après-midi. Vers dix heures il a parlé avec son vieil employeur, un certain M. Herzl. D'après celui-ci, notre homme cherchait à lui fournir des cannes. Rien n'a été conclu, mais Herzl lui a dit de revenir avec un échantillon. Environ une heure plus tard il a été vu par le vendeur dans une quincaillerie où il a acheté pour un shilling d'acide nitrique.

— Quelle quantité cela représente-t-il ?

— Quelques onces. Le vendeur dit que Vogel a rempli sa propre bouteille.

— Que voulait-il faire avec une aussi petite quantité

d'acide ? Ce n'est pas suffisant pour constituer une pièce à conviction.

— On l'utilise dans le vernissage des manches de cannes et de parapluies. »

J'ai demandé : « Cela ne paraît-il pas bizarre ? Il tue une femme vers neuf heures et une heure plus tard il négocie une vente et achète de l'acide nitrique pour son travail ? » Whitelaw a gonflé les joues. « Il n'avait peut-être pas prévu que le corps de Bessie serait découvert aussi vite. Il espérait peut-être se servir de la quincaillerie comme alibi ? »

Pour moi c'était absurde.

« Et sa chambre ? Il a laissé ses vêtements, sa valise, et il est parti. Pourquoi fabriquer un alibi méticuleux et s'enfuir ensuite avec seulement les vêtements qu'il avait sur le dos ?

— Il est peut-être allé à la quincaillerie pour se fabriquer un alibi, mais à son retour, en voyant la foule devant la porte, il a été pris de panique et s'est enfui. »

Nos théories n'intéressaient pas Gooch. « Vous êtes-vous renseigné sur le comportement de Vogel ? a-t-il demandé au sergent. Paraissait-il agité ?

— Le vendeur n'en a rien dit. »

Gooch a tiré un paquet de Navy Cut et une boîte d'allumettes de sa poche et s'est collé une cigarette au coin de la bouche. « Il y a toujours une autre possibilité », a-t-il dit en grattant une allumette, et il a allumé sa cigarette. « Vogel a peut-être soudain éprouvé du remords. Il a peut-être acheté l'acide pour se tuer. »

Whitelaw a cillé. « Vous pensez qu'il pourrait déjà être mort quelque part ?

— C'est possible, bien que nous ne puissions en

tirer aucune conclusion. Pas encore. Pour le moment nous devons organiser une chasse à l'homme : découvrir qui sont ses amis, vérifier les asiles de nuit. » Il a adressé un signe de tête à Whitelaw. « Je veux que vous vous en chargiez. Il peut aussi essayer de quitter la ville s'il en a la possibilité. Nous devons nous assurer qu'il ne le fasse pas. Son signalement doit circuler dans les gares et les ports qui doivent être surveillés. Je mets Scotland Yard sur cette affaire.

— Où est-ce qu'il pourrait aller ? a demandé Whitelaw. Je doute qu'il ait jamais mis les pieds ailleurs que dans l'East End.

— Il y a des immigrés juifs à Manchester et à Birmingham. Il y a peut-être des amis, il peut aussi essayer de se faire passer pour un nouvel arrivant fraîchement débarqué. Quant aux ports, il pourrait tenter sa chance et embarquer sur un bateau en partance pour New York. » Il a soufflé un nuage de fumée. « On dirait que tous les Juifs veulent aller en Amérique. Quant à vous, Wyndham, je veux que vous trouviez tout ce que vous pourrez sur sa situation financière. Avait-il emprunté de l'argent à quelqu'un d'autre ? Était-il en retard sur son loyer ? Ensuite je veux que vous alliez parler avec l'employeur de Bessie Drummond. Voyez ce qu'il sait de son intendante. Plus important, trouvez ce que vous pourrez sur sa visite ce matin-là. Découvrez ce qu'elle faisait pour lui. Encaissait-elle les loyers dans d'autres propriétés ou seulement au 42 Fashion Street. »

Il a indiqué la porte.

« Eh bien ? Qu'attendez-vous ? Dépêchez-vous, messieurs. Nous avons un assassin à trouver. »

Le Centre d'assistance aux Juifs nécessiteux occupait un bâtiment de brique miteux dans Middlesex Street. À l'extérieur quelques hommes barbus appuyés contre le mur ont interrompu brutalement leur conversation quand je me suis approché.

Je suis entré et j'ai demandé au vieil homme de la réception où se trouvait le bureau des prêts et il m'a indiqué un escalier mal éclairé en me disant de monter au deuxième étage. Je n'avais besoin d'aucune explication supplémentaire attendu qu'à partir de l'escalier une queue serpentait dans un corridor jusqu'à la lumière d'une porte ouverte. Une fois encore le bavardage général a vite cessé à mon passage.

Des hommes massés à l'entrée du bureau des prêts se sont écartés pour me laisser passer. Je suis entré dans une pièce débordant de paperasserie au milieu de laquelle étaient installées trois grandes tables, une de chaque côté de la porte et la troisième entre elles et la fenêtre, de telle sorte que les trois employés qui y travaillaient pouvaient voir tous ceux qui entraient.

Autour d'eux le moindre espace de mur était occupé par des étagères contenant une montagne de dossiers marron et gris, certains gonflés de papiers, d'autres tout minces, tous fermés par une cordelette marron. Les employés à droite et à gauche avaient un air de caissiers de banque éreintés. Ils portaient chemise à rayures, cravate, gilet, lunettes et calotte. Le plus jeune frôlait les soixante-dix ans et le plus âgé aurait visiblement dû manger les pissenlits par la racine. Sur leur table étaient posés d'autres dossiers et des feuillets en vrac, et face à eux une chaise était occupée par un homme dont j'ai supposé qu'il était venu demander une aide financière, mais son attitude ressemblait davantage à celle d'un suppliant devant un roi qu'à celle d'un demandeur de prêt.

C'est le troisième employé, celui qui était installé face à la porte, qui s'est levé lentement en faisant craquer ses articulations et qui s'est adressé à moi.

« Que puis-je pour vous, monsieur l'agent ? » Son accent était fortement marqué, comme celui d'Eckstein et un fin halo de cheveux gris couronnait le sommet chauve de son crâne portant lui aussi une calotte. J'ai supposé qu'il était le plus âgé dans la pièce. La chaise devant lui était vide et sa table était occupée non par des dossiers mais par un grand registre doré sur tranche, ouvert à une page remplie de colonnes à peu près jusqu'à la moitié. Mais à en juger d'après son expression fatiguée et ses vêtements usés il n'était visiblement que le plus ancien parmi ses pairs, encore un simple fonctionnaire sans pouvoir particulier.

« J'ai besoin d'un renseignement sur un homme qui a peut-être bénéficié d'un prêt chez vous. »

L'homme s'est gratté le cou. « Normalement, nous ne fournissons pas de renseignement sur nos emprunteurs. Vous devriez parler à M. Sebag.

— Où puis-je le trouver ? »

Il a souri. « Par ici, je vous prie. »

Je l'ai suivi à l'autre bout du corridor. Il s'est arrêté devant une porte, il a frappé, entrouvert et passé la tête à l'intérieur.

« Monsieur Sebag ? Il y a un agent de police qui désire vous voir. »

Il y a eu une réponse étouffée avant que le vieil homme pousse la porte et me fasse entrer. La pièce avait les mêmes dimensions que celle que nous venions de quitter, mais elle ne contenait qu'un seul bureau et un seul occupant, un homme en costume sombre avec une barbe poivre et sel et des lunettes en demi-lune. Contrairement aux autres il ne portait pas de calotte. Il s'est levé et m'a indiqué une chaise.

« En quoi puis-je vous aider, monsieur l'agent ? » a-t-il dit en donnant congé au vieil homme d'un signe de tête.

La porte s'est refermée derrière moi et Sebag est retourné s'asseoir, il a ôté ses lunettes et les a posées sur une pile de papiers sur son bureau.

« Agent Wyndham, du commissariat de Leman Street. Je suis ici dans le cadre d'une enquête sur un meurtre. »

Il a eu l'expression d'horreur propre aux banquiers lorsqu'ils se trouvent face à quelque chose qui risque d'être mauvais pour leurs affaires.

« Un meurtre ?

— Celui d'une femme du quartier. Nous soupçonnons un homme appelé Israel Vogel d'en être l'auteur. »

Sebag s'est caressé la barbe. « Je ne pense pas qu'il y ait quelqu'un de ce nom employé ici.

— Vous m'avez mal compris, monsieur. Nous pensons que Vogel est arrivé de Russie il y a environ six mois et s'est installé dans Fashion Street. Au début il a été employé par un homme appelé Herzl, il fabriquait des cannes et des parapluies, mais récemment il s'est mis à son compte.

— Et vous pensez qu'il pourrait avoir obtenu un prêt ici ?

— Exactement.

— Ce serait logique. » Il a remis ses lunettes. « Nous avons pour principe de n'accorder de prêt qu'à ceux qui sont arrivés depuis six mois ou plus. Nous pouvons vérifier nos registres. »

Il est allé ouvrir la porte.

Il a appelé d'une voix forte pour être entendu au bout du corridor : « Monsieur Shofer, pouvez-vous revenir, s'il vous plaît ? »

Il s'est rassis.

« Voudriez-vous du thé ? »

La porte s'est ouverte alors que je déclinais poliment l'invitation.

« Ah, monsieur Shofer, apportez-moi le nouveau grand livre des prêts de… » Il s'est tourné vers moi. « Quand avez-vous dit qu'il s'est mis à son compte ?

— Probablement le mois dernier. »

« Les grands livres des deux derniers mois, s'il vous plaît, monsieur Shofer. »

Le vieil homme a acquiescé et s'est retiré.

« Cela prendra peut-être quelques minutes », a-t-il dit sur le ton des excuses, puis, comme pour éviter un silence inconfortable, il m'a demandé : « La malheureuse dame, la victime, était-elle juive ?

— Non, anglaise.

— Vous voulez dire qu'elle était chrétienne.

— Pardon ?

— On peut être juif et anglais à la fois, monsieur l'agent. Comme moi.

— Oui, bien sûr, je ne voulais pas… C'est seulement que dans cette partie de la ville la plupart des Juifs sont étrangers.

— C'est tout à fait vrai, a-t-il dit en souriant, et l'ironie de la chose c'est que beaucoup d'entre eux se demanderaient aussi s'il est possible d'être à la fois juif et anglais. »

Il a senti ma confusion.

Il a expliqué : « Nos frères de l'Est sont capables d'être très fervents dans le maintien de leurs pratiques religieuses. Si vous posiez la question à la moitié des hommes qui font la queue dehors, ils vous diraient probablement avec dédain à quel point nous, Juifs anglais, sommes devenus permissifs dans l'observance de notre religion. Ce qui ne les empêche pas d'accepter nos fonds. »

On a frappé. Shofer est entré en portant un grand livre de comptes noir et l'a déposé bruyamment sur le bureau de Sebag puis il est sorti.

« Le nom est Vogel, m'avez-vous dit ?

— Oui, Israel Vogel. »

Sebag a ajusté ses lunettes, ouvert le registre et feuilleté un certain nombre de pages sourcils froncés. « Vogel… Vogel… Vogel… » Il a tourné une page. « Ah, nous y voilà. Vogel, Israel. » Il a souri, ravi de l'efficacité de l'administration. « Vous avez parfaitement raison, il a obtenu un prêt. Il y a un peu plus de trois semaines.

— Pouvez-vous me dire à combien il s'élève ?

— Trois livres… pas en liquide, en nature.

— En nature ?

— C'est exact. Nous ne prêtons de l'argent qu'en dernier ressort. Nous préférons prêter en biens que nous pouvons réclamer si les remboursements ne sont pas effectués. Par exemple un tailleur peut s'adresser à nous et nous pouvons lui acheter une machine à coudre. Dans le cas de Vogel nous avons acheté plusieurs outils pour le travail du bois : un étau, une scie, un maillet en bois et une série de ciseaux.

— Y a-t-il un marteau ? »

Sebag a parcouru les notes sur la page. « D'après l'inventaire, non. »

Cela ne signifiait pas que le marteau n'appartenait pas à Vogel. Il pouvait l'avoir acheté séparément.

« Comment doivent s'effectuer les remboursements de l'emprunt ?

— Il devait le rembourser sur son revenu à raison d'un shilling six pence par semaine.

— Et il a respecté ses engagements ? »

Sebag s'est penché de nouveau sur le registre en glissant le doigt sur une colonne de chiffres.

« Jusqu'ici, oui. Son dernier règlement date de jeudi.

— Que se passerait-il s'il avait du retard ? »

Sebag s'est frotté le menton. « Cela dépend des circonstances. S'il nous a donné des raisons nous pouvons essayer d'établir un nouveau plan de remboursement. S'il a simplement pris la fuite nous nous adresserons à la personne qui a accepté de témoigner de sa moralité quand le prêt lui a été accordé. Elle ne se porte pas caution au sens strict, ce n'est généralement qu'un membre respectable de la communauté qui peut répondre de l'emprunteur.

— Et dans le cas de Vogel, qui était-ce ? »

Sebag a consulté le registre puis il s'est mis la main sur la bouche dans un geste de consternation. « Comme c'est bizarre.

— Quoi donc ?

— On dirait que dans le cas de Vogel le témoin était une femme, et une Gentille de surcroît. Une certaine Mme Elizabeth Drummond. »

17

Février 1922

Assam

« Comment vous sentez-vous ? »

Frère Shankar s'assied à table en face de moi et remue son porridge. La question est assez simple, mais la réponse est loin d'être évidente.

Voilà six jours que le corps de Le Corbeau a été découvert, quatre jours que le médecin a conclu à la mort par accident, et plus d'une semaine que ma cure a commencé. Chaque soir Devraha Swami m'a versé la potion et chaque soir je l'ai bue, suivie d'un plein seau d'eau et j'ai fini en vomissant tripes et boyaux. Chaque nuit j'ai constaté une légère amélioration, j'ai dormi un petit peu mieux, j'ai eu moins d'hallucinations de Bessie Drummond, d'Israel Vogel, de l'homme de la gare de Lumding et de Philippe Le Corbeau.

Je prends dans mes mains une tasse bien chaude de thé de l'Assam.

« Pas trop mal.

— Bien, dit le moine. Et la nuit dernière ? Avez-vous un peu dormi ?

— Plus que je n'avais prévu. » Tout en répondant j'essaie de cacher ma surprise. Au cours de ces dernières années, le sommeil, le vrai sommeil qui vient sans l'aide d'opiacés ou d'alcool est devenu un souvenir lointain aussi historique que la charge de la cavalerie ou le Kaiser. Mais cette nuit j'ai réellement dormi quelques heures divinement sereines. Certes, il arrive, généralement quand je n'ai rien à faire, que je sois pris de spasmes et que je pense à l'opium. Le démon sur mon épaule me dit que j'ai besoin de fumer une pipe. Je résiste, bien entendu, et dans l'ashram ces besoins sont maîtrisables. Mais je m'inquiète à l'idée qu'à l'extérieur, dans le monde réel, de retour à Calcutta où je peux trouver une pipe aussi facilement qu'une bouteille de lait, je ne sois pas assez fort pour résister à la tentation.

« Vous avez l'air d'avoir surmonté le pire. » Il sourit. « Tout le poison est sorti de votre système. Dorénavant ce devrait être plus facile. Vous pouvez probablement cesser votre traitement du soir.

— Vous voulez dire plus de vomissements ? »

Le moine avale une cuillerée de porridge. « À moins que vous ne souhaitiez poursuivre ?

— Non, vous avez raison.

— Bien. Je pense que la magie a opéré, pas vous ? »

Je résiste à l'envie de pousser des hourras. J'ai connu trop de déceptions, et comme un chien qui a appris qu'un sourire est trop souvent suivi d'un coup de pied dans les côtes je ne suis pas prêt à croire que je suis déjà libéré de l'opium.

J'avale une gorgée de thé et j'ai la sensation d'en sentir le goût, presque pour la première fois, comme si mes sens revenaient d'exil. Je pense soudain à Sat.

« *Il n'y a qu'un seul thé qui vaille la peine d'être bu, et c'est le Darjeeling.* »

Quand il est question de thé c'est un insupportable snob, comme tous les Bengalis. Il est vrai que les collines du Darjeeling se trouvent au Bengale, mais c'est plus le résultat fortuit de lignes tracées sur une carte par des cartographes coloniaux que dû à un quelconque talent des Bengalis de la plaine. N'empêche que l'idée que le premier thé que je puisse réellement savourer en Inde soit de l'Assam et non du Darjeeling horrifierait ce garçon, et j'ai hâte de voir sa réaction quand j'aurai l'occasion de lui en parler.

Je demande : « Et maintenant ?

— Maintenant vous vous reposez et vous reprenez des forces. »

Cela paraît bien en théorie, et j'ai effectivement perdu du poids depuis mon arrivée ; c'est l'effet d'une alimentation végétarienne conjuguée à un régime de vomissements. Mais je n'ai jamais été du genre à me reposer. En fait, en dehors de mon voyage de noces et de mon séjour à l'hôpital je n'ai pas eu de véritables vacances depuis 1912.

Le moine comprend mon expression.

« Je crains de devoir insister. Il faut que nous nous assurions que vous êtes vraiment libéré de la drogue… et que vous avez assez de force pour résister à son influence. Rappelez-vous que c'est votre seule et unique chance ici. Le swami-ji ne croit pas aux secondes chances. »

Le hic c'est que le swami-ji ne croit pas non plus à l'alcool, et comme je n'ai pas de cigarettes autres que les quelques *cheroots** que j'ai négociées avec un résident indigène je ne suis pas sûr de pouvoir vivre beaucoup plus longtemps sans aucun des trois, ni d'avoir envie de vivre sans eux.

« Combien de temps ? Je ne veux pas paraître ingrat, mais je suis impatient de retourner à la civilisation… ou au moins à Calcutta. Je ne serais pas surpris si les policiers de Lal Bazar avaient démissionné pour rejoindre le parti du Congrès depuis mon départ. Au rythme où nous avons perdu des hommes le directeur de la police lui-même ne tardera pas à être forcé d'enfiler une paire de gants pour régler la circulation. »

Le moine me regarde.

« Naturellement, vous n'êtes pas au courant.

— De quoi ?

— Gandhi a annulé la grève générale. »

Je manque tomber de ma chaise.

« Vraiment ? »

Ce petit homme a mené pendant un an une guerre d'usure contre les autorités, il a mis le pays sens dessus dessous et le gouvernement sinon à genoux du moins dans l'obligation de négocier. Et maintenant, alors que j'étais cloîtré et condamné à vomir, il a décidé de tout arrêter. C'est impensable.

« Pourquoi ? »

Le visage de Shankar s'assombrit. « Il y a eu un incident… il y a exactement une semaine. Dans un endroit qui s'appelle Chauri Chaura, dans les Provinces-Unies. Une manifestation a mal tourné et la foule a attaqué un poste de police. Elle l'a réduit en cendres. Les journaux disent qu'environ vingt-cinq policiers ont succombé. Le Mahatma a mis fin à toute la campagne de non-coopération et entrepris un jeûne en pénitence pour ce qu'il considère comme son rôle dans l'encouragement à la violence. »

Je ne peux pas y croire. Après un an de manifestations, de démissions et d'arrestations massives, après avoir demandé à ses partisans d'endurer les pires épreuves, qu'il annule purement et simplement une campagne nationale !

« Il a tout annulé à cause d'un incident dans un trou perdu des P-U ? »

Shankar reste silencieux.

« Et d'abord, comment le savez-vous ?

— Nous sommes peut-être loin de la civilisation, capitaine, mais les journaux parviennent tout de même à Jatinga. C'est à peu près la seule information de la semaine dernière. Les autorités s'en sont assurées. »

Je regarde un petit cafard qui vient se poser sur le bord du bol de Shankar. Il vacille un instant, en équilibre précaire entre la vie libre et une chute mortelle. Ses antennes s'agitent et il tombe dans le bol.

Shankar pose sa cuillère et rattrape doucement l'insecte. Il le pose sur le banc et l'essuie délicatement.

« Alors voyez-vous, capitaine, je doute que votre retour à Calcutta soit tout à fait aussi urgent que vous le pensiez. En fait, c'est aussi bien, parce que votre guérison exige de la patience. Il ne s'agit pas seulement de surmonter votre dépendance physique. Les cicatrices mentales elles aussi doivent s'effacer. »

Le cafard se hâte vers le bord du banc, secoue violemment ses élytres et se met à voltiger à la façon improbable de certaines créatures volantes.

« Et que suis-je censé faire durant cette période de "réhabilitation" ?

— N'importe quoi. Vous connaissez maintenant la vie quotidienne de l'ashram. Vous pourriez aider aux champs ou à la cuisine, ou simplement lire. Ce qui vous met l'eau à la bouche. »

L'expression est malheureuse. Je n'ai rien bu de bon depuis le bar de l'hôtel Duncan à Santahar.

« Je n'ai jamais vraiment eu le temps de lire.

— Eh bien vous l'avez maintenant. Et considérez cela comme une bénédiction. Lire élargit l'esprit.

— L'opium aussi. Regardez où il m'a mené. »

Shankar sourit. « Il vous a mené ici, capitaine. Je doute que ce soit un hasard.

— Vous pensez que ma présence ici fait partie d'un grand plan céleste ?

— Qui sait ce que les dieux nous réservent ? »

Je secoue la tête. J'ai eu assez de mal à croire que je faisais partie du plan d'un dieu chrétien, alors que dire de divinités hindoues. Je le reconnais, la réputation de compétence de notre ami en a pris un coup récemment avec la Grande Guerre et le reste, mais au moins il n'y en a qu'un comme Lui. Ce qui devrait signifier une prise de décision rationnelle. Tandis que les divinités hindoues sont légion, capricieuses et souvent en conflit. Si elles ont un plan pour moi, il résulte probablement d'une douzaine de réunions du comité où se décident accords et compromis jusqu'à une issue que personne n'a imaginée et qui ne satisfait personne. Je m'apprête à en faire part à frère Shankar mais je pense soudain qu'à voir le tour que prend ma vie c'est sans doute exactement ce qui s'est passé. Et je suis tout à coup encore plus pressé de partir.

« Toutefois, rien ne m'empêche de prendre la porte, n'est-ce pas ? »

Shankar soupire. « Non. Vous êtes libre d'aller où bon vous semble. Mais j'ai une meilleure idée si vous souhaitez la connaître. »

Il a un sourire qui suggère la certitude profonde,

insondable, qu'un simple flic comme moi ne peut la deviner.

« J'aimerais que vous alliez habiter quelques jours chez une de mes connaissances à Jatinga. »

Je vois Mme Carter traverser la cour. Elle m'aperçoit et m'adresse un grand sourire. Je suis soudain rempli d'un optimisme irrationnel. Il ne peut sûrement pas s'agir…

« En réalité vous avez déjà été présentés. »

Une espérance divine grandit en moi, mon moral s'envole.

« C'est Charles Preston. »

Il s'écrase par terre.

« Vous vous souvenez de lui ? Vous avez fait sa connaissance le matin où nous avons découvert le corps du pauvre Philippe. »

J'acquiesce et je tire de ma poche un cheroot de consolation que je tapote sur la table.

« Je peux ? »

Shankar n'a pas d'objection. Je sens qu'il a perçu ma déception.

« Voyez cela comme une maison de convalescence. Vous quittez l'ashram, mais vous êtes encore assez près pour que je garde un œil sur vous.

— Et Preston est votre espion ? » J'allume le petit cigare.

« Il nous a déjà aidés avec d'autres dans votre situation, si c'est ce que vous voulez dire. »

J'aspire et expire de pleins poumons de fumée.

« Il paraissait plutôt inquiet quand nous l'avons rencontré au bord de la rivière. Vous êtes sûr que je ne vais pas lui faire peur ? »

Shankar lève un sourcil. « Il venait de découvrir

un cadavre, capitaine. Je pense que la plupart des hommes seraient plutôt troublés en pareil cas. »

Il a sûrement raison. Mais en ce qui me concerne, la vue du cadavre de Le Corbeau a à peine perturbé mon pouls. Il n'était que le dernier de la liste des morts qui remonte à 1905. Je me demande ce que cela révèle de moi.

« D'accord.

— Alors vous allez le faire ?

— À condition que M. Preston soit d'accord.

— Je suis sûr qu'il le sera. Vous le trouverez peut-être un peu excentrique, mais je ne pense pas que vous lui ferez peur.

— Je suppose que non, tant qu'il n'y aura pas de nouveaux cadavres. »

18

Février 1905

Est de Londres

J'ai remercié Sebag et je suis ressorti lentement, stupéfait. Rebecca avait apparemment raison. Vogel et Bessie étaient davantage que locataire et représentante du propriétaire. Leur relation était suffisamment intime pour qu'elle soit prête à se porter garante pour lui. Je me suis demandé si son mari était au courant.

Le mobile de Vogel était remis en question une fois encore. Loin de demander de l'argent à Bessie et de se le voir refuser, il a demandé son aide pour obtenir un prêt du Centre d'assistance et elle a accepté.

Et il était ponctuel dans ses remboursements.

Quant à la caisse de Bessie trouvée quasi vide, à la lumière de ce que m'a dit Sebag il y avait des explications plus vraisemblables sur ce qui était arrivé à l'argent : Tom Drummond pouvait avoir forcé Bessie à le lui donner pour qu'il puisse aller boire avec son ami Finlay, ou bien le propriétaire, Jeremiah Caine, l'avait pris quand il avait rendu visite à Bessie plus tôt ce matin-là. Quoi qu'il lui soit arrivé je doutais que Vogel l'ait volé. Cela ne voulait pas dire qu'il était innocent. Tom Drummond avait peut-être raison. Il se pouvait que Vogel ait éprouvé une fascination trouble pour Bessie. Je pouvais garantir à quel point c'était facile. Il avait peut-être avoué ses sentiments, ils s'étaient disputés et dans une crise de rage il l'avait tuée.

Mais cette explication n'était pas satisfaisante elle non plus.

Même dans l'East End, les gens venaient rarement déclarer un amour éternel armés d'un marteau. Il pouvait être déjà là. Il appartenait peut-être à Drummond, et Vogel s'en était servi dans la passion du moment. Naturellement, Drummond assurait ne l'avoir jamais vu, mais ce qu'il disait était loin d'être parole d'évangile.

Même si c'était le marteau de Drummond il aurait fallu que Vogel se dispute avec Bessie, qu'il le trouve, la frappe, ferme sa porte de l'intérieur, escalade le tuyau d'évacuation pour rentrer chez lui, cache l'arme couverte de sang sous son lit (sans la nettoyer) et ensuite, avec un sang-froid glacial, sorte acheter de l'acide nitrique comme alibi mais s'affole ensuite et prenne la fuite.

Ce n'était pas possible. Tout d'abord, un homme assez intelligent pour prévoir son alibi et fermer la porte de Bessie de l'intérieur aurait certainement eu une meilleure idée que de cacher l'arme du crime sous son propre lit. La laisser simplement dans la chambre de Bessie aurait été un meilleur choix.

Mais si ce n'était pas Vogel alors qui ? Le seul autre candidat évident, Tom Drummond, avait un alibi en la personne de son ami Finlay, et il assurait que sa femme était vivante quand les deux hommes l'avaient quittée. Et il y avait Jeremiah Caine, qui se serait trouvé dans la maison ce matin-là vers sept heures et demie, mais le fait que Drummond assurait avoir vu sa femme en vie à huit heures et demie mettait Caine hors de cause.

Enfin il y avait l'agression de Bessie dans Grey Eagle Street deux soirs plus tôt, et les deux hommes qui s'étaient battus. Avaient-ils quelque chose à voir avec sa mort ? Pourquoi cette bagarre ? Une querelle entre voleurs ? Vogel était-il l'un des deux ? Rebecca avait dit qu'il était rentré chez lui trempé.

Rien là-dedans n'était logique, du moins pour moi. Au lieu d'y réfléchir davantage j'ai décidé de m'acquitter de la tâche que m'avait assignée Gooch : questionner l'employeur de Bessie.

Jeremiah Caine habitait à l'extrémité de Bishopsgate dans une belle maison de ville à proximité de Finsbury Circus. Elle se trouvait à moins d'un mile de Brick Lane, mais au vu du style et de la classe de ses résidents elle aurait aussi bien pu être sur un autre continent. Centré sur le parc ovale bordé d'arbres qui a donné son nom au quartier, Finsbury Circus avait été autrefois la chasse gardée de riches marchands et de gentlemen respectables, et si Jeremiah Caine était assurément riche, l'opinion quant à sa respectabilité dépendait de votre interlocuteur. Pour beaucoup dans l'East End il était une sorte de héros, un enfant de Whitechapel qui s'était hissé au sommet grâce à ce qu'il avait dans le pantalon, un homme du peuple qui, loin d'avoir honte de ses racines, les arborait comme un insigne honorifique. Cependant, pour les bons gentlemen de la City, pour lesquels la cravate autour de votre cou compte plus que l'argent sur votre compte en banque, Caine resterait toujours un outsider, un type infréquentable venu d'un quartier infréquentable.

Caine s'était installé à Finsbury Circus au moment où les véritables gentlemen commençaient à le quitter : ils allaient dans l'Ouest, où les rues étaient plus larges et l'air était plus propre. Caine avait acheté leurs propriétés et les avait divisées en bureaux pour des avocats, des comptables et des agents maritimes.

La porte a été ouverte par une domestique, en uniforme amidonné, immaculé et trop grand d'une demi-taille, qui m'a fait penser qu'elle aurait dû aller encore à l'école. Elle a paru surprise de voir un agent de police sur le seuil.

J'ai demandé : « M. Caine est-il chez lui ?

— Oui, monsieur.

— Veuillez lui dire, s'il vous plaît, que l'agent Wyndham du commissariat de Leman Street souhaiterait qu'il lui accorde quelques minutes. » La domestique m'a fait entrer dans le vestibule où j'ai ôté mon casque, puis je l'ai suivie sur le dallage noir et blanc.

« Si vous voulez bien attendre dans le bureau, monsieur, je préviens M. Caine. »

C'était une grande pièce, plus spacieuse que celles qui, à Whitechapel, étaient occupées par des familles entières. Mais décorée avec goût, avec un canapé chesterfield et deux bergères devant la grille d'un âtre vide. Au-dessus était accrochée une peinture à l'huile représentant un clipper naviguant dans ce qui devait être une tempête de force neuf. De violents coups de pinceau de vagues rehaussées de blanc s'écrasaient contre sa coque sous un ciel virant au noir. Pour une œuvre d'art destinée à un bureau le choix paraissait étrange, mais la porte s'est ouverte avant que je puisse l'examiner davantage et Jeremiah Caine est entré.

Il portait ce que Mayfair pouvait offrir de mieux : popeline de Jermyn Street et costume rayé de Savile Row dont les trois pièces, bien qu'admirablement coupées, n'étaient pas à l'aise sur un corps qui s'était battu pour gravir les échelons. Son visage aussi contredisait l'habit : le nez épaissi, les sourcils hirsutes et les cheveux coupés trop court d'un homme habitué aux duretés de la vie. Et il y avait les deux cicatrices sur sa joue gauche, témoins de très anciennes batailles, autrefois titres de gloire dans l'East End mais qui là, dans des cercles trop raffinés, n'étaient que les rappels indélébiles d'un passé auquel il était impossible d'échapper.

Il a traversé la pièce vivement. « Vous vouliez me voir, monsieur l'agent ?

— Oui, monsieur. C'est au sujet de votre intendante, Mme Elizabeth Drummond.

— Bessie ? Comment va-t-elle ?

— Malheureusement elle est morte, monsieur. »

Caine s'est assis sur l'accoudoir du chesterfield. « Morte ?

— Assassinée. Frappée à mort chez elle dans Fashion Street.

— Quand ?

— Hier. Vers neuf heures et demie, pensons-nous. J'ai appris que vous vous trouviez là-bas un peu plus tôt.

— C'est… c'est exact.

— Puis-je vous demander ce que vous y faisiez ?

— Je suis allé voir si elle allait bien. Elle n'avait pas travaillé la veille.

— Vous surveillez toujours vos employés ? »

Les muscles de son visage ont paru se contracter.

« J'ai entendu dire qu'elle avait été agressée. J'étais dans le quartier et j'ai pensé m'assurer qu'elle allait bien.

— C'était le cas ?

— Elle se remettait. Elle m'a dit qu'elle travaillerait aujourd'hui.

— Aurait-elle dit quelque chose à propos de son agression ? »

Caine a haussé les épaules. « Pas que je me souvienne.

— Vous n'auriez pas pris l'argent du loyer hebdomadaire pendant que vous étiez là-bas, par hasard ? »

Caine a serré un poing. « Je l'ai pris. C'était logique, puisque j'étais sur place. Avez-vous une idée de qui ferait une chose pareille ?

— Nous suivons certaines pistes, monsieur. Vous comprendrez que je ne puisse pas vous en dire davantage pour le moment. »

Caine a regardé par terre. « Eh bien, c'est très aimable de m'avoir informé, monsieur l'agent. » Il s'est levé. « S'il vous plaît, transmettez mes condoléances à son mari. » Il a posé une main sur mon épaule, prêt à m'accompagner à la porte.

Quelque chose en moi a protesté. Bessie travaillait pour Caine depuis que je la connaissais et pourtant il n'avait pour elle que des mots creux et une minute de son temps. Peut-être n'était-ce que ma propre culpabilité qui parlait, mais Bessie méritait mieux.

« Si je peux me permettre, monsieur, le meurtre a eu lieu dans une de vos propriétés. J'ai quelques questions à vous poser, vous pourriez nous aider à éclaircir certains points. »

Son expression a changé. « Je suis assez pressé, monsieur l'agent. Nous pourrions peut-être prévoir quelque chose pour demain dans votre commissariat. Leman Street, n'est-ce pas. J'y ai quelques amis. »

Bien que novice, j'ai compris la menace implicite. Je savais que des hommes puissants avaient dans leur poche bon nombre de policiers de l'East End. Caine avait au moins le vernis d'un citoyen respectable. Beaucoup d'autres comme les frères Spiller étaient purement et simplement des criminels. Je me suis posé une question. Pourquoi se donner la peine de proférer une menace même voilée contre un agent de police débutant tel que moi ? Je voulais seulement lui poser quelques questions. Peut-être était-il de ces hommes qui éprouvaient le besoin constant d'imposer leur suprématie sur les autres. Ou bien il y avait quelque chose de plus. En tout cas je n'ai vu aucun intérêt à le harceler.

« C'est très obligeant, de votre part, monsieur. Mais plutôt que de vous faire perdre votre temps au commissariat je pourrais revenir à un moment qui vous convienne mieux. Je n'ai que quelques questions. »

J'ai espéré que mon ton ait été plus conciliant que servile. En tout cas il a été efficace. Caine s'est montré magnanime.

« Bon, si ce ne sont que quelques questions je suppose que je peux vous accorder cinq minutes.

— C'est très aimable. Pouvez-vous me dire comment Mme Drummond est entrée à votre service ? »

Caine a souri. « Elle m'a abordé un jour dans la rue. Avec une audace rare elle m'a dit qu'elle était locataire dans un de mes immeubles et que Doyle, qui encaissait les loyers pour moi, ne faisait pas un très bon travail. Elle a suggéré que je la laisse encaisser les loyers chez elle, ajoutant qu'elle connaissait tous les locataires personnellement et s'assurerait qu'aucun n'ait de retard. Une fois par semaine elle remettait l'argent à Doyle. Et elle était efficace. Si bien qu'au bout de six mois elle a demandé à se charger d'autres de mes propriétés. Bien entendu, j'ai refusé. Son propre immeuble était une chose, mais je n'allais pas laisser une femme circuler dans les rues avec mon argent. Et que faire de Doyle ? Il s'est trouvé que nous avions besoin d'une nouvelle intendante et j'ai suggéré à ma femme que Bessie pouvait être une bonne candidate.

— Votre femme ? »

Son visage s'est assombri. « Ma défunte femme Helena. Elle est décédée il y a quelques semaines. »

J'ai parcouru la pièce des yeux. Là, du moins, on ne voyait aucune trace de l'épouse disparue. Pas de portrait, pas de photographie. Même pas de souvenir sur le dessus de la cheminée.

« Mes condoléances, monsieur. Je ne vous retiendrai pas plus longtemps. En dehors de l'encaissement des loyers au 42 Fashion Street et l'intendance chez vous, Bessie effectuait-elle un autre travail pour vous ?

— Non.

— Et son comportement vous a-t-il paru étrange ces dernières semaines ?

— Vous m'excuserez, monsieur l'agent, mais je n'ai pas l'habitude de remarquer les états d'âme de mes domestiques, spécialement dans les semaines qui ont suivi la mort de ma femme.

— Naturellement. Excusez-moi. Voyez-vous une raison qui aurait poussé quelqu'un à vouloir tuer Bessie ?

— Ce n'est pas parce que je l'employais que je connaissais sa vie privée. Mais si j'étais joueur je parierais que c'est un de ces sauvages qui l'a tuée.

— Vous voulez dire un Juif ? Qu'est-ce qui vous le fait penser ?

— Allons donc, monsieur l'agent. Qui d'autre ? Vous dites qu'elle a été tuée chez elle, et si c'était son mari vous l'auriez déjà arrêté. Tous les autres dans cette maison sont des étrangers.

— Reste la possibilité que le coupable soit quelqu'un de l'extérieur. »

Caine a eu un regard incrédule. « Vous pensez qu'un inconnu est entré, qu'il est monté dans sa chambre, qu'il l'a tuée et qu'il est ressorti tranquillement sans que personne ne remarque rien. Pas très vraisemblable, n'est-ce pas ? »

Je n'ai pas répondu.

« Maintenant, si vous le voulez bien, je crains de devoir vraiment insister…

— Mais certainement, monsieur. Permettez-moi une dernière question. Votre employé, Doyle ?

— Oui ?

— Pourquoi ne pas l'avoir envoyé prendre l'argent chez Bessie ? Pourquoi y être allé vous-même ? »

Caine a hésité puis il a souri. « Comme je vous l'ai dit, j'avais à faire dans le quartier. C'était logique que je passe chez Bessie pour prendre de ses nouvelles et encaisser le loyer. J'ai décidé de faire d'une pierre deux coups.

— Et qu'aviez-vous à faire dans le quartier ? »

Son expression s'est durcie. « Ce serait long à expliquer, monsieur l'agent, et comme je l'ai dit je suis pressé. Alors si vous voulez bien…

— Naturellement. Inutile de me raccompagner. »

J'ai refermé la porte noire derrière moi, j'ai descendu les marches, et j'ai fait une pause. Cette conversation m'avait troublé. Caine avait raison. L'assassin de Bessie ne pouvait pas être entré au 42 par hasard, l'avoir tuée et être ressorti. Il y avait trop de monde dans la maison et dans la rue pour que ce soit vraisemblable. Ce devait donc être quelqu'un qui habitait là ou était au moins un familier des lieux. On pouvait exclure sans risque la plupart des résidents : les Feldman dans la chambre voisine de celle des Drummond et Mme Rosen au rez-de-chaussée étaient trop affaiblis pour attaquer une jeune femme pleine de santé telle que Bessie. Quant à la famille de Rebecca, M. Kravitz avait un alibi en béton puisqu'il travaillait à l'extérieur, et ni Rebecca ni sa mère ne constituaient des suspectes sérieuses. Vogel, Tom Drummond, son copain Archibald Finlay, et Caine lui-même étaient les seuls autres hommes qui se trouvaient sur place l'avant-veille au matin. Le témoignage de Drummond sur la présence de Bessie vivante quand il était revenu avec Finlay mettait effectivement Caine hors de cause, et le fait que la porte de Bessie ait été fermée de l'intérieur excluait Drummond et Finlay parce que pour quitter la pièce il fallait sortir par la fenêtre et grimper chez Vogel par le tuyau d'évacuation. Ainsi, par élimination, nous avions fait de Vogel notre principal suspect.

La porte s'est ouverte derrière moi et j'ai vu sortir la jeune domestique qui m'avait fait entrer. Elle était enveloppée dans un fin châle noir et portait un sac de toile vide. Elle s'est arrêtée, surprise, en me voyant au pied du perron, puis elle m'a souri.

Elle a dit : « Vous m'avez flanqué la frousse, monsieur.

— Désolé, ce n'était pas mon intention. »

Elle a descendu les marches et allait passer devant moi. Le sac m'a donné une idée.

« Où allez-vous, mademoiselle ?

— À Moorgate, chez l'épicier. C'était l'travail de Bessie de faire le marché, mais… » Elle a rougi.

J'ai menti et j'ai dit : « Je vais justement de ce côté-là. Cela vous ennuie que je vous accompagne ? J'ai quelques questions au sujet de Bessie.

— Non, bien sûr. Ça me fera un peu de compagnie. »

En tournant vers le parc de Finsbury Circus je lui ai demandé comment elle s'appelait.

« Lily Adams.

— Lily, vous connaissiez bien Bessie ?

— Assez bien, a-t-elle dit en regardant droit devant elle. J'la connaissais depuis qu'j'avais commencé à travailler chez les Caine, juste avant Pâques de l'année dernière.

— Vous étiez amies ? »

Elle a étouffé un rire. « Vous me le demanderiez pas si vous la connaissiez. Je sais que c'est pas bien de dire du mal des morts, mais Bessie était pas une amie. Elle devait pas en avoir beaucoup, des amis. Elle était l'intendante et j'étais la domestique et elle me laissait jamais l'oublier, elle était toujours après moi. "Lily, fais ci, Lily, va chercher ça", comme si j'étais sa boniche. »

Nous avons attendu qu'un fiacre soit passé pour traverser et entrer dans le parc. Le gravier de l'allée crissait sous nos pieds.

« Elle s'entendait bien avec M. Caine ? »

Elle a respiré un bon coup. « J'en ai aucune idée. Elle recevait d'ordres que de Mme Caine. » Il y avait quelque chose dans son ton, un raidissement soudain de son corps qui m'ont donné l'impression qu'elle ne disait pas tout. « Bien sûr, ça, c'était avant la mort de Madame.

— Et comment Bessie a pris la nouvelle de la mort de Mme Caine ? »

Lily s'est arrêtée pour me parler face à face. « C'est ça qui est bizarre. D'abord, comme nous autres, elle pouvait pas y croire. Nous avions vu Mme Caine la veille et elle allait bien. Et le lendemain elle était morte, d'un seul coup, dans son sommeil. Elle avait que trente-cinq ans. On s'y attend pas pour quelqu'un de cet âge. Surtout une dame. Mais tandis que moi et Ada, c'est la cuisinière, on s'y faisait, Bessie ne pensait qu'à ça. Elle s'est mise à murmurer que Madame avait été tuée, qu'elle avait dû être empoisonnée ou qu'est-ce que je sais. Bien sûr Ada lui a dit que c'était impossible, que ce jour-là Madame n'avait mangé que ce qui venait de sa cuisine.

— Et l'asphyxie ?

— Vous voulez dire le gaz ?

— Oui. »

Elle a secoué la tête. « Y avait pas de gaz dans la pièce. Le maître avait mis des lampes électriques depuis des années. En tout cas le docteur a dit que c'étaient des causes naturelles. Pendant à peu près une semaine Bessie a eu l'air de s'en contenter, et moi et

Ada on a cru que c'était réglé. Et puis la semaine dernière ça l'a reprise, elle a dit à Ada, qui me l'a répété, qu'elle était sûre que Madame avait été assassinée.

— A-t-elle dit qui elle soupçonnait ?

— Pas vraiment, mais ça se comprenait. Ada a dit qu'elles étaient en train d'en parler dans l'arrière-cuisine et que Bessie avait regardé le plafond en baissant la voix.

— Pourquoi penserait-elle une chose pareille ?

— J'aime pas dire ça. Y a des gens méchants, pas vrai ? Tout ce que je sais c'est que la nuit où elle est morte le maître a dîné et il est allé se coucher. Je pense qu'il s'est même pas approché de la chambre de Mme Caine. Et le lendemain matin c'est moi qui l'ai réveillé en lui annonçant la nouvelle.

— C'est vous qui avez trouvé le corps de Mme Caine ?

— Pas vraiment. C'est Bessie. J'étais allée allumer le feu chez elle plus tôt comme je le faisais toujours et j'ai seulement cru qu'elle dormait. Je n'ai pas compris qu'elle était… morte. »

Le vent s'est levé et Lily a repoussé une mèche de cheveux derrière son oreille.

« Qu'est-ce qui s'est passé après que Bessie a trouvé le corps ?

— Eh bien, elle est descendue et elle m'a demandé tranquillement d'aller réveiller le maître et de l'emmener dans la chambre de Mme Caine. Ensuite tous les deux, Bessie et le maître je veux dire, ils sont entrés et ils ont fermé la porte.

— Vous n'êtes pas entrée aussi ?

— Bessie a pensé qu'il valait mieux que j'attende dehors. Elle a dit qu'elle voulait pas me faire de la peine et c'était gentil de sa part, parce que j'aurais pu hurler comme un putois. En tout cas M. Caine a envoyé Bessie chercher le docteur – Parson je crois qu'y s'appelait – qui est arrivé dans l'heure. Je sais pas ce qui s'est passé après. Bessie m'a dit de rentrer chez moi.

— Pourquoi ?

— Je suppose qu'elle a voulu m'éviter de voir emporter Madame. »

Nous approchions de Moorgate.

« J'y suis, a dit Lily en indiquant une épicerie de l'autre côté de la rue.

— Merci, Lily. Vous m'avez beaucoup aidé. »

Elle s'est tournée vers moi avec un grand sourire. « Y a pas de quoi, monsieur l'agent. Et si vous avez d'autres questions, vous savez où me trouver. »

*

Je les ai vus avant qu'ils me voient. À cinquante yards devant moi un petit groupe d'hommes traînaient devant l'entrée du commissariat de Leman Street ; leurs costumes, élégants pour Whitechapel mais quand même bon marché, indiquaient qu'ils n'étaient pas du coin et qu'il s'agissait de ces messieurs de la presse.

Les membres de la division H de Whitechapel avaient des relations aigres avec les hommes de la grande presse depuis l'époque de Jack l'Éventreur. Tandis que nos collègues du West End avaient droit à une certaine déférence, les journaleux qui couvraient l'East End étaient plus qu'heureux de nous pousser sous l'omnibus si cela représentait une exclusivité ou un titre croustillant pour le torchon qui les employait.

La détestation que les policiers éprouvaient à leur égard n'était tempérée que par le fait que beaucoup de ces torchons étaient aussi pour nous une bonne source de revenus supplémentaires en échange de tuyaux. Les gens comparaient la presse à une meute de loups, mais c'était injuste pour les loups. Eux au moins étaient loyaux envers les autres membres de la meute. Tandis qu'entre journalistes c'était chacun pour soi.

Le premier à me repérer a été un petit homme au feutre mou en costume marron à rayures, appuyé contre un réverbère une cigarette pendant de sa lèvre inférieure. Alors que les autres étaient concentrés sur les portes du commissariat, celui-là regardait la rue. Il a lentement pris sa cigarette, l'a jetée par terre et s'est redressé. Il avait un visage maigre et gris qui avait besoin d'être rasé. En constatant avec satisfaction qu'aucun de ses collègues ne m'avait encore vu il s'est avancé dans ma direction, lentement d'abord puis plus vite.

« Vous ne seriez pas l'agent Wyndham, par hasard ? » a-t-il dit en posant la main sur mon bras.

Mon expression a dû être une réponse suffisante puisque peu après il m'a remis une carte de visite.

Il a dit : « Harmsworth », en m'entraînant dans une rue adjacente pour nous éloigner du commissariat. « Albert Harmsworth, de l'*Illustrated Gazette*.

— Comment savez-vous mon nom ?

— Un de vos collègues a eu l'amabilité de me le dire. Un jeune homme grand et bien bâti, a-t-il dit, et vous correspondez à la description.

— Que puis-je faire pour vous, monsieur Harmsworth ? »

Harmsworth s'est gratté l'oreille. « Il s'agit plutôt de ce que nous pourrions faire l'un pour l'autre. » Il a regardé autour de nous, jaugeant le voisinage. « Mais n'en discutons pas maintenant. À quelle heure se termine votre service ?

— Sept heures.

— Bien. Vous connaissez le Turk's Head ? En descendant vers Wapping ?

— Je le connais. »

Le pub était un bouge au bord du fleuve, à une bonne trotte de Whitechapel et assez loin pour être sûr de ne pas tomber sur quelqu'un de connu.

« Et si nous nous y retrouvions pour prendre un verre à huit heures ? »

J'ai accepté, d'abord par curiosité, ensuite parce que j'étais jeune, naïf, et assez stupide pour me laisser impressionner par un peu de considération de la part d'un journaliste.

De retour au commissariat je ne suis pas allé dans le bureau de Gooch mais dans le local fermé des pièces à conviction.

Au bureau à côté de la porte en acier j'ai signé le registre et j'ai demandé le coffre qui avait été emporté de la chambre de Bessie et qui contenait quelques pièces de monnaie et les clefs des autres chambres. L'agent de service a acquiescé et en prenant une grande clef dans un trousseau à sa ceinture il a ouvert la porte, il est entré et il est revenu quelques minutes plus tard avec la petite boîte en métal et sa clef.

Il les a déposées sur le bureau devant lui.

« À ne pas emporter hors d'ici, fiston. »

Je l'ai remercié et j'ai ouvert la caisse. Je ne me

suis intéressé qu'au petit carnet qui s'y trouvait et j'ai parcouru les pages. C'était le carnet où Bessie notait qui avait payé et qui était en retard. Autrefois je l'avais vue à plusieurs reprises écrire dedans. J'ai consulté la dernière page. La date, écrite au crayon et de sa main, était celle du vendredi précédent. J'ai consulté la liste des noms jusqu'à ce que j'arrive à Vogel. À côté était notée la somme de trois shillings et le mot PAYÉ. Je suis remonté plus loin. Au cours des deux mois précédents Vogel n'avait pas payé en retard une seule fois.

J'ai refermé la caisse après y avoir remis le carnet et je l'ai rendue à l'agent, puis je suis allé voir l'inspecteur Gooch.

Il méditait devant un plan de l'est de Londres qui était apparu dans la matinée et avait été épinglé au mur. Certains lieux avaient été encerclés, dont le commissariat de Liverpool Street et les docks. « Alors, quelles sont les nouvelles, jeune Wyndham ?

— Je reviens tout juste de chez Jeremiah Caine.

— Et ?

— Il n'a pas été d'une grande aide. Il n'était pas au courant du meurtre de Bessie et ne voyait aucune raison pour que quelqu'un s'en soit pris à elle. Mais il m'a chargé de transmettre ses condoléances. »

Gooch a soupiré. « C'est gentil de sa part. Et sa visite ce matin-là ?

— Il prétend qu'il se trouvait dans le quartier et qu'il a fait un saut pour voir si elle allait bien. Il dit qu'il a aussi pris le montant des loyers. »

Gooch a remarqué l'hésitation dans ma voix.

« Vous ne le croyez pas ?

— Je crois qu'il a pris l'argent. Mais je ne le crois pas du genre à se préoccuper de l'état de santé de son intendante, même s'il se trouve par hasard dans son quartier. »

Gooch a haussé les épaules.

« Monsieur, il aurait pu envoyer son employé, Doyle, retirer l'argent. Il y a aussi autre chose. La femme de Caine est décédée il y a quelques semaines dans son sommeil. Le médecin a conclu à des causes naturelles, mais il paraît que Bessie soupçonnait un meurtre. »

Gooch s'est détourné du plan pour me faire face, le front plissé.

« Et qui vous a dit cela ?

— La domestique. Une jeune fille qui s'appelle Lily. Elle a dit que c'était Bessie qui avait trouvé Mme Caine morte.

— A-t-elle dit pourquoi Bessie pensait cela ?

— Elle n'en avait aucune idée. Seulement que les soupçons de Bessie semblaient s'être renforcés la semaine dernière. »

Gooch s'est frotté la nuque.

« Je suppose que vous n'avez rien dit de tout cela à Caine lui-même.

— Non, monsieur. Ma conversation avec la domestique a eu lieu après que j'avais parlé avec M. Caine.

— Bien, parce que attirer l'ire d'un homme tel que Caine en nous fondant sur de simples ragots de sous-sol d'une domestique est la dernière chose dont nous avons besoin maintenant. Avez-vous d'autres bonnes nouvelles ?

— Pas exactement "bonnes", monsieur, mais j'ai appris que Vogel avait obtenu un prêt du Centre d'assistance des Juifs nécessiteux d'un montant de trois livres.

— Eh bien, je trouve que c'est une bonne nouvelle ! L'homme avait besoin d'argent. Voilà votre mobile, agent Wyndham.

— Si je puis me permettre, monsieur, c'est plus compliqué.

— Pourquoi ?

— Le prêt a été fait en nature, pas en espèces, et Vogel a été ponctuel dans ses remboursements. Et d'après le carnet de Bessie il payait son loyer régulièrement aussi. »

Gooch est resté pensif. « Voilà qui est ennuyeux. J'espérais que le mobile puisse être financier. Particulièrement maintenant que la presse se montre aussi malfaisante. »

Comme je ne voyais pas en quoi l'absence de difficultés financières de Vogel aggravait la situation j'ai demandé : « Monsieur ?

— Vous lisez les journaux, fiston ?

— De temps en temps.

— Alors vous avez dû remarquer que certains de nos amis de la grande presse ne sont pas vraiment enchantés de la présence d'étrangers parmi nous, particulièrement quand ceux-ci sont juifs. Ils seront à la fête quand ils apprendront que notre principal suspect dans le meurtre d'une femme anglaise est un Juif polonais, notamment si nous excluons le motif du vol. Les manchettes iront du viol au sacrifice rituel.

— Mais il n'y a aucune preuve de l'un ni de l'autre.

— Aucune importance, petit. Ces articles sont écrits par des gens sans scrupules et lus par d'autres qui ne réfléchissent pas. Chaque semaine certains torchons n'impriment que des ordures à propos des étrangers perfides et des Juifs sournois. Vous ne me croyez pas ? Ouvrez la *Gazette* un lundi matin. Vous êtes assuré de n'y trouver que de l'aigreur à propos des Juifs et les résultats des matchs de football du week-end. Vous savez pourquoi ? Parce que c'est ce qui fait vendre. Pour ces journaux cette affaire est un don du ciel. “Un Juif immigrant tue une innocente femme anglaise”, à coup sûr une histoire qui mettra en colère le voyageur dans l'omnibus de Mile End et épouvantera son épouse. Vous croyez qu'ils vont rester à la traîne ?

— Alors ne devrions-nous pas attendre pour leur parler de Vogel ?

— Ils l'apprendront. Comme ils ont appris la mort de Bessie et se sont mis à camper devant notre porte. »

J'ai imaginé les grands titres dans les journaux, l'effet qu'ils produiraient. L'East End avait connu plus d'une émeute au cours des années.

« Alors vous voyez, fiston, il est impératif que nous trouvions Vogel, et vite. »

19

Février 1922

Assam

Le chemin de terre qui descend de l'ashram est bordé par la forêt omniprésente. Il vire brutalement à gauche et un paysage s'ouvre devant moi. Je m'arrête, stupéfait par ce que je vois. Un soleil ambré se lève, passant du rouge sang à l'or. Au-dessous une tapisserie de collines verdoyantes s'étend vers un horizon bleu et les vallées entre elles sont enveloppées dans une brume matinale soyeuse. Au loin apparaît Jatinga, ses bungalows blancs serpentant à flanc de coteau, leurs toits perçant la canopée comme des rochers dans une mer émeraude. L'air est frais, la brise de l'aube apporte le parfum des fleurs sauvages.

La semaine dernière je n'aurais rien remarqué de tout cela.

Je reprends ma route, en accord avec les bruits de la forêt, les chants d'oiseaux, le bourdonnement des insectes, le crissement des cailloux sous mes pieds. Plus tôt ce matin j'ai fait des adieux émus à mes camarades du dortoir européen en réservant une chaleureuse étreinte à Adler.

J'ai reçu de frère Shankar une recommandation amicale, Faites attention à vous, et attendez peut-être quelques jours avant de boire de l'alcool, et bien que ce soit un bon conseil, je ne vais pas le suivre, pas sans résister. C'est ainsi que le trajet vers ma nouvelle résidence comporte un léger détour par le bureau de poste local, une petite baraque blanchie à la chaux à un mile environ de la ville. À côté de l'entrée un chien somnole au soleil matinal. Il lève les yeux et me salue d'un bâillement mécontent, puis les referme.

À l'intérieur je griffonne un bref télégramme pour Sat, mon jeune second, chez sa tante à Dacca. Je le tends au vieil homme derrière le comptoir. Le message est simple.

PRÉSENCE REQUISE. URGENT.
RÉSIDENCE PRESTON JATINGA.
APPORTER WHISKY.

Je quitte la poste avec une sensation de satisfaction. L'année dernière a été difficile. Je n'ai pas vraiment bien traité Sat, en particulier à un moment où il affrontait suffisamment de difficultés personnelles ; la moitié de sa famille le considérait comme un traître du fait qu'il travaillait pour les Britanniques. J'ai décidé de me racheter, à commencer par quelques jours de vacances pour ce garçon, ici à Jatinga, loin de la poussière et de l'agitation du Bengale du delta.

Dans des jardins très bien entretenus, la maison de Preston, un beau bungalow en bois, repose sur des pilotis et est entourée d'une large véranda occupée par les meubles en rotin aussi typiques de la vie coloniale que les gin tonics. Je monte les marches et frappe à la porte.

« Un instant », répond une voix, et j'attends jusqu'à ce qu'elle s'ouvre. Je me retrouve face à l'homme que j'ai vu la dernière fois le matin où nous avons découvert le corps de Le Corbeau.

« Monsieur Preston. »

Charles Preston est pieds nus, chemise ouverte, cheveux bruns encore mouillés plaqués sur le sommet de la tête.

« Capitaine Wyndham. Shankar m'a dit de vous attendre aujourd'hui. » Il passe la main dans ses cheveux humides. « Vous arrivez au mauvais moment, j'étais en train de m'habiller. Entrez. J'espère que vous ne voyez pas d'inconvénient si je termine pendant que vous vous installez. »

Je le suis dans un salon spacieux où je pose ma valise par terre. Les murs sont décorés de fusains encadrés représentant l'être humain mâle dans diverses contorsions, une forme d'art que certains considèrent comme de bon goût et d'autres comme une infraction aux termes de la section 292 du Code pénal indien. Il y a contre un mur un canapé d'un style assez moderne sur lequel sont jetés des chemises et un pantalon, et dans un coin se trouve une table de salle à manger avec trois chaises, une quatrième ayant été placée près d'une fenêtre sert de valet muet de fortune.

« Par ici, dit-il en entrant dans un couloir. Voici votre chambre. »

Je le rejoins à l'entrée d'une chambre qui contient, outre le mobilier habituel, une étagère occupée par du matériel photographique.

« Vous êtes aussi photographe ?

— C'est un violon d'Ingres. Faites comme chez

vous, dit-il en disparaissant dans le couloir. J'espère que le désordre ne vous dérange pas trop.

— C'est le jour de congé de la domestique ?

— Quoi ? Oh, je vois ce que vous voulez dire. Non, pas vraiment. Elle ne vient que deux fois par semaine. Je la partage avec deux autres types qui habitent par ici. » Il retourne dans le salon, ajuste une cravate de soie d'un rouge flamboyant. « Nous l'employons chacun deux fois par semaine, et le dimanche elle se repose. »

Il me regarde des pieds à la tête et je me dis soudain qu'il doit savoir que jusqu'à il y a quelques jours j'étais un opiomane.

« Écoutez, mon vieux, poursuit-il. Je sais que c'est sacrément discourtois de ma part de filer juste à l'instant où vous mettez les pieds ici, mais aujourd'hui j'ai une journée très chargée. Je vous en prie, restez et installez-vous tranquillement. » Son visage s'éclaire soudain. « Ou si vous préférez vous pouvez venir au club pour prendre le petit déjeuner. Rien d'extraordinaire, mais ils arrivent à y faire des œufs au bacon assez convenables. »

Au bout d'une semaine et demie sans rien d'autre que du riz, des lentilles et des potions émétiques, des œufs au bacon s'annoncent comme de l'ambroisie.

Cinq minutes plus tard nous marchons sur un chemin de terre conduisant à la route principale et à la ville. Preston porte une veste en lin bleue. Un mouchoir de soie sort ostensiblement de sa poche de poitrine. Dans l'ensemble, on dirait qu'il combine exprès des tenues rigoureusement inadaptées à un ingénieur civil. Et il entreprend un commentaire incessant sur les résidents de chaque maison devant laquelle nous passons.

« Ici ce sont les Granby », dit-il en indiquant un bungalow plutôt miteux que la dernière mousson a rendu gris. « On dit que lui a vécu du caoutchouc mais qu'il a tout perdu dans la boisson. Quant à sa femme, eh bien vous ne me citerez pas mais… » Je ne l'écoute plus. Une voiture nous dépasse, une grosse voiture noire comme celle que j'ai vue à la gare de Lumding. C'était il y a près de quinze jours et Lumding est à soixante-dix miles. Sous l'emprise de l'opium, je n'étais plus un homme. Je dois mettre fin à la paranoïa.

Je me force à me détendre. La voiture disparaît derrière un tournant.

J'entends Preston dire : « Voyez-vous, c'est principalement de la forêt. Tout le monde croit que l'Assam n'est que plantations de thé, mais elles se trouvent à quelques centaines de miles d'ici. Dans ce secteur tout n'est que bois et pierre. La plupart des hommes blancs que vous verrez par ici ont affaire aux deux d'une façon ou d'une autre, à moins, naturellement, qu'ils ne soient employés par le gouvernement ou par Dieu.

— Dieu ?

— Les missionnaires. Majoritairement presbytériens. Des centaines. Au point que vous ne pouvez rien faire sans tomber sur eux. Ils viennent convertir des indigènes à leur conception du droit chemin. Et ils font du bon travail à en juger par le nombre d'églises qui se construisent. Cela me serait égal s'ils ne harcelaient pas les tribus à propos des abominations de l'alcool : et c'est déjà assez difficile de boire quelque chose de convenable à Jatinga sans que les locaux pensent soudain que vous êtes le diable incarné. »

Le cœur de la ville montagnarde de Jatinga, si on peut l'appeler ainsi, consiste en quelques bâtiments de bois rassemblés autour d'une église, celle-ci résolument anglicane, et selon Preston exclusivement fréquentée par les résidents blancs. À côté on trouve une petite école et un magasin qui vend de tout, tenu par une famille de marchands du lointain Gujarat installés ici depuis des temps immémoriaux.

« C'est très commode, dit Preston. Ils se débrouillent pour vous fournir à peu près n'importe quoi en deux semaines, sauf de l'alcool. Ils prétendent que leur caste ne leur permet pas d'en boire, ce qui est bien, mais ils pourraient le faire venir, non ? Ils ne boivent pas non plus de mort-aux-rats mais ils en vendent quand même.

— Alors où est-ce qu'un homme peut prendre un verre par ici ?

— À peu près le seul endroit est celui où nous allons, au Jatinga Club. » Il me regarde avec circonspection. « Un instant, Shankar a-t-il dit que vous pouviez boire de l'alcool ?

— Il a donné un conseil non contraignant. »

Il réfléchit.

« Dans ce cas, le bar ouvre à midi. »

Le spectacle depuis la terrasse du Jatinga Club est de ceux que je n'ai pas vus depuis longtemps, et je ne parle pas seulement des œufs au bacon qu'un serveur en jaquette blanche dépose devant moi. Au premier plan, les maisons de la communauté britannique de Jatinga, et au-delà, explique Preston, plus bas sur la colline et groupées autour d'un temple, les nombreuses habitations en briques de boue des Indiens venus d'ailleurs, les Bengalis omniprésents qui gagnent leur vie au service des Anglais, et les commerçants gujaratis et marwaris au service des Bengalis. Encore plus loin on trouve les huttes de bambou et de paille des tribus locales auxquelles cette terre appartient depuis des temps immémoriaux. Les verdoyantes collines Khasi brillent au loin, et au-delà, les silhouettes grises de montagnes plus massives se détachent tels des bas-reliefs contre le ciel bleu pâle.

« Du thé, monsieur ? » demande le serveur et j'ai un haut-le-cœur à cette idée. Je l'envoie chercher une cafetière à la place et je demande à Preston : « La maison aux volets bleus, qui y habite ?

— Vous avez l'œil, dit Preston comme si remarquer le bâtiment le plus imposant du lieu était impressionnant. C'est Highfield, la résidence de M. Ronald Carter, le potentat local. »

Preston qui a passé les dix dernières minutes à lancer des bribes de commérages sur les habitants anglais de Jatinga avec toute la ferveur d'une femme de pêcheur de Grimsby en reste là. Ce qui entraîne la question « À quoi ressemble-t-il ? »

Il pose ses couverts sur son assiette et lève la tête. « Un sale bonhomme. Il traite la ville et tout ce qu'elle contient comme son fief. On dit qu'il a acheté sa femme, qui est une beauté, soit dit en passant.

— Je crois l'avoir déjà vue. À l'ashram.

— C'est possible, il paraît qu'elle aide les moines. En tout cas, il est assez vieux pour être son méchant beau-père, et il a dans sa poche à peu près tout le monde par ici.

— Mais pas vous ?

— Moi, dit-il en levant une fourchette tachée d'œuf et en l'agitant devant moi, j'ai la chance de rendre des comptes aux autorités de Calcutta qui me rémunèrent. Carter n'a aucune influence là-bas.

— D'où lui vient son argent ? »

Preston secoue la tête. « Aucune idée. » Il montre la vue devant nous. « Mais il possède pratiquement tout ce que vous voyez là. On dit qu'il a acheté la terre aux tribus locales pour une bouchée de pain. Il les a convaincues qu'elle était hantée.

— Hantée ?

— Mmm, fait-il en avalant une bouchée d'œuf frit. Habitée par des esprits mauvais. Pour être honnête, elles n'ont pas été difficiles à convaincre. Je suis surpris que personne par ici n'y ait pensé avant. Après tout, ce terrible endroit est réellement hanté. »

Je le regarde incrédule.

« Vous ne me croyez pas ? Et si je vous le montrais ce soir ? »

20

Février 1905

Est de Londres

Un vent violent soufflait du fleuve. Dans Wapping High Street hommes et femmes s'emmitouflaient du mieux qu'ils pouvaient et se hâtaient entre les flaques de lumière des lampadaires. Une pluie cinglante et froide tombait sans discontinuer d'un ciel lourd de la suie et des émanations industrielles tandis qu'en civil et trempé je négociais un chemin sur les pavés graisseux, évitant les cageots détruits, les légumes dans le caniveau et le crottin de cheval.

Vu de la rue, le Turk's Head n'était rien de plus que le trou noir d'une entrée dans une ruelle. Le pub lui-même, un bâtiment délabré d'un étage en briques et bois, faisait face au fleuve. À côté, un dangereux escalier en bois conduisait à un petit quai où pourrissaient les épaves de quelques vieux bateaux.

J'ai plongé dans la chaleur de l'intérieur et regardé autour de moi. Au fond de la salle au sol dallé il y avait un comptoir en bois sombre derrière lequel se tenait un barman solitaire. À gauche, du côté du fleuve, plusieurs tables basses étaient occupées par des hommes qui n'avaient pas de meilleur endroit où aller, et contre le mur opposé un feu moribond crépitait dans l'âtre. Harmsworth était assis à la table la plus proche de la fenêtre. Il m'avait vu le premier et s'était déjà levé.

Il m'a rejoint au bar avec un sourire, la main tendue. Comme je ne l'ai pas serrée il m'a tapé sur le bras. Sans son chapeau il avait l'air plus jeune, la petite trentaine, avec des cheveux noirs brillantinés un doigt trop longs sur la nuque et les côtés.

« Content de vous voir, monsieur l'agent, a-t-il dit. Désolé de vous avoir fait sortir par ce temps.

— Ce n'est rien. » En réalité je n'avais pas grand-chose d'autre à faire.

« Qu'est-ce que je peux vous offrir ?

— Qu'est-ce que vous buvez ?

— Un stout.

— Je prendrai la même chose. »

Harmsworth a commandé. « Deux pintes d'Imperial. » Puis il m'a demandé : « Alors vous n'avez pas eu de difficulté à trouver l'endroit ? » La question n'attendait pas vraiment de réponse, simple banalité que deux hommes qui se connaissaient à peine étaient censés échanger avant d'aborder des sujets plus importants.

« Je suis déjà venu. »

Le barman a posé deux pintes de stout brun sur le comptoir et a essuyé ce qui avait débordé avec un chiffon humide. Harmsworth m'a tendu mon verre, a laissé quelques pièces sur le comptoir et s'est dirigé vers sa table. Je l'ai suivi et me suis assis en face de lui. Dehors, la Tamise noire clapotait contre le quai.

Le journaleux a bu une longue gorgée et s'est essuyé la bouche du dos de la main. « C'est très aimable à vous d'être venu.

— Je vous en prie. Que puis-je faire pour vous, monsieur Harmsworth ? »

Il s'est penché en avant et a posé les mains de part et d'autre de son verre.

« Comme je vous l'ai dit cet après-midi, il s'agit plutôt de ce que nous pourrions faire l'un pour l'autre. Un de vos collègues m'a dit que vous étiez un jeune homme intelligent, à l'avenir prometteur. Qui sait, vous pourriez être nommé inspecteur un jour. »

Je n'ai rien dit, heureux de me complaire sous les feux de ses flatteries mielleuses.

« Beaucoup de policiers ont fait carrière grâce à quelques bons articles dans les journaux... De la même façon, un ou deux mauvais articles peuvent ruiner la réputation d'un homme... » Il a fait une pause pour laisser la dernière phrase prendre tout son poids. « Et je sais combien c'est difficile de joindre les deux bouts avec un salaire de simple agent de police...

— Je ne suis pas sûr de vous suivre. »

Harmsworth m'a regardé en se demandant si j'étais vraiment naïf à ce point ou si je faisais semblant.

Il a poursuivi : « Je pense que nous pouvons nous être mutuellement utiles. Appelez cela une sorte de partenariat. »

J'ai pris une gorgée de bière.

« J'espérais que vous pourriez envisager que nous nous retrouvions de temps en temps pour bavarder en prenant un verre. J'ai beaucoup de contacts et j'entends des choses qui pourraient être utiles à un jeune policier ambitieux.

— Et en échange ? »

Harmsworth m'a adressé un sourire qui avait l'air venu d'un visage de chérubin. « En échange, vous pourriez faire en sorte de me communiquer quelques détails sur des affaires auxquelles vous vous trouveriez mêlé. Des affaires susceptibles d'intéresser un large public.

— Telles que ?

— Eh bien, inutile de vous dire, cette histoire Bessie Drummond – terribles nouvelles –, nos lecteurs aimeraient la connaître de l'intérieur. Il paraît que vous êtes un des agents qui l'ont découverte. »

J'ai secoué la tête. « Elle a été découverte par d'autres locataires de son immeuble. Elles ont appelé la police. J'ai seulement été un des premiers sur les lieux.

— Vous voyez ? Vous corrigez déjà le rapport. Tout ce que je vous demande c'est de partager de temps à autre des détails relatifs à l'affaire.

— Tout pour garantir la vérité à vos lecteurs. »

Harmsworth a avalé une longue gorgée. « Exactement. Vous seriez rémunéré, bien entendu. Nous veillons toujours sur nos amis. Cigarette ? » Il a tiré un paquet de Pall Mall de sa poche.

J'ai décliné son offre. Les mots de Gooch ont soudain résonné dans ma tête comme un glas : *Chaque semaine certains torchons n'impriment que des ordures à propos des étrangers perfides et des Juifs sournois.*

« Que voulez-vous savoir exactement ?

— Le bruit court que le tueur est un immigrant.

— Nous avons plusieurs suspects. »

Harmsworth a écarquillé les yeux. « Vraiment ? Parce que moi, j'ai entendu dire que vous les aviez presque tous éliminés de votre enquête sauf le Juif.

— Si vous en savez déjà tellement pourquoi avez-vous besoin de moi ?

— Pour corroboration. Vous êtes mêlé au tout

premier chef à cette affaire. Vous nous aideriez si vous pouviez confirmer le nom de l'homme. »

Quelque chose m'a dit que si la source première de Harmsworth n'avait pas mentionné le nom de Vogel c'était soit parce qu'elle ne le connaissait pas soit pour recevoir plus d'argent.

J'ai demandé : « Et que feriez-vous avec ce renseignement ? Imprimer comme un fait avéré dans le journal de demain que ce Juif a assassiné une Anglaise ? Je vous ai dit que nous avions d'autres suspects. »

Harmsworth est resté placide. « Nos lecteurs ont le droit de savoir ce qui se passe. Si un de ces étrangers a tué une Anglaise, alors le public doit en être informé. Tous ces gens qui viennent ici de Dieu sait où. Les Anglais ont peur. »

J'ai terminé ma bière. « Vous avez raison. Les Anglais ont peur, en effet, et je ne suis pas sûr qu'une histoire mal fichue va les rassurer.

— C'est pourquoi je veux le plus de détails possible. Vous me donnez le nom du gars et je vous promets cinq shillings. Qu'est-ce que vous en dites ?

— J'ai une meilleure idée. Vous attendez que nous ayons attrapé quelqu'un et l'ayons mis en accusation et je vous donne toute l'histoire… pour rien. »

Harmsworth a secoué la tête. « En laissant un autre salaud avoir le scoop sur le Juif ? Ça n'est pas comme ça que ça marche, petit. »

*

Je suis retourné à pied à Wapping High Street. La pluie, devenue plus forte, tombait en rideaux et se déversait des toits sur les trottoirs. Je logeais à une demi-heure de là et j'aurais volontiers payé le double du prix d'un fiacre, mais à neuf heures et demie les fiacres à Wapping sont aussi rares que les politiciens honnêtes. J'ai donc boutonné mon manteau et me suis mis en route en direction de Ratcliffe Highway.

Je ne savais que penser de ma conversation avec Harmsworth. Toute ma vie j'ai été un outsider, certainement depuis le jour où ma mère est morte et où mon père m'a expédié au pensionnat. Je n'ai jamais compris ce qui conduit le fort à opprimer le faible, ni le besoin que beaucoup éprouvent de harceler ceux qui sont différents d'eux. C'était peut-être seulement plus facile : reprocher à quelqu'un d'autre, quelqu'un de différent, toutes les merdes qui vous tombaient dessus. Alors qu'à l'évidence les ennuis sont le plus souvent provoqués par des gens qui vous ressemblent et non par ceux qui sont différents. Peut-être était-ce pour cela que j'avais toujours été du côté du perdant. Certains me qualifiaient d'opposant. Je me trouvais simplement correct. Je jugeais donc écœurant qu'Harmsworth puisse vouloir faire de moi un complice pour répandre ses demi-vérités et ses informations déformées. En même temps une part de moi était flattée qu'un journaliste me juge digne d'attention, et l'idée de voir mon nom dans les journaux me faisait frissonner de plaisir. Je n'en suis pas fier quand j'y repense, mais j'étais jeune. Et stupide.

Je suis arrivé à ma porte en retournant toujours la question dans ma tête. Je me suis essuyé le visage et j'ai pris la clef dans ma poche. Une voix a appelé derrière moi.

« Agent Wyndham. »

Je me suis retourné et j'ai vu sur le trottoir d'en face une mince silhouette soulignée par la lumière d'un lampadaire. La voix m'était familière, et quand le personnage a traversé la rue dans ma direction j'ai reconnu son profil, ou plus exactement son nez.

« Archibald Finlay, je pensais que vous seriez en train de consoler votre ami Tom Drummond de sa perte. Ne me dites pas que vous passiez devant chez moi par hasard. »

Finlay a eu un rire qui s'est transformé en toux. « Non. Je suis chargé de vous inviter à rencontrer des messieurs qui désirent avoir le plaisir de votre compagnie.

— On dirait que je suis très demandé ce soir, mais je ne suis pas sûr d'avoir envie de patauger davantage par ce temps. »

La pluie gouttait à l'extrémité du long pif de Finlay. « Croyez-moi, a-t-il dit, ça vaudra le déplacement.

— Eh bien, présenté de cette façon, comment refuser ? »

Nous nous sommes dirigés vers le nord et il ne fallait pas être un génie pour deviner où nous allions, mais qui nous allions voir et pourquoi restaient plus mystérieux. Vingt minutes plus tard nous étions dans Bethnal Green Road et nous marchions vers les lumières du Bleeding Hart. La pauvre bête de l'enseigne, au-dessus de la porte, paraissait encore plus abattue que d'habitude, et avec le temps qu'il faisait je ne pouvais pas lui en vouloir.

Les portes de bois ont grincé quand Finlay les a poussées, puis elles se sont refermées derrière nous. Le Bleeding Hart était plus animé que le Turk's Head, avec l'atmosphère de la gare de Liverpool Street aux heures de pointe. Les hommes se bousculaient au comptoir et leur tête disparaissait dans une brume de fumée de cigarettes.

J'ai demandé : « Alors, qui dois-je rencontrer ici ?

— Pas ici, monsieur Wyndham. Vous êtes un homme important, votre réunion est dans l'arrière-salle. Exclusivement sur invitation. »

Il s'est frayé un chemin dans la masse de corps et je l'ai suivi jusqu'à une porte au fond. À côté, sur une chaise qui, sous lui, paraissait faite pour un enfant, était assis un homme avec une tête de rutabaga et un corps de cheval de combat. Il s'est levé, a salué Finlay d'un signe et a tourné la poignée de la porte en la prenant dans sa paume comme une balle de golf.

L'arrière-salle du Bleeding Hart ne signifiait qu'une seule chose. Les messieurs qui désiraient me voir n'étaient autres que les Spiller, les frères Grimm du Yorkshire.

La salle était plus grande que le bar. Et beaucoup moins bondée ; des dockers, à en juger par leur taille et leur odeur, jouaient aux cartes autour d'une table sous une lampe-tempête. Finlay ne leur a prêté aucune attention, il est passé devant un billard inoccupé et un comptoir que nettoyait un barman à l'air morne, pour arriver à un box dans le coin, éclairé par une grosse bougie.

« Asseyez-vous monsieur l'agent, a dit Finlay en indiquant une banquette en cuir bordeaux sur un côté de la table. Faites comme chez vous. Ils seront bientôt là. »

Il m'a laissé seul.

Il était déjà à quelques pas quand je l'ai appelé.

Il s'est retourné. « Oui ?

— Nous sommes dans un pub, n'est-ce pas ?

— Exact. Et alors ?

— Bien, et si vous alliez me chercher un verre ? Il m'aidera à me sentir à l'aise. »

Il a secoué la tête d'un air faussement compatissant.

« Une bière ?

— Pourquoi pas quelque chose de plus spécial ? Après tout, je suis un invité. Pourquoi pas un whisky ?

— Un whisky ? a grogné Finlay. On dirait qu'hier encore vous étiez en culotte courte. »

Une voix a retenti quelque part derrière moi.

« Apporte-lui un whisky… »

L'expression de Finlay a viré instantanément à l'obéissance craintive.

« … Et aussi la bouteille.

— Tout de suite, monsieur Spiller », a répondu Finlay en filant vers le bar.

Je me suis retourné et j'ai vu la silhouette d'un homme, celle, reconnaissable entre toutes, de Martin Spiller. Nous ne nous étions jamais rencontrés, c'est-à-dire que nous n'avions jamais été présentés, mais je savais qui il était. Tout Whitechapel savait qui il était.

Il portait un pantalon marron, des bretelles, et une chemise blanche, col ouvert et manches retroussées qui découvraient des avant-bras comme des pastèques. Il avait beaucoup d'allure pour un homme gros, ce qui laissait penser que son volume était plutôt fait de muscles que de graisse.

« C'est très aimable à vous d'être venu ici, agent Wyndham, a-t-il dit en s'asseyant sur la banquette opposée, particulièrement un soir aussi pourri. »

La lumière de la bougie se reflétait dans ses yeux noirs et cruels et jetait des ombres sur ses cheveux courts et ses traits épais.

« Je peux vous appeler Sam ? »

J'ai senti un goût de sel sur mes lèvres.

« Je vous en prie. »

Soudain le bruit de boules tombant sur le tapis est venu de la table de billard. Je me suis retourné et j'ai vu une autre silhouette encore plus massive que celle de l'homme en face de moi et le crâne rasé qui commençait à attaquer les boules.

« Ne faites pas attention à Wesley, a dit Martin. Il aime bien commencer la soirée avec une ou deux parties de billard. Dieu sait s'il a besoin de s'entraîner. »

Finlay est revenu du bar avec une bouteille et deux verres qu'il a déposés sur la table. Il s'est penché pour enlever le bouchon.

« Laisse », a dit Spiller.

Sans un mot, Finlay s'est retiré dans l'ombre. Spiller, le regard toujours fixé sur moi, a soulevé la bouteille et a versé deux bonnes doses de liquide ambré. L'odeur de naphte s'en est répandue dans l'air. Spiller a poussé un verre vers moi et a levé le sien.

« À la vôtre », a-t-il dit. Et il a avalé une bonne gorgée. J'en ai fait autant.

J'ai senti la chaleur du whisky descendre dans ma gorge et s'installer dans mon estomac.

De la table de billard est venu le bruit du choc de la queue sur une boule puis celui d'une douzaine d'autres qui se dispersaient.

Spiller a demandé : « Vous jouez ? Au billard, je veux dire.

— J'ai peur que non. Je n'en ai jamais eu l'occasion.

— Vous devriez vous y mettre. C'est un sport de gentleman. Et d'après ce que j'ai entendu dire, vous êtes un peu un gentleman, n'est-ce pas ?

— Je ne dirais pas cela. »

Spiller a reposé son verre sur la table. « Allons donc, jeune homme, le fils d'un maître d'école, neveu d'un magistrat, qui a étudié dans un endroit chic, et bien sûr le détail décisif : vos mains et vos ongles bien soignés. Sûrement pas des mains de docker, pas vrai fiston ? »

J'ai été impressionné, non par sa déduction à propos de mes mains, mais par le fait qu'il avait fait ses devoirs du soir. À l'évidence, il avait accès à mon dossier au commissariat de Leman Street. Je l'ai salué en levant mon verre et j'ai bu une autre gorgée.

« Alors je me demande comment un jeune gentleman comme il faut finit en agent de police qui fait des rondes dans l'East End.

— C'est une longue et triste histoire. En fait, pas très longue, mais je vous épargne les détails. Disons seulement que mes perspectives d'avenir ont été limitées par un manque chronique de fonds. »

Spiller a hoché la tête. « Oui, j'ai déjà vu ça. Une famille respectable, des dents bien propres mais pas de pantalon. Alors pourquoi ne pas entrer dans l'armée ou dans les ordres ? Ce n'est pas ce que font les gens comme vous quand ils ont ces… perspectives limitées ?

— J'ai envisagé l'armée. Engagez-vous et découvrez le monde… Sauf qu'apparemment les destinations proposées ne sont pas vraiment celles que j'ai envie de connaître. Si l'armée avait envahi Venise ou Florence, l'histoire aurait pu être différente. Quant à la prêtrise, ce sera un triste jour pour la chrétienté quand le Tout-Puissant décidera qu'Il a besoin de mon aide pour mener Son troupeau. »

Spiller a ri, puis il a fini son verre. Il s'est resservi.

« Vous devez sûrement vous demander pourquoi nous vous avons fait venir.

— En effet.

— Eh bien, finissez votre verre et nous y viendrons. »

J'ai obéi, j'ai vidé mon verre. Spiller a appelé. « Wesley ! » À la table de billard l'homme-montagne a frappé une boule, puis il s'est redressé et s'est tourné vers nous.

« Aurais-tu l'amabilité de nous rejoindre ? a dit Martin. Et un autre verre par ici », a-t-il lancé en direction du bar.

Wesley Spiller a déposé la queue de billard contre le mur et il est venu s'asseoir à côté de son frère tandis que le barman déposait un nouveau verre devant lui. Martin a rempli le verre de son frère et le mien, et il a fait les présentations.

« Wesley, voici l'agent Sam Wyndham, du commissariat de Leman Street. Sam, mon frère Wesley. »

La ressemblance était nette dans la froideur du regard et la mâchoire carrée.

« Wesley a reçu des informations qui pourraient avoir un intérêt pour vous, a dit Martin.

— C'est exact, a confirmé son frère.

— Nous savons que vous recherchez un youpin nommé Vogel », a poursuivi Martin.

J'ai pris une gorgée de whisky. « Les nouvelles circulent vite. »

Martin a feint la déception. « Allons, allons, monsieur l'agent. Ne nous fâchons pas. Nous savons tous que certains de vos collègues sont plutôt bavards. Et rappelez-vous, nous essayons de vous aider.

— Continuez.

— Il se trouve qu'une connaissance de Wesley dit pouvoir savoir où se trouve ce Vogel.

— Où ?»

Martin n'a pas répondu tout de suite.

« Inutile de vous dire, je suppose, ce que représenterait pour vous la capture du meurtrier de Bessie Drummond. Je suis sûr que les journaux s'en donneraient à cœur joie. Je vois d'ici les manchettes – "Le policier héroïque arrête le tueur de l'East End." Vous seriez célèbre.

— Et que demanderiez-vous en échange ?

— Pas grand-chose, a répondu Martin innocemment. Seulement que vous nous rendiez un service similaire à l'avenir. Peut-être nous communiquer une petite information ici ou là.

— Vous voulez que je vous communique des informations ?

— Si vous pouviez, de temps en temps, comme nous le ferions pour vous. »

Était-ce l'effet de l'alcool ? Contre tout bon sens j'ai ressenti la séduction de ses propos. Les frères m'offraient une chance d'arrêter le meurtrier de Bessie, ou à tout le moins notre principal suspect dans son meurtre, et au regard d'une telle occasion mes réserves quant à sa culpabilité éventuelle s'évaporaient telles les dernières gouttes de whisky dans mon verre. Et tout ce qu'ils voulaient en échange était un petit quelque chose par ici et peut-être un tuyau par là. Mais je restais soucieux.

« Pourquoi me diriez-vous cela ?

— Voyons, monsieur l'agent. Une femme innocente a été tuée. C'est le devoir de tout Anglais patriote d'aider la police à traîner le meurtrier devant la justice.

— Je veux dire pourquoi moi ? Visiblement, vous avez déjà plusieurs amis dans la police. Pourquoi ne pas transmettre le renseignement à l'un d'eux ? »

Les frères ont échangé un regard.

« Voyez-vous, Sam, a dit Martin, nous pensons qu'on n'a jamais trop d'amis. Nous avons appris que vous travailliez sur l'affaire et nous avons pensé que vous pourriez apprécier le tuyau.

— Il y aura probablement une promotion pour vous », a ajouté Wesley.

Je n'ai pas pu m'empêcher d'envisager la chose. Arrêter Vogel m'aiderait certainement à me faire un allié de Gooch à Scotland Yard, ce qui ne pouvait pas faire de mal. Après tout, il avait insisté sur l'urgence de lui mettre la main dessus. Avec la presse toute prête à imprimer une histoire à propos d'une Anglaise assassinée par un Juif étranger, une histoire qui entraînerait sans aucun doute de l'hostilité non seulement contre le coupable mais contre tous les Juifs de l'East End, nos chances d'empêcher que les colères ne se déchaînent et peut-être d'éviter une émeute sanglante seraient infiniment plus grandes si nous pouvions dire que nous avions déjà arrêté le principal suspect.

On dit que l'enfer est pavé de bonnes intentions et j'ai justifié mon pacte avec les Spiller sous prétexte que l'arrestation de Vogel éviterait un bain de sang. Que s'il était innocent il pourrait le prouver et ensuite nous poursuivrions le véritable assassin.

J'ai demandé : « Racontez-moi. »

Spiller a eu un sourire de travers qui a révélé des dents d'une blancheur surprenante. Il a pris son verre et s'est tourné vers son frère. « Je vais laisser Wesley vous expliquer, mais tout d'abord, un toast à notre nouvel accord. »

Les frères ont trinqué puis ont tendu leur verre vers moi et je les ai imités. J'ai bu une gorgée. J'aimerais dire que le whisky m'a laissé un goût de cendres mais il n'en a rien été. La vérité est qu'il était toujours aussi moelleux et goûteux qu'avant.

21

Février 1922

Assam

Preston m'accompagne jusqu'aux marches du club.

« Je dois effectuer une inspection sur la route de Maibang, dit-il. À vol d'oiseau ce n'est pas très loin, mais c'est un voyage interminable pour y arriver. Il y a eu un glissement de terrain pendant la mousson. On a retiré quatre corps de la boue. Une vilaine affaire. »

Il regarde de l'autre côté de la vallée. « Vous êtes venu au bon moment, ce soir c'est le dîner annuel au club. Toute personne qui compte dans le voisinage sera là. Je devrais être de retour à cinq heures et nous pouvons y aller à sept heures. »

La perspective d'un dîner mondain me fait frémir. En raison de mon addiction il y a plus d'un an que je n'ai pas été en état de participer à un repas avec un groupe d'inconnus et n'en ai pas eu la patience. Et maintenant que je suis désintoxiqué, certain de pouvoir retourner travailler et me charger du plus cruel des assassins, je meurs de frousse à l'idée de trois heures de conversation polie.

Preston remarque mon expression.

« Qu'est-ce qu'il y a. Vous n'aimez pas les soirées ? »

J'envisage de lui dire la vérité, mais je préfère m'abstenir.

« Je n'ai pas de tenue adéquate.

— Ne vous inquiétez pas, dit-il avec un air de conspirateur. Je suis sûr que nous pouvons trouver quelque chose qui vous aille. »

À bout d'arguments j'accepte en bafouillant et tandis qu'il s'éloigne je me rends compte qu'être habillé par Preston est presque aussi alarmant que d'assister au fichu dîner. Si je dois me fier à son choix de cravates et de chemises répandues sur son canapé, il y a de sérieuses chances que je ressemble finalement à une geisha.

Avant de partir Preston m'a laissé la clef de chez lui et m'a suggéré quelques sites qui pourraient m'intéresser.

« Vous devriez voir les chutes, et les points de vue sont magnifiques depuis les collines. Beaucoup de Bengalis viennent de Calcutta et de Dacca pour respirer et admirer le paysage. Nos amis bengalis sont très épris de nature. Ils sont fous de "la beauté de leurs panoramas". »

C'est vrai. À en croire Sat, les Bengalis sont un peuple de bergers, parfaitement inadaptés à la vie urbaine, et qui à son avis ne désirent rien d'autre que le retour à la terre. Et si l'on se fie à la seule quantité de mauvaise poésie qu'ils ont écrite sur le sujet il a probablement raison.

« Sinon vous pourriez faire un tour des églises, non qu'il y ait grand-chose à voir sur le plan architectural. Elles sont ahurissantes de simplicité. Austères, même. »

Après l'avoir assuré que tout irait bien je monte à la véranda du club.

Je m'assois à la table où nous avons pris le petit déjeuner. Elle a été débarrassée depuis, nappe et serviettes ont été changées. J'appelle le serveur et commande un autre café ainsi que le journal le plus récent dont ils disposent, qui se révèle être le *Statesman* d'hier. Il arrive soigneusement plié sur un plateau.

Je bois une gorgée de café et parcours les pages. Et voilà ce à quoi frère Shankar avait fait allusion : des colonnes entières consacrées à l'incident de Chauri Chaura faisant l'éloge des officiers massacrés et accusant Gandhi et les *wallahs** du Congrès.

À la recherche d'un peu de réconfort je vais aux pages de sports. Chez nous Tottenham mène la vie dure à Liverpool et en a pour son argent, tandis que dans la deuxième division je suis content et étonné de voir West Ham parmi les meilleurs.

Je finis mon café, repose le journal et décide de m'en aller. Ni les églises ni les chutes ne m'intéressent particulièrement. Après tout, je suis policier, attiré comme par un aimant par la face la plus sombre de la réalité. Pour moi, les bonnes actions enseignées dans la maison de Dieu et les merveilles naturelles de Son œuvre ne sont rien comparées aux complexités et aux intrigues de ceux qu'Il a créés à Son image. Si Preston est digne de foi, sous sa surface distinguée et policée la ville de Jatinga bouillonne de passions et de rivalités mesquines. Pour ma part, j'en ai vu assez de l'Inde et de la nature humaine pour ne pas douter de lui.

Quand je me mets en route vers le grand magasin le soleil est haut dans le ciel et l'atmosphère agréable. Preston a décrit l'endroit comme la caverne d'Ali

Baba et si on n'y trouve peut-être pas d'alcool je doute qu'il existe un magasin dans le pays qui ne vende pas de cigarettes.

En chemin je passe devant un *mali** indigène qui entretient le bord de la route. Pieds nus, tête protégée du soleil, courbé, il coupe soigneusement l'herbe avec une paire d'antiques cisailles. L'immense forêt s'étale derrière lui. Je suis impressionné par l'absolue futilité de sa tâche. Sur une terre aussi féconde que celle-ci, il ressemble à Knut le Grand essayant de retenir la marée, il tente de contrarier le pouvoir de la nature avec une simple paire de ciseaux. Et pourtant il continue, probablement payé pour le faire par un sahib quelconque. Aucun Indien ne serait assez stupide pour se croire capable de domestiquer mère Nature de cette manière, mais nous, les Britanniques, nous sommes bâtis différemment. Nous préférons l'ordre d'une bordure nette au chaos de la forêt naturelle et sommes capables de nous battre pour maintenir cet ordre le plus longtemps possible, aussi artificiel soit-il.

Le grand magasin de Bhagwan est un bâtiment de deux étages construit dans le même style colonial que les autres, monté sur pilotis mais sans véranda. Au-dessus de la porte une enseigne fraîchement peinte le présente comme le *Harrods de l'Assam*, publicité pour le moins audacieuse. Une clochette retentit à mon entrée et un indigène chauve à la peau claire lève la tête derrière un comptoir en bois et verre. Le magasin lui-même est une merveille de bric-à-brac où les articles sont empilés presque jusqu'au plafond et où les étagères offrent de tout, des ustensiles de cuisine aux pièces détachées de voiture. Une femme blonde portant une chemise kaki et des jodhpurs me tourne le dos et feuillette un des nombreux magazines posés sur un présentoir. Je reconnais immédiatement le parfum.

« En quoi puis-je vous aider, monsieur ? demande l'homme derrière le comptoir.

— Des cigarettes, s'il vous plaît. Vingt Capstans. »

L'homme acquiesce et se retourne vers une étagère derrière lui.

« Mais qui vois-je ? Capitaine Wyndham ? »

Emily Carter ferme son magazine et s'approche. Son ton est aimable, ou peut-être n'est-ce qu'illusion de ma part parce que c'est une belle femme et que j'ai toujours eu tendance à avoir la meilleure opinion des femmes attirantes, ce qui si on y réfléchit est plutôt un talon d'Achille pour un policier enquêteur.

« Qu'est-ce qui vous amène en ville ?

— La convalescence. Frère Shankar a pensé que je pourrais prendre l'air pendant quelques jours. »

Elle pose le magazine sur le comptoir. « Je prends aussi ceci, Shalin, dit-elle au patron, et faites-moi savoir quand les tambours de freins seront arrivés.

— Très bien, madame. »

L'homme inscrit les achats dans un registre qu'il montre ensuite à Mme Carter pour qu'elle vérifie. Je remarque des taches d'huile de moteur sur le poignet de sa chemise. Elle surprend mon regard et frotte les taches sur sa manche.

Soudain embarrassé je me surprends à parler pour rompre le silence.

« Vous travaillez au noir comme mécanicien, madame Carter ? »

Elle fait la moue en jouant l'offensée. « Vous ne me croyez pas capable d'être mécanicien ?

— La plupart des mécaniciens que je connais ne mettent pas de rouge à lèvres, et s'ils le faisaient je leur poserais probablement des questions. »

Le patron dépose les cigarettes sur le comptoir. Je lui tends quelques pièces et il disparaît dans l'arrière-boutique.

« Et où habitez-vous ? demande-t-elle.

— Chez M. Preston.

— Vous n'avez donc pas eu envie de poursuivre votre séjour à l'ashram ? Vous avez craint que Shankar ne vous convertisse à l'hindouisme ?

— Je ne pense pas qu'il ait essayé. De toute façon, j'aurais cru que les Britanniques convertis à l'hindouisme étaient encore plus rares que les femmes mécaniciens.

— Vous seriez étonné. »

Le patron réapparaît avec un lourd paquet dans les bras et le laisse tomber sur le comptoir.

« Votre boîte est arrivée, madame Carter. Voulez-vous que je demande à un boy de vous l'apporter ? »

Elle évalue la taille du paquet. « Capitaine Wyndham, auriez-vous l'obligeance de m'aider ?

— Naturellement.

— Cela ne vous dérange pas ? »

Loin de là.

« Je n'ai rien de mieux à faire. »

Je la suis dans la rue ensoleillée.

« C'est à quelques centaines de yards. Je remercie la Providence qui vous envoie.

— Il est plutôt rare pour un mécanicien d'avoir pour époux le maître du château », dis-je.

Son expression change subtilement. « Vous connaissez mon mari ? »

Je secoue la tête. « Non, mais sa réputation le précède.

— Je n'ai pas toujours été mécanicienne. Je le suis devenue pendant la guerre. J'étais dans l'armée. C'est bien pour une jeune fille d'apprendre un métier, ne trouvez-vous pas ? Après tout, je n'avais aucune idée qu'un jour j'épouserais Ronald. »

Je n'ai même pas essayé de cacher ma surprise pour demander : « Vous étiez dans le WAAC ?

— C'est exact, je réparais des moteurs, j'entretenais des camions, ce genre de choses. J'ai même été envoyée en France vers la fin. C'était très gai. »

Ce n'est certainement pas ainsi que j'aurais qualifié mon expérience de la guerre ; cependant, en dépit de la mort et des privations j'ai connu beaucoup de personnes qui, lorsque tout s'est terminé, ont admis qu'elles ne s'étaient jamais senties aussi pleines de vie ou aussi libres que durant les années de guerre.

Je commence à sentir la sueur couler dans mon dos. La boîte pèse une tonne et je ne m'étais pas rendu compte à quel point je me suis affaibli depuis le début de mon traitement.

« Qu'y a-t-il donc là-dedans ?

— Devinez, monsieur le détective.

— D'après le poids, je dirais le moteur d'un Sopwith Camel. »

Elle rit. « Non, mais c'était courageux d'essayer.

— Alors quoi ?

— Vous le verrez dans une minute. Nous y sommes », dit-elle en indiquant un pilier avec le mot HIGHFIELD gravé dans la pierre en lettres nettes et élégantes. Nous quittons la rue principale et je suis Emily dans une allée bordée d'arbres qui mène à la grande maison blanchie à la chaux que j'ai repérée de la terrasse du Jatinga Club. Un peu à l'écart se trouve une sorte de petite grange. Emily Carter ouvre le cadenas et détache la chaîne qui maintient les portes fermées. Le bois racle la poussière quand elle les entrouvre juste assez pour laisser passer un homme chargé, et elle me fait entrer avec un geste théâtral.

« Qu'en pensez-vous ? » demande-t-elle tandis que je dépose la boîte sur le sol.

Les murs de la grange sont recouverts d'étagères et de caisses, à côté d'un établi. Au centre se tient la carcasse vide d'une vieille automobile.

« Très joli. Qu'est-ce que c'est ?

— Ceci ? fait-elle rayonnante, c'est Beatrice. Une Bugatti Type 18 de 1913, ou plutôt ce qu'il en reste. Je la restaure.

— Comment êtes-vous tombée sur une Bugatti au beau milieu de l'Assam ?

— Je l'ai trouvée dans la cour d'un démolisseur à Guwahati. Elle appartenait apparemment au maharajah de Cooch Behar jusqu'à ce qu'il rentre avec elle dans un palmier. Je l'ai payée une bouchée de pain et j'ai demandé à Ronald de la faire transporter ici. »

J'examine la voiture de plus près. Sa carrosserie bleu roi a rouillé et elle est maintenant couverte de poussière, il lui manque l'aile gauche. Le moteur et le siège du conducteur ont connu le sort du dodo il y a longtemps, mais à l'avant le starter est toujours là, ainsi que la marque rouge sur la grille avec *Bugatti* en lettres blanches. Tout autour, le sol est jonché des déchets gras de pièces détachées de voiture cannibalisée : pare-chocs, câbles de freins, pièces de moteur, une batterie ; le tout répandu là tels les ossements de quelque animal fossilisé.

Emily Carter prend un couteau sur l'établi et ouvre le paquet que j'ai transporté. Elle en sort une grande boîte noire. Sur un côté figurent les mots *Hudson Motor Car Co., Detroit MI, USA*. Je m'approche pour aider Emily à la porter jusqu'à l'établi.

« Votre mari aurait certainement pu vous offrir une voiture neuve.

— Probablement, mais où serait le charme ? »

Je me sens soudain assez ridicule. Je suis là, dans une grange, à essayer de reprendre mon souffle, en train de parler restauration de voitures avec une femme mariée plutôt belle que je connais à peine.

« Eh bien, dis-je, je suppose que je devrais vous laisser à vos occupations » et je me tourne vers la porte.

« Vous pourriez rester me tenir compagnie un moment ? Je ne serai pas longue, et ensuite je peux vous faire visiter le village. Je n'ai que quelques affaires à trier, et vous avez bien dit que vous n'aviez rien de mieux à faire. »

Il y a chez elle une coquetterie qui me ferait penser qu'elle a une tocade pour moi, si je n'étais pas raisonnable. Mais je le suis, ou du moins je devrais. Dans mon état actuel de maigreur, je doute qu'une femme me regarde deux fois, encore moins la jeune épouse de l'homme le plus riche du lieu.

« Dites oui, supplie-t-elle. Il y a tellement longtemps que je n'ai pas parlé à quelqu'un d'intéressant, et vous, capitaine Wyndham, le policier, vous paraissez susceptible d'avoir plus que quiconque des histoires intéressantes.

— Présenté de cette façon, il m'est difficile de refuser.

— Bien. Vous pourriez peut-être commencer par me dire comment vous vous êtes retrouvé en Inde. »

Je ne sais pas vraiment comment répondre. La vérité est que je suis venu parce qu'il ne me restait plus rien en Angleterre. Ma femme était morte, ainsi que ma famille, la plupart de mes amis et la meilleure partie de mon âme. Je suis venu à Calcutta parce que c'était un meilleur choix que le suicide, quoique la décision ait été secondaire. Mais vous ne pouvez pas dire cela à une femme que vous venez de rencontrer. Pas si vous êtes anglais.

« L'histoire habituelle, je suppose. J'ai eu envie de devenir charmeur de serpents.

— Et comment ont marché les affaires ?

— Pas bien. Mes serpents s'enfuyaient. Manque de charme de ma part. »

Elle sourit. « Sûrement.

— Et vous ? Comment une jeune fille du Women's Auxiliary Army Corps, qui a servi en France et possède un talent pour réparer les moteurs se retrouve-t-elle à des centaines de miles à l'est du milieu de nulle part et mariée à un millionnaire ? »

Elle ne répond pas tout de suite. « C'est une longue histoire. Je suppose que vous pourriez dire qu'elle commence à la bataille d'Arras en 1917. J'étais fiancée à un lieutenant des Royal Engineers. Mon David a été tué, m'a-t-on dit, quand le tunnel dans lequel lui et ses sapeurs travaillaient s'est effondré. Il paraît qu'il n'a pas souffert… Mais c'est ce qu'ils disent toujours, n'est-ce pas ? Puis-je me permettre de vous demander une des cigarettes que vous avez achetées ?

— Où sont passées mes bonnes manières ? »

Je lui offre une cigarette, j'en prends une pour moi et j'allume les deux.

Elle tire une profonde bouffée. « À la fin de la guerre je suis rentrée en Angleterre. Mais j'avais déjà vingt-cinq ans et… disons qu'il n'y avait guère d'avenir marital ou professionnel pour une célibataire de cet âge. Si vous êtes difficile et si vous n'avez pas envie d'être gouvernante ou femme de chambre il ne vous restait pas grand choix. »

Je suppose que c'était vrai. Après la guerre les hommes jeunes physiquement et mentalement intacts n'étaient pas légion. Toutes classes confondues, les femmes avaient du mal à trouver un mari, mais celles de la classe moyenne plus que les autres. Il y avait des règles à respecter, et se marier au-dessous de sa condition était pire que rester vieille fille. De même, une femme ne pouvait pas demeurer mécanicienne après la fin de la guerre. D'abord parce que les hommes revenus du front avaient besoin de ces emplois, ensuite, eh bien que diraient les voisins ?

« Alors ?

— Eh bien, vous connaissez le vieux dicton à propos de l'Inde, que c'est le dernier endroit sur terre où vous pouvez encore trouver un célibataire anglais. Alors j'ai fait comme toutes les autres. J'ai acheté un billet pour Calcutta et j'ai pris la mer en quête d'aventure.

— Et par aventure vous voulez dire un mari ? »

Elle m'adresse un regard soupçonneux et espiègle. « Capitaine Wyndham, je crois que vous vous moquez de moi.

— Pas du tout, madame Carter. Je ne voulais pas vous offenser.

— Bien, parce que si je m'étais contentée de n'importe quel vieux mari j'aurais pu être fiancée la semaine où je suis arrivée à Calcutta, et même plus tôt. Un homme a demandé ma main pendant la traversée. Gentil. Très sérieux. Le genre d'homme qui porte une raie au milieu. Il faisait quelque chose de terriblement intelligent dans les assurances. Il ne cessait de me parler de son magnifique avenir, mais je ne me voyais pas en épouse de statisticien. En bref, au bout de quelques semaines à Calcutta, un groupe de jeunes filles et moi, celles qui n'avaient pas encore harponné d'homme, avons été invitées à Darjeeling pour l'été, dit-elle rêveuse. Une saison mémorable. Réception chaque soir. C'est ainsi que j'ai rencontré Ronald. Il a insisté, et six mois plus tard nous étions mariés.

— Quel est le domaine d'activités de votre mari ?

— Principalement, le bois, mais il s'occupe de beaucoup d'autres choses… Il a plusieurs cordes à son arc. » Elle a un air presque contemplatif. Puis elle secoue la tête, redescend sur terre et se met à fouiller dans une boîte sur l'établi. Elle en sort une pièce détachée quelconque qu'elle brandit triomphalement. Sa manche se relève et laisse apparaître un bleu sombre sur son avant-bras. Quatre bleus différents pour être précis.

J'ai vu suffisamment de marques sur des femmes pour avoir mes soupçons quant à leur origine. Je sais aussi qu'il est inutile de les questionner à ce sujet et en l'occurrence je n'en ai pas besoin. Elle surprend mon regard et baisse le bras, la manche retombe. La gravité lui rend sa dignité, mais la scène ne fait que confirmer mes soupçons. Je ne dis rien, mais maintenant, en regardant son visage, je vois que le maquillage sur sa joue droite semble plus épais que sur l'autre. Ce n'est peut-être rien mais Mme Carter ne m'est jamais apparue autrement que perfectionniste en matière de produits de beauté.

« Allons-y, dit-elle avec une légèreté presque artificielle. Je vous fais visiter. »

22

Février 1905

Est de Londres

Wesley est intervenu en prenant soudain un ton d'homme d'affaires.

« Mon frère et moi dirigeons une sorte d'agence de l'emploi. Nous fournissons des hommes et divers services à beaucoup de commerces du quartier. Un de nos gars est gardien de nuit dans un entrepôt de Brick Lane près des bains de vapeur. Vous savez, ceux où les youpins vont tous les vendredis. »

Je connaissais le bâtiment : les Russian Vapour Baths, propriété d'un certain Schevzik. L'enseigne au-dessus de l'entrée annonçait : *Meilleur Massage de Londres* et proposait le soulagement de nombre d'affections, des rhumatismes à la goutte. Et comme ils étaient situés en face de la synagogue de Brick Lane la plupart de leurs utilisateurs étaient des Juifs qui se lavaient avant d'aller à leur temple de l'autre côté de la rue.

« Bref, la nuit dernière, a poursuivi Wesley, vers une heure du matin, notre homme, Reggie, voit trois de ces youpins, l'air louche, qui ouvrent une des fenêtres avec une pince-monseigneur. Y dit qu'un des trois est entré et qu'à toute vitesse il est allé ouvrir la porte aux autres.

« Alors au début Reggie pense qu'y sont en train de cambrioler l'endroit, mais ensuite y se dit "Qui va cambrioler des bains de vapeur ? Voler quoi ? Du savon ?". Alors y se marre tout seul en pensant que des youpins dingues cherchent des trucs à faucher, et qu'y se sentiront un peu idiots quand y ressortiront sans rien...

— Et alors ? »

Wesley a posé les mains sur la table. « Eh bien, c'est tout. Ils ne sont pas ressortis. Pas tous, en tout cas. Ils sont entrés à trois, mais il n'en est ressorti que deux.

— Vous pensez qu'ils ont caché Vogel ?

— C'est ça ou ils l'ont tué là-dedans. Mais je pense qu'ils l'ont caché. Sinon pourquoi entrer par effraction en pleine nuit ? C'est au milieu de Brick Lane, mais les seules personnes qui y vont sont les youpins, et si par hasard la police fouillait elle n'y verrait pas à plus de deux pas à cause de la vapeur. Un homme aurait une grande chance de lui échapper. »

C'était logique. Avec les ports et les gares surveillés, s'enfuir serait risqué, même si Vogel avait une destination en tête. Il vaudrait mieux faire profil bas, gagner du temps jusqu'à ce que les choses se calment et ensuite filer. Mais faire profil bas présentait des difficultés. Les gens le connaissaient, et tôt ou tard quelqu'un le dénoncerait à la police. Hors du quartier on ne remarquerait que lui, facilement repéré comme étranger et juif. Le meilleur plan consistait à rester sur place et à l'intérieur, mais c'était plus facile à dire qu'à faire. On le reconnaîtrait à l'asile de nuit et dans les soupes populaires, et à en juger d'après l'état de sa chambre il semblait être parti sans rien. Quant à l'argent, il était peut-être à jour de ses dettes, mais je doutais qu'il ait assez de liquide pour quelques nuits dans un asile et encore moins dans une pension de famille. Ainsi que Rebecca l'avait imaginé la veille, peut-être s'était-il effectivement réfugié chez les anarchistes. Ils pourraient être disposés à l'aider à se cacher de la police, et les bains de vapeur pourraient ne pas être un mauvais refuge, du moins en attendant une meilleure solution.

J'ai dit que nous allions devoir agir vite. « S'il est au Schevzik ils ne le garderont probablement pas longtemps. »

Wesley a acquiescé, mais c'est Martin qui a parlé. « Nous avons fait notre devoir de citoyen, monsieur l'agent. Ce que vous faites de cette information c'est votre affaire. »

J'allais me lever, mais Martin m'a pris le poignet comme dans un étau. « Finissez d'abord votre verre. »

Je suis sorti dans la nuit et les portes du Bleeding Hart se sont refermées derrière moi en m'isolant brutalement des voix rauques, de la chaleur et de l'odeur de bière. Le froid m'a saisi et m'a éclairci les idées tandis que l'adrénaline commençait à circuler dans mes veines, je me suis concentré sur la chance d'arrêter Vogel et j'ai chassé tous les doutes sur mon pacte avec les frères Spiller.

La question était de savoir que faire ensuite. La chose sensée serait de courir au commissariat de Leman Street, alerter l'officier de garde et lui demander d'informer l'inspecteur Gooch, puis d'aller chercher Whitelaw et d'attendre les ordres. Mais Gooch habitait de l'autre côté de la ville. L'aviser et attendre son arrivée prendrait au moins deux ou trois heures. J'ai essuyé ma montre couverte de pluie. À la lumière du pub j'ai vu qu'il était déjà près de minuit. Si les Spiller avaient raison et que Vogel avait été déposé aux bains russes la veille à une heure du matin, il était là depuis presque vingt-quatre heures. Comment être sûr que ses complices ne le déplaceraient pas de nouveau au milieu de la nuit ? C'était la chose prudente à faire. En fait ils l'avaient peut-être déjà fait. Les gens étaient encore debout, parfois encore dans les rues. Faire déménager Vogel maintenant risquait de le faire remarquer. Ce serait plus prudent à une heure. Je n'avais pas le temps d'attendre Gooch. Pas davantage pour essayer de trouver Whitelaw.

La lampe bleue au-dessus de la porte jetait une lueur extraterrestre sur le trottoir devant le commissariat. J'ai monté les marches en courant, j'ai ouvert les portes et suis entré en trombe en faisant sursauter le sergent somnolant au comptoir.

Il a levé le nez du journal étalé devant lui. « Wyndham ? Qu'est-ce que vous faites là à cette heure ? Vous avez l'air d'un rat noyé.

— Un tuyau. » J'avais du mal à reprendre haleine. « Sur l'affaire Bessie Drummond. »

Voilà qui l'a complètement réveillé.

« Quel genre ?

— Localisation possible d'un suspect.

— Vous voulez dire le Juif ?

— Exact. Quel est le supérieur de service ? »

Le sergent a soufflé d'un air impuissant. « Ce serait moi. Nous pouvons essayer de faire aviser votre inspecteur, ou alors attendre le matin. »

J'ai frappé le journal sur le comptoir. « C'est maintenant que nous devons agir ! Le renseignement pourrait n'être encore valable qu'une heure à peu près. Si Vogel est là nous devons le prendre maintenant avant qu'il ait une chance de s'enfuir.

— Si ? Le tuyau est vraiment fiable ?

— Je ne sais pas. Il est de seconde main et date de près de vingt-quatre heures. »

J'ai vu son scepticisme grandir.

« Je ne suis pas sûr de vouloir réveiller l'inspecteur pour un vague témoignage vieux d'une journée. »

J'ai passé les doigts dans mes cheveux trempés. J'ai eu l'impression que mes chances d'arrêter Vogel s'éloignaient.

« Nous n'avons pas besoin de Gooch pour vérifier le tuyau. Je pourrais y aller avec n'importe quel agent d'ici.

— Il n'y a que vous et moi, petit. Les autres sont en patrouille. Ils reviendront probablement dans une heure, vous devrez attendre. »

C'était trop long.

« J'ai une meilleure idée, mais j'ai besoin de la clef du placard des armes. »

*

Les réverbères avaient été fracassés.

Brick Lane était enveloppée dans une obscurité humide et veloutée, et les bains étaient pratiquement invisibles à quelques pas. Ils occupaient du côté est de la rue un immeuble de trois étages remarquable pendant la journée, avec un auvent en forme de dôme en oignon et les mots *Russian Vapour Baths* sur fond de vitrail. Mais désormais on pouvait à peine le distinguer.

La rue était morte, les bons à rien de minuit se protégeaient ailleurs du déluge. Je me suis arrêté à un demi-pâté de maisons des bains pour faire le point en tripotant nerveusement la détente du revolver Bulldog. Une faible lueur filtrait entre les rideaux des maisons voisines, mais les bains restaient aussi silencieux et noirs qu'une tombe.

J'ai couru m'abriter sous l'auvent. La pluie le frappait avec un bruit métallique avant de couler en torrent de part et d'autre comme la mer Rouge. Les portes étaient en retrait sur la façade de brique. Elles avaient des anneaux en guise de poignées et en appuyant dessus j'ai constaté que l'endroit était aussi bien barricadé que la Banque d'Angleterre. Le gardien de nuit des Spiller avait dit que les hommes avaient pénétré par les fenêtres, mais cela semblait impossible attendu qu'il n'y en avait pas au rez-de-chaussée. En façade du moins, les bains de Schevzik ne représentaient guère plus qu'une porte flanquée à gauche des entrées du bureau de prêts sur gage de Rosenberg et à droite d'un atelier de serrurier. Les seules fenêtres appartenant aux bains se trouvaient aux premier et deuxième étages.

Un frisson de peur m'a parcouru. Et si les Spiller m'avaient mobilisé pour rien, attiré là dans un autre but ? J'ai respiré à fond en me rappelant que les Spiller avaient probablement la moitié du commissariat de Leman Street dans leur poche. Ils n'avaient aucune raison de me tendre un piège.

Certes, leur homme dans l'entrepôt de l'autre côté de la rue avait pu se tromper. Mais cela aussi paraissait invraisemblable. Voir trois hommes entrer en rampant par une fenêtre qui n'existait pas paraissait une erreur difficile à commettre. À moins d'être ivre.

Désespéré j'ai essayé les portes une nouvelle fois. Elles ont tremblé mais sont restées obstinément fermées. J'ai renoncé, je me suis appuyé contre le mur, j'ai allumé une cigarette. Sur le mur opposé une enseigne annonçait :

Restez fort et en bonne santé en vous rendant régulièrement aux Russian Vapour Baths

Traitement souverain en cas de rhumatismes, goutte, sciatique, névrite, lumbago et affections associées

J'ai ricané. Si je tombais malade d'avoir été trempé jusqu'aux os cette nuit, je pourrais toujours y aller demain matin me faire soigner. C'est alors que j'ai remarqué quelque chose de curieux. La peinture sur l'enseigne avait été grattée dans un coin et laissait voir non pas du bois brut mais quelque chose de plus lisse. J'ai regardé de plus près et j'ai gratté autour avec l'ongle de l'index. La peinture s'est détachée avec quelque difficulté, mais l'effort a été récompensé. J'ai souri. L'enseigne n'était pas peinte sur du bois mais sur la vitre d'une fenêtre. J'ai passé la main le long de sa base et j'ai senti l'encadrement. Il m'a paru vieux et usé. En effet, après quelques secousses, il a craqué et a cédé.

J'ai ouvert grand la fenêtre, je suis entré en rampant et je suis tombé dans l'obscurité, face contre terre, sur un sol de pierre froide. Je suis resté là un instant, étourdi, craignant que mon entrée peu orthodoxe n'ait alerté quelqu'un à l'intérieur. J'ai guetté le moindre bruit mais n'ai entendu que celui de la pluie.

En frottant la bosse qui commençait déjà à se former sur mon front je me suis relevé ; mes yeux se sont adaptés à la lumière grisâtre qui entrait par là où il y avait eu une vitre. J'ai distingué deux rangées de couchettes en bois, sans doute des tables de massage. Je suis passé entre elles en direction d'une porte ouverte tout au fond.

C'était celle d'une petite pièce froide et humide, au sol mouillé et glissant. J'ai tendu le bras pour m'appuyer contre un mur carrelé. De l'eau coulait à proximité, une giclée régulière qui faisait penser à une soudure défectueuse ou un robinet qui fuit.

Soudain, malgré le bruit de l'eau, j'ai cru entendre quelque chose de si peu perceptible que je n'étais pas sûr de ne pas l'avoir imaginé. En fermant les yeux et en retenant ma respiration pour me concentrer j'ai senti une énergie nerveuse courir dans mes veines. Les secondes ont passé, lentement, rythmiquement, mesurées par le métronome de l'eau et les battements de mon cœur. J'ai expiré en me disant que mes oreilles me jouaient des tours. Ce faisant j'ai entendu de nouveau ce qui aurait pu être des pas à l'étage au-dessus.

En suivant le mur je me suis bientôt heurté à une porte. Au-delà, encore l'obscurité. De nouveau j'ai entendu le bruit au-dessus, plus fort cette fois, et plus rapide. J'ai avancé à l'aveuglette en espérant rencontrer quelque chose de solide et j'ai finalement atteint le mur opposé.

De la lumière tombait de quelque part devant.

J'ai avancé. Mais le mur a soudain laissé place au vide. J'ai tendu le bras et ma main a touché ce qui m'a semblé être une rampe. J'ai cherché la première marche avec le pied et j'ai commencé à monter. Devant moi un rai de lumière passait sous une porte. Soudain la marche a craqué. Le bruit dans la pièce a aussitôt cessé. J'ai imaginé Vogel, ou quiconque se trouvait là, qui retenait sa respiration comme je venais de le faire moi-même, tendait l'oreille, attendait que le bruit se répète. J'ai réfléchi vite et je me suis décidé. Quand l'élément de surprise disparaît, le meilleur recours est généralement la vitesse.

Alors j'ai couru.

J'ai grimpé les marches au galop, et sur le palier je me suis jeté contre la porte. Elle a cédé et est allée battre violemment contre le mur intérieur. Devant moi, à la lueur tremblotante d'une bougie il y avait un homme maigre, un couteau à la main, terrorisé. J'ai su instantanément que je l'avais déjà vu. C'était la nuit où Bessie Drummond avait été accostée dans Grey Eagle Street. L'homme que j'avais poursuivi et perdu sur la voie de chemin de fer à Shoreditch.

J'ai mis la main dans la poche de mon manteau pour prendre mon revolver, mais je n'ai rien trouvé. J'ai fouillé frénétiquement dans l'autre, vide aussi. Pris de panique, j'ai compris que j'avais dû le laisser tomber, probablement quand j'avais pénétré dans le bâtiment et atterri face contre terre. C'était fort mal venu, attendu que l'homme en face de moi avait un couteau. J'étais en civil, trempé, et je venais d'entrer par effraction. S'il m'attaquait il aurait une grande chance de convaincre un jury qu'il avait agi en état de légitime défense, à condition, bien entendu, qu'il soit riche et anglais. Mais à en juger d'après ses vêtements et la calotte sur sa tête je doutais qu'il réponde à aucun de ces critères. En outre, son expression m'a quelque peu rassuré. Ce n'était pas celle d'un tueur mais d'un homme qui craint pour sa vie.

J'ai dit : « Police, lâchez votre couteau. »

Il est resté pétrifié. Puis sa peur s'est changée en affolement. Il respirait difficilement, son regard cherchait frénétiquement une issue.

J'ai répété : « Lâchez votre couteau » en montrant que je n'étais pas armé.

Son regard était maintenant fixé sur la porte derrière moi.

J'ai dit : « Vogel. »

La mention de son nom a retenu son attention.

« Il n'y a pas d'issue. D'autres policiers sont en route. N'aggravez pas votre situation. »

La main qui tenait le couteau tremblait et j'ai espéré que sa résolution faisait de même.

« Je n'ai pas fait cette chose, a-t-il dit d'un ton suppliant. Je ne l'ai pas tuée.

— C'est bien. Vous aurez l'occasion de tout expliquer au commissariat. Maintenant, lâchez le couteau. »

Il a regardé sa main comme s'il avait oublié qu'elle tenait toujours le couteau, puis il s'est agenouillé lentement et a posé celui-ci par terre avant de se relever mains levées.

De derrière moi est parvenu un bruit de porte qui s'ouvrait et de voix. Apparemment, la cavalerie arrivait juste au moment où le danger était passé, mais à temps pour recueillir les lauriers.

Je lui ai dit : « Voilà qui est raisonnable. » Et j'ai crié : « En haut ! »

« Je ne l'ai pas tuée, a répété Vogel, cette fois en secouant la tête. Il faut me croire.

— Alors pourquoi avez-vous fui ? » ai-je répondu tandis que des pas montaient.

Vogel a eu un rire triste qui ressemblait à un grognement. « Là d'où je viens, des familles sont tuées, des villages brûlés sur une simple rumeur qu'un Juif a tué un Gentil.

— Ici c'est l'Angleterre. Vous êtes innocent jusqu'à ce qu'un jury vous juge coupable. Comme n'importe qui. »

Il a secoué la tête. « Je vois comment les vôtres nous regardent, les mensonges imprimés dans les jour… »

Il a été interrompu par des hommes qui ont fait irruption dans la pièce. Je me suis retourné en m'attendant à voir Whitelaw à la tête d'un détachement de policiers. Mais l'homme qui se tenait là n'était pas le sergent, et ceux qui le suivaient n'étaient décidément pas la cavalerie. Avant que je puisse réagir, deux d'entre eux se sont approchés de moi. Le premier, un maigre à tête de mort avec une cicatrice sur le front, a tenté de me frapper à la tête. J'ai réussi à parer le coup et une douleur violente a parcouru mon avant-bras, à l'instant même où le second, plus petit et plus corpulent au physique de lutteur de foire, se jetait sur moi. La force de son attaque m'a déséquilibré et il m'a fallu toute ma force de concentration rien que pour rester debout, ce qui a été très regrettable car cela m'a empêché de voir arriver le coup suivant, cette fois en plein visage. Celui-là a fait exploser une bombe dans ma tête avant que je ne voie plus rien. Quand j'ai repris mes esprits je me suis retrouvé collé contre le mur, les bras maintenus par les deux hommes.

Le chef s'est approché, a dit quelque chose à Vogel qui a bafouillé une réponse. Il a parlé de nouveau et je me suis aperçu que je ne comprenais pas ce qu'il disait. J'ai d'abord pensé que le coup à la tête avait perturbé mon cerveau.

Il s'est tourné vers moi et m'a détaillé tel un animal de boucherie. Il était jeune, quoique moins jeune que ses hommes. Il avait les yeux noirs, le menton couvert d'une barbe de deux jours et sur la tête une casquette plate qui, comme ses vêtements, avait connu des jours meilleurs.

« Qui êtes-vous ? » Il a craché ces mots comme des piqûres de guêpe. Il avait l'accent allemand de Leo Dryden imitant le Kaiser dans un numéro de music-hall.

« Un agent de police, ai-je dit en me battant contre ses deux complices.

— C'est ce qu'a dit notre ami, mais vous n'en avez pas l'air. Où est votre uniforme ? Vous n'avez pas apporté de pistolet pour arrêter un homme aussi dangereux ? Ni même une matraque ? Pour moi, vous avez l'air d'un voleur.

— Israel Vogel est recherché en relation avec le meurtre de Bessie Drummond. Ma seule raison d'être ici est de l'arrêter. Alors dites à vos hommes de me laisser tranquille ou…

— Ou quoi ?

— Ou je vous arrête tous. »

Il a fait un large sourire qui a laissé voir des dents inégales.

« Des paroles bien courageuses pour un homme qui ne peut pas remuer les bras. »

Il s'est adressé à ses complices.

« Emmenez-le. »

En maintenant une prise solide les brutes m'ont tordu les bras derrière le dos et m'ont poussé vers la porte. J'ai fait de mon mieux pour résister mais en vain, et un instant plus tard j'ai été propulsé dans l'obscurité et l'escalier. J'ai continué de me battre à chaque pas.

« Détendez-vous, a dit le chef que j'avais baptisé Hermann l'Allemand en l'honneur des personnages de Leo Dryden. Si nous voulions vous tuer nous pourrions vous jeter par la fenêtre. Nous voulons seulement vous poser quelques questions. Il ne vous sera fait aucun mal… à condition que vous y répondiez. »

J'ai senti la force quitter mes muscles, les tendons de mes épaules se tordre jusqu'au point de rupture.

« Où m'emmenez-vous ?

— Nous sommes dans un établissement de bains, a dit Hermann dont la voix résonnait dans le noir. Certains disent que c'est le meilleur de Londres. Vous ne voulez pas essayer les installations ? »

*

La flamme d'une bougie se reflétait sur l'eau noire.

La pièce était glaciale. Il aurait pu s'agir aussi bien de celle que j'avais traversée en sortant de la salle de massage que d'une autre complètement différente. Je n'en avais aucune idée tant j'étais désorienté.

L'Allemand a donné un ordre dans ce que j'ai pris pour du yiddish et soudain l'un de mes gardes m'a attrapé par les cheveux. Il m'a tiré violemment la tête en arrière et m'a conduit, glissant sur le sol carrelé, à une cuvette pleine d'eau. Derrière moi avançaient les pas mesurés d'Hermann. Il était hors de mon champ de vision mais je sentais son haleine dans mon cou et son odeur forte. Quand il a parlé sa voix était calme, presque raisonnable.

« Comment vous appelez-vous ? »

Il n'y avait pas de mal à le lui dire.

« Wyndham. Agent Wyndham. » J'ai ajouté mon matricule pour faire bonne mesure.

« Et comment avez-vous su que Vogel était ici, agent Wyndham ? »

Je ne souhaitais pas le révéler.

J'ai répondu : « Vous êtes en état d'arrestation. »

Je l'ai entendu soupirer. « S'il vous plaît, monsieur l'agent. Vous devenez lassant. Vous devriez me dire ce que je veux savoir.

— Je n'ai rien à vous dire. »

Il y a eu un instant de silence, puis ma tête a été soudain projetée en avant et dans la cuvette. Le contact avec l'eau glacée a ressemblé à une décharge électrique de mille volts dans mon crâne et m'a fait ouvrir la bouche involontairement. Mes poumons se sont remplis d'eau. Je me suis débattu en puisant dans des réserves de force dont j'ignorais l'existence, mais de nouveau en vain, je remuais à peine. Mes tortionnaires m'immobilisaient aussi efficacement que des chaînes. Des secondes éternelles se sont écoulées, dix, vingt, trente, puis la manœuvre s'est répétée. J'ai senti mes poumons exploser du manque d'air. Dix secondes de plus et ce serait la fin. Alors que j'allais perdre connaissance les mains m'ont sorti de l'eau. Je m'étranglais, essayant de respirer entre deux crises de toux. J'ai senti la présence d'Israel Vogel mais je ne le voyais pas.

Hermann a repris la parole.

« Je vous le demande encore une fois. Comment avez-vous su où se trouvait notre ami ?

— Un coup de chance. »

Ses complices n'ont même pas attendu ses instructions pour me plonger de nouveau la tête dans l'eau. Mais cette fois j'étais mieux préparé. L'eau glacée avait perdu de son mordant. J'avais aussi appris que lutter était non seulement inutile mais contre-productif. J'ai donc économisé mes forces et mon souffle. J'ai pu ainsi les faire durer ce qui m'a paru une minute supplémentaire mais qui a probablement été plus près de dix secondes avant que mes poumons recommencent à brûler au-delà des limites du supportable. L'obscurité a commencé à descendre jusqu'à ce que les mains brutales me tirent de l'eau et je les ai remerciées avec une nouvelle quinte de toux.

Hermann m'a saisi par le menton pour rapprocher mon visage du sien. « Je vais vous le demander une dernière fois : comment avez-vous su que Vogel était ici ? »

J'ai continué de recracher l'eau de mes poumons. « Vous devriez vraiment me le dire. Je ne pense pas que vous résisterez à un nouveau plongeon. »

J'ai pensé qu'il avait peut-être raison. J'ai décidé que je devais lui dire quelque chose. Cela ne pouvait peut-être que me faire gagner quelques minutes, mais quand vous êtes sur le point d'être noyé dans une cuvette chaque seconde de vie supplémentaire est précieuse.

« Très bien. Je vais vous le dire, mais demandez à vos abrutis de me lâcher. »

Il a aboyé un ordre et j'ai senti mes deux bourreaux relâcher leur prise.

« Parlez. »

Les meilleurs mensonges sont ceux qui sont construits sur un fond de vérité. Moins vous inventez, plus vous avez de chances que votre mensonge soit cru.

« Nous avons eu un tuyau. »

Je dégoulinais encore.

« De qui ?

— D'un informateur. Un Juif.

— Vous mentez », a-t-il dit mais d'après son expression j'ai compris qu'il n'en était pas sûr.

C'est l'autre aspect d'un bon mensonge. Mieux vaut que ce soit quelque chose que le destinataire est disposé à croire. Rebecca avait raison. Vogel avait trouvé refuge auprès d'une bande de communistes et d'anarchistes, et la plupart d'entre eux étaient de ridicules amateurs qui jouaient à la révolution. Ils avaient toujours été faciles à infiltrer et de ce fait ces groupes excellaient dans la paranoïa. J'ai deviné que l'Allemand soupçonnait déjà la présence d'un traître dans son groupe. Je n'ai fait que confirmer ces soupçons.

« Quel est son nom ?

— Je ne sais pas. Ce n'est pas mon informateur. C'est celui de mon sergent.

— Mais vous l'avez vu ?

— Une fois. Il y a quelque temps.

— Décrivez-le-moi.

— Cheveux noirs, taille moyenne… maigre. Il faisait sombre, je ne l'ai pas bien vu. »

Hermann a réfléchi à mon histoire mais n'a pas paru convaincu.

« S'il est l'informateur de votre sergent, alors où est le sergent ? Pourquoi êtes-vous seul ici ?

— Une descente est prévue. J'ai pensé arriver le premier et arrêter Vogel tout seul. Ce qui me vaudrait peut-être une promotion. Vous avez essayé de vivre sur le salaire d'un agent de police ? Ce n'est pas facile. »

Cela m'a valu une gifle.

Le chef a dit quelques mots à un de ses compatriotes, cette fois en allemand. J'avais beau me trouver peut-être à quelques minutes de ma mort je me suis demandé pourquoi ce changement soudain de langue.

Il a répété : « Vous mentez. »

La peur a commencé à s'installer au creux de mon estomac.

« Non. » La panique montait dans ma voix. « Il y a un traître dans vos rangs, un indicateur. C'est grâce à lui que nous avons su où se cachait Vogel.

— Je vous crois, a-t-il dit avec une nonchalance presque étudiée, mais vous mentez quand vous dites que vous ne connaissez pas son identité. Cette histoire d'indicateur de votre sergent est comme vous dites un conte de fées. Si c'était le cas, votre sergent serait là. Non. Je vous le demande encore une fois. Qui est-ce ? »

Avant que je puisse répondre j'ai senti les mains me serrer de nouveau et elles m'ont plongé la tête dans l'eau. J'ai compris que je devais trouver très vite une réponse. Apparemment mon mensonge avait trop bien fonctionné. Non seulement l'Allemand y avait cru mais en outre il s'y accrochait méchamment. Si je ne lui donnais pas un nom j'y passais, mais naturellement je ne connaissais personne dans sa bande. Et j'ai compris. Le changement de langue. Peut-être n'avais-je pas besoin de nom. Un agneau sacrificiel me suffisait peut-être.

Cette fois, l'immersion n'a duré que trente ou quarante secondes. Hermann tenait manifestement à ce que je ne me noie pas avant d'avoir révélé l'identité de la taupe.

« C'est votre dernière chance. La prochaine fois vous y resterez. Alors je vous demande instamment de me le dire maintenant, qui est votre informateur ?

— C'est lui. » D'un signe de tête par-dessus mon épaule j'ai indiqué l'homme qui maintenait mon bras gauche, celui auquel Hermann ne s'était pas adressé quand il était passé du yiddish à l'allemand. J'ai supposé qu'il était probablement russe et que donc Hermann lui faisait moins confiance.

Tout s'est déchaîné. J'ai senti mes gardes-chiourmes me lâcher et je suis tombé à genoux. Il y a eu des cris dans une langue étrangère et sans aucun doute des protestations d'innocence, puis ils se sont pris à la gorge. J'ai cherché Vogel. Il avait reculé dans l'obscurité mais ne tentait nullement de s'enfuir. Pendant ce temps les deux germanophones se jetaient sur leur ancien camarade à coups de poing et de pied. L'homme essayait quand même de raisonner avec eux, mais c'était difficile après qu'ils lui avaient fait perdre ses dents de devant.

Soudain j'ai entendu un fracas au-dehors dans le corridor, suivi d'un bruit de bottes cloutées et de voix anglaises.

« Police ! » a crié une voix familière.

Devant moi la bagarre a cessé instantanément. Hermann et son complice se sont regardés puis, après un dernier coup de pied dans les côtes de leur ancien allié, ils se sont enfuis. Vogel a essayé de les suivre, mais avec le peu de force qui me restait je me suis jeté en avant, je l'ai saisi par les jambes et l'ai envoyé au tapis tête la première.

J'ai crié : « Ici ! », et quelques instants plus tard la pointure 12 du sergent Whitelaw est apparue.

« Nom de Dieu, Wyndham. Il n'est pas un peu tard pour un bain ? »

*

Vogel a passé la nuit sur un maigre matelas dans une cellule du sous-sol du commissariat de Leman Street. Je le sais pour l'avoir moi-même presque entièrement passée assis sur une chaise à côté.

Les événements s'étaient précipités après l'arrivée de Whitelaw et ses officiers. Vogel avait été placé en garde à vue, ainsi que l'homme que j'avais désigné à tort comme informateur et qui avait été rapidement identifié comme un certain Yakov Bielski, membre d'un mouvement anarchiste dirigé par un émigré allemand du nom de Rudy Roker et dont l'activité principale consistait à recruter parmi les ouvriers d'usine de l'East End. J'ai supposé que c'était lui qui m'avait interrogé mais je ne pouvais pas en être sûr parce que lui et son collègue qui parlait allemand s'étaient enfuis par une fenêtre à l'arrière du bâtiment.

J'avais passé quelques minutes frénétiques à chercher le revolver et l'avais finalement trouvé sous une table, près de la fenêtre d'où j'étais tombé en entrant.

Whitelaw avait insisté pour que j'aille chez moi dormir un peu mais j'avais préféré accompagner Vogel au commissariat et me mettre en uniforme avant de surveiller sa porte en acier.

J'avais dormi par bribes, quoique probablement mieux que Vogel, et quelques minutes avant sept heures, après avoir attendu que l'officier de garde s'absente un moment pour satisfaire un besoin naturel, j'ai pris les clefs sur son bureau et j'ai pénétré dans la cellule.

Le bruit de la clef dans la serrure a dû l'alerter et quand je suis entré il se levait de sa couchette. Il n'a pas eu l'air très surpris de me voir. J'ai deviné qu'il n'avait pas d'expérience d'un commissariat, du moins en Angleterre, sinon il aurait pu s'étonner qu'un jeune agent pénètre dans sa cellule dès le matin. Mais il y avait de la méthode dans ce que je faisais. J'aurais de la chance si l'inspecteur Gooch me laissait assister à l'interrogatoire de Vogel. Il ne m'offrirait sûrement pas la possibilité de l'interroger moi-même, et en tout cas j'avais quelques questions que je ne voulais pas que Gooch ou Whitelaw entendent.

« Je m'appelle Wyndham. Vous vous en souvenez, sans doute. »

Vogel n'a pas répondu. Il s'est simplement assis au bord de son lit les yeux fixés par terre.

« Vous avez dit que vous ne l'avez pas tuée. »

Il a levé la tête. « C'est vrai.

— Alors qui l'a fait ? »

Il a haussé les épaules d'un air pitoyable. « Je ne sais pas.

— Deux nuits plus tôt vous l'avez agressée dans Grey Eagle Street. Je vous ai poursuivi moi-même.

— Je la protégeais ! a-t-il répondu avec véhémence.

— De qui ?

— Je ne sais pas. »

Il était l'image du désespoir.

« Mais que faisiez-vous là ? Vous la suiviez ?

— Elle m'avait demandé de le faire.

— Pourquoi ?

— Elle avait rendez-vous avec un homme, elle ne m'a pas dit qui, seulement qu'elle ne lui faisait pas confiance. C'est lui qui l'a agressée. »

Tout cela paraissait plutôt tiré par les cheveux.

« Vous voudriez que je croie qu'elle vous a demandé de la protéger contre un homme qui risquait de l'agresser ? Pourquoi ne pas le demander à son mari ? »

Vogel a eu un rire amer. « Vous avez rencontré son mari ? Il ne s'intéressait à elle que pour son argent.

— Mais pourquoi le demander au locataire du dessus ?

— Je vous l'ai dit déjà. Elle ne m'a pas dit pourquoi.

— Et vous ne le lui avez pas demandé ? »

Il n'a pas répondu. J'ai entendu la voix de l'officier de garde. Il avait découvert que ses clefs avaient disparu.

J'ai demandé à Vogel quelles étaient ses relations avec Bessie Drummond.

« Ça n'est pas ce que vous croyez. C'était une jeune femme intelligente. Elle m'aide, avec l'anglais et avec les papiers. Nous devenons amis. »

Le temps me manquait. J'ai entendu l'agent courir vers la cellule. J'ai fait un signe à Vogel, j'ai ouvert la porte et je me suis avancé dans la direction de l'officier en me frottant les articulations de la main droite.

« Le prisonnier voulait savoir quand le petit déjeuner serait servi. Je lui ai fait comprendre que nous ne sommes pas au Claridge. »

Il a fait un grand sourire. « Ce sale youpin mérite plus qu'un simple coup sur la gueule. »

L'inspecteur Gooch est arrivé juste avant neuf heures et demie, il m'a d'abord félicité, puis il m'a posé les mêmes questions que Whitelaw la veille, à savoir comment j'avais découvert où se trouvait Vogel et pourquoi j'avais été assez stupide pour essayer de l'arrêter tout seul. À la première j'ai répondu que c'était grâce à un tuyau fourni par le gardien de nuit d'en face. Quant à mon intervention, je l'ai mise sur le compte de l'exubérance de la jeunesse. Il n'a pas cherché plus loin, impatient de questionner Vogel.

Pour l'interrogatoire ce dernier a été conduit dans une pièce glaciale à dix heures précises et on l'a laissé mariner quarante minutes. Quand l'inspecteur a finalement décidé de commencer il n'y avait pas de place pour moi, ainsi que je l'avais craint. Gooch l'a mené avec le sergent Whitelaw tandis que j'attendais dans le couloir en espérant saisir des bribes de conversation. Je n'ai entendu que les questions de Gooch et les interjections de plus en plus fortes de Whitelaw. Quant à Vogel, à l'exception du moment où il a élevé la voix pour nier catégoriquement toute implication, ses réponses se sont limitées à un marmonnement indistinct.

Au bout d'une heure la porte s'est ouverte violemment et le lourd sergent Whitelaw, rouge d'irritation, est sorti d'un pas pesant.

« Wyndham, remmenez-le en cellule. »

Vogel, tête baissée, n'a pas dit un mot. Nous sommes passés dans des couloirs animés ; on aurait dit que tout le monde dans le bâtiment était venu pour apercevoir le Juif qui avait assassiné une Anglaise.

J'ai attendu que l'agent de service ait fermé la porte de la cellule avant de retourner dans la pièce réquisitionnée par Gooch. J'ai trouvé l'inspecteur assis derrière son bureau, le sergent Whitelaw debout devant lui les mains derrière le dos. Ils m'ont tous les deux regardé sans daigner me parler. Gooch suçotait une Navy Cut tandis que Whitelaw reprenait graduellement sa pâleur grise habituelle.

« Je suppose qu'il n'a pas avoué.

— Ce sale imbécile a tout nié, a répondu Whitelaw. Il prétend être sorti vers neuf heures et avoir fait des achats professionnels toute la matinée. À son retour il a trouvé un agent à la porte et une foule à l'entrée. Quelqu'un lui a dit qu'une femme avait été assassinée. Il dit qu'il a pris peur, qu'il a fiché le camp et qu'il s'est réfugié chez une bande d'anarchistes.

— Et l'arme du crime ?

— Nous lui avons montré le marteau. Il prétend qu'il n'est pas à lui. Qu'il ne l'a jamais vu avant.

— Vous croyez qu'il dit la vérité ? »

Le sergent m'a regardé comme si j'étais devenu fou. « Bien sûr que non. Il ment comme il respire. Tom Drummond nous a dit que Vogel avait le béguin pour Bessie ; la porte de chez eux était fermée de l'intérieur et la seule issue possible était par la fenêtre et le tuyau d'évacuation jusqu'à la chambre de Vogel, qui est aussi l'endroit où a été trouvée l'arme du crime. Et au lieu de se rendre et de plaider sa cause Vogel s'enfuit et disparaît. » Il comptait chaque détail sur ses doigts comme autant de clous dans le cercueil du Juif.

J'aurais pu ajouter que Vogel était l'homme que

j'avais pourchassé de Grey Eagle Street à Shoreditch quelque temps plus tôt mais je me suis abstenu, sans savoir exactement pourquoi. Peut-être parce qu'il restait trop de zones d'ombre pour que je sois convaincu de la culpabilité de Vogel. Ou peut-être s'agissait-il de ma propre culpabilité ? Car si Vogel avait tué Bessie ce n'était que parce que je l'avais laissé m'échapper deux nuits plus tôt. J'aurais du mal à vivre avec cette idée.

« Avait-il un alibi ? »

C'était au tour de Gooch d'intervenir. « Il dit que plusieurs personnes l'ont vu dans la rue et que, dans le magasin où il a acheté l'acide nitrique, le vendeur pourrait se souvenir de lui, mais ce n'est qu'une hypothèse. Il prétend être sorti vers neuf heures sans avoir croisé quiconque avant. La dernière personne à avoir vu Bessie vivante est Tom Drummond, qui l'a quittée vers huit heures et demie. Il y a au moins une heure et demie pendant laquelle Vogel admet s'être trouvé chez lui et pour laquelle il n'a pas d'alibi. C'est plus que suffisant pour avoir commis le crime, être rentré chez lui et avoir caché le marteau. »

Les faits étaient accablants, et pourtant il restait encore des questions en suspens. Qui était l'autre homme dans Grey Eagle Street, celui dont Vogel assurait qu'il avait agressé Bessie ? Pourquoi Bessie était-elle restée muette sur ce sujet quand nous l'avions questionnée ? Et si c'était effectivement Vogel qui l'avait agressée cette nuit-là pourquoi n'avait-elle pas crié au meurtre, notamment si, comme l'avait prétendu Tom Drummond, Vogel la poursuivait depuis quelque temps de ses assiduités ? Il y avait aussi son changement d'humeur dans les semaines suivant la mort de sa maîtresse Mme Caine, ce dont avaient témoigné Rebecca Kravitz et la bonne, Lily Adams. Finalement, il y avait le comportement de Vogel. Je ne voyais pas cet homme comme un meurtrier. Il avait eu l'occasion de me tuer la nuit précédente et n'en avait pas profité. Au contraire, il avait lâché le couteau et s'était rendu.

« Qu'est-ce qui ne va pas, petit ? a dit Whitelaw avec une claque de sa main épaisse sur mon bras. À vous voir on vous prendrait pour un autre Juif plutôt que pour le policier qui a arrêté le salaud.

— Alors vous allez l'inculper ?

— En effet, a dit Gooch, et ensuite nous allons informer ces messieurs de la presse. Plus tôt cette affaire sera classée, mieux ce sera pour tout le monde. » Il s'est tourné vers Whitelaw. « Y compris pour tous les Juifs de Whitechapel. »

J'ai eu droit à quelques tapes de félicitations dans le dos pendant que je me dirigeais vers la sortie du commissariat. J'avais besoin d'air, c'est-à-dire d'une cigarette et d'un endroit tranquille où réfléchir, et ce n'est qu'en ouvrant les portes sur la rue que j'ai compris mon erreur. Une foule de journalistes se bousculaient au pied des marches. Si la nouvelle de l'arrestation de Vogel s'était répandue autour du commissariat on pouvait logiquement conclure qu'un de mes collègues au moins avait informé les journaux. Après tout, le savoir c'est le pouvoir, mais à condition de rester le seul à en disposer. Pour gagner quelques livres, il était essentiel de fournir l'information à la presse avant que votre voisin ne le fasse.

La cacophonie a démarré aussitôt. Un torrent de questions, chacune criée plus fort que la précédente, si bien que peu étaient compréhensibles et qu'il n'était possible de répondre à aucune. Non que j'aie eu des réponses à donner. J'ai seulement mis mon casque et j'ai plongé tête la première dans la cohue jusqu'à l'autre côté.

Quelques minutes plus tard j'étais appuyé contre un mur dans une ruelle et j'allais allumer une cigarette quand Harmsworth de la *Gazette* s'est glissé vers moi comme un chacal en maraude.

« Vous permettez que je me joigne à vous ?

— À condition que vous ayez vos propres clopes.

— Entendu. On dirait que vous avez été occupé après notre verre d'hier soir, agent Wyndham. »

J'ai répondu par un nuage de fumée.

Il a gloussé. « Je savais que j'avais raison à votre sujet. Destiné à de grandes choses. De beaucoup plus grandes choses… et je peux vous aider… c'est-à-dire que nous pouvons nous entraider. Il paraît que le juge va inculper le Juif que vous avez arrêté ?

— Encore une fois on dirait que vous en savez plus que moi.

— Ne soyez donc pas modeste. Vous êtes un héros. Je veux raconter l'histoire de votre point de vue. Un jeune et beau policier comme vous, nos lectrices vont vous adorer.

— C'est très aimable, mais je n'ai pas envie de voir ma tête dans tous les journaux.

— Vous êtes sûr ? Beaucoup de vos collègues paieraient cher pour avoir une pareille aubaine. Vous allez être célèbre. »

C'était en effet tentant.

Harmsworth s'est accroché à mon hésitation comme un requin à l'odeur du sang dans l'eau.

« Réfléchissez-y. » Il m'a de nouveau tendu sa carte de visite.

Je lui ai demandé : « Vous êtes payé pour les distribuer ? Vous m'en avez donné une hier.

— Ça ne fait pas de mal d'en avoir trop. Et c'est la garantie que vous saurez où me trouver, quand vous vous déciderez. »

23

Février 1922

Assam

Une femme enveloppée dans un sari est assise par terre et mâche une boulette de quelque chose qui à en juger d'après ses dents tachées de rouge contient une bonne quantité de noix de bétel. Sa marchandise est posée à côté d'elle sur un tissu aux couleurs fanées : environ trois douzaines d'agrumes.

Je viens de passer une heure à visiter Jatinga « au naturel », un exercice consistant à accompagner Emily Carter dans ses déambulations tandis qu'elle faisait ses courses et me signalait les lieux intéressants, rares, tout en me fournissant des détails, nettement plus nombreux, sur les résidents britanniques.

En voyant la vendeuse de fruits elle s'arrête et commence à marchander.

Je demande : « Ce sont des oranges ? On les cultive par ici ?

— Des mandarines. Et les mandarines des Khasi sont les meilleures de toutes. » Elle m'en lance une. « Goûtez. La peau est un peu plus épaisse, mais ça vaut la peine. »

Je m'assois à l'ombre d'un arbre et je pèle le fruit.

Je goûte un quartier. Emily ne plaisantait pas. Le jus est un véritable nectar.

« Qu'en pensez-vous ? demande-t-elle en s'asseyant à côté de moi.

— Je pense que vous pourriez gagner une fortune en les exportant à Calcutta. »

Elle affiche un grand sourire. « Voilà une idée très intéressante.

— Naturellement il vous faudrait un représentant. Quelqu'un qui s'occupe de la vente.

— Et qui compte l'argent.

— Bien entendu.

— Eh bien, s'il y a de l'argent en jeu il faudrait quelqu'un digne de confiance. Y a-t-il de tels hommes à Calcutta, capitaine ?

— Ils ne se bousculent pas, mais je pense que je pourrais vous en trouver un. Comme il serait cher, vous pourriez devoir vous contenter de moi.

— Alors c'est réglé. Quand partez-vous ? »

Je hausse les épaules. « Dans quelques jours, je pense. Je n'en suis pas tout à fait sûr moi-même. Dès que Shankar dira que je peux… ou que M. Preston me mettra dehors. »

Un sourire curieux joue sur ses lèvres. « Charlie Preston, dit-elle. Un de nos messieurs les plus hauts en couleur. Je ne m'étais pas rendu compte que vous étiez un de ses amis.

— Je n'en suis pas un, c'est-à-dire que je ne lui avais pas adressé plus de quelques phrases avant ce matin. Frère Shankar a suggéré que j'habite chez lui.

— Cela explique tout », dit-elle, bien que je ne voie pas exactement quoi. « Alors pourquoi ne vous fait-il pas visiter les lieux ? »

Je prends un autre quartier de mandarine. « Il a dit qu'il devait monter dans un endroit appelé Maibang. C'est un drôle d'oiseau. Il a l'air de penser que Jatinga est hanté. »

L'expression d'Emily Carter change. « Il a raison. Cet endroit est maudit. Pas seulement le village mais toute la vallée.

— Quoi, vous aussi ?

— Que vous a-t-il dit de plus ?

— Rien. Simplement qu'il me montrerait ce soir.

— Naturellement. Ce soir c'est la nouvelle lune. A-t-il dit qu'il vous emmènerait au club ?

— En effet. Vous y serez ?

— Absolument. Pour la nouvelle lune, c'est au club qu'il faut être.

— Que se passe-t-il ? »

Elle rit sous cape. « Attendez. Vous verrez. »

Je laisse Emily Carter au début de l'allée qui mène chez elle et je retourne chez Preston. Sur le point d'entrer je change d'avis. Je continue de descendre vers les quartiers indiens. En l'espace d'un demi-mile le monde passe de la pondération collet monté d'un hameau anglais à l'exotisme bruyant de l'Inde indigène. Ce n'est pas la première fois que j'en fais l'expérience – j'ai connu la même fracture à Calcutta – mais ici le changement est plus brutal, comme si deux pays différents entraient soudain en collision. Une minute à peine après les haies, les barrières et les pelouses manucurées, je me retrouve entouré de huttes de boue et de marchés dans l'exubérance bruyante d'un village indien.

Les indigènes vaquent à leurs occupations ainsi qu'ils le font partout en dehors des grandes villes comme s'ils oubliaient presque la présence de l'homme blanc qui les gouverne. Des hommes à bicyclette, sacs de jute pendus au guidon, zigzaguent sur un chemin de terre défoncé en passant devant des petites boutiques et des buvettes de thé. Des femmes la tête couverte par leur sari transportent du bois sur leur dos.

Je m'arrête à une cabane qui exhale un parfum de cuisine. Un homme remue le contenu d'une grande marmite et près de lui une femme fait cuire des *rotis** de pâte non levée sur une plaque de fonte. Devant eux sont posés deux bancs grossièrement taillés dont l'un est occupé par un client solitaire qui mange lentement en trempant un morceau de roti dans un curry jaune servi sur des feuilles séchées.

Je demande comment est la cuisine.

L'homme lève la tête et sourit de ce sourire que nous attendons des Indiens et pour lequel nous les méprisons en même temps.

« Cuisine est bonne, sahib. Curry de pommes de terre. »

J'en commande un, et je m'installe.

Quand Preston revient il doit être environ cinq heures et demie. Je suis sans doute encore affaibli par mes exercices à l'ashram et mes activités de la matinée m'ont épuisé. De surcroît, c'est quand je me sens le plus faible que je repense à l'opium. Mon corps est peut-être débarrassé de la drogue, mais je ne suis pas sûr qu'elle soit complètement sortie de mes pensées. Elle s'est rappelée à moi ces derniers soirs et mon corps souffre à son souvenir. Je résiste de toutes mes forces, je bois la tisane et je me recouche.

Mais maintenant, loin de la sécurité de l'ashram, je me demande si je serai assez fort pour résister à la tentation.

Je suis étendu sur le lit quand j'entends une voiture s'arrêter, puis une brève conversation avant que la portière claque et que la voiture s'éloigne.

Je me lève péniblement et j'arrive dans le salon en titubant à l'instant où Preston entre. Sa cravate est dénouée.

« Capitaine Wyndham, dit-il rayonnant en enlevant sa veste et en la lançant sur le canapé. J'espère que vous avez passé une bonne journée.

— En quelque sorte. Je suis tombé sur Mme Carter. Elle a pratiquement insisté pour me faire visiter Jatinga.

— Espèce de vieux renard, dit-il avec un sourire malicieux. De toutes les femmes de la ville c'est la plus jolie que vous rencontrez… et la plus riche. Alors, que vous a montré la belle Emily ?

— Pas grand-chose, pour être honnête. Je pense qu'elle avait seulement envie de compagnie pendant qu'elle faisait des courses.

— Je veux bien le croire, dit-il en allant vers un buffet déboucher une bouteille de gin. En même temps que la plus jolie et la plus riche elle est aussi une des plus jeunes, ce qui en fait celle qui s'ennuie le plus. Et vous avez passé la journée avec elle, dites-vous ? On va jaser. »

Je veux protester de mon innocence mais il me coupe et me met un verre dans la main. « Oh, ne vous tracassez pas. Les potins font du bien à l'âme. Ici particulièrement, au bout du monde. De toute façon, aucun n'arrivera jusqu'à son époux. Tout le monde a trop peur de lui.

— Sauf vous, bien entendu.

— Y compris moi, mon vieux. Ronald Carter ne m'a peut-être pas à sa botte, mais ça ne veut pas dire qu'il ne me terrifie pas. »

24

Février 1905

Est de Londres

À partir de l'inculpation les événements ont pris leur propre rythme, les rouages de la justice se sont mis en route, les journaux ont publié leurs histoires et la folie s'est installée. Chaque page incendiaire est devenue un chiffon rouge agité devant un public effrayé, offrant tous les prétextes nécessaires à ceux qui n'attendaient qu'une occasion de tout régler avec leurs poings.

Et Israel Vogel était au cœur de la tempête.

La presse l'a décrit comme l'incarnation du mal, en fait comme plusieurs incarnations différentes – un Judas de notre temps, un David convoitant Bethsabée, et même un second Jack l'Éventreur – l'accusant de pratiques sanglantes et de crime rituel.

Mais l'indignation est difficile à entretenir. Il n'y a qu'un nombre limité de façons de dépeindre un homme comme un monstre, et de jours pour le faire avant que la lassitude ne s'installe et que les journaux cessent de se vendre. Quand la colère contre l'homme a commencé à décliner ils s'en sont pris à son peuple. Et à l'avant-garde des assoiffés de sang figurait la *Gazette*, avec en première page des reconstitutions, des lettres indignées et même un éditorial intitulé *Une Judenhetze couve dans l'est de Londres* qui commençait ainsi :

Des Juifs étrangers sans aucune nationalité deviennent une infection et une menace pour les natifs pauvres de l'East End. Ils ont probablement une plus grande responsabilité dans la misère qui règne là que toutes les autres causes réunies.

L'inspecteur Gooch l'a lu puis il l'a jeté sur la table avec un geste de mépris.

« C'est curieux, n'est-ce pas, comme les pauvres et les déshérités se font toujours reprocher leur malheur ? Comme si les Juifs qui échouent sur nos côtes étaient responsables des pogroms organisés contre eux et de la crasse dans laquelle vivent nos concitoyens. »

Il a indiqué le plan de l'East End accroché au mur et m'a demandé : « Montrez-moi les zones les plus sûres du quartier. »

J'ai désigné le secteur autour de Brick Lane et de Fieldgate Street en disant : « En général nous ne constatons que peu d'incidents dans ces secteurs.

— Exactement. Les zones les plus sûres sont les rues majoritairement juives. La vérité c'est que les délits et la crasse n'ont rien à voir avec les Juifs. En fait c'était pire avant leur arrivée. Mais les gens ne veulent pas l'entendre. C'est plus facile de rendre quelqu'un d'autre responsable de vos difficultés que de vous regarder dans la glace et voir la poutre dans votre œil. Et les torchons tels que la *Gazette* sont ravis de fournir les cibles. Diviser pour régner, c'est leur mot d'ordre. Et vous savez quoi ? C'est efficace.

Les journaux se vendent. La presse martèle ce que ces étrangers font à notre pays. Eh bien c'est aussi le mien, et il est meilleur que cela. Où sont passés le fair-play, le principe de donner sa chance à chaque homme, de ne pas le frapper quand il est à terre ? N'est-ce pas ce qui fait de nous des Britanniques ? Ne devrions-nous pas en être fiers plutôt que de diffamer les pauvres types venus chercher refuge parmi nous ?

— Mais comment combattre le pouvoir de la presse ? »

Gooch m'a regardé en souriant.

« Il y a des moyens, fiston. »

Au cours des trois jours suivants Vogel est devenu célèbre et la foule devant le commissariat s'est changée en cohue.

D'abord est arrivé le rapport du coroner. Armés du résultat de l'autopsie et du témoignage de Tom Drummond, du docteur Ludlow et du sergent Whitelaw, lui et le jury n'ont pas tardé à conclure au meurtre avec préméditation et citer Vogel à comparaître.

Le lendemain, sous la garde de l'inspecteur Gooch, il a été conduit au Thames Police Court où les déclarations des témoins ont été officiellement enregistrées et où un magistrat a décrété une mise en accusation. Gooch a informé le magistrat que s'agissant de meurtre le procès serait engagé par le ministère des Finances, il y a eu un ajournement d'une semaine et Vogel a été transféré à la prison de Pentonville.

Les jours ont passé et mes doutes quant à la culpabilité de Vogel ont commencé à céder sous le poids des gros titres des journaux condamnant le Juif et nous glorifiant pour l'avoir arrêté avant qu'il n'assassine d'autres jeunes Anglaises innocentes. Il y avait aussi l'élément personnel : félicitations de mes supérieurs, tapes dans le dos de la part de mes collègues, et admiration des voisins, notamment des dames qui avaient appris par la presse mon rôle dans l'arrestation.

Et je n'étais pas le seul dont les doutes s'effaçaient. La communauté juive ne s'est pas précipitée pour aider Vogel. Ses journaux, désireux de prendre leur distance avec lui, l'ont condamné presque aussi bruyamment que ceux des Gentils en le qualifiant de fou. Une aberration.

Pendant cette semaine-là, aucun rabbin, aucune personnalité juive officielle ne lui a rendu visite. Personne. À l'exception de Rebecca Kravitz qui a fait le voyage de Whitechapel à Caledonian Road, attendu des heures et subi les affronts des gardiens de la prison et du public, tout cela pour offrir à Vogel un quart d'heure de compagnie humaine. Je le sais parce qu'elle me l'a raconté devant un samovar dans le salon de thé de Hanbury Street.

Elle portait un épais châle gris sur les épaules et arborait une expression amère.

Vogel avait encore protesté de son innocence et avait ajouté qu'il n'était pas plus capable qu'elle-même de tuer Bessie.

Je lui ai rappelé que nous avions trouvé l'arme du crime dans sa chambre. « Il n'a pas d'alibi et il a essayé de fuir. Mais il aura droit à un procès équitable.

— Vraiment ? Avec les journaux qui réclament sa tête et la foule dans les rues ? Vous croyez que douze Anglais accorderont un procès équitable à un Juif ? »

Je n'ai pas répondu. Il n'y avait rien à dire.

Elle est partie peu après, sans me dire au revoir et d'une façon qui laissait entendre qu'en tant que policier je faisais partie du problème. C'était absurde, bien entendu. Je n'étais pas plus responsable de la manière dont la presse traitait Vogel que du fait que le soleil se couche à l'ouest, mais quelque chose dans cette conversation m'a piqué au vif. J'allais la revoir, au procès, et plus tard, quand les choses se sont encore plus compliquées, mais cet après-midi-là, dans le salon de thé russe, devait être la dernière fois où je lui parlerais vraiment.

*

Le procès a repris une semaine plus tard. Vogel a plaidé non coupable et devait être jugé par le tribunal d'Old Bailey. Comme toujours dans ce type d'affaires, un grand jury de vingt-trois hommes a évalué s'il y avait matière à jugement et a décidé que oui, par un petit jury de douze hommes bons et honnêtes. Il a duré trois jours et Vogel avait un interprète derrière lui qui lui traduisait en yiddish quand l'anglais devenait trop compliqué.

Une fois de plus les suspects habituels ont témoigné (Tom Drummond et les autres résidents du 42 Fashion Street), ainsi que le sergent Whitelaw, l'inspecteur Gooch, des médecins et moi.

La défense n'a cité qu'un seul témoin, Rebecca Kravitz, qui a témoigné de l'honorabilité de Vogel. Mais après tout ce qui s'était passé ce n'était qu'un murmure face à une tempête.

J'ai comparu le jeudi, deuxième jour du procès. Debout dans le box des témoins j'ai juré sur la Bible et répété le témoignage du sergent Whitelaw sur les circonstances dans lesquelles nous avions découvert Bessie et j'ai ajouté mon grain de sel en racontant comment nous avions arrêté Vogel dans l'établissement de bains. Pendant tout ce temps celui-ci est resté impassible, et sans la présence du traducteur qui chuchotait de temps en temps à son oreille j'aurais pu penser qu'il ne comprenait pas ce qui se passait et s'en fichait éperdument.

Le dernier jour était un vendredi. Je suis arrivé pour le verdict, ainsi que de nombreux Juifs de l'East End, entassés dans la galerie supérieure comme au paradis du théâtre Shoreditch Empire.

Au moment de la sentence, ils étaient assis au bord de leurs bancs, bien qu'il n'y ait pas eu de réel doute.

Le président du jury a annoncé le verdict. « Coupable. »

Les Juifs de la galerie l'ont reçu avec les soupirs des opprimés. Dans les rues il a été accueilli par les acclamations de la populace.

C'est au juge qu'est revenu de prononcer la peine de Vogel avec des phrases toutes faites, fixées sinon par la loi, certainement par la tradition, ce qui en Angleterre est souvent tout aussi contraignant.

« Et la sentence de cette cour est que vous soyez emmené d'ici à un lieu d'exécution, que vous y soyez pendu par le cou jusqu'à ce que mort s'ensuive, et que vous soyez enterré dans l'enceinte de la dernière prison dans laquelle vous avez été incarcéré – et puisse Dieu avoir pitié de votre âme. »

Vogel a écouté la traduction avec la même indifférence qu'il avait montrée tout au long du procès. Je le soupçonne d'avoir connu son sort dès l'instant où je l'avais arrêté dans les bains de Brick Lane. La sentence allait de soi aussi naturellement que la nuit suit le jour et il m'a semblé que cet homme était déjà en paix avec son créateur.

Il a été reconduit dans sa cellule de Pentonville et je suis retourné à Whitechapel recevoir des claques dans le dos et fêter l'événement au pub. Mais je sentais un vide au creux de l'estomac que ni la nourriture ni, en l'occurrence, l'alcool ne pouvaient combler.

Mes doutes qui s'étaient si facilement dissipés au début du procès étaient revenus pendant son déroulement et m'avaient frappé comme un coup dans les côtes à la lecture du verdict. J'étais maintenant seul, une pinte à la main, dans un océan d'amis et de collègues, et je pensais à Vogel, à Bessie Drummond et au péché de l'avoir peut-être trahie deux fois. Après ma troisième pinte, je me suis excusé, non que quiconque ait paru s'y intéresser, et je suis parti.

La nuit était humide comme elle l'est le plus souvent au début du printemps à Whitechapel, mais pas aussi froide, et la pluie tombait monotone, sans violence. Dans un brouillard, j'ai marché vers le nord, puis vers l'est, jusqu'à ce que l'enseigne au-dessus du Bleeding Hart apparaisse dans l'obscurité tel le fanal d'un phare.

J'ai pénétré dans l'odeur particulière d'un vendredi soir dans l'East End. L'endroit était bondé et braillard et puait la sueur de mâle, la bière éventée et les vieux mégots. Par-dessus le vacarme et les corps on entendait les notes d'un piano. Quelque part quelqu'un chantait *My Old Dutch* d'une voix suraiguë censée faire rire. Je suis parvenu à atteindre le comptoir, j'ai commandé une pinte, et dans l'incapacité de me déplacer je suis resté là, je l'ai bue et j'en ai commandé une autre.

C'était ma première visite dans l'établissement depuis la nuit où les frères Spiller m'avaient fourni le tuyau pour coincer Vogel. Je n'avais revu aucun des deux depuis, et bien que le pub soit le leur j'avais déjà bu cinq pintes et les Spiller n'étaient pas précisément une priorité dans mon esprit. C'est pourquoi le choc a été plus brutal qu'il n'aurait dû lorsque j'ai reçu une tape sur l'épaule avant de reconnaître le sourire et les dents jaunes d'Archibald Finlay.

« Tout va bien, agent Wyndham ? Quelle agréable surprise de vous voir ici. Je peux vous demander ce qui vous amène ? »

J'ai essayé de trouver la réponse acerbe qui convienne mais il faut être doué pour pouvoir le faire après cinq pintes. Au-delà de la troisième mon esprit s'absente.

Je me suis retourné vers le bar en disant : « En quoi cela vous regarde-t-il ?

— En rien, bien sûr. Vous avez tout à fait raison. » Son sourire a soudain disparu. « Sauf que ça n'est pas moi qui le demande. C'est M. Martin, et il demande que vous le rejoigniez dans l'arrière-salle. »

Il devait y avoir une centaine d'hommes dans le pub, probablement tous redevables aux Spiller d'une manière ou d'une autre. Et je me suis brutalement rendu compte que désormais je n'étais pas différent d'eux.

J'ai vidé le fond de mon verre et j'ai dit : « Allons-y. »

Martin Spiller se prélassait sur la banquette d'un box de l'arrière-salle comme un baron du Moyen Âge. Il a levé les yeux et a souri.

« Agent Wyndham, a-t-il dit en se levant, quel plaisir de vous revoir. Venez vous asseoir avec nous. Vous prendrez bien un verre, n'est-ce pas ? » Il a demandé à Finlay : « Archie, une bouteille de whisky. »

Je me suis assis pendant que Finlay s'exécutait. Dans la pénombre j'ai aperçu la silhouette puissante de Wesley assis sur un tabouret et accoudé au comptoir avec deux autres hommes.

Finlay est revenu avec le whisky et a rempli deux verres, puis il est reparti.

« Vous êtes vraiment l'étoile montante, a dit Spiller avec un sourire d'oreille à oreille. Ne vous l'avais-je pas prédit ? »

J'ai avalé une petite gorgée de whisky et j'ai senti la brûlure médicinale dans mon arrière-gorge avant qu'elle ne descende plus bas. J'ai dit : « Ils vont le pendre. Ils vont pendre Vogel.

— Oui. Et c'est grâce à vous. »

Les mots sont tombés comme un sarcasme acide.

J'ai regardé le gros homme de l'autre côté de la table, les mains qui enveloppaient le verre de whisky comme si c'était un jouet d'enfant, des mains qui pouvaient ôter la vie à un homme et l'avaient probablement fait. Cet homme savait tout ce qui se passait à Whitechapel. Absolument tout…

« Il n'est pas coupable, n'est-ce pas ? »

Spiller a eu un ricanement sinistre. « Il a été jugé coupable. Par un juge et un jury. »

Et à ce moment-là j'ai compris que l'on s'était servi de moi.

« Qui l'a tuée ? Tom Drummond ? »

Spiller a secoué la tête. « Justice est faite, petit, et vous êtes un héros. C'est ce qui compte. Maintenant buvez. Passez une bonne soirée et rappelez-vous, je pourrais avoir besoin que vous me rendiez service un jour. »

J'ai fini le whisky, je me suis levé sur des jambes instables et j'ai titubé vers la porte, le cerveau noyé dans l'alcool. La chaleur et la puanteur de la salle principale m'ont frappé comme un coup de pied dans l'estomac. J'ai bousculé les buveurs, je me suis élancé dehors et j'ai vomi dans le caniveau.

J'ai essuyé avec ma manche ce qui restait de vomi et de salive sur mon menton et j'ai essayé de tenir debout. L'air de la nuit m'a aidé à reprendre mes esprits. J'ai pensé à rentrer chez moi, mais je n'y trouverais qu'un lit froid et d'autres démons. Alors je suis retourné au Bleeding Hart.

*

Je suis resté jusqu'à la fermeture, et seulement en partie parce que je n'avais pas de meilleur endroit où aller. En retournant à l'intérieur j'avais repéré Tom Drummond appuyé contre un mur une pinte à la main et l'air sinistre. J'ai résisté à l'envie d'aller lui casser la figure, un peu parce que si je le faisais j'étais presque sûr qu'une demi-douzaine de ses copains me rendraient la pareille, mais surtout parce que dans l'état où je me trouvais je n'étais pas certain de pouvoir le frapper sans m'écrouler.

J'ai préféré commander une autre pinte que j'ai fait durer, sans cesser de surveiller Drummond de l'autre côté de la salle. S'il m'a vu, il n'a pas montré qu'il me reconnaissait et il a passé les quelques heures suivantes à se saouler pour oublier.

Le pub était encore plein quand le barman a annoncé que c'étaient les dernières commandes, et il ne s'est vidé que lorsque celui-ci a saisi la cloche de cuivre et sonné l'heure de la fermeture. Alors l'exode a commencé et les clients sont partis dans la nuit vers leur domicile et leur foyer ou les bordels de Stepney.

J'ai regardé Tom Drummond sortir en titubant, je suis allé au comptoir, j'ai montré ma carte au barman en précisant que j'étais un ami des Spiller et j'ai obtenu qu'il me vende une bouteille de gin avant que je m'en aille.

Dehors, Drummond et ses amis étaient encore sur le trottoir et se faisaient leurs adieux à la façon vacillante, titubante et pataude des ivrognes de partout. De là il a pris la direction de Commercial Road et je l'ai suivi à distance discrète.

Ce n'est que lorsqu'il a tourné dans Brick Lane que j'ai accéléré et que je l'ai rattrapé.

J'ai crié : « Drummond ! »

Il s'est arrêté, a regardé lentement par-dessus son épaule et a grogné.

Je me suis approché. « Il faut que je vous parle.

— J'ai rien à vous dire. » De la mousse est apparue au coin de ses lèvres.

J'ai sorti la bouteille de gin de mon manteau et la lui ai mise sous le nez.

« Pas même en buvant un verre ? »

Nous nous sommes assis dans la cuisine du 42 Fashion Street. Drummond était allé chercher deux gobelets émaillés écaillés.

En s'apprêtant à boire il a demandé : « Alors, vous vouliez parler de quoi ?

— Je veux parler de Bessie, et de ce qui lui est réellement arrivé. »

Drummond a grogné. « Ce salaud de Vogel l'a tuée. »

Je l'ai regardé dans les yeux. L'alcool, et peut-être le remords, l'avait rendu imprudent, et à cet instant-là j'ai su qu'il n'y croyait pas. Il a vidé son gobelet. Je l'ai resservi.

« Ils vont le pendre.

— C'est pas vous qui l'avez arrêté ?

— Si. Et s'il est pendu alors qu'il est innocent, j'aurai du sang sur les mains. Et vous aussi. »

Drummond a bu une longue gorgée de gin. Une larme a coulé sur sa joue.

J'ai demandé doucement : « Qui l'a tuée ? Qui a tué Bessie ? »

Il a secoué la tête. « Elle était spéciale, vous savez. J'ai jamais connu de femme comme elle dans ma vie. Ouais, on se battait comme chien et chat, mais je l'aimais.

— Qui l'a tuée, Drummond ?

— Il me tuera aussi. » Il regardait la bouteille.

« Qui ? »

Il avait les yeux rouges, mouillés de larmes.

« Caine. »

J'ai failli tomber de ma chaise. « Jeremiah Caine a tué Bessie ?

— C'est forcément lui. Bessie était quasiment morte quand on est arrivés Finlay et moi.

— Pourquoi Caine aurait tué Bessie ?

— Peut-être qu'elle le volait ? Je vais vous dire aut'chose : Finlay était au courant.

— Quoi ?

— Finlay savait qu'on l'avait attaquée. Il a été

envoyé nettoyer après. Ce matin-là aux docks Finlay me dit qu'il a un message des Spiller : ils veulent parler à Bessie. Y dit qu'ils lui ont demandé de lui passer un message. J'y dis de me le donner et que je le passerai à Bessie.

« Pas question, qu'y me dit, ordres du gouverneur, je dois lui parler en personne et en privé. Alors je l'ai emmené chez nous. Comme vous, il avait une bouteille avec lui. Y m'a dit d'attendre dans la cuisine et de prendre un verre pendant qu'il montait parler à Bessie. »

Drummond a vidé son verre d'un coup et s'est resservi.

« Il est resté là-haut un bon moment et j'ai commencé à m'inquiéter. Alors je suis monté voir ce qui se passait. »

Drummond a respiré à fond et il a de nouveau vidé son verre. « La porte était fermée. Ensuite je vois Finlay descendre l'escalier.

— Il venait de la chambre de Vogel ?

— C'est ça. J'ai compris que quelque chose n'allait pas… je l'ai compris à la minute où j'ai vu sa sale gueule. Il a dit que tout allait bien et que nous devions partir. J'ai dit que je voulais voir Bessie mais il a dit qu'on n'avait pas le temps. Que les Spiller voulaient me parler. J'y ai dit que ça prendrait qu'une minute. C'est là qu'il est devenu mauvais. Y m'a poussé contre le mur, y m'a dit que j'avais intérêt à arrêter de perdre du temps. Y m'a fourré un billet d'une livre dans la main comme pourboire.

— Et ensuite ?

— On est partis. Je l'ai suivi au Bleeding Hart. Y m'a emmené direct dans l'arrière-salle. Martin m'attendait. Le gros Wes aussi. Y m'ont dit que Bessie leur avait causé des ennuis en fourrant son nez où y fallait pas. Que quelqu'un s'était occupé d'elle. Forcément, je me suis mis en colère, j'ai essayé de me lever pour le frapper, mais Wes m'a repoussé sur mon siège et Martin m'a passé un billet de dix livres. Il a dit qu'y en aurait un autre si je la bouclais. Ils ont dit qu'ils avaient surveillé les lieux, que Finlay avait tout arrangé pour que vous pensiez tous que c'était le Youde de l'étage au-dessus qui avait fait le coup. »

J'ai tout récapitulé dans ma tête. « Caine a tué Bessie ? Mais la porte était fermée de l'intérieur. Comment est-il sorti de la pièce ? »

Drummond m'a regardé comme si j'étais un imbécile.

« C'est le proprio. Il a les clefs de toutes les chambres.

— Et l'arme ?

— Je suppose qu'il l'a apportée avec lui, et qu'il l'a laissée là. Les Spiller ont envoyé Finlay tout arranger. Ils devaient être dans le coup depuis le début. »

Les éléments se sont mis en place : Caine attaquant Bessie et la laissant pour morte, puis fermant la porte derrière lui avec sa propre clef ; Caine donnant ensuite la clef et celle de la chambre de Vogel aux Spiller ; les Spiller ordonnant à Finlay de tout arranger pour faire croire que c'était Vogel qui avait attaqué Bessie et pour s'assurer que Tom Drummond la boucle.

« Pourquoi les Spiller voudraient-ils aider Caine ? »

Drummond m'a regardé dans les yeux. « Toutes les marchandises qui passent par les docks, y en a qui paient pas de taxes, façon de parler. C'est un de leurs plus gros clients. »

J'ai réfléchi un moment. « Je vais avoir besoin d'une

déclaration de votre part qui confirme toute cette histoire.

— Vous aurez rien de plus de moi. Vous savez ce que les Spiller font aux mouchards ? C'est pas joli.

— La vie d'un homme est en jeu.

— Et maintenant la mienne aussi. Je vous ai dit ce qui s'est passé. Ce que vous en faites, ça vous regarde. »

25
Février 1922
Assam

« Nous ne sommes pas à Calcutta, capitaine, dit Preston. Vous n'êtes pas obligé de mettre une cravate noire pour un dîner. Les tenues de ville sont parfaitement acceptables. »

Sans enthousiasme, je le crois et j'emprunte sa cravate la moins criarde ainsi qu'un costume marron. Je préférerais quelque chose de plus sombre, bleu marine peut-être, mais marron est le plus sombre pour Preston. Heureusement, ou pas, nous faisons la même taille ; le veston me serre quand même aux emmanchures et le pantalon est trop large à la taille, d'où l'urgence d'une paire de bretelles pour éviter qu'il tombe. Je me sens comme un épouvantail, surtout à cause de la cravate qui pourrait à elle seule faire mourir de peur une bande de corbeaux. De son côté, Preston arbore un foulard jaune et une veste en velours avec un mouchoir de soie qui pend de sa poche de poitrine.

Il fait déjà noir quand nous partons pour le club, une nuit sans lune, avec dans l'air les prémices de la pluie. Plus bas dans la vallée la lumière de la myriade de foyers du village indigène clignote, enveloppée de brume diaphane. Sur la route le gravier crisse sous nos pas dans le chant des grillons et le coassement des grenouilles. Après le dernier tournant, le Jatinga Club se dresse devant nous tel un gâteau d'anniversaire, sa véranda incrustée de bougies, oasis de civilité britannique au milieu de nulle part.

Je perçois les accents de violons portés par la brise.

« Ne me dites pas que vous avez un quatuor à cordes ici.

— Pas vraiment, répond Preston. Hélas, rien d'aussi distingué. Ce que nous avons est une bande de planteurs écossais des Highlands. Leurs violons sont tout à fait harmonieux, mais après avoir bu quelques verres à la santé du pays ils sortent leurs accordéons et leurs sifflets et tout se dégrade très vite.

— Ce n'est pas si mal.

— Ça viendra. Attendez qu'ils deviennent larmoyants, qu'ils déballent les cornemuses et se mettent à réciter de la poésie écossaise. Vous avez de la chance de ne pas être venu pour la soirée Robert Burns. Quand ils apportent les panses de brebis farcies. Leurs fêtes sont un affront aux cinq sens.

— Il risque d'y avoir beaucoup de monde ?

— Oh oui. C'est le point culminant de la saison, dit-il en me tapotant le bras. Mais ne vous inquiétez pas, la jolie Mme Carter sera là. »

Je suis prêt à protester mais il m'en empêche.

« J'imagine que presque tous les résidents viendront. Probablement trente ou quarante personnes. Presque tous les expatriés dans un rayon de dix miles tiennent à se montrer. Vous comprenez, il n'y a strictement rien à fiche dans le coin. Sans le club et les épouvantables pièces de théâtre que Mlle Campbell monte à l'école je crois vraiment que la moitié des Britanniques seraient devenus zinzins. Quant à l'autre moitié ils se seraient mis en ménage avec les indigènes. »

Quand nous montons les marches, deux hommes accoudés à la balustrade de la véranda saluent Preston d'un signe de tête puis échangent un regard.

« Un verre ? demande Preston.

— Du whisky. J'imagine qu'aucun single malt ne parvient jusqu'ici ? »

Preston me regarde comme si j'étais fou. « Nous ne sommes pas des barbares, capitaine. Nous n'avons peut-être pas l'électricité, mais nous nous sommes assurés de l'essentiel. »

Je le suis au bar et nous croisons un couple d'un certain âge, elle couverte de bijoux et portant une tiare digne d'une Romanov égarée, et lui arborant une collection de rubans flétris sur un uniforme de parade écarlate.

« Le colonel et Mme Montgomery, m'annonce Preston. Ils sont ici depuis pratiquement la nuit des temps. Le vieux prétend avoir découvert cet endroit ; il s'est probablement perdu et n'a pas retrouvé son régiment. Avant lui il n'y avait rien ici que des arbres et des tribus indigènes. »

Le salon est vaste, parsemé de tables carrées et dominé d'un côté par un long bar. Une foule de fidèles enveloppés de l'encens des cigarettes est déjà réunie devant lui, et Preston, qui accueille les uns avec un sourire et d'autres avec un signe de la main ou une tape sur le coude, se fraie un chemin parmi eux pour atteindre l'étendue d'acajou aussi poli que le yacht royal *Alexandra* entrant dans le port.

« Munshi », dit-il pour attirer l'attention d'un barman indigène en jaquette blanche brodée en bleu aux initiales du club sur le revers. « Munshi, voici le capitaine Wyndham, Inspecteur des Alcools de Sa Majesté. Il est venu de Calcutta pour goûter la qualité de vos single malt. Vous feriez mieux de lui servir votre meilleur, je détesterais qu'il doive fermer cet établissement. »

Le barman sourit, de ce sourire forcé d'un homme contraint de le faire, et je me demande combien de fois Preston a prononcé ce mot d'esprit particulier.

« Oui, sahib, dit-il avec un hochement de tête, et pour vous, comme d'habitude ?

— Parfaitement. » Preston lève un index sévère. « Et ne lésinez pas sur le gin. »

Le barman se tourne vers moi. « Nous avons une sélection de malts, sahib. » Il montre une étagère sur un mur en miroir. J'indique une bouteille de Glendronach 18 ans d'âge.

« Un double. L'eau à part. »

Dans une autre pièce l'orchestre attaque un quadrille écossais. Le barman pose devant moi un gobelet de whisky ambré. Je dis « Cheers » en ajoutant quelques gouttes d'eau, juste assez pour qu'il exhale tous ses arômes.

Je prends une petite gorgée et je suis émerveillé une fois encore par le miracle qui a transformé la simple eau de source et le grain malté en nectar des dieux. Si changer l'eau en vin a été une action divine, alors la transformer en whisky est une action résolument humaine, et je sais laquelle je considère comme l'exploit le plus impressionnant.

Dans le salon l'atmosphère commence à se faire

étouffante, avec quelque chose de la réunion d'anciens et la camaraderie artificielle qui va avec. Des bribes de conversations surnagent, les affaires, le temps, la politique, les sujets habituels. L'optimisme semble régner. Gandhi a annulé sa grève générale, les indigènes ont provoqué le plus de conflits possible et nous sommes toujours debout, le fouet à la main. Les vindicatifs parlent châtiment tandis que les colombes prônent la réconciliation.

Il semble que Preston ait été mesquin dans ses prévisions. Il y a déjà plus de trente personnes dans le salon, et j'estime qu'un nombre égal est disséminé dans la véranda et les autres pièces.

Preston s'est mêlé à un groupe d'hommes que je reconnais à leur conversation sur les districts juridictionnels et les frontières comme les brahmanes de la bureaucratie, les hommes de la fonction publique indienne. Il fait les présentations obligatoires à toute vitesse. La suite habituelle de Harry, Tom, David et Dick. Des hommes oubliables aux noms oubliables. Comme d'habitude, je réponds aux questions que des nouvelles connaissances posent toujours à un policier ; puis j'écoute poliment la conversation qui est revenue aux questions d'administration et de régulation, de drainage subdivisionnaire et de déforestation de district. Dès que c'est possible, je m'excuse et m'échappe sous quelque prétexte vaseux que tous acceptent avant que j'aie terminé ma phrase.

« Mais bien sûr, mon vieux », dit Preston. Il regarde sa montre. « Mais vous aimeriez peut-être sortir quelques minutes. C'est le moment où commence généralement le spectacle. »

Je suis son conseil, je fais un tour du salon de

lecture et de la salle de billard, je traverse une antichambre et sors sur la véranda. J'allume une cigarette, me penche sur la balustrade et regarde la vallée au-dessous. Je ressens une pointe de déception de n'avoir pas vu Mme Carter pendant mon exploration du club, mais avant que je puisse m'attarder sur la question une voiture, une Bentley noire avec le capot ouvert, entre dans l'allée. Elle s'arrête au pied des marches et un portier enturbanné s'approche promptement de la portière arrière. Il l'ouvre, et soudain, comme un miroir tombé par terre, mon univers se brise.

26

Février 1905

Est de Londres

Je ne me rappelle pas comment je suis rentré chez moi. Je suis sorti et j'ai marché ; la tête me tournait encore après les révélations de Tom Drummond. Pourquoi Caine aurait-il voulu tuer Bessie et pourquoi les Spiller l'auraient-ils aidé ? Bessie était une femme intelligente. Elle n'aurait pas fréquenté ce genre d'hommes.

J'ai dormi et je me suis réveillé avec un mal de crâne épouvantable et la conviction que je devais parler à l'inspecteur Gooch. Mais c'était samedi et il devait être chez lui quelque part dans l'ouest de Londres. Alors je suis allé au commissariat et j'ai parlé au sergent Whitelaw à la place.

Je lui ai raconté que j'étais au Bleeding Hart où j'avais repéré Tom Drummond, qu'au petit matin nous avions eu une conversation à cœur ouvert et qu'il m'avait révélé que Jeremiah Caine était le véritable assassin, aidé par les frères Spiller.

C'était une erreur. « Vous êtes fou, a-t-il dit d'un air sombre. Drummond a-t-il fait une déposition dans ce sens ?

— Pas encore, mais j'espère pouvoir le convaincre.

— Ainsi vous n'avez rien que les divagations nocturnes d'un ivrogne, et vous pensez que ça suffit pour coffrer Jeremiah Caine et les Spiller ?

— Son histoire paraît vraie.

— Vraiment ? Pourquoi, au nom de ce qu'il y a de plus saint, Caine voudrait-il tuer Bessie Drummond ?

— Je pense que c'est peut-être en rapport avec la mort de sa femme.

— Vous pensez ?

— Apparemment, Bessie avait des soupçons.

— Apparemment, a répété Whitelaw en me singeant. Alors vous n'en êtes même pas sûr. » Il m'a regardé d'un air désespéré. « Je vais vous dire une chose. Sortez, justifiez votre demande et trouvez des preuves solides. Alors on pourra s'occuper d'en parler à Gooch. »

S'agissant de justifier ma demande, quelqu'un pouvait peut-être m'aider. Je suis sorti du commissariat et je suis allé à la station Aldgate prendre l'Underground jusqu'à King's Cross, et de là un fiacre pour Caledonian Road.

Les surveillants ont été facilement impressionnés. La vue de ma carte et d'une coupure de journal avec mon nom dessus a suffi à m'assurer cinq minutes en tête à tête avec le condamné.

Conduit par un gardien, Israel Vogel est entré en traînant les pieds et s'est assis de l'autre côté de la table. J'ai remercié le gardien d'un signe de tête, il est sorti et resté en faction devant la porte. Vogel a paru surpris de me voir. La dernière fois que nous nous étions parlé c'était le lendemain matin de son arrestation, dans la cellule du commissariat de Leman Street.

Il m'a regardé avec espoir.

« Comment vous traite-t-on ?

— Bien. Depuis le procès, les gardes sont gentils avec moi. »

Cela se comprenait. Quels que soient ses crimes, il n'était guère utile de tourmenter un homme qui n'avait plus que quelques semaines à vivre.

« Vous m'apportez des nouvelles ?

— D'une certaine façon, mais pas exactement des bonnes.

— Ça n'était pas moi. Je n'ai pas tué Bessie.

— Je vous crois.

— Alors qu'est-ce que vous pouvez faire ? Vous pouvez me libérer ? Vous pouvez leur dire que ça n'était pas moi ?

— Ce n'est pas aussi simple. Ils ne me croiront pas sans preuve. Et je n'en ai encore aucune. »

Vogel a tapé sur la table dans un geste de dépit. Le gardien s'est avancé pour le calmer et je lui ai fait signe de ressortir.

« Même avec des preuves ils ne vous croiront pas, a dit Vogel. Ils diront que le Juif est coupable. Le Juif est toujours coupable.

— Nous ne sommes pas en Russie. Ici il y a des lois. Vous avez le droit de faire appel auprès du ministre de l'Intérieur. »

Mais Vogel n'a pas paru entendre. Il regardait la fenêtre avec ses barreaux.

« Parfois je voudrais être un oiseau. Ils sont libres. Pas de barrières. Pas de murs. Ils vont où ils veulent et personne ne les arrête. » Il a soupiré et m'a regardé. « Pourquoi vous êtes venu ici ?

— J'ai besoin de vous poser quelques questions.

J'ai besoin de savoir ce que Bessie vous a dit la nuit où vous êtes allé avec elle dans Grey Eagle Street. Vous a-t-elle dit qui elle allait voir ? Ou pourquoi ? »

Vogel a levé les bras au ciel. « Elle me dit rien ! Tout ce qu'elle dit c'est *suivez-moi au cas où il y a des ennuis*.

— Et avant ? Vous a-t-elle dit quelque chose ? N'importe quoi qui la tracassait ? »

Vogel a fermé les yeux et s'est renversé en arrière.

« Elle se plaint de son mari : il est bon à rien, il lui prend toujours de l'argent…

— L'avez-vous déjà vue avec Jeremiah Caine ? »

Il a froncé les sourcils. « Le propriétaire ?

— Oui. »

Il a secoué lentement la tête. « Je ne crois pas. » Puis, soudain, il s'est redressé. « Il y a quand même quelque chose. Vous savez que Bessie était sa gouvernante ? Elle me dit quelque chose au sujet de la mort de sa maîtresse.

— Continuez.

— Bessie est celle qui trouve corps de la femme le matin. Pendant une, deux semaines après elle a des mauvais rêves, elle se réveille la nuit. Elle dit que sa maîtresse a des marques noires sur » – il a indiqué sa poitrine – « comme si elle est brûlée. Depuis, Bessie est différente. Peut-être effrayée, même.

— Réfléchissez. A-t-elle dit autre chose ? »

Vogel a haussé les épaules.

J'ai essayé une tactique différente. « L'homme avec qui vous vous êtes battu cette nuit-là dans Grey Eagle Street. Pouvait-il être Caine ? »

Il a regardé au plafond en quête d'inspiration. « Non. Il faisait noir. Je le vois pas clairement mais c'est pas lui. Visage dur, nez comme bec de corbeau. Maigre, pas comme les autres hommes des docks. »

Ce n'était donc pas Caine, mais peut-être Finlay. Ou n'importe qui parmi cent autres hommes dans le secteur.

« A-t-elle jamais parlé de Martin ou Wesley Spiller ? »

« Terminé », a annoncé une voix rude derrière lui. J'ai levé la tête, le gardien s'avançait déjà.

Vogel s'est penché sur la table et m'a agrippé le bras. « Vous m'aiderez ?

— Je vais essayer. »

Pendant tout le trajet du retour à Whitechapel j'ai essayé de reconstituer ce que m'avaient dit Vogel et Drummond. Drummond pensait que Bessie avait été attaquée par Caine et que Spiller avait envoyé Finlay faire le ménage ; et la description faite par Vogel de l'homme avec qui il s'était battu dans Grey Eagle Street correspondait nettement à Finlay. Caine avait peut-être demandé aux Spiller de faire son sale boulot, et après l'échec de Finlay avait décidé de s'en occuper lui-même.

Bessie avait-elle découvert quelque chose à propos de la mort de la femme de Caine ? La bonne, Lily, avait aussi mentionné que Bessie avait changé depuis. Était-ce pour cela que Caine voudrait la tuer ? Essayait-elle de le faire chanter ?

Un scénario s'est formé dans mon esprit. Bessie trouve le corps de Mme Caine, morte dans son lit. Elle comprend une chose au sujet de sa mort que les autres ne remarquent pas. Elle tente de faire chanter Caine. Il accepte de la payer, lui dit de le retrouver, lui ou son représentant, dans Grey Eagle Street. Mais il ordonne aux Spiller de la tuer. Archibald Finlay est envoyé faire le travail, mais lorsqu'il tente de tuer Bessie, Vogel intervient et le maîtrise jusqu'à ce que, alertés par les cris, Whitelaw et moi arrivions sur place.

Après cet échec, Caine comprend que Bessie pourrait tout raconter à la police. Ce serait impossible de l'attirer de nouveau à l'extérieur, alors il se rend à Fashion Street sous prétexte de collecter les loyers, pour la tuer chez elle, puis les Spiller envoient Finlay tout nettoyer et faire accuser Vogel.

Il faisait déjà sombre quand je suis arrivé à Aldgate. Mais j'étais de bonne humeur. J'avais un mobile, et j'avais une théorie. Une qui rendait les événements logiques. Ce que je n'avais pas c'était une preuve ou une déposition sous serment de Drummond.

Sorti de la station je suis allé directement à Fashion Street. C'est Mme Rosen, la locataire du rez-de-chaussée, qui a ouvert la porte du 42.

J'ai dit : « Je dois voir Tom Drummond. » Comme je n'étais pas sûr qu'elle m'ait compris, j'ai répété le nom avec vigueur.

Elle a acquiescé, m'a conduit dans la cuisine et m'a demandé d'attendre.

Quand la porte s'est ouverte de nouveau ce n'est pas Drummond, mais Rebecca Kravitz qui est entrée.

« Je cherche Tom.

— Il n'est pas là. Il est sorti ce matin et il n'est pas encore rentré. »

J'étais déçu.

« Quand vous le verrez, s'il vous plaît dites-lui que j'ai besoin de lui parler, c'est urgent.

— Est-ce que cela a à voir avec Israel ?

— Je ne peux pas le dire. Mais je suis allé lui rendre visite. »

Ses yeux ont brillé. « Vous lui avez parlé ? Comment va-t-il ?

— Il tient bon. Mieux qu'on ne l'aurait cru.

— Je ne comprends pas comment ils ont pu condamner un homme innocent. Auraient-ils condamné un Anglais sur des preuves aussi inconsistantes ? »

C'était une bonne question à laquelle je n'avais pas de réponse.

« Tout est entre les mains du ministre de l'Intérieur à présent. Il décidera s'il y a une raison d'annuler le verdict ou des motifs de commuer la peine.

— Et trouveront-ils ces motifs ? »

J'en doutais. Pas à moins que je réussisse à trouver une preuve de son innocence ou arracher une déposition à Drummond.

« C'est possible. Ne perdez pas espoir. »

*

Je suis revenu le lendemain matin et j'ai réveillé la moitié de la rue en tambourinant à la porte. C'est encore Mme Rosen qui a répondu, et c'est encore Rebecca Kravitz qui a dû m'informer que Drummond n'était pas rentré chez lui.

Pour la première fois un doute s'est insinué dans mon esprit. Avait-il pris la fuite ? Se cachait-il quelque part comme l'avait fait Vogel ou cuvait-il seulement dans un caniveau ? C'était ce que j'espérais, et de toute façon, d'après ce que je savais de lui, le plus vraisemblable. J'ai remercié Rebecca et je lui ai demandé de m'aviser dès le retour de Drummond.

Mon étape suivante se situait dans l'Ouest, cette fois à la recherche d'informations sur le décès d'Helena Caine. Selon la loi anglaise, toute mort soudaine, violente ou non naturelle, doit être signalée à un coroner. Mme Caine était une femme jeune, en bonne santé et elle était morte dans son lit, avec peut-être des marques sur la poitrine. Si ce n'était pas un cas de mort soudaine et non naturelle, je ne voyais pas ce qui en était.

Elle était morte chez elle à Finsbury Circus qui, bien qu'à moins de dix minutes à pied, n'appartenait pas au borough de Stepney, un des lieux les plus pauvres du pays, mais au quartier de la City, qui était l'un des plus riches.

Je n'étais pas de service, mais je m'étais assuré d'être en uniforme. Cela m'a facilité l'accès aux bureaux des coroners un dimanche. J'ai demandé à voir le rapport sur le décès de Mme Caine et il est arrivé en dix minutes accompagné d'une tasse de thé apportée par une vieille dame plutôt gentille.

Je l'ai remerciée et j'ai ouvert le dossier. Il contenait plusieurs documents y compris le compte rendu du médecin, les dépositions des témoins, le rapport final du coroner et une copie du certificat de décès de Mme Caine.

J'ai commencé par le rapport du coroner qui concluait à une mort naturelle due à un arrêt cardiaque. Je suis passé à celui du médecin. Bien entendu il indiquait la même cause de la mort, cette fois dans le langage clinique et froid des hommes de l'art. Aucune mention de quelque marque que ce soit sur la poitrine de Mme Caine ni d'autre anomalie. J'étais dépité.

S'il y avait le moindre soupçon qu'Helena Caine soit morte d'autre chose que de causes naturelles, il n'était pas parvenu jusqu'au rapport du coroner.

Comme je n'avais pas grand-chose d'autre à faire j'ai parcouru les dépositions de témoins épinglées au rapport. Non seulement la City avait un bureau du coroner séparé, mais en outre elle avait sa propre police, distincte de la police métropolitaine, et les dépositions avaient été reçues par un de ses agents dont je n'ai pas reconnu le nom.

La première était de Jeremiah Caine et ne m'apprenait strictement rien. Il avait été réveillé par la domestique, Lily, s'était précipité et avait trouvé sa femme morte dans son lit. La suivante était une brève déposition de Lily elle-même qui n'ajoutait rien de nouveau. Mais la dernière page avait visiblement été arrachée à la hâte. Il restait en effet un petit bout de papier accroché à l'épingle.

J'ai frissonné.

Pourquoi cette page avait-elle été arrachée et par qui ?

Je ne découvrirais probablement jamais les réponses, mais il y avait peut-être un moyen d'apprendre ce que cette page contenait.

J'ai quitté le bureau du coroner et je me suis dirigé vers Bishopsgate, près de la limite entre la City et Whitechapel. La City avait beau avoir sa propre police, un policier était un policier quelles qu'aient été les armoiries qui ornaient son casque. Certains de la City buvaient dans des pubs de notre côté, surtout parce que la bière était moins chère. Je m'étais lié d'amitié avec deux d'entre eux et j'espérais que la proposition d'une pinte ou deux pourrait les convaincre de m'aider dans mes recherches. En effet, si les dépositions des témoins sont jointes au rapport du coroner, il y a une chance qu'une copie carbone soit conservée au commissariat d'où a été envoyé l'agent.

Certes, c'était un pari. Finsbury Circus était presque équidistant du commissariat de Bishopsgate et d'un autre dans Wood Street. Il était tout aussi possible que la déposition ait été reçue par celui de Wood Street, mais comme je n'y connaissais personne, Bishopsgate m'a semblé l'endroit logique par où commencer.

Je suis entré et j'ai demandé à voir un agent du nom de Gleeson.

« Il est en patrouille, m'a dit le sergent à l'accueil, il devrait être de retour dans une demi-heure environ.

— S'il vous plaît, dites-lui que Wyndham, de Leman Street, l'a cherché. Et dites-lui aussi qu'une pinte l'attend au Ten Bells après son service. J'y serai pendant l'heure qui vient. »

Le Ten Bells était un drôle d'endroit. Il était situé dans Commercial Road, à la limite des deux mondes de la City et de l'East End, et uniquement fréquenté par les habitants des deux à parts égales, avec hauts-de-forme et pantalons rayés se pressant au bar à côté de casquettes plates et vestons courts. Mais un dimanche après-midi l'endroit était tranquille et j'avais déjà bu une pinte et demie quand le géant Gleeson est entré.

Il m'a tout de suite repéré et m'a rejoint. « Wyndham, il paraît que ces temps-ci vous frayez avec les grosses légumes. À quoi dois-je ce plaisir ?

— J'essaie de garder les pieds sur terre. Et quoi de

meilleur pour me rappeler mon humble passé que de prendre un verre avec les plus modestes ? Alors, vous voulez une pinte ou pas ? »

Il a ri, il m'a donné une claque dans le dos et j'ai senti mes dents s'entrechoquer.

Son verre est arrivé et nous avons porté un toast.

Après une bonne rasade il m'a dit : « Bon, qu'est-ce que je peux faire pour vous ? »

J'ai feint d'être blessé. « Je ne peux pas offrir un verre à un copain sans arrière-pensée ?

— Voyons, Wyndham, c'est un dimanche après-midi, et nous sommes tous les deux en uniforme.

— Eh bien, dans ce cas, vous pourriez effectivement m'aider. »

Gleeson m'a jeté un regard soupçonneux. « Continuez, crachez le morceau.

— J'ai besoin de voir une copie de certaines dépositions de témoins. Des détails relatifs au décès d'une femme du nom d'Helena Caine, de Finsbury Circus. Elle est morte le 6 janvier. »

À la mention de ce nom l'expression de Gleeson s'est durcie.

« Vous voulez parler de la femme de Jeremiah Caine ?

— Exact.

— Pourquoi voulez-vous les voir ? »

Ma réponse a été vague. « Il pourrait y avoir un rapport avec quelque chose qui s'est passé de notre côté. Vous pourriez les apporter ici, je n'ai besoin que d'y jeter un coup d'œil.

— D'accord, a-t-il dit finalement. Je verrai ce que je peux faire, mais je compte sur un autre verre, même si je ne trouve rien.

— Très bien. Finissez celui-ci. Le prochain vous attendra à votre retour. »

Il est revenu quarante minutes plus tard, une expression désolée sur ses traits rudes. Il s'est assis sur le tabouret à côté de moi avec un soupir. Je lui ai commandé un verre.

Je l'ai remercié d'avoir essayé.

Soudain il a eu un grand sourire, il a tiré des feuillets de sa poche et les a plaqués triomphalement sur le bar. Ils étaient tous de la même écriture que dans le dossier du coroner, mais dans l'étrange bleu d'une copie carbone.

« C'est ce que vous cherchez ? »

J'ai empoigné les feuillets et suis aussitôt allé au dernier. Là, en haut de la page, figurait ce que j'espérais trouver :

DÉPOSITION DU TÉMOIN MME ELIZABETH DRUMMOND
42 FASHION STREET, WHITECHAPEL

J'ai lu en buvant les mots et je me suis arrêté sur un paragraphe aux deux tiers de la fin :

C'est moi qui l'ai trouvée. Je suis allée réveiller la maîtresse à l'heure habituelle mais elle n'a pas répondu. Je me suis approchée de son lit pour insister mais c'était clair qu'elle était morte. Sa peau était froide, avec ce qui ressemblait à des marques de brûlures sur sa poitrine.

Ni le rapport du médecin ni celui du coroner n'avaient mentionné ces marques de brûlures.

J'ai rendu les feuillets à Gleeson.

« Gardez ces papiers en lieu sûr. Ne les remettez pas dans le dossier. »

J'ai fait signe au barman.

« Servez un whisky à monsieur. C'est pour moi.

— Très aimable de votre part, a dit Gleeson. Vous n'en prenez pas un ?

— Il faut que je m'en aille. Je dois voir un médecin. »

*

Le cabinet du docteur Ludlow était au coin de la rue et il était cadenassé ; il y avait des barreaux et des volets aux fenêtres pour empêcher quiconque de se procurer illégalement des médicaments.

J'ai quand même cogné à la porte, non parce que je pensais qu'il pouvait y avoir quelqu'un mais pour libérer ma colère. Soudain une fenêtre s'est ouverte au rez-de-chaussée et un homme entre deux âges aux cheveux gris courts et à la bouche à moitié édentée a sorti la tête. « Il est pas là, mon vieux. Vous croyez pas que le gros cadenas sur la porte c'est un peu un signe ? Et vous dites que vous êtes flic ?

— Vous savez où je peux le trouver ?

— Il habite du côté de Bethnal Green, mais vous le trouverez pas là-bas un dimanche. Le mieux c'est d'aller voir à l'église. Il va à la grande avec la flèche à Spitalfields. Vous voyez laquelle je veux dire ?

— Christ Church ?

— C'est ça.

— Bien sûr. » J'ai soupiré. L'église était à côté du pub que je venais tout juste de quitter.

Un quart d'heure plus tard j'étais devant la façade de Christ Church Spitalfields, pile au moment où les portes s'ouvraient et où les fidèles sortaient. J'ai attendu en regardant chaque visage jusqu'à ce que je voie Ludlow, accompagné d'une femme et d'un enfant.

J'ai dit : « Docteur Ludlow, j'ai besoin de votre aide. »

Ludlow a mis sa femme et sa fille dans un fiacre et s'est tourné vers moi.

« Des marques de brûlures, dites-vous ?

— Oui. Sur la poitrine. Elles étaient là au moment de la mort, sans aucun doute, mais il est possible qu'elles aient disparu avant qu'un médecin vienne examiner le corps. »

Ludlow a eu un petit rire. « Si c'étaient de vraies brûlures ce n'est guère vraisemblable.

— Tout ce que je peux vous dire c'est que la femme en question était en bonne santé et qu'elle a été découverte morte dans son lit. La gouvernante qui l'a trouvée a décrit ce qui ressemblait à des marques de brûlures sur sa poitrine. Rien de semblable ne figurait dans le rapport médical ni dans celui du coroner.

— Il s'agissait peut-être d'autre chose ? Une éruption ou autre ? La gouvernante qui n'a pas l'habitude a pu croire à des brûlures, mais un médecin ne s'y serait pas trompé et ne l'aurait pas mentionné. »

C'était possible mais cela n'expliquait pas pourquoi la déposition de Bessie avait été retirée du dossier. Mon instinct me disait que ce qu'avait vu Bessie c'étaient de véritables marques de brûlures et que quelqu'un avait convaincu le médecin, et peut-être le coroner, de conclure à des causes naturelles.

« Disons que c'étaient des marques de brûlures. D'où pouvaient-elles provenir et comment pouvaient-elles être présentes sur la poitrine d'une femme morte ? »

Le médecin m'a regardé d'un air grave. « Il pourrait y avoir plus d'une explication. Vous soupçonnez quelque chose de louche ?

— J'en ai peur.

— Dans ce cas je suppose que l'hypothèse la plus vraisemblable est qu'il s'agissait de brûlures dues à l'électricité. »

Et soudain toutes les pièces du puzzle se sont mises en place.

Caine avait assassiné sa femme, il l'avait électrocutée dans son lit et avait graissé la patte au médecin pour qu'il rédige un rapport anodin entraînant la conclusion du coroner à une mort de causes naturelles. Mais c'était Bessie Drummond qui avait trouvé le corps de sa maîtresse. Elle avait vu les marques d'électrocution, et bien qu'au début elle n'ait peut-être pas su à quoi elles correspondaient c'était une femme intelligente. Elle n'avait pas dû mettre longtemps à parler à un médecin, tout comme moi, et apprendre leur véritable explication. À partir de là tout devenait limpide. Elle avait essayé de faire chanter Caine et il l'avait tuée, et grâce aux frères Spiller il avait fait retirer sa déposition du dossier du coroner. Il aurait pu aussi faire disparaître la copie du commissariat de Bishopsgate, il avait beaucoup d'amis, après tout, mais j'ai supposé qu'il ne savait tout simplement pas qu'il existait une copie carbone.

Finalement j'avais tout. Et je l'apporterais à Gooch le lendemain matin à la première heure.

27

Février 1905

Est de Londres

Il y a une raison qui fait que les jeunes idéalistes deviennent de vieux cyniques. C'est ce que l'on appelle l'expérience.

On a repêché le corps de Drummond dans la Tamise à Wapping Steps cette nuit-là. Je l'ai appris le lendemain matin en arrivant à Leman Street à huit heures. Gooch ne serait pas là avant neuf heures, mais le sergent Whitelaw avait déjà pris son service.

« On l'a vu boire samedi du côté de Limehouse. La théorie c'est qu'il s'est saoulé, qu'il est tombé et qu'il s'est noyé. Ce ne serait pas le premier imbécile à le faire ni sans doute le dernier. »

Il m'a semblé qu'il évitait mon regard.

J'ai dit : « Les Spiller l'ont fait tuer. Pour l'empêcher de me parler. Je me demande comment ils étaient au courant. »

Il s'est levé brutalement, son visage devenu mortellement sérieux et diabolique tout près du mien.

« Écoutez-moi bien, petit. Faites attention à ce que vous dites. Les Spiller auraient pu vous voir sortir du Bleeding Hart ensemble, ou avoir trouvé une douzaine d'autres moyens, ou encore Drummond aurait pu simplement en finir parce que c'était un ivrogne et un raté. En parlant à tort et à travers vous risquez de vous retrouver dans le genre de pétrin d'où ni Gooch ni personne ne pourra vous tirer. »

Nous étions là, en garde et prêts à nous battre. Les poings serrés je mourais d'envie de cogner. Mais ç'aurait été stupide. Pour commencer, j'aurais été exclu de la police, et ensuite je n'aurais pas pu aider Vogel ni personne.

J'ai reculé et j'ai soufflé.

« Nous pouvons encore sauver Vogel. Vous m'avez demandé pourquoi les Spiller pouvaient être impliqués. Vous m'avez dit de trouver un mobile et des preuves. Eh bien je les ai trouvés. Nous devons arrêter Jeremiah Caine. »

Whitelaw est resté les yeux écarquillés. « Vous savez ce que vous dites ? Jeremiah Caine n'est pas n'importe qui. Vous feriez mieux d'avoir un dossier solide avant de l'accuser de quoi que ce soit, surtout de meurtre. Parce que sinon, il vous détruira.

— Je l'ai. Il y a une déposition de Bessie disant qu'elle a vu ce qui ressemblait à des marques de brûlures sur la poitrine d'Helena Caine. »

Il a secoué la tête, incrédule.

« C'est tout ? C'est ça votre dossier ? Une gouvernante voit des marques sur un corps. Le médecin les a vues ? Que dit le rapport du coroner ?

— Rien. Caine doit les avoir payés. Mais ajouté à ce que m'ont dit Vogel et Drummond tout s'explique !

— Vogel a été jugé coupable de meurtre et Tom Drummond est mort. À moins que vous ne l'ayez convaincu de signer une déposition avant de sauter dans la Tamise vous n'avez strictement rien.

Écoutez-moi, petit. Ça n'est pas un dossier. C'est la fin de votre carrière. Et Gooch vous dira exactement la même chose. »

Il avait raison.

L'inspecteur m'a fait asseoir dans son bureau et m'a expliqué la triste réalité.

J'ai dit : « Nous devrions communiquer ces renseignements au ministère de l'Intérieur. Dire qu'il peut y avoir un doute quant à la culpabilité de Vogel. »

Assis sur le bord de son bureau Gooch a secoué la tête. « Il n'y a pas là matière à doute, ce n'est que spéculation.

— Ne devrions-nous pas au moins faire venir Caine pour l'interroger ?

— Et lui dire quoi ? Un jeune agent s'est mis en tête que vous aviez assassiné votre femme et qu'ensuite vous aviez fait tuer votre gouvernante parce qu'elle l'avait découvert et essayait de vous faire chanter ?

— Pourquoi pas ? C'est bien ce qui s'est passé. »

Gooch m'a regardé comme si je mettais sa patience à l'épreuve.

« Hormis le fait que vous n'avez absolument aucune preuve pour justifier cette assertion, vous savez ce qu'il fera ? Il niera tout, puis il s'assurera qu'aucun de nous ne travaille plus jamais sur une affaire. C'est un homme puissant, et les hommes puissants ont des amis puissants.

— Alors nous le laissons tranquille, tout simplement ? C'est cela, la justice ?

— C'est la vie, agent Wyndham… »

Il est allé à la fenêtre. « Je pense que toute cette affaire vous a affecté plus que vous n'en êtes conscient.

Je pense que vous vous sentez responsable d'envoyer un homme à la mort, bien qu'un jury l'ait jugé coupable. Je pense que dans toute cette histoire Caine n'est pour vous qu'une tentative de soulager votre conscience. Mais vous ne devriez pas vous sentir coupable. Vous avez fait votre travail et vous l'avez bien fait. »

J'ai essayé de protester. « Vous m'avez dit ici que nous devions donner le meilleur de nous-mêmes. Maintenant que nous avons l'occasion d'être justes envers Vogel, vous allez le laisser exécuter ? »

Lui citer ses propres mots a déclenché quelque chose. « Écoutez, fiston. Il faut mener les batailles que l'on peut gagner. Et les autres… eh bien si vous êtes convaincu d'avoir raison vous devez simplement trouver un autre moyen. Si vous ne pouvez pas régler une question de front essayez un angle différent. Vous êtes un garçon intelligent. Vous trouverez quelque chose. »

J'ai quitté le bureau avec ses mots qui résonnaient dans ma tête. Je suis allé me changer au vestiaire, puis je suis entré dans le premier pub que j'ai trouvé pour boire de quoi noyer ma conscience. Ce n'était pas suffisant et une heure plus tard j'étais de nouveau dans la rue. La pluie recommençait, un crachin régulier tombant d'un ciel gris foncé comme s'il pleurait, en deuil de Bessie et Vogel, et Dieu sait de qui d'autre. Dans la pénombre prématurée et surnaturelle j'ai traîné dans les rues, le sang bouillonnant et les sens émoussés par les quatre pintes que j'avais descendues dans le pub.

Ma destination, la maison de Caine en bordure de Finsbury Circus. J'ai tourné dans la rue qui s'assombrissait, son calme offrait un contraste saisissant avec le bruit, la saleté et l'agitation de Whitechapel.

Aucune lumière n'était visible par les fenêtres de la façade. Aucun signe de vie. J'ai quand même monté les marches et j'ai utilisé le marteau sous une gueule de lion noircie.

La domestique, Lily, a ouvert, sa surprise en me voyant vite remplacée par un sourire.

« Monsieur l'agent, qu'est-ce qui vous amène ?

— J'ai besoin de parler à Caine. J'ai quelques questions supplémentaires. »

Elle a plissé le nez, peut-être déçue, quoique probablement à cause de l'odeur d'alcool dans mon haleine.

« J'ai peur qu'y soit pas encore rentré. Et vous êtes pas en uniforme.

— Disons que c'est une visite de courtoisie. Quand l'attendez-vous ?

— Difficile à dire. D'habitude vers six heures. Vous voulez entrer attendre ? »

J'allais décliner son offre mais je me suis ravisé.

« D'accord. »

Lily m'a conduit dans le salon où Caine m'avait reçu lors de ma dernière visite.

« Ça sera tout ?

— En fait, Lily, avant de vous en aller, pourriez-vous me parler un peu de Mme Caine ? »

Elle a froncé les sourcils. Elle semblait partagée et craindre qu'en me parlant d'elle elle ne trahisse des confidences.

« S'il vous plaît, cela m'aiderait beaucoup.

— Vous voulez savoir quoi ?

— Était-elle souffrante ?

— Elle avait l'air en bonne santé jusqu'à la nuit qu'elle est morte.

— Pourriez-vous me montrer la pièce où elle est décédée ? »

Elle a hésité.

« J'en ai pour une minute.

— D'accord, mais vite. J'veux pas d'ennuis. »

Je l'ai suivie dans le corridor et nous sommes montés dans la chambre d'Helena Caine. Lily a tourné la poignée et s'est effacée pour me laisser entrer.

La pièce était froide, une odeur de renfermé faisait penser que personne n'y était venu depuis longtemps. Contre le mur du fond se trouvait le lit, large et apparemment confortable, entre deux tables de nuit. Sur l'une d'elles était posée une lampe électrique ; une tige de cuivre avec un abat-jour en vitrail bleu-vert.

Je suis allé la regarder de plus près. Un fil électrique torsadé courait de la base vers un boîtier sur le sol. J'ai cherché le petit interrupteur de cuivre sous l'abat-jour et j'ai tourné.

Il ne s'est rien passé.

J'ai essayé de nouveau en tournant le bouton d'abord dans un sens puis dans l'autre. Toujours rien. J'ai regardé sous l'abat-jour.

J'ai dit : « Il n'y a pas d'ampoule », plus pour moi-même que pour Lily.

« Ça fait rien. Personne est venu depuis que la maîtresse est morte. »

J'ai regardé autour de moi. Sur une coiffeuse près de la fenêtre il y avait quelques photos encadrées. Sur l'une d'elles une belle jeune femme posait avec un gros chien dans un décor campagnard.

« C'est Mme Caine ?

— Oui. Y a longtemps, on dirait. J'ai jamais vu ce chien ici.

— Elle et M. Caine s'entendaient bien ? »

Son visage s'est assombri.

« Je… »

Nous avons entendu la porte d'entrée s'ouvrir et Lily est restée pétrifiée.

« Merde ! C'est le maître. Faut pas qu'y vous trouve ici. »

Elle m'a attrapé par le bras et s'est précipitée dehors.

Nous étions à mi-étage quand Caine est apparu. S'il a été choqué de me voir il n'en a rien montré. J'ai supposé qu'il en fallait plus que la présence inopinée d'un policier dans son escalier pour décontenancer un homme qui avait réussi à la force du poignet.

« Vous êtes le policier qui était ici au sujet de la mort de Bessie, n'est-ce pas ?

— En effet.

— Pouvez-vous me dire ce que vous faites chez moi ?

— Je suis venu vous poser quelques questions. »

Il a eu un petit sourire. « Vraiment ? Sauf que vous ne semblez pas être en uniforme.

— J'ai pensé qu'il serait peut-être préférable de garder cette visite non officielle pour le moment.

— Vous m'intriguez. Venez donc dans le salon plutôt que de rôder dans cette maison. »

Lily allait ajouter quelque chose mais il l'a fait taire d'un regard et en levant la main.

« Nous parlerons plus tard, Lily. »

J'ai suivi Caine dans le salon.

Je lui ai dit : « Ne soyez pas trop dur avec elle. Je lui ai pratiquement donné l'ordre de… »

Il s'est retourné avec une expression de mépris venimeux.

« Que faites-vous ici, monsieur l'agent ?

— Je sais ce que vous avez fait. Je sais que vous avez tué votre femme. Je sais que Bessie l'a découvert, et je pense que malgré son intelligence elle a essayé de vous faire chanter. Vous avez demandé aux Spiller de s'occuper d'elle en l'attirant pour une conversation dans Grey Eagle Street, et après cet échec vous êtes allé à Fashion Street la tuer vous-même. Ensuite vous avez demandé aux Spiller de payer Drummond pour le faire taire et de nettoyer derrière vous. Et maintenant, juste au moment où Drummond allait tout dire, on le retrouve flottant dans la Tamise. Une autre de vos victimes. »

Caine est resté un instant silencieux. Puis il a grogné en riant.

« Vous sentez l'alcool. Bien qu'être ivre ne constitue pas une excuse pour être venu ici en proférant toutes sortes de calomnies sans aucune preuve.

— J'ai une copie de la déposition de Bessie. »

Il a cillé.

« Je ne vois pas de quoi vous parlez.

— Je sais que vous avez électrocuté votre femme. Le niez-vous ?

— À moins que vous ne soyez ici pour m'accuser de quelque chose je n'ai rien à nier.

— Un innocent va être pendu à cause de vos actes.

— Attention, petit. Je vais vous donner une chance de sauver votre carrière : sortez d'ici et nous pouvons oublier ce malheureux incident.

— Et sinon ?

— Vous serez fini.

— Qu'allez-vous faire ? Porter plainte contre moi ? »

Caine a ri sans bruit. « Croyez-moi, ce ne serait qu'un début.

— Est-ce une menace ?

— C'en est une. Et vous devriez savoir que je mets toujours mes menaces à exécution. »

*

J'ai quitté le domicile de Caine avec la vague impression que je venais peut-être de signer mon arrêt de mort. Non que je m'en sois soucié. À cet instant-là ma vie n'avait aucune importance. La culpabilité commençait à m'étouffer. Le compte des cadavres grossissait. Helena Caine, Bessie, et maintenant Tom Drummond. Dans quelques semaines Israel Vogel allait s'y ajouter.

J'ai sorti nerveusement mon paquet de Capstans de ma poche. Un carré de carton blanc est tombé. Je l'ai ramassé et je l'ai retourné. C'était une des cartes de visite qu'Albert Harmsworth, de la *Gazette*, m'avait données. Avec un rire amer j'ai écrasé cette fichue carte et l'ai fourrée de nouveau dans ma poche pour extraire ma boîte d'allumettes.

J'ai allumé une cigarette, je l'ai fumée jusqu'au bout, et ce n'est que lorsque j'ai écrasé le mégot dans le mortier jaune d'un mur de brique criblé de trous que j'ai eu l'inspiration. J'ai ressorti la carte et je l'ai aplatie : *Albert Harmsworth, Crime Desk, Illustrated Gazette*. Tout en bas, un numéro de téléphone et une adresse dans Fleet Street.

« Vous trouverez quelque chose », avait dit Gooch.

En regardant le ciel j'ai souri, je me suis serré dans mon manteau et je suis allé à Leman Street.

Harmsworth a répondu à la sixième sonnerie.

« J'ai une histoire pour vous. »

Il tombait des hallebardes et j'ai cherché refuge sous l'immense portique de Saint-Paul. J'ai observé Harmsworth, pardessus impeccable boutonné jusqu'au cou qui grimpait péniblement de Ludgate Circus. Quand il a monté les hautes marches les cloches sonnaient le quart d'heure.

Nous nous sommes serré la main et il a dit : « J'aurais pu aller à Whitechapel.

— Inutile. J'avais envie de changer de décor.

— Une pinte vous tenterait ?

— Non. »

J'ai préféré l'accompagner prendre un café dans Paternoster Row.

« Je vous avoue que j'ai été surpris que vous me téléphoniez », a-t-il dit en accrochant nos manteaux sur un portemanteau surchargé et placé en équilibre précaire à côté de la porte. « La dernière fois que nous nous sommes vus j'ai eu l'impression que vous ne teniez pas particulièrement à parler à la presse.

— Aujourd'hui les choses ont changé. »

Je me suis assis à une table libre pendant qu'Harmsworth commandait le café. Il faisait chaud et on manquait d'air, l'endroit était animé malgré l'heure ; combien de personnes vont dans un café après la réouverture des pubs pour la soirée ? Les passants venus se réfugier contre les éléments avaient dû grossir leur nombre. Près de la fenêtre une nurse au visage gris et en uniforme gris tenait une tasse fumante, ses pensées à des milliers de miles, pendant que l'enfant dont elle était chargée dessinait sur les vitres embuées.

« Alors, a dit Harmsworth en s'asseyant, qu'est-ce qu'il y a de si terriblement important pour que vous ne puissiez pas m'en parler au téléphone ?

— Nous devons d'abord établir quelques règles de base. »

Une jolie serveuse nous a apporté les cafés pendant que je lui précisais mes conditions. En aucun cas mon nom et ma fonction ne devaient être mentionnés, ni directement ni indirectement. À partir de ce jour il ne devait plus avoir de contact avec moi pendant un an au moins jusqu'à ce que la frénésie se soit apaisée.

« Naturellement, a-t-il dit avec un geste de la main destiné à dissiper mon inquiétude. Vous resterez totalement anonyme. Je protège toujours mes sources.

— Il y a encore une autre condition mais nous y viendrons plus tard.

— Très bien. Maintenant, qu'avez-vous à me dire ? »

En sirotant mon café je lui ai tout dit des éléments que j'avais rassemblés, depuis le meurtre de la femme de Caine jusqu'à la noyade de Tom Drummond vingt-quatre heures plus tôt seulement, en passant par le meurtre de Bessie et l'arrestation d'Israel Vogel.

Quand j'ai terminé, Harmsworth transpirait comme un condamné à mort, des gouttes de sueur brillaient sur sa lèvre supérieure.

« Nous ne pouvons rien imprimer de tout ça. Caine nous poursuivra. Il nous plumera.

— C'est possible, mais vous êtes assurés. Et quoi qu'il en soit n'est-ce pas une décision qui revient à vos chefs ?

— Ils ne l'imprimeraient pas de toute façon. Vous voulez qu'ils affichent une histoire en première page disant que le Juif que nous avons cloué au pilori est innocent et que le véritable assassin est un respectable homme d'affaires anglais ? Le journal se couvrirait de ridicule.

— S'ils sont intelligents ils l'imprimeront. Tout d'abord Caine n'a rien de respectable. C'est un truand de l'East End plus malin que la moyenne qui est parvenu là où il est à coups de pots-de-vin et de violence. C'est un homme au-dessus de sa condition, pas plus membre de la haute société que vous et moi. Je crois que beaucoup d'hommes importants et honnêtes ne seraient pas mécontents de voir les Caine et consorts dégringoler d'un cran ou deux. Quant aux Juifs, ne me dites pas que lord Rothermere, ou Northcliffe ou quel que soit le propriétaire de votre journal, croit réellement que quelques milliers d'immigrants dans l'East End sont une menace pour la nation. »

Harmsworth était visiblement mal à l'aise.

« Il ne cherche qu'à vendre des journaux. Et cette histoire se vendra : corruption, condamnation à mort pesant sur la tête d'un innocent, faites-moi confiance, les gens la dévoreront. Admettez que la *Gazette* a été dupée. Engagez une de vos croisades morales, pour l'amour du ciel. C'est ce que vous savez le mieux faire. Votre public adorera. Caine essaiera peut-être de vous poursuivre, mais au tribunal de l'opinion publique vous pouvez le crucifier. Vous pourriez même devenir célèbre. »

Il m'a regardé et j'ai vu les rouages se mettre en marche.

« Pourquoi tenez-vous tellement à voir Caine puni ? »

Que répondre ? Que je me sentais personnellement responsable de la mort de Bessie ? Que c'était de la culpabilité, ou les dernières traces de l'amour, ou un mélange compliqué des deux ? Essayer de sauver Vogel était-il une tentative d'expier mes péchés… ma faiblesse ?

Probablement.

« Parce que Caine est coupable.

— Laissez-moi parler à mon rédacteur en chef. »

*

Deux jours plus tard, quand les presses de la *Gazette* se sont mises à tourner le nom de Caine occupait toute la une. À sept heures du matin j'ai acheté le journal au vendeur devant la station Whitechapel. Un achat qui s'est révélé prémonitoire. Deux heures plus tard le tirage était épuisé.

Les jours se sont écoulés et les histoires se sont multipliées. Un journal après l'autre a emboîté le pas à la *Gazette*, comme un mouton encouragé par celui qui se trouve juste devant lui. J'ai admiré l'ironie de la situation. Ces mêmes torchons qui une semaine plus tôt n'attaquaient pas seulement Vogel mais tous les Juifs de Whitechapel s'en prenaient maintenant à Caine. Peut-être étaient-ils en quête de justice, ou simplement de ventes plus importantes. Après tout, vous ne pouvez pas annoncer indéfiniment à vos lecteurs que le ciel va leur tomber sur la tête avant qu'ils la lèvent et constatent qu'il est toujours là.

Bien entendu Caine a menacé de poursuites non seulement la *Gazette* mais aussi tous les autres journaux. C'était aussi une ironie. Vous pouviez apparemment être poursuivi pour avoir dit la vérité à propos d'un homme riche, mais répandre mille calomnies sur les pauvres et en sortir indemne.

Mais le vent tournait. Vogel devenait sinon une célébrité du moins une cause célèbre. Il y a eu des questions au Parlement et on a parlé d'appel auprès du ministère de l'Intérieur. J'étais donc d'humeur combative en quittant le commissariat ce soir-là. J'ai acheté la *Gazette* au vieux type voûté aux cheveux gris et à la barbe de trois jours qui la vendait au coin de Hooper Street. Comme je l'avais prévu elle contenait les détails d'une nouvelle enquête sur les circonstances de la mort d'Helena Caine. Apparemment les amis haut placés de Caine désertaient l'un après l'autre, et au bureau on disait qu'un mandat d'arrêt était imminent.

Il a donc été plutôt perturbant qu'à deux pas de ma porte je sois arrêté par un monsieur qui m'a demandé du feu, et que lorsque j'ai mis la main dans ma poche je sente l'explosion d'une matraque à l'arrière de la tête avant de perdre connaissance.

J'ai repris mes esprits avec une violente douleur dans les tempes accompagnée d'une brûlure dans les tendons des épaules. Puis je me suis aperçu que j'étais attaché sur une chaise, les bras fermement liés derrière moi. J'ai essayé de me libérer, mais le moindre mouvement déclenchait une réaction douloureuse comme si mes bras étaient arrachés.

J'ai cessé de lutter et je me suis forcé à respirer. À me ressaisir. À comprendre la situation. Il faisait froid et noir, c'était humide et silencieux. L'odeur forte de la Tamise flottait dans l'air, ce parfum fade rehaussé de celui des égouts qui imprègne les zones les plus proches du fleuve.

J'ai appelé au secours et ma voix s'est répercutée dans le silence. Signe d'un grand espace. Un hall ou plus vraisemblablement un entrepôt. Ils étaient nombreux du côté des docks et si c'était là que j'avais été amené, je n'avais aucun doute sur l'auteur de mon enlèvement.

J'ai crié de nouveau. Cette fois ma vocifération m'a valu un coup de poing dans la nuque.

Une voix derrière moi a dit : « Moins fort, petit, si vous savez ce qui est bon pour vous. »

La voix m'a paru familière mais avec mon cerveau encore embrouillé je n'ai pas pu la situer précisément.

Un instant plus tard il y a eu de la lumière et Martin Spiller se tenait au-dessus de moi.

« Sam, a-t-il dit. Je suis peiné de vous voir dans cet état. Je pensais que nous avions un accord.

— Pourquoi suis-je ici ?

— Vous étiez prévenu de ne plus poser de questions au sujet de Bessie Drummond, vous vous rappelez ? Contentez-vous d'être reconnu comme l'auteur de l'arrestation de Vogel et laissez la nature suivre son cours.

— Il est innocent.

— Pas d'après les tribunaux.

— Vous avez vu les journaux. Il a été victime d'un coup monté par Jeremiah Caine. »

Spiller a grimacé. « Le problème est bien là. M. Caine est un de nos associés en affaires, et il dit que c'est vous qui avez répandu ces mensonges dans la presse. Il prétend que vous avez sali son nom. Bien sûr, Wesley et moi vous avons défendu. Nous lui avons dit que vous étiez un ami. Que vous ne feriez jamais une chose pareille, mais il n'a pas eu l'air convaincu. Il nous a demandé de vous faire venir pour une conversation amicale.

— Nous avons eu notre conversation. Puis-je partir, maintenant ? »

Spiller a feint la surprise. « Vous m'avez mal compris. Une conversation avec lui. »

Il y a eu un grattement de métal sur le sol, comme si quelqu'un se levait d'une chaise, et Jeremiah Caine est apparu à côté de Spiller. Il portait un long pardessus noir à col de fourrure.

« Agent Wyndham. » La voix était ferme mais calme. « Vous rendez-vous compte des difficultés que vous avez provoquées ? »

J'ai ri doucement. « Je commence. »

Il m'a répondu par un coup dans la figure, et soudain j'ai senti le goût du sang dans ma bouche.

« C'est dommage d'en arriver là. M. Spiller me dit que vous êtes un garçon brillant. Vous auriez pu aller loin.

— Pourquoi l'avez-vous tuée ?

— Qui ? Bessie ou ma femme ? »

J'ai craché le sang que j'avais dans la bouche. « Votre femme. Bessie, je sais pourquoi vous l'avez tuée. »

Caine a eu un mince sourire. « Vous vous rappelez Henri VIII ? Pour la même raison. Helena était catholique. Elle refusait de divorcer.

— Alors vous l'avez électrocutée ? Vous n'auriez pas pu simplement l'empoisonner, comme un mari mécontent sur deux à Londres ? Une cuillerée d'arsenic dans son thé ?

— On ne réussit jamais quand on fait comme tout

le monde. En outre, cela semblait approprié. Moderne, même. Qui aurait dit que cette fichue gouvernante le comprendrait ? »

Il a paru réellement perplexe l'espace d'un instant.

« Bessie a toujours été une jeune femme intelligente. Mais vous auriez pu vous contenter d'acheter son silence. »

Caine a eu un regard dégoûté. « Et laisser une femme de ménage me faire chanter ? Je ne pense pas. »

La sirène d'un bateau a retenti au loin. Spiller s'est tourné vers Caine en disant : « Vous devriez partir. Je m'en occupe.

— Vous êtes sûr ?

— À moins que vous ne vouliez vous salir les mains encore une fois. »

Caine a acquiescé. Il allait s'en aller mais il s'est ravisé. Il est revenu et s'est approché de moi.

« Ce serait grossier de partir sans vous dire au revoir, agent Wyndham. »

Sur quoi il m'a envoyé un nouveau coup de poing dans la figure, et sans la corde autour de mes membres celui-là m'aurait fait tomber de ma chaise et probablement dans les pommes.

Quand j'ai repris mes esprits Caine était parti et Martin Spiller se tenait de nouveau devant moi.

« Je dois le reconnaître, Wyndham. Vous adresser à la presse a été une idée brillante. Je doute que Caine ait jamais imaginé se faire battre par une bande de journalistes. »

J'ai envisagé une plaisanterie sur la plume plus forte que l'épée, mais elle n'était pas assez drôle pour que je coure le risque d'un nouveau coup.

J'ai dit : « Il sera pendu pour ses crimes. Maintenant

que l'enquête est ouverte ce n'est plus qu'une question de temps.

— Hélas non, mon jeune ami. Je crains que non. Voyez-vous, Caine a encore une ou deux relations. Ils l'ont prévenu qu'un mandat d'arrêt serait bientôt lancé contre lui. Ils lui ont conseillé de quitter le pays et c'est précisément ce qu'il est en train de faire. Il a sauté dans un steamer et vogue vers le couchant.

— Pas vraiment une fin heureuse.

— En tout cas plus heureuse que la vôtre. » Il a appelé : « Finlay ! »

J'ai entendu des pas et la silhouette squelettique d'Archibald Finlay est apparue. Une lame luisait dans sa main.

« Salut, agent Wyndham. Je dois dire que je ne pensais pas que les choses finiraient comme ça. Mais je ne peux pas dire que je suis fâché. Vous êtes une petite merde arrogante. Vous trancher la gorge va être un plaisir. »

Il fallait que je réfléchisse vite. J'ai tenté ma dernière chance.

« Attendez. Écoutez-moi bien. Vous voulez vraiment tuer un flic ? C'est le genre de chose qui vous rendra la vie difficile, à vous et à vos associés. »

Spiller s'est frotté la joue. « Je ne vois pas d'autre choix. Après ce que vous avez fait, vous laisser partir serait mauvais pour les affaires.

— Pas forcément. Surtout si Caine s'est enfui à l'étranger. Poursuivre quelqu'un d'autre ne m'intéresse pas. La seule chose qui comptait pour moi c'était d'attraper l'assassin de Bessie. Réfléchissez. Me tuer, ce serait du gâchis. »

Spiller a souri. J'ai pu voir qu'il réfléchissait.

« Il faut que j'en parle avec mon frère. »

Et il est parti, avec Finlay à quelques pas derrière.

Il n'est pas revenu cette nuit-là. Les autres non plus. Il m'a fallu plusieurs heures pour me libérer de mes liens, mais j'ai finalement réussi et je me suis traîné hors de l'entrepôt à temps pour voir le soleil se lever.

Le lendemain un mandat d'arrêt contre Caine était lancé en lien avec la mort de sa femme Helena. Naturellement, Caine était déjà en route vers les Antilles. La nouvelle s'est répandue et la marine a interdit qu'il circule dans les eaux internationales. Il est resté introuvable. Plusieurs membres d'équipage ont déclaré l'avoir vu sauter quand le destroyer l'a abordé. D'autres allaient prétendre plus tard qu'il n'était jamais monté à bord.

Je me suis rappelé le tableau que j'avais vu dans son salon quand je l'ai rencontré, le clipper pris dans une tempête en haute mer. Lui avait-il inspiré de se suicider ou de faire croire à sa mort ? En tout cas je n'ai pu tirer aucune satisfaction de cette nouvelle. Même s'il était mort, je me sentais frustré. J'aurais voulu être là. Assister à ses derniers instants. Voir la peur, la prise de conscience dans son regard. Et s'il était vivant… eh bien, c'était impensable.

Le coroner allait conclure à une mort accidentelle. Israel Vogel a été pendu le même jour.

28

Février 1922

Assam

La portière s'ouvre et la vision bénie d'Emily Carter descend, drapée de soie verte. Mais quelques secondes plus tard le plaisir que j'ai pu éprouver à la voir s'évapore brutalement lorsque l'autre portière s'ouvre et qu'apparaît la silhouette d'un homme en smoking. Aucun doute. Les cheveux sont peut-être gris acier et l'allure de champion de boxe a peut-être disparu, mais les traits du visage froid et dur sont restés les mêmes. C'est l'homme que j'ai vu à la gare de Lumding, l'homme qui a tué sa femme et ordonné l'exécution de Bessie Drummond ; l'homme qui a envoyé Israel Vogel à la potence : Jeremiah Caine.

Un frisson froid me parcourt le dos. Je le regarde faire le tour de la voiture, prendre la main d'Emily Carter et la conduire vers le perron. Sans échanger un regard ils montent les marches tels des souverains et s'arrêtent pour recueillir les flatteries des courtisans. Ils disparaissent à l'intérieur du club. Je sens une main sur mon coude.

« Voici votre adversaire, dit Preston. M. Ronald Carter, maître de Jatinga. Elle est trop bien pour lui, bien sûr, mais comme on dit, l'argent commande. »

Avant que je puisse répondre j'entends un bruit mat, vite suivi de deux autres. Quelque chose est tombé en frappant la véranda à quelques pas de là où je me tiens. C'est un oiseau. Bientôt un autre s'écrase sur la terrasse. Secoué, je me tourne vers Preston.

« Ça commence », dit-il.

Je regarde dans la vallée. Des oiseaux tombent du ciel comme des grêlons sur le sol. La véranda est soudain recouverte de petits corps tandis que les personnes qui sont à l'intérieur, membres britanniques et personnel indien, sortent pour assister à la scène. Derrière moi un serveur murmure une prière.

Je suis tout à coup saisi par un violent pressentiment. C'est comme si les oiseaux réagissaient à l'arrivée du Diable en personne.

« Au nom du ciel, qu'est-ce qui se passe ?

— La malédiction, répond Preston. Je vous ai dit qu'il y avait quelque chose de malfaisant ici. Tous les mois de février, la nuit de la nouvelle lune, quelque chose s'empare des oiseaux qui passent au-dessus de Jatinga et les pousse à se tuer en se jetant sur le sol. »

Et soudain je me rappelle mes évangiles : l'histoire de Légion et de ses démons que Jésus a fait entrer dans un troupeau de porcs.

Les esprits impurs supplièrent Jésus : « Envoie-nous vers les porcs, que nous y entrions. » Il le leur permit. Les esprits impurs sortirent, entrèrent dans les porcs et, du haut de l'escarpement, le troupeau se précipita dans la mer.

Comme tout écolier anglais je connais l'histoire, mais je n'ai jamais cru à sa vérité littérale jusqu'à maintenant.

Le massacre continue, et ceux qui l'ont déjà vu,

comme Preston, commencent à se retirer à l'intérieur. Je reste dehors, enraciné sur place, pris dans une tempête d'émotions. Une porte s'ouvre derrière moi et une flaque de lumière jaune s'étale sur la véranda. Je perçois les effluves d'un parfum familier et Emily Carter est à côté de moi ; elle pose doucement une main gantée de soie sur la balustrade.

Je reste un instant sans voix.

« Vous appréciez la vue, capitaine ? »

Je ne réponds pas.

« Ce sont des étourneaux, dit-elle. Des "oiseaux suicide". »

Je regarde dans la vallée des hommes de la tribu s'en prendre aux oiseaux encore vivants à coups de massue et de bâton.

« Pourquoi font-ils cela ?

— Par peur, répond-elle. Comme les hommes du monde entier attaquent tout ce qu'ils ne comprennent pas.

— Je parlais des oiseaux. Pourquoi viennent-ils ici pour mourir ? »

Elle sourit. « Nous devons tous mourir quelque part. Et personnellement je ne vois pas de meilleur endroit. Et vous, capitaine ? »

Nous bavardons quelques minutes jusqu'à ce qu'un serveur vienne annoncer le dîner.

Emily boit une gorgée du verre qu'elle tient à la main.

« Préparez-vous, capitaine, dit-elle. C'est là que le spectacle commence. »

Je voudrais l'arrêter, la mettre en garde, au moins dire quelque chose, mais je ne le fais pas. Je reste planté là tandis qu'elle tend son verre vide au serveur et disparaît.

Preston s'avance vers moi.

« Ma parole, Wyndham, je croyais que vous auriez l'air plus heureux. Entrons, mon vieux. Le dîner est bientôt servi. »

Je le suis aveuglément en essayant d'accepter la situation. Ma première idée est d'affronter Ronald Carter, de le dénoncer en tant que Jeremiah Caine. De l'arrêter et le traîner à Calcutta pour qu'il soit… quoi exactement ?

Le fait est qu'aucune inculpation ne pèse sur Caine en Inde. Toute chance de le présenter à la justice a probablement disparu le jour où Tom Drummond a été repêché dans la Tamise, et je ne peux pas davantage l'arrêter maintenant que je pourrais battre des bras et m'envoler. Je pourrais néanmoins le dénoncer, comme je l'ai fait il y a dix-sept ans, mais les choses ont changé. Cette ville est la sienne : il a les habitants dans sa poche. Qui croirait en la parole d'un ancien opiomane contre celle de l'homme le plus riche de la région ? Et même si c'était le cas, pourquoi en tiendrait-on compte ?

Et je repense aux contusions d'Emily Carter. Elle, elle en tiendra compte, même si je dois l'obliger à s'asseoir et la forcer à écouter chaque mot de l'horrible vérité : qu'elle n'est pas sa première femme et que je ne vais pas la laisser partager le sort de celle qui l'a précédée.

Mais la dure réalité demeure. Je sens la bile monter. Je prends aussitôt une résolution : si je ne peux pas obtenir justice, je peux encore obtenir vengeance, pour Bessie, et Vogel, pour Helena Caine et même

Tom Drummond. Comment ? Je n'en ai absolument aucune idée.

Je traverse le salon et soudain nous sommes dans une vaste salle à manger préparée comme pour un mariage, avec une table rectangulaire sur une estrade qui domine les autres, rondes, prévues chacune pour six ou huit personnes. Dans un brouillard je suis Preston qui se dirige droit vers une table près du fond où ses copains de l'administration sont déjà assis. Sur l'estrade, Ronald Carter, l'homme qui a été autrefois Jeremiah Caine, prend place au centre de la table.

Je prends soudain conscience que par un de ces bizarres caprices du hasard, jusqu'à notre rencontre accidentelle dans la gare de Lumding il y a deux semaines, nous pensions tous deux que l'autre était mort, lui noyé dans l'océan et moi entre les mains des frères Spiller. Vu sous cet angle, il semble presque que ce soit le destin qui nous fait aboutir ici ce soir.

Je m'installe à la table de Preston en plaçant ma chaise de façon à tourner le dos à l'estrade. Un brouhaha de conversations aux tables voisines se déverse sur moi comme un torrent de mousson. La nôtre, par contraste, paraît remarquablement silencieuse. C'est peut-être celle des pièces rapportées, rassemblées au dernier moment. Je ne m'en plains pas. Dans mon état d'esprit actuel je pourrais aussi bien prendre part à une conversation anodine que parler japonais. Finalement je me force à me concentrer. Devant moi est assis un pasteur, un grand type à favoris gris et au visage coloré, avec une nuance radis qui suggère une constitution conservée dans l'alcool. Il porte un costume noir charbon et une chemise assortie qui laisse voir un col cassé immaculé. L'homme se tient là comme un nuage d'orage attendant de crever, le regard fixé fermement sur la table de l'estrade. À côté de lui et à la gauche de Preston est assis le docteur Deakin, celui qui a effectué l'autopsie de Le Corbeau. Lui aussi paraît d'humeur maussade. Il tient un verre de whisky qu'il porte de temps en temps à ses lèvres d'une main tremblante.

Il surprend mon regard et m'adresse un signe de tête. « Qu'en avez-vous pensé ? » demande une voix à ma droite. Je me tourne vers l'homme assis là. Il est jeune, les cheveux d'un roux flamboyant, sobrement vêtu d'un costume sombre, avec un foulard de soie verte autour du cou, seule concession à l'extravagance. À côté de lui est assise une petite souris qui d'après son alliance doit être sa femme.

« Pardon ?

— Les oiseaux, dit-il. Fichtrement inhabituel, non ? »

Ce n'est pas exactement le terme que je choisirais. Inhabituel est un mot que vous utilisez quand ce n'est pas un temps de saison, ou que votre domestique est en retard pour vous servir votre petit déjeuner, pas quand dix mille oiseaux tombent du ciel.

« En effet. »

L'homme se présente. « Alan Dewar », dit-il, puis il me présente sa femme. Celia. « Les gens d'ici croient à une malédiction.

— J'en ai entendu parler.

— Cela ne me surprendrait pas. Il n'y a rien de bon dans cet endroit.

— Vous ne vivez pas ici ?

— Pas question. Nous habitons plus haut près de Langting, à un peu moins d'une journée de voiture. »

Je me demande pourquoi lui et sa femme font un

tel voyage puisque aucun des deux ne semble particulièrement content d'être là. J'ai envie de lui poser la question mais je renonce, surtout parce que je ne souhaite pas révéler mes propres raisons d'être ici, ce que je pourrais devoir faire s'ils me questionnaient à leur tour.

Dewar prend une cuillère sur la table et la tient comme un maître d'école qui explique quelque chose avec une craie. « Mais nous sommes au XXe siècle. Nous sommes censés avoir dépassé l'époque des superstitions. Il y a une explication rationnelle, scientifique pour le plus étrange des phénomènes. »

En temps normal je serais tenté de l'approuver, mais dans l'état où je suis je ne sais que croire. Pourtant, une réponse scientifique serait la bienvenue.

« C'est lié aux alignements de sites et à l'énergie naturelle de la Terre », dit Dewar.

Le prêtre s'anime tout à coup.

« Absurde ! rugit-il. Alignement de sites, allons donc. Ne rabaissez pas l'œuvre de Dieu avec ce genre de baratin !

— La science n'est pas du baratin, révérend, réplique Dewar. Elle libérera le monde du péché, de la culpabilité et des dogmes religieux que vous et vos semblables faites avaler aux sauvages que vous cherchez à convertir. Je… »

Un tintement de métal contre un verre. Venu de l'estrade. Un homme assis au bout se lève et demande le silence. Le silence se fait en bas parmi le vulgaire.

« C'est avec un très grand plaisir que je vous accueille tous au dîner de la Nouvelle Lune. » Il a le ton d'un bedeau qui rappelle à l'ordre une réunion du conseil paroissial. Il y a quelques applaudissements puis une acclamation braillarde d'un homme déjà ivre à une table éloignée.

« Nous avons eu une grande année, poursuit-il, en dépit des plus grandes épreuves... » Je me retourne et me concentre sur Emily Carter. On dirait qu'elle n'écoute plus et qu'elle regarde dans le vague. Je doute qu'elle ait la moindre idée de la véritable identité de l'homme assis à côté d'elle quoique, à en juger par ses contusions, elle sache déjà de quel type d'homme il s'agit.

Le maître de cérémonie enchaîne sur l'éloge de Ronald Carter, qui parraine la soirée et, semble-t-il, à peu près toutes les autres au Jatinga Club, ce qui frôle l'hagiographie. À la mention du nom de son mari Emily Carter sort de sa rêverie. On applaudit, et sur scène Ronald Carter jouit de l'adulation dont il est l'objet. Emily applaudit aussi et parcourt la salle des yeux. Son regard s'arrête sur moi. Il y a quelque chose de dur, de presque artificiel dans son expression. Mon côté le plus optimiste espère qu'elle est peut-être dégoûtée par l'adoration portée à son mari.

Jeremiah Caine, connu désormais sous le nom de Ronald Carter, se lève et reçoit les applaudissements comme le Roi-Soleil parmi ses courtisans.

D'un geste il demande le silence.

« Merci, dit-il, et il se tourne vers le public. Mes amis, merci à tous d'être là pour la soirée la plus spéciale de notre calendrier. Je sais que beaucoup sont venus de loin, et bien que la plupart d'entre vous soient des vétérans de ces dîners nous avons aussi quelques nouveaux venus qui sont ici pour la première fois. À ceux-là je souhaite tout spécialement la bienvenue. Comme vous l'aurez remarqué il y a quelques minutes, Jatinga est un lieu très particulier, et si toutes ses merveilles ne sont pas aussi spectaculaires que la Nuit des Oiseaux, on peut légitimement dire qu'il est unique, et que nous qui avons choisi d'y vivre et ceux qui n'y sont peut-être qu'en visite avons vraiment de la chance.

— Allez dire ça au malheureux Belge, marmonne Preston.

— Que vous croyiez ou non que les oiseaux emportent les péchés de cette vallée, il n'y a aucun doute que nous, la communauté britannique de Jatinga, nous avons été bénis. À l'abri des éléments et des vents des conflits communautaires qui font rage à travers ce pays, notre terre est fertile, nos routes commerciales sont sûres et nos marchands et négociants sont devenus riches… et gros. » Il fait un geste en direction d'une silhouette corpulente à l'une des tables, entraînant une cascade de rires. « Alors soyons reconnaissants de la générosité de notre terre et profitons des fruits de notre travail. » Il lève son verre très haut et les hôtes se mettent debout.

« Mesdames et messieurs, à Jatinga. »

Un écho se propage dans la salle quand les invités répètent le toast et boivent. Je regarde Emily Carter avaler une grande gorgée qui vide presque sa flûte à champagne. Elle chuchote quelque chose à son mari et je les perds de vue un instant pendant qu'une armada de serveurs en jaquette blanche se répand dans la salle en tenant en l'air des plateaux d'argent. Puis ils se retirent et je vois Jeremiah Caine qui me regarde en face, et dans ce quart de seconde, son masque tombe.

Je reste dos à l'estrade et j'ai une conversation innocente avec Preston, le pasteur Philips et les autres. Pendant ce temps les rouages continuent de tourner. Caine m'a reconnu. Il n'y a aucun doute.

Sat parlerait de kismet, me dirait que c'était mon destin de rencontrer Caine ce soir après si longtemps, en ce lieu où les oiseaux tombent du ciel.

La question est : que faire. Caine assis à la table sur l'estrade se pose probablement la même. Il a déjà essayé une fois de me faire tuer. Essaiera-t-il encore ?

La chose sensée serait de me lever, sortir et ne pas regarder derrière moi avant d'être à cent miles d'ici. Mais le bon sens n'a jamais vraiment été mon mode opératoire préféré, pas s'il me fait paraître faible. Je ne vais pas laisser Caine m'obliger à quitter cette ville même si c'est la décision raisonnable.

Naturellement il y a un autre choix, un qui parle au sang qui court rageusement dans mes veines.

Le tuer avant qu'il ne me tue. Mais tuer un homme n'a jamais été facile. Même par devoir professionnel, avec l'accord de son roi et de son pays et l'absolution des hommes d'Église. Je n'en ai jamais tiré aucune satisfaction. Dans le cas présent ce serait un meurtre, de sang-froid.

Ce devrait me paraître pire, mais il n'en est rien.

Je peux y voir de la légitime défense, mais en réalité c'est la soif de vengeance. Tuer Caine serait vider l'abcès, cautériser la blessure qui suinte et suppure depuis dix-sept longues années. Les minutes s'écoulent et pendant que je parle de caoutchouc et de teck, de thé et de routes commerciales, mon esprit élabore des moyens de le supprimer.

La conversation s'épuise, jusqu'à ce que Preston la relance, précisément à propos d'un mort.

« Alors, dit-il en s'adressant au docteur Deakin, ce garçon que nous avons repêché dans la rivière. Avez-vous découvert ce qui lui est arrivé ? »

Le médecin lui lance un regard que je ne sais pas interpréter.

« Il n'y a rien à découvrir. Il a glissé, il est tombé, et il est mort du choc à la tête. »

Le pasteur Philips lui demande de qui il s'agit.

Deakin prend son whisky et le boit cul sec. « Quelqu'un de l'ashram, répond Preston. Un jeune Belge. Le pauvre gamin s'est perdu et il est tombé dans une rivière. Mes hommes et moi l'avons trouvé au cours d'un relevé topographique. »

Le pasteur a un grognement de dérision. « Il a glissé et il est tombé, hein ? Quelle malchance. »

Le médecin fait une grimace et donne l'impression qu'il va répondre mais la conversation est interrompue par l'arrivée du dessert et un nouveau tintement de couvert contre un verre. Je regarde, le maître de cérémonie va parler.

« Mesdames et messieurs, votre attention, s'il vous plaît. »

Cette fois il faut un second tintement prolongé de couteau contre une flûte à champagne pour que l'assemblée fasse silence.

« Mesdames et messieurs, ce soir nous avons pour vous une surprise toute particulière. Pour votre délectation nous avons fait venir à grands frais de sa caverne dans l'Himalaya le seul et unique, le célèbre mystique hindou, le fakir Ramaswamy. »

Un tonnerre d'applaudissements nourris à l'alcool

éclate et un saint homme hindou barbu, maigre comme un clou, l'air renfrogné et à peine vêtu d'un pagne monte sur l'estrade. Le public l'accueille avec un mélange de faux enthousiasme et de moquerie, comme à la foire une exhibition de monstres. Ses cheveux en désordre qui descendent plus bas que les épaules, noir de jais, sa barbe et ses yeux enfoncés encroûtés de khôl lui donnent l'air d'un Raspoutine indien. J'ai déjà vu des types comme lui et je devine qu'il n'est pas plus mystique que moi. Ce genre de personnage n'en est pas moins incroyablement populaire dans un certain type de soirée, et qui suis-je pour juger comment un homme gagne sa vie ?

Le fakir attend que les cris cessent.

« Bonsoir et bienvenue », dit-il.

Il y a des éclats de rire étouffés.

« Et vous êtes rudement bienvenu aussi ! » crie un farceur dans le fond.

Nouveaux rires.

L'Indien les ignore.

« J'aurai besoin de deux chaises… et d'une table », dit-il, en levant un doigt osseux en confirmation, et bientôt deux hommes du public apportent deux chaises et une table de bridge pliante. Le fakir les remercie d'un signe de tête et en joignant les mains en pranam. L'un des hommes répète le geste. Nouveaux rires dans la foule. Encore une fois l'Indien les ignore.

« Et maintenant un volontaire. »

Les invités murmurent, mal à l'aise. C'est une chose de se moquer d'un Indien, participer à sa démonstration en est une autre. Lentement, quelques mains hésitantes se lèvent. Quelqu'un crie : « Carter ! »

La foule est galvanisée. Le dénommé Ronald

Carter est le chef ici. Il va de soi qu'il doit se porter volontaire. On hurle *Carter*, *Carter*, *Carter*.

Carter.

L'homme que j'ai connu sous le nom de Jeremiah Caine répond à sa tribu par un geste gracieux de la main. Il se lève et va se pencher sur le fakir. L'Indien lui indique une chaise et s'assoit en face de lui. D'un regard il obtient le silence, puis il demande à Caine : « Vous vous appelez monsieur Carter ?

— Exact.

— Monsieur Carter, vous paraissez très apprécié des messieurs et des dames présents ce soir. »

Caine acquiesce. *Noblesse oblige*[1] sacrément.

« Ce soir, monsieur Carter, poursuit le fakir, je vais vous dire ce que l'avenir vous réserve, mais d'abord j'ai besoin de quelques renseignements. »

Carter acquiesce de nouveau.

« Vous habitez ici à Jatinga ? »

Encore un acquiescement.

« Depuis combien de temps ? »

Caine se frotte le menton. « Longtemps. Plus de dix ans.

— C'est bien. C'est assez longtemps. »

Le sourire de Caine s'efface. « Assez longtemps pour quoi ?

— Assez longtemps pour devenir une partie de cet endroit. Votre âme est liée à lui, sahib. »

Rires nerveux parmi les tables. Caine se gratte l'oreille.

« Et maintenant, sahib, voulez-vous m'indiquer quel jour, à quelle heure et où vous êtes né ? »

1.- En français dans le texte.

Caine s'impatiente. « Continuons, d'accord ?
— Très bien, sahib, mais sans ces informations il n'y a aucune garantie d'une prédiction précise.
— Je prends le risque.
— S'il vous plaît, je peux voir votre main droite ? »
Caine la pose sur le feutre vert et le fakir la prend à deux mains, la retourne, et l'examine de façon théâtrale.
« Je vois que vous avez mené une vie intéressante. Beaucoup de succès, beaucoup d'argent je pense ? » Il fait un grand sourire à Caine, puis au public. « C'est un homme très riche, non ? »
Un homme ivre commente sentencieusement : « Vous connaissez bien votre affaire, Gunga Din. »
Le fakir revient à l'examen de la paume de Caine.
« Je ne vois pas d'enfants. »
Caine acquiesce gravement.
« Et deux épouses ? »
Le visage de Caine s'assombrit comme un crépuscule.
« Je crains que non, mon vieux. Rien qu'une. »
Le fakir le regarde attentivement.
« Il va peut-être m'en venir une autre ? »
Tout le monde se détend et rit, le fakir, le public, Caine lui-même. Mais je ne ris pas, et Emily Carter non plus. Je la vois, assise, un rictus peint sur son joli visage.
« Tournons-nous vers l'avenir, dit le fakir. Je... » Il s'interrompt. Ses traits expriment la fascination de l'horreur.
« Oui ? dit Caine.
— Je vois... la mort. »
Il se lève comme si mille volts venaient de le traverser,

renverse sa chaise et s'enfuit. L'assemblée reste abasourdie puis un chœur de huées explose tandis que le maître de cérémonie poursuit le fakir. C'est Caine qui restaure le décorum en obtenant le silence.

« Aucune dépense n'a été épargnée pour le faire venir ? Croyez-moi, il repartira en troisième classe. »

Comme sur un signal les serveurs en jaquette blanche viennent remplacer les bols du dessert par des tasses de thé ou de café en porcelaine. Certains des convives en profitent pour se dégourdir les jambes, aller fumer ou bavarder avec des amis à d'autres tables.

Je regarde Emily Carter se lever et se diriger vers la sortie la plus proche. Son mari, en pleine conversation, l'ignore. Je me lève et je la suis sur la véranda.

Elle me tourne le dos, elle regarde les collines. Je vois au mouvement de ses épaules nues qu'elle respire difficilement.

« Emily ? »

Elle se retourne vite, effrayée. Derrière elle le ciel nocturne s'est éclairci. Les nuages qui couvraient la vallée se sont dissipés et les oiseaux ont disparu.

« Capitaine Wyndham. Vous m'avez fait peur.

— Je suis désolé.

— Je vous en prie, ne vous excusez pas. La soirée a été plutôt traumatisante. D'abord les oiseaux, ensuite ce diseur de bonne aventure à deux roupies et son annonce de mort.

— Je ne m'en inquiéterais pas. Ce sont des foutaises. Ces gens-là ont du flair pour le mélodrame. Vous seriez tout aussi fâchée s'il avait dit que votre mari partait refaire sa vie avec un nouvel amour à Tahiti. »

Elle repousse une mèche blonde derrière son oreille. « Je suppose que vous avez raison. »

Je choisis soigneusement mes prochains mots.

« Et de toute façon, à aucun moment le bonhomme n'a dit la mort de qui il prédisait. »

Son expression a changé. « Pardon ?

— Il a vu la mort. Il n'a pas dit qu'il s'agissait de celle de votre mari. Il y a toujours une chance qu'il ait vu la mort de quelqu'un d'autre. »

Elle fronce le front, troublée. « Je regrette, je ne suis pas sûre de vous suivre.

— Votre mari a peut-être quelque chose à voir avec la mort de quelqu'un d'autre ? » Elle recule d'un pas et il y a soudain de la colère dans ses yeux.

« Êtes-vous en train de suggérer que mon mari pourrait tuer quelqu'un ? »

Il y a du dédain dans sa voix. Mais pas d'incrédulité outrée.

Je me dis qu'elle sait, ou du moins qu'elle soupçonne quelque chose. Je prends le pari. « Vous avez dit qui j'étais à votre mari.

— En effet, et alors ?

— Pourquoi ?

— Parce qu'il me l'a demandé.

— Et pourquoi l'a-t-il fait ?

— Jatinga est le genre d'endroit où on se surveille mutuellement, capitaine. Quelqu'un a dû lui rapporter que j'avais été vue faisant visiter la ville à un inconnu. Quand il est rentré aujourd'hui il m'a demandé avec qui j'étais. »

C'est exactement ce qu'il ne devait pas arriver, à en croire Preston. Que les braves gens de Jatinga auraient trop peur d'être porteurs de mauvaises nouvelles à leur Ronald Carter.

« Lui avez-vous dit mon nom ?

— … Oui…

— Et qu'a-t-il dit ?

— Il a demandé ce que vous faisiez.

— Et vous lui avez dit que j'étais policier ?

— Oui.

— Comment a-t-il réagi ?

— Il est sorti de la pièce. Il n'a rien dit d'autre jusqu'à ce qu'il me demande que je vous signale à lui pendant le dîner.

— C'est parce que nous nous sommes déjà rencontrés. Sauf qu'il ne s'appelait pas Carter à cette époque. Son nom était Caine. Jeremiah Caine. »

Emily recule encore d'un pas, mais ne sait où aller. Elle secoue la tête avec véhémence. « Comment ?

— Il a fui le pays, c'est-à-dire l'Angleterre. Après avoir tué sa femme. »

Je m'attends à des larmes. À la fureur d'une femme choquée par de telles allégations. Mais elle se contente du déni.

« Vous devez vous tromper de personne, capitaine.

— Je ne pense pas, et d'après vos contusions j'ai l'impression qu'il est encore plus qu'heureux de se montrer violent avec une femme. »

Elle lève instinctivement la main vers son visage.

« Il vous a souvent frappée, n'est-ce pas ? »

Ses traits se déforment, leur perfection soudain détruite par mes paroles. Ses yeux brillent. « Qu'est-ce qui vous donne le droit de poser une telle question à une femme que vous venez seulement de rencontrer ? » Elle crache ses mots avec fureur.

Certes je n'ai aucun droit autre que celui d'un homme qui sait ce dont son mari est capable.

« Vous devez le quitter, Emily. Vous devez quitter cette maison dès que possible. »

La porte derrière nous s'ouvre, la lumière jaune est masquée par la solide silhouette de deux hommes. Ils sortent, tenant de gros cigares entre des doigts encore plus gros.

« Je devrais retourner à l'intérieur », dit-elle en se dirigeant vers la porte.

Elle s'arrête à l'entrée et se retourne.

« La femme à laquelle vous prétendez qu'il était marié, comment est-elle morte ?

— Elle a été électrocutée. »

Elle a un rire amer. « Eh bien, voilà un élément positif. Il n'y a pas d'électricité ici. »

29

Février 1922

Assam

Je ne reste guère plus longtemps. Je n'ai aucune envie de m'attarder près de Jeremiah Caine et sa coterie, si ce n'est devant sa tombe ou dans la cellule d'une prison. Je m'excuse auprès de Preston en lui disant que j'ai besoin de prendre l'air et il n'y voit aucune objection. En fait il ne dit rien, toute son attention occupée par l'ami avec lequel il est accoudé au bar. Mais je suis presque sûr qu'il m'a entendu.

Je prends la route pour redescendre. L'air est devenu épais, un brouillard d'herbe humide et de fumée de bois brûlé, et la forêt résonne de cris des tribus, les flammes d'une douzaine de torches tremblotent. À mi-chemin je croise un groupe d'hommes couleur d'ébène à demi nus et armés de lames et de bâtons de bambou. Je les regarde fouiller les sous-bois à la recherche d'oiseaux blessés. Quand ils en trouvent un ils lui écrasent la tête puis le déposent dans un grand sac de jute qu'un des leurs porte sur le dos.

Leur bavardage cesse sur mon passage, remplacé par des signes de tête malveillants et des regards mornes et soupçonneux tout à fait différents de ceux, inquisiteurs, que nous adressent généralement les indigènes de basses castes là où l'on voit rarement un visage blanc.

Le bungalow de Preston est mortellement silencieux en dehors du tic-tac de la pendule du vestibule. J'allume une bougie et je traverse le salon en trébuchant à la recherche du placard à boissons, je le trouve, et faute de whisky, je me sers une grande mesure de gin.

Je m'assois sur le canapé à côté d'une pile de chemises de Preston et je le sirote. Tuer Caine ne sera pas simple, mais ici, sans mandat ni soutien, c'est néanmoins plus facile que de l'arrêter. La première chose à faire est de mettre la main sur une arme, un revolver de préférence, mais n'importe quelle arme à feu fera l'affaire. Même si je décide de le tuer d'une autre façon, une arme à feu est une bonne assurance au cas où il déciderait de me courir après. La difficulté c'est que je n'ai aucune idée d'où en trouver une. Je doute que Preston en ait. Ce n'est pas son genre. Quant à l'ashram, il y a plus de chances de découvrir entre ses murs un bifteck d'aloyau qu'une arme à feu. Il y a une possibilité que le grand magasin ait en stock un fusil ou deux, quelque chose pour éloigner les bêtes sauvages, mais Preston m'a dit que ses propriétaires sont du Gujarat et la plupart des Gujaratis, comme leur fils le plus célèbre, Gandhi, ne veulent pas prendre la vie, n'importe quelle vie. Certains d'entre eux, adeptes du jaïnisme, se promènent même avec un masque sur la bouche de peur de respirer accidentellement un insecte et le tuer. Il n'y a pas moyen de raisonner avec ces gens-là.

Je vide mon verre jusqu'à la dernière goutte, je

me lève, je parviens jusqu'à ma chambre et je me dépouille du costume et de la chemise de Preston avant d'aller dans la salle de bains. En revenant je souffle la bougie, je me couche sous la moustiquaire, je m'étends et j'élabore un plan.

Demain matin à la première heure je vais descendre à la poste et envoyer un télégramme à la direction de la police à Calcutta en demandant des renseignements, y compris les mandats d'arrêt en souffrance, sur Ronald Carter et Jeremiah Caine. Je pense qu'il n'y en aura pas mais cela ne fait jamais de mal de vérifier, surtout si cela m'évite une recherche plus avancée.

Toutefois je ne vais pas perdre de temps à attendre la réponse. Je vais plutôt l'utiliser judicieusement en cherchant une arme. L'image du cadavre de Le Corbeau flotte dans ma conscience. La cicatrice en creux, les marques sur son pantalon. J'ai un frisson. Il avait ma taille et ma corpulence. Dans l'obscurité on pouvait nous confondre. Quelqu'un l'a-t-il pris pour moi ? C'était ma deuxième nuit dans l'ashram. La nuit suivant ma rencontre avec Emily Carter, la femme de Caine ; deux jours après que Caine m'avait vu dans la gare de Lumding. Mon esprit galope. Caine avait-il déjà envoyé quelqu'un me tuer ? Le Corbeau a-t-il été assassiné par erreur ?

Je ressens soudain un besoin familier, l'appel de l'opium qui alimente ma paranoïa et obscurcit mon jugement. Je me dis que je dois trouver une arme, et vite. Faute d'arme à feu, une lame fera l'affaire. J'enverrai un mot à Carter en lui demandant de me rejoindre dans la clairière près de l'ashram où Le Corbeau a été retrouvé, pour discuter le prix de mon silence.

Il fait noir dehors et le sommeil tarde à venir. Tout a commencé par la poussée d'adrénaline provoquée par la vue de Caine, mais autre chose prend le dessus à présent, le besoin primaire qui est mon moteur depuis près de deux ans. Mon corps souffre, c'est le genre de douleur qui ne peut être soulagée que par une dose d'opium. Je la surmonte, c'est-à-dire que je reste étendu avec un oreiller sur la figure, mais cette voix dans ma tête, celle qui a toujours murmuré un si doux poison, refuse de se taire.

Rien qu'une pipe… Rien que pour pouvoir dormir…

C'est tentant.

Extrêmement tentant.

Alors je me dis que tout a commencé avec une seule pipe. Rien qu'une pour pouvoir dormir.

Je dois m'être assoupi car je suis réveillé par le bruit de quelqu'un qui tripote la porte d'entrée. Je pense d'abord que c'est Preston qui rentre ivre et a du mal à introduire la clef dans la serrure. Aussitôt après, j'entends un énorme fracas et la porte d'entrée qui s'ouvre en claquant contre le mur à l'intérieur. Instinctivement je soulève la moustiquaire et je me lève. Des voix indiennes parlent dans l'entrée dans une langue étrangère. Je me maudis pour avoir été aussi stupide. Caine a été plus vif que je ne le prévoyais. J'aurais dû faire la seule chose sensée, quitter le club. Je serais déjà à mi-chemin de Lumding. Au lieu de quoi je suis là en sous-vêtements avec des tueurs de l'autre côté de la porte. Je cherche frénétiquement une arme, mais je ne trouve rien. Les secondes ralentissent. J'entends les hommes avancer dans la maison. Ils vont finir par atteindre ma chambre. Pris de panique, je cherche quelque chose autour de moi, n'importe quoi qui puisse me servir à me défendre.

Et je le vois : une boîte métallique rectangulaire sur l'étagère d'appareils photo de Preston. Je la saisis, j'ouvre le couvercle et je vide le contenu poudreux en tas sur le sol. J'attrape mon pantalon, j'y prends les allumettes et je me tiens prêt.

Finalement la porte de ma chambre s'ouvre brutalement. Je distingue la forme de deux hommes râblés. Le premier tient quelque chose qui luit dans la pénombre. Je gratte une allumette et la jette sur la poudre accumulée par terre. C'est de la poudre flash, un mélange de magnésium et de chlorate de potassium utilisé pour éclairer une pièce quand on prend une photo. Il y a une explosion de lumière blanche brillante qui atteint ma rétine bien que je serre les paupières. Je les ouvre vite et trouve mes deux invités tâtonnant, temporairement aveuglés. Je ne perds pas de temps, je frappe le premier au visage et je sens une douleur aiguë et satisfaisante le long de mon bras quand mon poing atteint son nez. Il hurle et laisse tomber son couteau. Je continue avec un coup à l'estomac, et quand il se plie en deux, un coup de genou à la tête.

Derrière lui son complice, encore aveuglé, commence à reculer. Je ramasse le couteau et je le suis dans le vestibule. Il trébuche, renverse une chaise en se dirigeant vers la porte d'entrée et je lui lance une bordée d'injures pour m'assurer qu'il ne lui vienne pas à l'idée de revenir aider son copain.

Je barricade l'entrée et retourne dans ma chambre. Mon premier problème au moins est résolu. J'ai une arme. L'homme au sol est encore inconscient. J'allume une bougie et je me penche pour mieux le voir. C'est un indigène, avec les traits légèrement orientaux des Indiens de la région. Je me verse un verre d'eau du pichet posé sur le bureau, je bois une gorgée et je lui lance le reste à la figure. Il s'ébroue, porte une main à sa tête et me voit au-dessus de lui. La panique se lit sur son visage ensanglanté.

En brandissant le couteau, ce qui exclut toute discussion, je dis : « Restez où vous êtes. »

Je sens la colère monter à l'idée que cet homme a eu la témérité d'essayer de me tuer, et j'envisage de le frapper encore rien que pour me sentir mieux. Mais je résiste. J'ai besoin de l'interroger. Lui par terre et moi debout en sous-vêtements en train de le frapper ce n'est pas exactement la procédure standard de l'interrogatoire.

« Levez-vous. Lentement. Et gardez vos mains au-dessus de la tête. »

Je lui indique une chaise à côté du bureau.

« Asseyez-vous. Et gardez vos mains où je peux les voir. »

L'homme me regarde avec circonspection mais il obéit.

Sans cesser de le menacer du couteau j'enfile mon pantalon.

« Quel est votre nom ? »

Il ne répond pas.

« Qui vous a envoyé ? »

Seul le tic-tac de la pendule dans le corridor me répond. Non qu'elle ait une importance. Mais la réponse va de soi.

C'est impressionnant la vitesse à laquelle Caine a été capable de mobiliser son armée. Mais je peux peut-être tourner la chose à mon avantage. Il doit y avoir un moyen d'obtenir justice pour tous ceux que Caine a tués sans devoir lui faire signer une confession et sans être obligé de le tuer. Et le plus satisfaisant est que c'est Caine lui-même qui m'a offert les munitions.

J'essaie une autre tactique.

« Vous lisez l'anglais ? »

L'homme acquiesce lentement.

« Bien. » Je sors mon portefeuille et en tire ma carte. « Vous savez ce qui est écrit ? » L'homme regarde le document bleu écorné. « Eh bien, je vais vous le dire. Cette carte montre que je suis un officier de la police impériale, et attaquer un officier est un grave délit. Des personnes ont été pendues pour moins que ça. »

Il y a de la peur dans ses yeux, plus sombre et plus profonde qu'avant.

« Je vais vous le demander encore une fois. Quel est votre nom et qui vous a envoyé ?

— Je m'appelle Deori. Bogoram Deori. Je travaille pour M. Carter.

— Et il vous a envoyé me tuer ? »

Il se tait mais acquiesce lentement.

« Et M. Carter vous a-t-il demandé de tuer quelqu'un d'autre ? »

Deori secoue la tête, troublé. « Sahib ?

— Il y a une semaine, avez-vous tué un homme et laissé son corps dans une rivière près de l'ashram ?

— Non, sahib. Je le jure. »

Autrefois j'avais beaucoup d'intuition pour savoir quand un homme mentait, mais ma descente dans l'addiction à l'opium et mes propres progrès dans le mensonge m'ont semble-t-il fait perdre mon aptitude à distinguer le vrai du faux. Je le regarde sévèrement dans l'espoir de le faire craquer, mais je ne vois rien.

Je change de procédé.

« Savez-vous écrire en anglais ? »

L'homme ne semble pas être sûr de là où je veux en venir.

« Oui.

— Bien. »

Je vais chercher un oreiller sur le lit, j'en enlève la taie et la lui lance. « Nettoyez-vous. Je ne veux pas qu'il y ait du sang sur toute votre confession. »

Pendant que Bogoram Deori se lave le visage et les mains avec l'eau du pichet et s'essuie avec la taie, je trouve un stylo à plume et du papier dans le tiroir du bureau.

« Allez-y, dis-je en les lui tendant. Écrivez. »

Je lui dicte sa déclaration en exposant que, sur l'ordre de son employeur M. Ronald Carter, lui et un complice sont venus dans l'intention expresse de me tuer, puis je la lui fais dater et signer.

« Cette lettre les empêchera de me tuer ?

— Pas tout à fait, mais nous n'avons pas encore terminé. »

Sur une autre feuille je le fais écrire la même confession, mais cette fois j'ajoute une ligne précisant que bien qu'ayant reçu l'ordre de commettre un meurtre Deori n'a pas pu se résoudre à obéir aux instructions. Qu'il m'a tout avoué. Encore une fois il date et signe sa déclaration. J'en brandis une dans chaque main.

« La première lettre vous envoie à la potence. L'autre vous renvoie chez vous en homme libre. Laquelle je vais présenter dépendra de votre coopération. Compris ? »

Deori acquiesce.

« Alors, très bien, voilà ce que nous allons faire. »

*

« Il nous faut un véhicule.

— Rien que peu de sahibs ont une voiture ici », répond Deori en haussant les épaules.

Nous sommes devant sa hutte dans la communauté indigène plus bas dans la vallée. Le ciel est encore noir et il doit être entre deux et trois heures du matin.

Comme je l'avais prévu, le complice de Deori, un homme appelé Boja, est rentré dans son village lécher ses blessures. Contrairement à Deori, Boja ne sait ni lire ni écrire, je rédige donc les mêmes déclarations et après avoir coloré son pouce avec l'encre du stylo de Preston je le lui fais appuyer en dessous. Je dois maintenant apporter ces documents au poste de police le plus proche et déposer plainte. Le hic c'est que le *thana** le plus proche est à Haflong, à près de cinq miles d'ici.

« Le Gujarati du grand magasin a un camion, dit Deori.

— Bien sûr ! » C'est logique que le propriétaire du plus grand magasin de l'Assam ait besoin d'un véhicule pour transporter sa marchandise.

Les fenêtres au-dessus du magasin de Bhagwan sont obscures. Je monte quand même les marches, et je cogne violemment jusqu'à ce que les occupants craignent que la porte cède. La lueur d'une bougie tremblote finalement à travers la mousseline derrière une fenêtre à barreaux, suivie d'une voix hésitante.

« Oui ?

— Police. Ouvrez… s'il vous plaît. »

Les verrous sont tirés. La porte s'entrouvre à peine et la moitié d'un visage lorgne à l'extérieur. Je colle ma carte devant.

« Police. J'ai besoin de votre aide. »

Vingt minutes plus tard, après lui avoir remis un billet de dix roupies et une assurance écrite que la police impériale couvrira les frais de carburant et toutes dépenses additionnelles à hauteur de vingt roupies, je suis assis à côté de M. Shalin Bhagwan dans la cabine de son camion ; Bogoram Deori à l'arrière parmi les caisses. Comme il ne semblait pas utile de traîner aussi son complice, Boja, nous l'avons laissé au village.

Un sourire sur son visage rond, Bhagwan siffle un air. Sa crainte initiale s'est vite dissipée à l'instant où il a senti l'occasion de faire un bénéfice. Non seulement il a négocié une somme assez coquette pour ce qui est en réalité un voyage de dix miles aller-retour, mais il a en plus décidé de profiter de cette occasion inattendue pour charger son camion de marchandises qu'il avait besoin de transporter à Haflong de toute façon.

Le trajet le long du défilé défoncé et sinueux prend presque une heure, et quand un panneau nous souhaite la bienvenue à Haflong le jour point avec les premières lueurs de l'aube.

Bhagwan nous dépose devant le poste de police et promet de revenir dans une demi-heure. « Je vais laisser quelques articles chez mon beau-frère, Vinal, et je reviens. Sa boutique est à moins de cinq minutes d'ici. »

Inutile de discuter avec lui. Si je lui demandais d'attendre, il insisterait pour que nous nous arrêtions chez son beau-frère au retour. De cette façon au moins, j'espère gagner du temps.

Le poste de police est silencieux. Un agent solitaire somnole derrière un comptoir grillagé ; la flamme dansante d'une lampe-tempête jette des ombres sur les murs bleus. Je gratte au grillage et il se réveille en sursaut en essuyant la bave sur son menton.

Je sors ma carte et la dépose sur le comptoir en disant : « Bonjour » avec un sourire. J'indique Deori. « Ce monsieur était chargé de me tuer et nous sommes ici pour déposer plainte. »

Le soleil apparaît entre les collines quand M. Bhagwan revient de chez son beau-frère. Il a mis beaucoup plus d'une demi-heure, mais c'est sans importance puisqu'il me faut presque une heure pour remplir la paperasse et convaincre l'agent, qui s'appelle Singh, que je suis terriblement sérieux en parlant d'arrêter M. Ronald Carter, et que s'il tient à sa carrière il devrait l'être aussi.

J'éprouve de la sympathie pour lui. Carter est un sahib riche et puissant et Singh n'est que le garde de nuit du poste de police d'Haflong. En temps normal il n'envisagerait pas plus d'arrêter Carter que de dormir avec un python. Il doit appeler le quartier général provincial à Guwahati avant de me fournir les formulaires nécessaires.

« Bien, dis-je en remplissant le dernier. Allons l'arrêter.

— Monsieur…

— Nous devons aller arrêter M. Carter. Maintenant. »

L'agent secoue la tête à la manière indienne. « Ce n'est pas possible, monsieur. La décision d'arrêter

Carter sahib doit être prise par le commissaire de district Turner.

— Et où puis-je trouver le commissaire de district Turner ?

— Il est à Silchar, monsieur. À sept miles d'ici.

— Appelez le commissariat de Silchar. Dites-leur de transmettre un message urgent à Turner. Dites-leur que le capitaine Sam Wyndham de la police criminelle de Calcutta demande son assistance à Jatinga. Combien de temps cela lui prendra-t-il pour aller de Silchar à Jatinga en voiture ?

— Au moins trois heures.

— Et quelle heure est-il ? »

Il regarde sa montre. « Cinq heures moins le quart.

— Dites-leur que je l'attendrai au Jatinga Club à neuf heures et demie. »

L'agent acquiesce et obtempère.

Je sors suivi de Deori, j'allume une cigarette, je lui en lance une et je pense à l'ironie qu'il y a à fumer avec un homme qui a été envoyé pour me tuer.

L'agent nous rejoint.

« L'appel est passé, capitaine sahib. Vous voulez que je ferme le thana ? L'agent de jour n'arrivera pas avant huit heures.

— Faites donc, dis-je, et soyez prêt à passer l'heure qui vient à l'arrière d'un camion. »

*

Le camion de Bhagwan s'arrête en grinçant près de l'allée qui mène à la résidence de Caine. Il est six heures du matin. Pendant tout le trajet de retour je me suis demandé que faire en attendant que le commissaire Turner de Silchar arrive au Jatinga Club. Quand le camion remonte vers Jatinga mes craintes commencent à refaire surface. Caine a dû découvrir que sa tentative de me tuer a échoué et il a déjà pris la fuite ; ou pire, il en prépare une nouvelle et va la mener pendant que je me tourne les pouces en guettant l'arrivée de Turner.

Je décide qu'il est inutile d'attendre. Je vais mettre la machine en marche : il me suffit d'être policier enquêteur et d'être accompagné d'un agent en uniforme. Par ailleurs, il y a de fortes chances que même sous sa nouvelle identité l'influence pernicieuse de Caine s'étende jusqu'à Silchar. Pour autant que je sache le commissaire Turner ou ses collègues pourraient figurer dans son livre de paie, tout comme j'en soupçonnais plusieurs officiers de Whitechapel il y a dix-sept ans. J'en conclus qu'il vaut mieux mettre Turner devant le fait accompli quand il arrivera. Et sans attendre.

Nous avons déposé Deori dans son village avec la consigne que ni lui ni son compagnon Boja ne se montrent dans la ville blanche pendant les prochaines quarante-huit heures. En outre, comme il est devenu mon témoin principal, je lui ai fait comprendre que s'il tentait de prendre la fuite je le retrouverais et que les conséquences seraient aussi sévères que si le ciel lui tombait sur la tête.

Après avoir encore assuré à Bhagwan que ma lettre autorisant le paiement de vingt roupies supplémentaires pour frais de carburant, d'usure et de cuir de chaussures sera honorée par les autorités de Lal Bazar, je descends du camion. En réalité il n'y avait aucune garantie qu'elles le feraient, mais Bhagwan m'a frappé par sa ténacité et il se délecterait probablement d'une bataille épistolaire avec un petit fonctionnaire du service comptabilité de la direction de la police, même s'il devait attendre un an ou deux pour obtenir son argent.

Suivi de l'agent Singh et au son des chants d'oiseaux du matin je remonte l'allée bordée d'arbres de Highfield, je passe devant les portes ouvertes du bâtiment où Emily Carter conserve l'épave de sa Bugatti. La maison impeccable blanchie à la chaux est située sur une élévation quelques pas plus loin. Un air de somnolence flotte au-dessus d'elle tel un drap soyeux. Des fauteuils d'osier sont abandonnés sur la véranda, la porte d'entrée est solidement verrouillée et au-dessus les volets des fenêtres sont fermés. Peu m'importe. En fait, je trouve un plaisir presque pervers à l'idée que je vais tirer Caine de son lit, exactement comme il l'a fait avec moi il y a quelques heures.

Je monte les marches du perron, je m'arrête et demande à Singh : « Quel âge avez-vous ? »

La question semble le décontenancer. « Dix-huit ans, monsieur. »

À peu près l'âge que j'avais quand je me suis trouvé face à Caine pour la première fois.

Je lui ordonne de frapper. C'est mesquin de ma part, mais je considère que ce sera encore plus exaspérant pour Caine si c'est le jeune agent indien qui procède à l'arrestation.

Il frappe bruyamment. « Police ! Ouvrez ! » crie-t-il et il continue de frapper jusqu'à ce que les premiers signes de vie parviennent de l'intérieur.

La porte s'ouvre finalement et une domestique

menue en uniforme noir et blanc se tient devant nous l'air interrogateur.

L'agent lui dit quelque chose dans la langue locale, et bien que les mots me soient étrangers l'autorité dans sa voix est évidente. La jeune fille s'efface pour nous laisser entrer.

Je demande : « Où est-il ? Où est Ronald Carter ?

— Le maître sahib dort encore.

— Il est temps de le réveiller. Conduisez-nous à sa chambre. »

Elle hésite un instant. Réveiller le maître de maison à la requête de deux étrangers ne lui vient pas naturellement, encore moins les accompagner à sa chambre. Je fais un signe à l'agent et il lui grogne encore quelques mots. Ils lui apportent l'encouragement nécessaire et elle nous précède sur le parquet d'acajou luisant et dans le large escalier au centre du vestibule.

Elle s'arrête devant une porte près du sommet de l'escalier et frappe doucement.

« Maître sahib ? »

Nous attendons une réaction qui ne vient pas.

Elle frappe encore. « Maître sahib ? »

Je perds patience.

« Je vais le faire moi-même. »

Je frappe violemment, assez fort, je pense, pour réveiller un mort. D'autres dans la maison s'ébrouent. Une porte s'ouvre de l'autre côté du palier et un visage apparaît. C'est le docteur Deakin, l'homme qui était assis à notre table hier soir et qui a rédigé le rapport sur la cause de la mort de Le Corbeau.

Je l'ignore et frappe encore, puis j'essaie la poignée. La porte est fermée.

Je demande à la domestique où est la clef.
« Avec le maître sahib. »
Je m'agenouille et j'essaie de regarder par le trou de la serrure, mais ma vue est obstruée. La clef est dans la serrure.
Une voix familière résonne dans la cage d'escalier.
« Que diable se passe-t-il ? »
Emily Carter, enveloppée dans un peignoir de soie blanche, descend de l'étage au-dessus tel un ange vengeur. Pour une femme qui vient d'être tirée de son sommeil elle se montre étonnamment résolue.
« Capitaine Wyndham ? Que faites-vous ici ?
— Je suis venu arrêter M. Ronald Carter, également connu sous le nom de Jeremiah Caine, pour tentative de meurtre.
— C'est ridicule. » Elle se frotte les tempes et la manche de son peignoir glisse, révélant la contusion bleu-noir que j'ai déjà vue. Celle de son visage est soigneusement poudrée.
Une autre porte s'ouvre dans le corridor. Cette fois c'est Charles Preston qui sort. Il est en sous-vêtements et paraît incrédule.
« Wyndham ? »
J'essaie de cacher ma surprise de le voir et me retourne vers Emily.
« J'ai besoin que vous ouvriez cette porte.
— Je ne peux pas. Ronald a la clef. Êtes-vous sûr qu'il est à l'intérieur ?
— La domestique le pense. Je suppose qu'il s'agit bien de sa chambre.
— C'est exact.
— La clef est dans la serrure à l'intérieur. Je crains

que s'il refuse d'ouvrir je ne doive considérer qu'il tente de s'échapper. Je vais devoir forcer la porte. »

Avant qu'elle ne puisse répondre j'ordonne à Singh de la défoncer. Il recule de quelques pas puis se jette contre le panneau de bois avec l'épaule. Il y a un bruit sourd et un craquement. Il fait un pas en arrière et attaque de nouveau la porte. Cette fois elle cède. Singh tombe en avant dans la pièce, emporté par son élan.

Je me précipite à l'intérieur en m'attendant à voir Caine sauter par la fenêtre. Mais la chambre est plongée dans l'obscurité, les volets sont fermés. L'air est inhabituellement chaud et de fins rais de lumière pénètrent à travers les lattes des volets. Au centre de la pièce, recouvert de la gaze fine d'une moustiquaire, il y a un grand lit en cuivre, la tête décorée d'un travail de ferronnerie compliqué. Je m'en approche avec prudence, conscient du regard que Mme Carter et plusieurs autres fixent sur moi. La forme d'un corps est visible à travers la moustiquaire. Je la soulève et je vois Caine étendu sur le ventre, la tête tournée sur le côté.

J'appelle : « Carter ! »

Pas de réponse.

Je dégage une partie de la moustiquaire de sous le matelas et je touche le pyjama de Caine ; il est humide, tout comme les draps fins. Je prends sa main. Elle est froide et sans vie. Je cherche frénétiquement son pouls mais ne trouve rien. Quand je lâche sa main elle retombe lourdement sur le lit. Je me retourne, Emily Carter et Charlie Preston sont à quelques pas.

Je secoue la tête.

« Appelez le docteur Deakin. »

30

Février 1922

Assam

Jeremiah Caine est mort.

Je n'ai pas besoin qu'un médecin me le dise, mais c'est toujours bien d'avoir la confirmation d'un professionnel. Il apparaît qu'après le dîner d'hier soir, Carter a invité quelques personnes à prendre encore quelques verres chez lui et y passer la nuit. Parmi ceux qui ont bénéficié de son hospitalité il y a le bon docteur Deakin, qui entre maintenant dans la chambre en chemise de nuit et pantoufles empruntées et déclare ce que tous dans la pièce savent déjà : à un moment dans la nuit, la Grande Faucheuse a emporté leur hôte.

Tandis que la domestique ouvre les fenêtres et laisse entrer une brise rafraîchissante toutes sortes d'émotions se bousculent en moi. Je n'éprouve aucune satisfaction à l'idée que Caine est mort. En fait, je me sens brimé. Caine a échappé à la justice, il a vécu une vie confortable, bien qu'au plus profond et au plus sombre de l'Assam, et juste au moment où il allait tomber il s'est échappé encore une fois, certains diraient pour affronter une justice supérieure, mais je ne peux pas en être sûr. L'enfer c'est bien, s'il existe, mais pour Caine j'aurais préféré qu'il affronte d'abord un jugement plus matériel qui implique une cellule à barreaux.

Toute la pièce est sous le choc, d'autres invités réveillés par l'agitation sortent de leur chambre. Charlie Preston se signe.

« Le fakir avait raison, dit-il. Il a prédit la mort de Carter. C'était la malédiction. »

La dernière chose dont j'ai besoin est une bande d'invités hystériques qui parle de malédictions et d'esprits malfaisants. Je fais un signe à l'agent Singh.

« Renvoyez tout le monde dans sa chambre. Personne ne doit quitter la maison. Compris ?

— Oui, monsieur », dit-il et il commence à faire sortir les invités de la chambre.

Restent le docteur Deakin, Mme Carter et moi.

« Une idée de l'heure de la mort ? »

Le docteur gonfle les joues. « Difficile à dire avec précision. Peut-être autour de deux ou trois heures du matin. »

Un frisson me parcourt le dos. Se pourrait-il que Caine soit mort à l'instant précis où ses sbires venaient pour me tuer ? Je ne crois pas au karma, mais les événements des dix dernières heures, à commencer par l'arrivée de Caine quand les étourneaux ont commencé à se suicider, ont sévèrement ébranlé mon incrédulité.

« Que pensez-vous de la cause de la mort ?

— Difficile à dire. Je dois mieux l'examiner. Aidez-moi à retirer la moustiquaire.

— Ne prenez pas cette peine, dit Mme Carter. La domestique va s'en charger. »

La jeune fille décroche la moustiquaire et le médecin se met au travail, il examine d'abord la partie visible du corps puis il le retourne sur le dos. Les ressorts du matelas grincent. Un matelas à ressorts est chose inhabituelle en Inde. Seuls les très riches en possèdent, même à Calcutta. Dans cette partie du monde la plupart ne sont que de grands sacs remplis de coton.

Quant à la moustiquaire, elle se compose de quatre triangles de mousseline réunis par un cordon solide pour former une pyramide dont le sommet est accroché au plafond par un crochet et la base coincée sous le matelas.

Pendant que le médecin travaille je me tourne vers Emily Carter. Elle paraît sidérée, les cheveux ramassés sur une épaule et les yeux mouillés.

« À quelle heure s'est-il retiré pour la nuit ?

— Je… je ne pourrais pas vous dire exactement. Vers une heure, peut-être ? Au moment où la soirée s'est terminée.

— Comment était-il ? »

Elle me regarde comme si elle n'avait pas entendu la question ou comme si elle faisait un cauchemar.

« Madame Carter. »

Elle se ressaisit.

« Comment était votre mari quand il s'est retiré pour la nuit ? »

Elle réfléchit. « Agité, pas tout à fait lui-même. Probablement inquiété par ce que le fakir avait dit. »

Ou peut-être était-il simplement tracassé par son plan pour me faire assassiner.

« Mais comment ? poursuit-elle. Comment pouvait-il savoir ?

— Quoi ? »

Elle lève les yeux, son visage a perdu ses couleurs.

« Le fakir. Comment pouvait-il savoir que Ronald allait mourir ?

— C'est étrange. » Deakin a déboutonné la chemise de Caine et regarde la peau.

Je me rapproche de lui. La poitrine de Caine est une masse de poils argentés sur une peau grisonnante.

« Regardez, dit-il en indiquant une plaque de peau décolorée. Et ici, encore une autre. »

Avec deux doigts il touche l'une des plaques au-dessous de là où battait autrefois le cœur de Caine. La peau est irritée, différente de celle qui l'entoure.

« De quoi s'agit-il, de contusions ?

— Je ne pense pas, dit le médecin.

— De quoi alors ?

— Je n'en suis pas sûr. C'est presque comme si la peau ici avait été brûlée. Je ne comprends pas bien. Je n'ai encore jamais rien vu de semblable. »

Je me rappelle soudain les mots de la déposition de Bessie arrachée du rapport du coroner il y a des années.

« *Sa peau était froide, avec ce qui ressemblait à des marques de brûlures sur sa poitrine.* »

« Si je n'étais pas médecin, je dirais que ces marques correspondent à…

— Une électrocution », dis-je en terminant sa phrase.

« Impossible, réplique le médecin. Il n'y a pas d'électricité dans un rayon de plusieurs centaines de miles. Les marques ont dû être causées par autre chose. Probablement des blessures anciennes. »

Je le laisse finir son travail, je remets Emily Carter entre les mains de sa domestique, je charge l'agent Singh des autres personnes présentes et avec une sensation de vertige je pars pour le Jatinga Club à temps pour prendre un petit déjeuner avant l'arrivée du commissaire de district Turner.

Je ne suis pas sûr de ce que je vais lui dire. Je lui ai imposé un trajet de soixante-dix miles sur un terrain accidenté pour arrêter un homme que j'ai accusé de tentative de meurtre et qui gît maintenant dans sa propre chambre avec sur la poitrine d'étranges marques qui suggèrent qu'il a pu être électrocuté dans une pièce fermée à clef à des lieues de la source d'électricité la plus proche. La situation est tellement extravagante que seulement la suggérer me ferait passer pour un fou.

Pourtant il faut bien lui dire quelque chose.

Il est à peine plus de huit heures quand je monte à la véranda du club, m'installe à la même table qu'hier matin et regarde le paysage. Il n'a pas changé et pourtant il est totalement différent. Alors qu'hier c'était une vallée pittoresque parsemée de beaux bungalows coloniaux, c'est aujourd'hui un lieu malfaisant où des oiseaux sont venus mourir par milliers et au cœur duquel se dresse une résidence dont un assassin avait fait son repaire et où il gît maintenant après qu'un mystique hindou avait prévu sa mort.

Un serveur s'approche et je commande un café noir et des œufs au plat, puis je prépare une histoire pour le commissaire Turner. Une demi-heure plus tard j'en suis à mon deuxième café quand le serveur réapparaît.

« Il y a un monsieur qui demande à vous voir, sahib. »

Je regarde ma montre. Je ne m'attendais pas à ce que Turner arrive en avance. Il a été extrêmement rapide.

« Faites-le venir. »

Le serveur est gêné. « Je crains que ce ne soit pas possible, sahib. C'est un monsieur indien. »

Je pense d'abord que mon visiteur doit être mon agresseur et désormais nouvel ami, Bogoram Deori. Je suppose qu'il a quelque chose de plus à me dire et qu'il a su me retrouver ici. Naturellement, les Indiens ne sont pas autorisés à entrer à moins qu'ils n'y travaillent, et il doit attendre à l'extérieur.

Je pose ma serviette sur la table, je me lève et je suis le serveur vers l'entrée. Là, à ma grande surprise, je ne trouve pas Deori, mais un jeune Indien à lunettes, en kurta de coton blanc et *dhoti* * assorti. Je ne peux pas m'empêcher de sourire.

« Nom d'un chien, comme je suis heureux de vous voir !

— J'ai apporté le whisky, dit Sat. Alors, quelle est l'urgence ? »

Je me mets à rire, autant à cause de son allure que de ce qu'il a dit.

« Vous avez bonne mine », dis-je rayonnant en descendant les marches. Ce n'est que la deuxième fois que je le vois en tenue locale. « Pourquoi ces vêtements ? Ne me dites pas que vous avez rejoint la résistance de Gandhi.

— Pas tout à fait, mais j'y ai pensé. Étant donné que je suis indien, je devrais au moins essayer de m'habiller en tant que tel… quand je ne suis pas en service, bien entendu. En outre, dit-il en indiquant le bâtiment derrière moi, même en costume de Savile Row ils ne me laisseraient pas entrer ici. »

Je pourrais le prendre dans mes bras si je ne pensais

pas qu'il serait mortifié par ce geste. Je me contente de lui serrer la main et lui taper dans le dos.

« Vous avez maigri, dit-il en souriant.

— J'ai passé une bonne partie des quinze derniers jours à manger du riz et des lentilles et à vomir.

— J'en suis heureux. Vous commenciez à grossir.

— Riez tant que vous voudrez. Rappelez-vous, vous avez le corps d'un *babu** bengali. Dans quelques années votre mère vous mariera à une jeune fille qui vous nourrira jusqu'à ce que votre ventre vous encombre.

— Et j'en serai fier ! Comment s'est passé le traitement ? demande-t-il pendant que nous descendons vers la buvette de thé où j'ai essayé le curry de pommes de terre. Êtes-vous libéré de… votre addiction ?

— Je n'y ai pas touché pendant deux semaines. »

Il me regarde attentivement. « Et pas de manque ?

— Rien que je n'aie pu surmonter.

— Je suis très heureux de l'entendre.

— Et vous ? Comment était Dacca ?

— Bien. Dacca c'est comme Calcutta dans le coma : résolument bengali, mais il ne se passe jamais grand-chose.

— Vous vous êtes ennuyé ?

— Oui. C'était merveilleux. »

La buvette est ouverte, la femme s'occupe toujours du poêle, accroupie par terre. Ce matin elle prépare des luchis, des beignets plus légers et plus gras que les rotis de la dernière fois, et un tas de petits déjeuners bengalis. Sat commande deux thés, et pour lui plusieurs luchis et un curry de pommes de terre.

« Alors, qu'avez-vous fait ? demande-t-il en prenant une bouchée de curry. La récupération se passe bien ?

— C'est compliqué, dis-je en regardant ma montre.
— Vous avez un rendez-vous ?
— Je dois être de retour au club pour neuf heures.
— Allez-vous retrouver une dame ?
— J'aimerais bien. Si vous voulez le savoir, j'ai rendez-vous avec le commissaire de district. Quelqu'un qui a essayé de me tuer est mort la nuit dernière. »

Il lève la tête, un morceau de beignet au bord des lèvres.

En soupirant je dis : « C'est une longue histoire.
— Eh bien vous feriez mieux de me la raconter tout de suite parce que je veux l'entendre avant que ce commissaire de district arrive et il est déjà neuf heures moins le quart.
— Très bien, mais vous ne me remercierez pas. »

Je prends une grande inspiration et je commence par les meurtres d'Helena Caine et de Bessie Drummond en 1905, puis je raconte la suite qui culmine avec les oiseaux tombant du ciel et la mort mystérieuse il y a quelques heures de l'homme que j'ai connu autrefois sous le nom de Jeremiah Caine.

*

Pendant que nous remontons vers le club Sat dit : « J'ai remarqué que partout où vous allez les gens ont tendance à mourir.
— C'est absurde.
— Et cet employé des chemins de fer près de Bandel l'année dernière ? Vous lui demandez un horaire et vingt minutes plus tard il meurt.
— Il a été écrasé par un train. Je ne vois pas en quoi c'est ma faute.

— Je n'ai pas dit que c'était votre faute. Seulement que les gens semblent mourir autour de vous. Vous vous rappelez ma grand-mère paternelle ? Elle est morte deux jours après avoir fait votre connaissance.

— Elle avait quatre-vingt-neuf ans.

— Et maintenant ce Carter, ou Caine, ou quel que soit son nom. Il vous revoit au bout de dix-sept ans et cinq minutes plus tard il meurt lui aussi. Reconnaissez que c'est étrange. Je me dis que je devrais vous présenter à mon oncle Pankaj. Je ne l'ai jamais aimé. »

Une Vauxhall couverte de poussière est garée devant le club, son chauffeur, un indigène, se repose sous un arbre à proximité. D'un signe de tête Sat indique la véranda.

« Ce doit être votre commissaire. »

Un grand Anglais en uniforme kaki avec une moustache de morse et assez d'argent sur ses épaulettes pour ouvrir une petite banque se tient bras croisés, en conversation avec un des serveurs du club.

« Venez, dis-je. Allons faire sa connaissance.

— Vous savez que je ne suis pas autorisé à entrer.

— Vous l'êtes en qualité d'officier de police, et un crime a peut-être été commis.

— Un crime a-t-il effectivement été commis ? » demande-t-il anxieusement en essayant de marcher aussi vite que moi vers les marches.

« Seigneur, j'espère que non. »

« Commissaire Turner ? »

L'homme se retourne. « Vous devez être Wyndham. »

Son expression laisse entendre que ma présence lui est aussi agréable qu'une crise de chaude-pisse.

« C'est exact, monsieur. Capitaine Wyndham de

la police criminelle de Calcutta, et voici le sergent Banerjee. »

Turner examine Sat avec le même déplaisir, ce qui est d'un égalitarisme rafraîchissant.

« Pourquoi est-il attifé comme un fichu coolie ?

— Il vient d'arriver. Il était en vacances.

— S'il est en vacances il n'a rien à faire dans ce club. Dites-lui d'attendre dehors.

— Monsieur, si je puis…

— Écoutez-moi bien, Wyndham. Qu'est-ce que c'est que cette histoire de plainte contre Ronald Carter ? Cet homme est un homme d'affaires respecté. Je ne sais pas ce que vous faites ici, mais je vous suggère de décamper le plus tôt possible. Je me moque que vous soyez de la police criminelle de Calcutta ou le fichu aide de camp du vice-roi, vous ne pouvez pas débarquer ici et faire du grabuge.

— Son véritable nom n'est pas Carter mais Caine, et je vais retirer ma plainte. »

Il lève un sourcil circonspect.

« Oui, bon, mais je ne vois pas à quoi vous jouez en me forçant à…

— Je retire ma plainte parce qu'il est mort. »

Turner blêmit.

« Quoi ?

— Il est mort pendant la nuit.

— Et comment le savez-vous ?

— Parce que c'est moi qui l'ai trouvé. Je suis allé l'arrêter il y a deux heures. Comme la domestique ne parvenait pas à le réveiller, j'ai forcé la porte de sa chambre. Il était mort dans son lit. »

Le commissaire se détourne et regarde la vallée.

« De causes naturelles ? demande-t-il.

— Je… Ce n'est pas clair. »

Turner est de nouveau face à moi. « Qu'entendez-vous par pas clair ?

— Il y avait un médecin sur place. Il a effectué un examen superficiel. Il a trouvé de curieuses marques sur la poitrine de Carter.

— En quoi, curieuses ?

— Des marques de brûlures. » Je pourrais développer, mais je doute que cela m'aide. L'homme n'est pas précisément ravi que je l'aie traîné ici, et lui dire que ces marques correspondent à une électrocution dans un lieu dépourvu d'électricité ne ferait que confirmer ses soupçons, à savoir qu'il doit me manquer un boulon.

« J'ai laissé le médecin effectuer un examen plus approfondi. »

Turner se frotte la nuque d'une main épaisse et soupire.

« Je vais faire transporter le corps chez nous à Haflong pour autopsie. Carter était un homme important dans le secteur. Les gens vont poser des questions, notamment quand ils apprendront que son corps a été trouvé par un policier étranger à cette ville. Ces questions aboutiront à ma porte et je ne peux pas laisser de place au doute. Je veux savoir comment il est mort, et s'il y a eu crime je veux savoir qui est responsable. »

Je le regarde, incrédule. « Vous voulez que j'enquête ?

— Non. Ce ne serait guère approprié. Votre sergent, là – il fait un signe de tête vers Sat qui est en bas des marches –, j'imagine qu'il n'est mêlé à rien de tout ça ?

— En effet.

— Et il est aussi de la police criminelle ?

— Oui, mais…

— Alors il est plus qualifié qu'aucun des hommes dont je dispose pour traiter cette affaire. » Il se tourne vers Banerjee. « Vous. Sergent. Approchez. »

Banerjee jette sa cigarette et se hâte de monter les marches.

« Bien, dit Turner. Sergent… ?

— Banerjee, monsieur.

— Votre capitaine vous a-t-il informé des tragiques événements ?

— Il m'a dit qu'un homme était mort la nuit dernière.

— Il se trouve que cet homme était assez important. Je vous charge d'enquêter sur les circonstances qui entourent sa mort. »

Sat est stupéfait, il a des yeux comme des soucoupes. « Moi, monsieur ?

— Oui. Le capitaine Wyndham me dit que vous êtes aussi de la police criminelle.

— C'est exact, monsieur.

— Bien. Alors il n'y a rien à ajouter. S'il y a le moindre doute que la mort de Carter ne soit pas due à des causes naturelles je veux le savoir. Et je voudrais savoir qui est le responsable.

— Y a-t-il un hôtel en ville ? » demande Sat.

Turner secoue la tête.

« Dans ce cas vous ne verrez pas d'objection à ce que je loge ici. »

Cinq minutes plus tard Turner est reparti avec sa Vauxhall dans un nuage de poussière. Sat et moi regardons le paysage depuis la véranda du Jatinga Club.

« Félicitations, dis-je. Il y a un quart d'heure cet

homme ne vous aurait pas laissé monter les marches de ce club. Maintenant il vous installe ici et vous charge de ce qui est peut-être une enquête criminelle.

— Est-il trop tôt pour ouvrir cette bouteille de whisky ?

— Probablement, mais je ne comprends pas très bien l'heure de l'Assam. Le soleil se lève au milieu de la nuit alors qui sait ?

— Curieux, n'est-ce pas ? de confier une enquête à un Indien. Mais cela vaut la peine, ne serait-ce que pour pouvoir prendre une tasse de thé dans un club de messieurs anglais. »

*

« Alors, patron, par où voulez-vous commencer ?

— Un bain et une sieste seraient bienvenus, répond Sat. J'ai très peu dormi dans le train pour Lumding.

— Et si vous acceptiez de faire un tour de la scène de crime pour jeter un coup d'œil à l'homme mort avant que Turner ne l'expédie à Haflong ?

— Vous voulez dire du crime éventuel. Je croyais que nous espérions qu'il soit mort de causes naturelles.

— En effet. Ce serait préférable pour toutes les personnes concernées.

— Je suppose que la scène du crime éventuel est traditionnelle.

— Vous avez raison. »

Nous sortons et nous nous dirigeons vers Highfield.

« Ce fakir, dit Sat, celui qui a lu les lignes de la main de Carter hier soir, prédit-il réellement l'avenir ?

— Que voulez-vous dire par "réellement" ?

— Est-il honnête ou est-ce un charlatan ?

— Ne sont-ils pas tous des charlatans ?

— En Angleterre peut-être, dit Sat, mais pas en Inde.

— Ne soyez pas ridicule. Comment pouvait-il connaître l'avenir de cet homme en regardant simplement la paume de sa main ?

— Et pourtant il l'a fait, n'est-ce pas ? Il a dit que votre ami Carter allait mourir et c'est exactement ce qui s'est passé.

— Son véritable nom était Caine, pas Carter. » Je commence à être irrité par le tour que prend la conversation. « Et ce n'était pas mon ami.

— Mes excuses, dit le sergent. Le fait est qu'il a prédit la mort de cet homme. Votre ennemi juré.

— Je suis ravi que vous vous amusiez. Continuez ainsi et je vous mettrai à la circulation quand nous rentrerons à Calcutta. Je suis sûr que vous trouverez la chose tout aussi drôle. »

À Highfield on a ouvert les volets. L'agent Singh a essayé de confiner les invités dans leur chambre, mais à la façon dont un homme de couleur donne des ordres à des Blancs, et tous l'ont ignoré. Il les a laissés en sortir mais il a fixé une limite : ils ne peuvent pas quitter la maison, ce que certains ont interprété comme la possibilité de profiter de toute la propriété.

Charlie Preston se promène dehors. En nous voyant il vient directement vers nous avec un mince sourire.

« Mais enfin, Wyndham, qu'est-ce qui se passe ? Pourquoi sommes-nous enfermés ici comme des prisonniers ?

— Vous n'êtes pas prisonniers, vous collaborez aux recherches. Que faisiez-vous ici la nuit dernière ? Je croyais que vous aviez dit que Carter n'était pas de vos amis.

— Oui, dit-il en hésitant, mais quand cet homme vous invite chez lui vous ne dites pas non.

— Eh bien je suis aussi quelqu'un à qui on ne dit pas non, alors assurez-vous de retourner à l'intérieur et d'attendre jusqu'à ce que mon ami le sergent Banerjee ici présent décide s'il veut vous questionner. »

Preston regarde Sat de la tête aux pieds.

« S'il est policier pourquoi est-il habillé ainsi ? Il ne devrait pas être en uniforme ?

— Mon uniforme est à Calcutta, dit le sergent. Je pourrais me le faire envoyer, mais cela signifierait vous garder enfermé plus longtemps. »

Le docteur Deakin a fini d'examiner Jeremiah Caine, il a recouvert le corps d'un drap blanc et s'est retiré dans sa chambre. Le soleil est haut maintenant, la chambre est inondée de soleil et les grains de poussière dansent dans le courant d'air que nous provoquons en entrant.

J'ai envoyé la domestique chercher Deakin tandis que Sat tourne autour du lit comme si c'était un animal à éviter.

« Vous n'allez pas examiner le corps ?

— J'attendrai le médecin.

— C'est un mort, il ne va pas vous mordre.

— Probablement pas, mais on ne sait jamais. » Il circule dans la pièce en étudiant la scène sous tous les angles comme un petit Sherlock Holmes brun. « Intéressant, ce lit.

— Pardon ?

— Le lit.

— Qu'a-t-il ?

— Il est en cuivre.

— Et alors ?

— Je n'en ai plus vu depuis mon séjour à Cambridge. »

Il a raison. Dans cette partie du monde, la plupart des lits, du moins ceux qu'utilisent les Européens, sont en bois et à quatre colonnes, pas nécessairement pour faire chic mais parce que c'est plus facile de suspendre une moustiquaire au-dessus d'un lit à quatre colonnes qu'au-dessus d'un lit ordinaire.

« Regardez cette maison, dis-je. Caine n'était pas à quelques livres près. Je devine qu'il aimait dépenser pour du clinquant. »

On frappe négligemment à la porte et Deakin entre.

« Vous m'avez fait appeler, Wyn… »

Il ne termine pas sa phrase à la vue de Sat.

« Qui est-ce ?

— Le sergent Banerjee, de la police criminelle de Calcutta, dis-je. Le commissaire de district l'a chargé d'enquêter sur les circonstances de la mort de l'homme que vous connaissiez sous le nom de Ronald Carter.

— Mais il n'y a rien à chercher, fulmine Deakin. Je peux dire que cet homme est mort de causes naturelles. Une crise cardiaque, probablement.

— Mais docteur, c'est vous qui m'avez signalé les marques de brûlures sur sa poitrine. »

Deakin passe les doigts dans ses cheveux blancs. « Oui, mais je vous ai dit que ce devaient être des blessures anciennes.

— Montrez-moi les marques, docteur », dit Sat

d'un ton ferme. Deakin se raidit presque imperceptiblement.

Je ne peux pas m'empêcher de sourire. En quatre ans, Sat a mûri. Le garçon qui n'osait pas faire peur à une oie, si elle était anglaise, parle maintenant aux Anglais avec l'autorité que lui confère son statut d'officier de police. Je suppose qu'une partie au moins de ce changement vient du fait que nous partageons un appartement ; la mystique de la classe dominante pâlit devant le terre-à-terre de la vie quotidienne, mais beaucoup est dû aussi aux événements des dix-huit derniers mois. La grève générale de Gandhi a conduit à une polarisation des attitudes. Tout à coup, Britanniques et Indiens ont été contraints de choisir leur camp, et même ceux qui comme Sat et moi préfèrent la neutralité et le respect mutuel ont du mal à ne pas durcir leur attitude.

Le médecin rabat lentement le drap et révèle le visage gris sans vie de Caine, puis son torse, sans vêtements de nuit maintenant, avant de s'arrêter à distance respectueuse de son nombril. Sat s'avance à peine, il est l'image du dégoût. Les marques sont plus nettes que lorsque je les ai vues la première fois : sombres, presque carbonisées sur la peau blanche et jaunissante du corps de Caine.

« Vous avez déjà vu des marques comme celles-ci, docteur ? demande-t-il les yeux fixés sur la poitrine de Caine.

— Non… oui… c'est-à-dire que j'ai vu quelque chose de similaire.

— Et la cause de ces marques similaires ?

— Des brûlures électriques, mais évidemment ce n'est pas possible ici.

— Vous pensez que ces marques peuvent avoir été faites avant ? Je veux dire avant la mort de cet homme ?

— Je ne sais pas quoi penser, dit le médecin. En outre, où se trouverait-il en contact avec de l'électricité ? »

Le sergent tombe dans un silence contemplatif.

Il demande finalement : « La foudre ? »

Le médecin exclut l'éventualité en riant. « Impossible. Je ne me souviens pas d'un orage la nuit dernière. En outre, l'homme était dans son lit au milieu de la pièce et les murs sont épais de deux pouces. Si par miracle la foudre avait frappé elle aurait dû entrer par une fenêtre. Elle aurait d'abord traversé les volets de bois, dont aucun ne porte de marques de brûlures. Même avec un tel orage, et il n'y en a pas eu, les risques que Ronald Carter ait été tué par la foudre sont d'un sur un million.

— Et pourtant il est mort, avec ces marques sur sa poitrine. »

Le médecin lève les bras dans un geste d'impuissance qui suggère que c'est injuste de lui demander des comptes pour des faits qui défient la logique.

Sat reprend son examen du torse.

« S'il vous plaît, docteur, rabattez davantage le drap. »

Deakin obéit et le sergent poursuit ses observations. Lentement, méthodiquement, il inspecte le cadavre et s'arrête sur le bras gauche.

« Savez-vous si cet homme était gaucher ? »

Deakin fronce les sourcils. « Il me semble, mais je ne vois pas ce que…

— Capitaine Wyndham, auriez-vous l'amabilité de demander à Mme Carter si son mari était effectivement gaucher.

— Oui, monsieur, dis-je stupéfié par son numéro.

— Capitaine, ajoute-t-il derrière moi, s'il vous plaît, demandez-lui aussi une liste de toutes les personnes présentes dans la maison hier soir. »

Je quitte la pièce, cherche la domestique et la suis au rez-de-chaussée. « Memsahib est dans la bibliothèque », dit-elle. Elle me fait entrer.

« Madame Carter, je suis désolé de vous déranger, mais j'ai une question à vous poser. »

Emily Carter est debout devant une porte-fenêtre. Elle se retourne et je vois que son maquillage est brouillé. Des traces de larmes sous son œil droit ont atteint la poudre qui cachait sa contusion. La question paraît soudain superflue.

Je répète : « Je suis désolé. » Et j'ajoute que je peux revenir plus tard.

Quelque chose brille dans ses yeux bleus, à présent humides et rouges.

« Non, non. Je vous en prie, entrez.

— Vous êtes sûre ? » Je l'ai demandé plus par politesse que par envie réelle de lui laisser une chance de changer d'avis.

« Vous vouliez me demander quelque chose ?

— Mon collègue voudrait une liste de toutes les personnes présentes hier soir. »

Elle réfléchit un instant.

« En dehors de Ronald et moi il y avait le docteur Deakin, le pasteur Philips de l'église baptiste de Haflong, M. et Mme Dewar – il dirige une des compagnies de Ronald quelque part à l'intérieur – et votre ami Charlie Preston. Oh, et la domestique, Ranjana, et Thakur, notre boy, naturellement.

— Nous devrons parler à chacun de vous à tour de rôle. Vous voudrez bien les informer, s'il vous plaît ?

— Alors c'est vrai ? Ranjana a mentionné qu'une enquête était ouverte. Mais elle a dit que c'était vous qui en étiez chargé. »

La domestique nous a vus arriver ensemble, Sat et moi, et bien entendu elle a pensé que l'Anglais commandait.

« Normalement, oui, mais le commissaire de district a décidé que compte tenu des événements des dernières heures ce ne serait pas approprié.

— Mais pourquoi une enquête est-elle même nécessaire ? Vous avez vu par vous-même. Vous l'avez trouvé mort dans son lit.

— Le commissaire Turner a jugé bon de pécher par excès de prudence. Après tout, votre mari était un homme important. Il avait des amis haut placés, et sans aucun doute des ennemis également.

— Naturellement. Y a-t-il autre chose ?

— Une dernière question. Votre mari était-il gaucher ?

— C'est une drôle de question. Pourquoi voulez-vous le savoir ?

— Je n'en ai aucune idée. Je suis seulement chargé de vous le demander.

— Les doigts de sa main gauche étaient toujours tachés d'encre noire ou bleue. Il en laissait des traînées sur la page qu'il écrivait… »

Elle me surprend à fixer la contusion sous son œil et a un rire sinistre. « Parfois il s'en retrouvait sur mon visage. »

Je me sens bouillir.

« Quand vous a-t-il fait cela ?

— Il y a trois jours. Il était ivre et… Bref, c'était loin d'être la première fois. »

Je la regarde. La riche dame du manoir a disparu et laissé place à une jeune fille, et je comprends que ces larmes qui ont sali sa joue ne sont peut-être pas des larmes de chagrin mais de soulagement. J'ai soudain envie de la serrer dans mes bras, mais cela ne se fait pas chez les hommes anglais. J'opte pour des paroles rassurantes, stupéfiantes d'inconsistance.

« Il n'est plus là, il ne peut plus vous faire de mal. » Et en finissant la phrase je sais que je mens. Son visage guérira, les contusions disparaîtront, mais les cicatrices intérieures… Parfois elles ne s'effacent pas. Je répète : « Je suis désolé » et je m'en vais.

Je laisse Emily Carter accepter sa perte et sa libération et retourne apporter la bonne nouvelle à Sat.

« Résolument gaucher. Mme Carter le confirme. »

Le sergent hoche la tête, puis il se tourne vers Deakin.

« Merci, docteur. Vous pouvez disposer. »

Le médecin rougit et se renfrogne, mais Sat ne le regarde pas, il lui tourne déjà le dos. Faute de réaction de sa part il dirige son mécontentement sur moi sans plus de succès et sort de la pièce blessé dans sa dignité.

Je demande à Sat : « Alors ? Quelle est votre théorie ?

— Je n'en ai pas.

— Alors pourquoi toute cette affaire de gaucher ? »

Il retourne près du cadavre de Caine et indique son bras gauche. « Regardez. »

Je remarque les taches d'encre sur les doigts.

« Et maintenant, plus haut », dit Sat.

Et je les vois : plusieurs piqûres d'épingle de sang séché à l'intérieur du coude, là où l'avant-bras rejoint le biceps. Sat a un grand sourire.

Je demande : « Drogue ? Caine s'injectait quelque chose ?

— Non. On le lui injectait.

— Forcément. S'il était gaucher il lui aurait été plus facile de se piquer dans le bras droit.

— Et notre ami le médecin n'a jamais mentionné ces marques dans son examen du corps.

— Vous pensez que Deakin pourrait être impliqué ? Qu'il pourrait avoir administré une overdose quelconque ? Mais pourquoi ? N'oublions pas que c'est lui qui a suggéré le premier que la mort de Caine était peut-être due à autre chose que des causes naturelles. C'est lui qui a attiré l'attention sur les marques sur sa poitrine. S'il était responsable, pourquoi les avoir mentionnées ?

— Je ne sais pas. Mais la mort par overdose me paraît beaucoup plus plausible que la mort par électrocution dans une ville non électrifiée.

— L'avez-vous questionné là-dessus ?

— Pas encore. Même si la cause était une overdose, nous ne pourrions pas le prouver ici, pas avant d'avoir les résultats de l'autopsie à Haflong, et je ne voudrais pas montrer nos cartes à Deakin pendant que le corps est encore sous ce toit.

— Les hommes de Turner ne devraient pas tarder. Nous devrions transmettre une note au médecin légiste en lui disant de rechercher des signes d'overdose ou d'empoisonnement. Entre-temps, voulez-vous commencer à questionner les autres ?

— Ils peuvent attendre, dit Sat en souriant. Il y a quelqu'un d'autre à qui je dois parler. »

31

Février 1922

Assam

Le soleil est haut dans un ciel qui paraît aussi profond qu'un océan. Sur le sol, un poulet solitaire picore la poussière devant la pension de famille Maa Kali, un rez-de-jardin dans le village indien qui repose précairement sur ses pilotis de brique et d'un côté surplombe un à-pic de plusieurs centaines de pieds dans la vallée.

Une simple question au Jatinga Club nous a permis de savoir que le fakir y a été installé pour la nuit.

Je fume une cigarette appuyé contre un arbre et je regarde le poulet pendant que Sat s'aventure à l'intérieur, d'où il ressort peu après avec une expression qui laisse entendre que nous avons du pain sur la planche.

« Il est parti, dit-il. Il y a moins d'une heure. Le propriétaire pense qu'il se dirigeait vers la route principale où il pourra trouver quelqu'un pour le conduire à Lumding. Si nous nous dépêchons, nous avons encore une chance de le rattraper. »

La route de Lumding croise le chemin qui vient de Jatinga, au fond de la vallée, près d'un abri de béton à demi recouvert de végétation. Il n'y a pas de circulation, et aucun signe du fakir.

Dans le regard de Sat le premier signe de doute commence à supplanter la farouche détermination.

« Il doit avoir déjà trouvé une voiture.

— Vous êtes sûr qu'il se dirigeait vers la route de Lumding ?

— C'est ce que l'on m'a dit à la pension », répond Sat qui revient sur ses pas et contrôle de nouveau les alentours de l'abri comme s'il pouvait ne pas avoir vu le fakir caché devant lui.

Je fais quelques pas sur la route qui disparaît dans la forêt. Quelque chose retient mon regard. En haut d'un arbre, du safran dans le vert.

« Nous devrions attendre ici, poursuit Sat, il pourrait revenir.

— Nous pourrions. Ou nous pourrions essayer d'enquêter. »

Je lui indique le tissu safran parmi les feuilles de l'arbre et Sat en saisit aussitôt la signification. Toute autre couleur m'aurait fait penser que ce n'est qu'un chiffon apporté par le vent, mais le safran est la couleur des hindous, et pour eux certains arbres tiennent une place particulière. Dans toute l'Inde on peut voir ce même petit drapeau parmi les branches de certains arbres sacrés et au pied de ces derniers se trouve souvent…

« Une châsse ! »

Quel meilleur endroit où passer le temps pour un fakir ?

Sat rit tandis que nous descendons vers l'arbre.

Je lui demande : « Que dites-vous de ce travail

d'enquête de la part d'un homme qui se remet d'une addiction à l'opium ?

— Pas mal. Particulièrement pour un chrétien. »

Nous percevons d'abord l'odeur de l'encens. Le parfum sucré du bois de santal flotte dans l'air. Le fakir est assis par terre en tailleur ; devant lui le grand arbre, haut de presque cent pieds, et son fanion safran, son épais tronc gris devenu noueux avec l'âge, et à son pied une petite châsse rouge contenant une idole.

L'homme se balance doucement en récitant un mantra, son intonation est une basse continue qui se répercute à travers la forêt qui l'entoure et semble faire vibrer les arbres eux-mêmes.

Quelque chose a dû l'avertir de notre présence car il se tait alors que nous sommes encore à vingt pas de lui. Il joint les mains en pranam, touche son front trois fois puis se lève et se tourne vers nous en ne montrant aucune surprise.

« Vous êtes Ramaswamy ? » demande Sat sur un ton presque respectueux.

Il ressemble encore plus qu'hier à Raspoutine.

Il sourit, ses dents blanches comme des pierres tombales dans la forêt de sa barbe.

« *Ha baba. Kee chow ?*

— Vous étiez au Jatinga Club hier soir ?

— Oui. »

Je dis : « Vous avez lu les lignes de la main d'un homme appelé Carter. »

Son visage s'assombrit. « J'ai lu les lignes de la main d'un homme, c'est exact. Je ne me rappelle pas son nom.

— Vous avez déclaré que vous y voyiez la mort. Qu'avez-vous voulu dire ? »

L'homme me regarde comme si la question n'avait aucun sens.

« J'ai voulu dire exactement ce que j'ai dit. J'ai vu la mort.

— Comment l'avez-vous vue, cette mort ? » demande Sat.

Le fakir rit. « Comment vous l'expliquer, *baba* ? Comment expliquez-vous l'eau sur un rocher à quelqu'un qui n'a aucune notion de ces choses-là ? Je la vois simplement parce qu'elle est là.

— La mort de qui avez-vous vue ?

— Cela je ne sais pas le dire. C'était peut-être celle du monsieur ou celle de quelqu'un d'autre. Tout ce que je peux dire c'est que les actions de l'homme provoquent la mort, et puisque vous êtes venus me chercher ici, je pense que cette mort est déjà arrivée. »

Ses mots sont mesurés et clairs, dénués du ton théâtral et des maniérismes de son numéro au club.

« L'homme dont vous avez lu les lignes de la main est mort la nuit dernière, dit Sat. Dans des circonstances suspectes. Pouvez-vous nous dire quelque chose qui nous aiderait ?

— Vous êtes la police ?

— C'est exact. » Sat sort sa carte et la lui montre.

Le fakir l'examine et psalmodie « Sa-tyen-dra Banerjee. Sergent ? *Baah ! Khoob bhalo*. Comment a-t-il été tué ? »

J'interviens. « Nous ne sommes pas sûrs qu'il a été tué. Il est peut-être mort de mort naturelle. »

Le fakir secoue la tête. « Non. La mort que j'ai vue n'était pas paisible.

— Il a pu être empoisonné, dit Sat, ou…

— Ou ? » demande le fakir.

Sat se tourne vers moi comme pour avoir mon avis.

« Ne me regardez pas. C'est votre enquête. Dites-le-lui si vous voulez.

— Son corps présente des signes d'électrocution… mais ce serait impossible.

— Pourquoi impossible ?

— D'abord parce que la source d'électricité la plus proche est à une centaine de miles de Jatinga ; ensuite parce que la porte de sa chambre était fermée de l'intérieur et les fenêtres protégées par les volets. »

Le fakir ignore mon intervention et concentre son attention sur Sat.

« Je ne m'attends pas à ce que le sahib comprenne, mais vous, baba, vous devriez le savoir. Après tout, votre nom est Satyendra. »

Sat fronce les sourcils, consterné. « Qu'est-ce que mon nom a à voir avec cette question ?

— Satya - Indra, la vérité du dieu Indra, dit le fakir. Votre nom rend hommage au dieu Indra. »

Sat n'en paraît pas plus sage pour autant.

Le fakir éclate de rire. « Vous vivez depuis trop longtemps dans le monde des sahibs, baba. Rappelez-vous l'histoire dans le *Rig Veda* ; rappelez-vous comment Indra a tué le démon Vritra. Vous devez sûrement vous rappeler l'arme qu'utilise le dieu dont vous portez le nom. »

Une compréhension soudaine semble frapper Sat comme une gifle. Il recule en titubant.

Je lui demande : « Qu'est-ce que c'est ?

— Le *vajra*.

— Le quoi ? »

Sat déglutit avec difficulté. « Le dieu Indra. Le *vajra* est l'arme qu'il utilise pour tuer les démons et les méchants…

— Qu'est-ce que c'est ?

— C'est un coup de tonnerre, et on ne peut pas l'arrêter. »

Il demande au fakir : « Vous voulez dire que cet homme a été frappé par les dieux ? Mais comment est-ce possible ?

— Vous ne le croyez pas possible ? Les dieux agissent à leur façon. Ici des oiseaux tombent du ciel et meurent. Si c'est possible, pourquoi cet homme ne serait-il pas mort d'un coup de tonnerre du dieu Indra ? »

*

Pendant que nous remontons la colline, essoufflés, je lui demande : « Vous ne croyez pas à toutes ces sornettes ? »

Mais Sat semble hésitant.

« Vous avez dit que Caine était un homme mauvais, qu'il a tué sa première femme en l'électrocutant, et maintenant on le trouve avec les mêmes marques dans des circonstances où il est impossible qu'elles aient été provoquées par une main humaine. Et pourtant vous écartez la possibilité d'un châtiment divin ?

— J'admets qu'il y aurait là une justice poétique, mais un châtiment divin ? »

J'ai vécu suffisamment d'horreurs dans les tranchées pour savoir que le châtiment, s'il vient, est généralement dicté par la main d'hommes qui se vengent et non celle d'un dieu juste.

« De toute façon, ce que je crois n'a aucune importance. Ce qui compte c'est ce que nous pouvons prouver. Si vous voulez raconter au commissaire de district Turner que la mort de Caine a été causée par un coup de tonnerre du dieu Indra, je vous souhaite bonne chance. »

Sat tombe dans un silence lourd en ménageant son souffle et, me semble-t-il, pour envisager ce qu'il sait être vrai : que même en Inde où les divinités pourraient apprendre une ou deux choses sur les caprices à celles de l'Olympe, il est impossible pour un sergent de police d'attribuer une mort par électrocution à un dieu.

De retour à Highfield, Sat établit son quartier général dans la bibliothèque. C'est une pièce aménagée avec élégance : étagères de livres recouvrant la presque totalité des murs, canapés confortables devant la cheminée. Et par les portes-fenêtres on voit la véranda et la vallée au-dessous.

Je l'aide à disposer les meubles de façon moins accueillante et plus inquisitoriale en plaçant deux fauteuils à dos droit devant le canapé bas près de la cheminée, qui en soi constitue une nouveauté pour nous après des années passées dans la chaleur et la torpeur des plaines du Bengale.

Je suggère : « Nous devrions allumer le feu. »

Sat me regarde avec attention. « Vous avez froid ? C'est peut-être la grippe ou autre chose ?

— Je vais bien. Je veux que nos invités aient chaud. Qu'ils transpirent un peu. La chaleur contribue à délier les langues. »

Vingt minutes plus tard et avec un feu pétillant

dans l'âtre l'agent Singh fait entrer la séraphique Mme Emily Carter. Les contusions sur son visage sont encore une fois savamment camouflées, au point que qui ne les aurait pas vues penserait qu'elles n'ont jamais existé. Mais ses yeux sont secs et rougis. Le chagrin d'une veuve est une chose étrange. Elle n'est pas la première femme que j'ai vue pleurer la mort de l'homme qui la battait. Sat lui indique le canapé et s'assoit dans le fauteuil à côté de moi. Emily me lance un regard qui laisse entendre qu'elle s'étonne d'être questionnée par un Indien.

Sat se présente, puis sans autre raison que la nervosité il me présente aussi.

« Le capitaine et moi nous connaissons déjà », dit-elle.

Banerjee acquiesce vigoureusement.

« Comme vous le savez peut-être, le commissaire Turner, le chef de la police du district, m'a confié l'examen des circonstances de la mort inopinée de votre époux récemment décédé. Vous comprendrez alors, sans nul doute, l'exigence pour le capitaine Wyndham et moi-même de vous interroger en vous posant quelques questions en vue d'un progrès sans heurts et efficace de cette enquête. »

Emily Carter le regarde comme si elle le soupçonnait d'avoir avalé récemment un dictionnaire des synonymes.

« Je vous en prie, posez-moi vos questions. »

Sat tire un petit calepin et un crayon de la poche de sa kurta. « S'il vous plaît, commencez par nous raconter avec vos propres mots les événements entourant la découverte du corps de votre mari ce matin. »

Emily Carter tire distraitement le poignet de sa

manche. « J'ai d'abord su que quelque chose n'allait pas quand j'ai entendu le capitaine Wyndham crier à la porte d'entrée. Il devait être environ six heures. Je crois que la domestique l'a fait entrer et l'a conduit à la chambre de Ronald. » Elle me regarde. « J'ai entendu le capitaine demander à mon mari de lui ouvrir. C'est alors que j'ai décidé d'aller voir ce qui se passait. Je suis sortie de ma chambre et j'ai trouvé le capitaine à genoux qui criait par le trou de la serrure. Je lui ai demandé ce qu'il faisait et il m'a dit qu'il était là pour arrêter Ronald.

— Et ensuite ?

— Le capitaine m'a demandé la clef de sa chambre. Je lui ai répondu que je ne l'avais pas, et il a commencé à défoncer la porte… ou il a peut-être demandé à l'agent indien de le faire… Je crains de ne pas me rappeler exactement ce que chacun a fait.

— Et après ?

— La porte a été forcée et je me rappelle que le capitaine Wyndham s'est précipité dans la chambre. Il a dit qu'il pensait que Ronald risquait de tenter de s'enfuir, mais nous l'avons trouvé dans son lit… » Sa voix faiblit. « Quelqu'un a dû appeler le docteur Deakin qui a passé la nuit ici. Je pense que c'est lui qui a déclaré que Ronald était mort.

— Merci, dit le sergent. Puis-je vous demander ce qui s'est passé le soir avant que vous ne quittiez le Jatinga Club ? »

Mme Carter le regarde avec curiosité. « Cela a-t-il un rapport ? »

Je la prie de lui répondre. « Le sergent peut se montrer très persévérant dans sa recherche d'informations.

— Il devait être environ onze heures. Un peu plus

tôt que d'habitude. Le fakir avait plutôt refroidi l'ambiance et personne ne paraissait désireux de s'attarder.

— Y compris votre mari ?

— Oui. Il n'était plus lui-même. »

Sat lève le nez de son calepin. « En quoi ?

— Il paraissait égaré. Je suppose que personne n'aime entendre que sa mort est proche.

— Et cependant il a invité plusieurs personnes à prendre un verre chez lui ? »

Mme Carter acquiesce. « C'était prévu, presque une petite tradition. Les Dewar vivent trop loin à l'intérieur pour retourner chez eux à cette heure, et le docteur est un vieil ami. Il habite à cinq miles environ mais passe souvent la nuit chez nous après une soirée au club. Le pasteur Philips est un nouveau venu. Nous ne l'avons connu que l'année dernière, et tout comme les Dewar il vit loin, près de Maibang, mais Ronald l'a invité au dîner et a insisté pour qu'il reste chez nous. »

Sat griffonne ses notes. « C'étaient donc tous de bons amis de votre mari ? »

Un sourire hésitant se dessine sur les lèvres de Mme Carter, mais elle ne dit rien.

Je demande : « Et Charles Preston ? »

Mme Carter fronce les sourcils. « Là, c'était curieux, admet-elle. Ronald n'a jamais eu beaucoup de temps pour des hommes tels que Preston. Honnêtement je ne pourrais pas vous dire pourquoi il l'a invité hier soir. M. Preston pourrait peut-être vous éclairer. »

J'ai déjà une idée assez nette de la raison pour laquelle Preston a été invité, à savoir pour l'éloigner de chez lui quand les *goondahs* de Caine sont venus pour me tuer.

« Que s'est-il passé quand vous êtes retournés à Highfield ? demande le sergent.

— Comme d'habitude. Nous nous sommes tous installés, ici, d'ailleurs, pour boire quelques verres, la plupart des hommes à l'extérieur avec leur cigare, parlant affaires, sans aucun doute. Celia Dewar et moi sur le canapé. Je me rappelle que le pasteur Philips tenait beaucoup à discuter des préparations de Pâques.

— Et votre mari ? demande Sat. Comment semblait-il ?

— Bien, je crois. Au début il était plutôt soucieux. Peut-être à cause de la prophétie du fakir, ou d'une affaire qui le préoccupait. À un certain moment il a quitté la pièce, appelé par Thakur, notre boy, pour s'occuper de quelque chose.

— Quelle heure pouvait-il être ?

— Je n'en suis pas sûre. Probablement avant minuit.

— Et savez-vous de quoi il s'agissait ?

— Comme je l'ai dit, j'ai pensé qu'il était question d'affaires, du moins est-ce ce qu'a dit Ronald en revenant.

— Combien de temps s'est-il absenté ?

— Je dirais un quart d'heure, peut-être plus.

— Et personne d'autre n'est sorti ?

— Pas à ce moment-là. » Elle hésite. « Quoique maintenant que j'y pense, Deakin s'est peut-être absenté quelques instants.

— Le médecin ?

— Oui.

— Et comment était votre médecin quand il est revenu ?

— Je ne peux vraiment pas vous dire. J'étais ici

sur le canapé avec Celia. Ronald était là-bas» – elle indique les portes-fenêtres – «avec les hommes. C'est à peu près tout ce qui s'est passé jusqu'à ce que Mme Dewar décide de se retirer. Après quoi, chacun est allé se coucher.

— Votre mari aussi?

— Je crois que oui. Il a bu un verre pendant que Ranjana et Thakur accompagnaient les invités à leur chambre, puis il a dit qu'il montait aussi se coucher.»

Je demande : «Et vous?

— Moi? J'ai attendu que Thakur redescende après s'être occupé de mon mari, je lui ai demandé de ranger et je lui ai donné les instructions à transmettre à la cuisinière pour le petit déjeuner – elle arrive d'ordinaire à six heures et demie – et je suis montée moi-même. Ranjana est venue m'aider à retirer ma robe.

— Et ensuite?

— Ensuite je me suis couchée et après cela je me souviens seulement du bruit que vous avez fait, vous et votre agent, en cognant à la porte d'entrée.

— Et pendant la nuit, avez-vous entendu un bruit inhabituel?»

Elle se concentre. «Quelque chose m'a réveillée. J'ai supposé que c'était un orage. Le temps d'ici est le même que chez nous, il change toutes les dix minutes. Je ne pourrais pas vous dire exactement quand, mais c'était quelques heures avant que vous n'arriviez.»

Sat rumine pendant un instant. Puis il change de sujet.

«Quelle était votre relation avec votre mari?»

Emily Carter me consulte du regard.

«Dites-lui la vérité. Vous n'avez rien à cacher.»

Elle tripote la bague à son doigt.

« Mon mari… n'était pas un homme bon. Il était porté aux crises de colère qui s'exprimaient sur les autres, souvent violemment. »

Sat écoute avec une extrême attention. Quand il parle, c'est avec douceur.

« Vous a-t-il frappée ?

— À l'occasion.

— Avez-vous jamais craint pour votre vie ? »

Une fois de plus elle me regarde. Ses yeux brillent.

« Je… »

Je lui fais un signe d'encouragement et reçois en réponse un regard amer.

« Je ne souhaite pas en parler avec un…

— Un quoi ? demande Sat. Un policier ? Ou un Indien ? Vous trouvez cela répugnant ? »

Emily Carter se contrôle.

Je mets Sat en garde. « Attention, sergent. »

Sat répète sa question. « Avez-vous jamais craint pour votre vie, madame Carter ? »

Cette fois elle lui répond.

« Il y a eu des moments où j'ai cru qu'il pouvait me tuer. Une fois… Ranjana était tellement inquiète qu'elle a tenté d'intervenir. Ronald lui a donné une raclée. »

Sat réprime son dégoût.

« Ainsi, à plusieurs occasions vous avez senti que votre mari était capable de vous tuer ? Avez-vous jamais envisagé de prendre des mesures pour l'en empêcher ? »

Elle le regarde incrédule et se tourne vers moi pour que je l'aide. « Sam. S'il vous plaît dites-lui d'arrêter. Je viens de perdre mon mari. »

Je ressens soudain une poussée de tension. Voilà

une femme en détresse. Une femme qui est venue à mon aide quand je n'étais guère plus qu'une loque. Ici c'est une victime. Elle mérite le respect, et Sat ne la traite pas mieux qu'une lavandière indigène.

« Cessez immédiatement ce type de questions, sergent. »

Sat est stupéfait, mais il se garde de protester. Il préfère changer de tactique.

« Avez-vous jamais parlé à quelqu'un de la… violence de votre mari ?

— Non, bien entendu, mais certaines personnes étaient au courant. Dont le docteur Deakin. Il m'a soignée quand Ronald m'a cassé le bras. Naturellement, je lui ai dit que c'était un accident, mais il a vu les autres contusions. Je suis sûre qu'il savait la vérité.

— Le docteur Deakin était votre médecin à tous les deux ?

— C'est exact.

— Et votre mari était en bonne santé ?

— En général, oui, pour un homme de son âge. Il avait de temps en temps une crise d'arthrite, mais rien de grave.

— Prenait-il des médicaments ?

— Oui, mais le docteur saurait mieux vous dire exactement lesquels.

— En particulier, prenait-il des médicaments par voie intraveineuse ? »

Mme Carter se gratte le lobe de l'oreille puis semble comme frappée par une révélation. « Le docteur Deakin a commencé récemment à lui prescrire une série d'injections. Là aussi vous devriez lui demander ce que c'était exactement. Je crois que c'était une tous les cinq jours. »

Sat et moi échangeons un regard.

« Et est-ce lui qui les lui administrait ?

— Oui.

— Quand a été la dernière ? »

Elle hésite. « Trois, peut-être quatre jours ?

— Il n'a donc pas fait de piqûre à votre mari hier soir.

— Je ne pense pas. Pourquoi en aurait-il fait ?

— C'est une très bonne question », dit Sat.

Quand l'agent Singh raccompagne Mme Carter hors de la pièce je demande à Sat : « Qu'est-ce que c'était que ce numéro ?

— Quoi ?

— Votre réédition de l'Inquisition espagnole.

— Elle avait un mobile pour tuer son mari, dit calmement le sergent.

— Pour l'amour du ciel, moi aussi, et la moitié des habitants de ce village, je le parierais. C'est une femme en état de choc. Vous ne pouvez pas l'accuser de meurtre tout de go.

— Je ne l'ai accusée de rien. Je lui ai simplement posé quelques questions et elle a mal réagi parce qu'elle jugeait indigne d'elle d'être questionnée de cette façon par un Indien.

— C'est absurde. » Mais je n'ai pas de mots pour argumenter. Je préfère me lever et aller vers la porte-fenêtre en espérant clore la conversation.

Je regarde la vue. Des nuages se sont formés on ne sait comment et enveloppent la vallée tandis que les premières gouttes frappent les vitres.

Je réfléchis à notre échange et j'arrive à la conclusion que j'ai eu raison de le réprimander. Je reconnais que mes sentiments à l'égard d'Emily Carter sont assez complexes. Elle est la figure angélique qui m'a trouvé quand j'errais dans l'ashram cette nuit-là, m'a raccompagné et a pris soin de moi. Elle est aussi la personne dont j'ai vraiment fait la connaissance hier matin, la belle femme intelligente capable de démonter un moteur de camion ou réparer une Bugatti. Il est difficile de la concilier avec celle que son mari a frappée et brutalisée, mais quelle qu'elle soit je peux difficilement l'imaginer en meurtrière. Et même si je me trompe, elle ne peut pas l'avoir tué. Elle n'avait pas accès à sa chambre et aucun moyen de le supprimer.

Je dis à Sat que Mme Carter a traversé bien des épreuves.

« Assez pour qu'elle envisage de tuer son mari ? répond-il derrière moi.

— Ne soyez pas ridicule.

— Vous ne l'en croyez pas capable ?

— De quoi ? De persuader les dieux d'électrocuter son mari ?

— Peut-être pas.

— Alors quoi ?

— D'en persuader plutôt le docteur Deakin. »

La pluie commence à tomber plus fort, comme des coups de dague sur la terre desséchée. Je regarde Thakur, le boy, revenir en courant de la grange, le col de sa chemise relevé contre la bourrasque.

« Vous rappelez-vous qu'il y ait eu un orage la nuit dernière ? demande Sat.

— Non, mais j'en ai passé la plus grande partie en voiture pour revenir d'Haflong. Il est tout à fait possible qu'il y ait eu un orage ici en mon absence. C'est important ?

— S'il y a eu un orage, il a dû y avoir des éclairs. Et quand il y a des éclairs il y a une chance que…

— Quoi ? Que le dieu Indra ait envoyé la foudre à travers une fenêtre fermée de Carter et l'ait tué ? Ne recommencez pas avec cette histoire. Si vous voulez mon opinion, je pense que vous feriez mieux de préparer vos questions à propos d'injections pour le bon docteur Deakin.

— Oh, ne vous inquiétez pas, je le ferai », dit-il, puis il appelle l'agent Singh.

« Dites au médecin que je vais le recevoir maintenant. »

32

Février 1922

Assam

Je bois une gorgée de thé sucré et tiède dans une tasse de porcelaine fine.

Elle est tout à fait assortie au décor mais moins avec l'interrogatoire en cours. Sur le canapé où Emily Carter était assise se trouve maintenant le docteur Timaeus Deakin, avec son visage rose, son col humide, et son thé intact sur la table à côté de lui.

Penché au-dessus du fauteuil à côté du mien, les mains sur le dossier, Sat commence à se fâcher.

« Ainsi vous vous dites ami de M. Carter depuis plus de quinze ans, est-ce exact ?

— En effet. Plus de quinze ans, maintenant, confirme le docteur en s'épongeant le front.

— Et pourtant vous avez omis de mentionner les marques de piqûres sur son bras gauche au policier qui vous a demandé d'examiner son corps.

— Je vous l'ai déjà dit, proteste le docteur. Je ne les ai pas mentionnées parce qu'il n'y avait aucune raison. Le capitaine Wyndham m'a demandé de signaler tout élément suspect. Ces marques n'étaient pas suspectes puisque je savais ce qui les avait provoquées. Comme je l'ai dit, Carter souffrait d'une arthrite rhumatoïde qui s'était aggravée ces dernières semaines et lui provoquait de fortes douleurs. Pour le soulager je lui ai prescrit une série d'injections de morphine que j'ai effectuées moi-même. »

En enquêteur expérimenté Sat maîtrise depuis longtemps l'art de se montrer sceptique, même devant ce qui pourrait être considéré avec réalisme comme la vérité. En l'occurrence, son expression laisse entendre qu'il n'en croit pas un mot.

« Et en avez-vous effectué une hier soir ?

— Non. Je ne pouvais pas lui administrer une dose de morphine avant la grande fête au club. Il était l'homme le plus important de la soirée. Tous les regards seraient braqués sur lui.

— Et ici après le dîner ?

— Devant des gens comme le pasteur Philips et cet imbécile de Preston ? Certainement pas. Je lui administrais une injection tous les cinq jours. La prochaine n'était pas prévue avant demain. »

Je demande : « Avez-vous votre serviette ici, docteur ? »

Deakin est surpris. « Pardon ?

— L'avez-vous apportée hier soir ?

— Oui. Je savais que je passerais la nuit ici et j'ai pensé en profiter pour faire quelques visites à domicile ce matin pendant que je me trouvais à Jatinga.

— Auriez-vous une seringue dans votre serviette ?

— Probablement.

— Et de la morphine ? »

Le docteur est mal à l'aise. « Absolument pas. Je n'ai pris que les médicaments dont j'avais besoin aujourd'hui.

— Hier soir Ronald Carter a quitté la pièce pendant un quart d'heure environ. Est-ce exact ?

— Oui.

— Et il semble que vous vous soyez absenté à peu près au même moment. »

Deakin a l'air de quelqu'un qui vient d'être brûlé au fer rouge.

« Quoi ?

— Avez-vous ou non quitté la pièce pendant cette période ? »

Il passe de la crainte à l'indignation.

« Il se peut que je sois allé aux toilettes, mais c'est tout. Suggérez-vous sérieusement que j'ai suivi Ronald, que je lui ai subrepticement injecté quelque chose et que je suis revenu ? »

Sat se tait.

Les mains de Deakin tremblent sur ses genoux. « C'est totalement absurde. Je ne me rappelle même pas quand je suis allé aux toilettes, mais je peux vous assurer que je n'ai pas rencontré Ronald et que je ne lui ai absolument rien injecté. Pour l'amour du ciel, mon vieux, j'ai été le premier à signaler les marques étranges sur sa poitrine. Pourquoi aurais-je fait une chose pareille si j'avais quelque chose à cacher ?

— Et pourtant vous nous avez informés par la suite que M. Carter était mort de causes naturelles, dit Sat.

— Parce qu'il ne pouvait pas en être autrement, dit-il en passant la main sur son crâne presque chauve. La porte était fermée de l'intérieur et il était mort dans son lit. Les marques sur sa poitrine étaient bizarres, mais il était impossible qu'il ait été électrocuté, alors de quoi pouvait-il s'agir sinon de causes naturelles ?

— D'overdose ou de poison », répond calmement Sat.

Le visage du médecin prend une intéressante couleur cramoisie et je crains un instant qu'il puisse lui arriver quelque chose, ce qui serait extrêmement fâcheux non seulement pour notre enquête mais pour toute la communauté, car je doute qu'il y ait d'autres médecins dans un rayon de dix miles. Exaspéré il s'adresse à moi. « Capitaine, j'exige que vous mettiez fin à cette farce. J'ai témoigné à ce petit noiraud prétentieux plus de patience qu'il ne mérite. Je refuse de continuer de répondre à ses accusations.

— Il se trouve que le sergent relève directement du commissaire de district Turner. J'ai les mains liées, je le crains. »

Deakin se lève en faisant tinter la tasse dans la soucoupe. « Il peut bien relever du vice-roi à Delhi ou de Dieu lui-même, je refuse de continuer cette comédie. »

Il lance un regard furieux au sergent, qui le lui rend.

« Merci, docteur, dit-il finalement. Vous nous avez beaucoup aidés. Ce sera tout pour le moment. »

« Il a raison, vous savez, dis-je pendant que la domestique enlève les tasses. Rien ne prouve que Deakin est impliqué dans la mort de Caine. »

Sat a libéré le bon docteur et après un coup d'œil à sa serviette il lui a dit qu'il pouvait aller faire ses visites à condition de revenir après.

« Pour les besoins de l'enquête, dit Sat, référez-vous s'il vous plaît à la victime en tant que Ronald Carter. L'appeler Caine ne fait qu'ajouter à la confusion. Et oui, le docteur Deakin avait les moyens et l'occasion de l'empoisonner.

— Vraiment ? Les moyens peut-être, mais l'occasion ? Même s'il a suivi Caine, je veux dire Carter, quand celui-ci a quitté la pièce, croyez-vous honnêtement qu'il a pu lui injecter quelque chose sans qu'il s'en rende compte ? Et ensuite Carter revient et poursuit allègrement la soirée entre amis ? C'est invraisemblable.

— Invraisemblable ? Et s'il a dit à Carter qu'il lui injectait une dose de morphine mais qu'il a doublé la dose ou injecté un poison lent ?

— Mais pourquoi l'aurait-il fait ? Carter était son ami. »

Sat sourit. « Je vous laisse le découvrir. S'il y a une chose que j'ai apprise, c'est que seul un Anglais est capable de découvrir les motifs franchement bizarres pour lesquels un Anglais pourrait chercher à en tuer un autre. »

Je le regarde et sens soudain un frisson me parcourir. « Attention, mon ami. Il y a quelques heures vous disiez que vous espériez que ce ne soit qu'un cas de mort naturelle, et maintenant vous élaborez des théories impliquant des poisons lents. J'espère que vous n'envisagez pas d'en arriver à une chasse aux sorcières.

— Là où il y a des sorcières, ne devrions-nous pas les chasser ? »

*

Un gong retentit à midi sonnant pour appeler les invités de Carter à déjeuner.

On frappe à la porte et la domestique, Ranjana, entre et m'invite à rejoindre les autres dans la salle à manger. L'invitation ne s'étend pas à Sat, probablement parce que l'idée de déjeuner à la table d'honneur avec un Indien qui les questionne habillé comme s'il revenait de pèlerinage pourrait provoquer anxiété et indigestion parmi les Britanniques rassemblés.

Donc, par solidarité avec mon collègue, je décline l'invitation et demande des sandwiches pour nous deux. La domestique acquiesce tranquillement et disparaît dans le corridor. Je profite de la pause pour sortir fumer une cigarette sur la véranda.

De là je vois le boy, Thakur, sortir sur le côté de la maison et se diriger vers la grange et la rue. Il porte une grosse boîte dans les bras et à sa façon de traîner les pieds je suppose qu'elle est lourde.

J'écrase mon mégot, je note mentalement de lui demander ce qu'il transportait et je retourne à l'intérieur juste au moment où la domestique apporte une nouvelle théière et deux assiettes de sandwiches au concombre, qui selon la tradition britannique ont été libérés de leur croûte. Ils n'ont absolument aucun goût et après les avoir terminés c'est presque un soulagement de pouvoir appeler le prochain suspect.

Toujours vêtu de sa chemise de soirée et de sa veste de velours d'hier soir, Charles Preston fait son entrée, admire la vue et s'assoit sur le canapé. À ma grande surprise, j'ai l'impression qu'il me fait un clin d'œil.

« Je dois dire, Wyndham, que lorsque vous vous êtes présenté à ma porte hier matin j'ignorais que vous alliez provoquer une telle pagaille. Vous permettez ? » Il tire un étui à cigarettes en argent de sa poche de poitrine.

« Ce n'est pas moi le responsable ici mais mon

collègue le sergent Banerjee. Mais je suis sûr qu'il ne verra pas d'inconvénient à ce que vous fumiez. »

Sat donne son accord d'un signe de tête.

Preston ouvre l'étui, en tire une cigarette à bout doré et l'allume avec un briquet en argent. « Ainsi, dit-il en respirant une bouffée, vous pensez que quelqu'un l'a descendu ?

— Nous examinons toutes les circonstances qui entourent sa mort, dit Sat.

— Mmm, dit Preston cigarette aux lèvres, j'admets que tout est plutôt étrange, le vieux qui meurt juste après que le diseur de bonne aventure l'a annoncé. Et surtout le fait qu'il passe l'arme à gauche juste avant que le capitaine arrive pour l'arrêter. Le bruit court que vous pensez que le vieux Carter n'était pas celui qu'il prétendait. C'est vrai ?

— Si vous voulez bien, intervient Sat, je pense qu'il est préférable que nous posions les questions. »

Preston regarde le sergent en essayant de réprimer un sourire. « Oh, parfaitement, monsieur le Mahatma. Je vous en prie, poursuivez. »

Sat se crispe.

« Le capitaine Wyndham me dit que vous n'étiez pas un ami particulièrement proche de M. Carter. Est-ce exact ? »

Preston exhale un autre nuage de fumée bleu-gris. « Pas vraiment. Je ne me serais même pas décrit comme un ami de Ronald Carter de quelque sorte que ce soit.

— Et pourtant il a jugé bon de vous inviter chez lui hier soir ? »

Preston fait un nouveau clin d'œil. « Croyez-moi, mon cher, j'étais aussi choqué que vous.

— Mais vous êtes venu quand même.

— J'étais curieux. J'ai toujours un frisson d'excitation devant les hommes puissants et dangereux, et soyons honnêtes, qui n'en a pas? Que vous l'aimiez ou non, et la plupart ne l'aimaient pas, Ronald Carter était le grand chef. L'homme le plus important dans un rayon de cinquante miles. Il était comme le soleil, le centre de nos orbites et on ne pouvait pas lui résister. Je doute que quiconque lui aurait dit non.

— Et pourquoi vous a-t-il invité?

— Aucune idée. Non qu'il ait eu grand-chose à me dire quand nous sommes arrivés ici. Ni à personne d'autre d'ailleurs. Les trappistes organisent probablement des soirées plus agréables. Mais comme je l'ai dit, je doute que beaucoup des personnes présentes hier soir aient considéré Carter comme un ami. Le docteur Deakin peut-être, mais pas les autres. Certainement pas le pasteur Philips ni Alan Dewar.

— Pourquoi cela?

— Ne vous ai-je pas dit hier que Carter tenait des gens dans sa main? Eh bien Dewar et le pasteur étaient de ceux-là. Voyez-vous, Ronald Carter était un collectionneur, mais là où d'autres collectionnent des timbres lui collectionnait des hommes. Il aimait avoir prise sur eux. Il adorait les humilier. Il en tirait une sensation de puissance. C'est triste, vraiment. L'homme le plus riche de la région, vous penseriez que cela lui suffirait, mais non. Il y avait de la malveillance en lui, un besoin constant d'être reconnu comme supérieur à tous les autres. Il était comme un baron féodal exigeant allégeance de ses sujets. Mais la vérité c'est qu'il n'obtenait réellement qu'une effrayante servilité.

— Quelle prise avait-il sur Dewar ? demande Sat.

— Voilà une question intéressante. Le père de Dewar a créé une affaire d'exploitation de bois dans les collines autour de Maibang il y a une trentaine d'années. Du bon bois dur pour l'exportation, pas la saleté bon marché que vous trouvez par ici. Parti de rien il est parvenu au point où pendant la saison sèche il envoyait chaque semaine plusieurs péniches à Calcutta. À la mort du vieil homme, Dewar a hérité le tout. Et au début l'affaire se portait bien. Mais ensuite la guerre est arrivée et le marché s'est effondré. C'est alors que Ronald Carter a commencé à y mettre son nez. Il avait déjà acheté une ou deux autres entreprises semblables qui avaient fait faillite. Il les a eues pour une bouchée de pain, paraît-il, puis il s'est mis à casser les prix, ce qu'il pouvait se permettre grâce à ses grandes poches. Dewar a fini par s'endetter auprès des banques. Il espérait s'en sortir l'année dernière, mais il y a eu ce glissement de terrain après la mousson. La route de Maibang a été coupée pendant des semaines et Dewar n'a pas pu transporter son bois jusqu'aux péniches à Tezpur sans faire un détour de quatre-vingts miles dans les deux sens. Il perdait toute chance de sauver son affaire, et au moment même où les banques le menaçaient de saisie voilà Ronald Carter qui reprend ses dettes et fournit un petit supplément. Sauf que l'argent de Carter coûte plus cher. Carter voulait des parts dans l'affaire, et soudain Dewar's Timber and Logging devient RC Timber and Logging, et Alan Dewar travaille pour Ronald Carter qui le traite comme un serf et l'humilie devant sa propre femme. Ironie du sort, c'était une des entreprises de construction de Carter qui était censée renforcer les terrassements à Maibang quand s'est produit le glissement de terrain.

— Et le pasteur Philips ? demande Sat. Quelle prise Ronald Carter avait-il sur lui ?

— Ça, je l'ignore, mais quoi qu'il en soit vous pouvez être sûr qu'il le tient bien. Il suffit de voir la tête de Philips pour comprendre qu'il n'était pas un admirateur de Carter.

— Et le docteur Deakin ? »

Preston caresse son début de barbe. « C'est très curieux. Le docteur a peut-être été le seul homme du secteur à apprécier la compagnie de Carter. C'était peut-être lié au fameux serment d'Hippo-machin, ou alors Carter lui avait rendu un service dans le passé, mais je pense que Deakin était réellement attaché à ce type. »

Sat et moi échangeons un regard.

« Parlez-moi de la nuit dernière, dit le sergent.

— Que voulez-vous savoir ?

— Après le dîner au club vous êtes venu ici sur l'invitation de M. Carter ?

— C'est exact. Précisément dans cette pièce.

— Et à un certain moment Ronald Carter a été appelé à l'extérieur par son boy, manifestement pour régler une affaire. Est-ce exact ?

— Oui.

— Quelle heure pouvait-il être ?

— Je dirais autour de minuit, probablement, à peu près... »

Sat note dans son petit calepin. « Et il s'est absenté pendant... ?

— Une vingtaine de minutes.

— Quelqu'un d'autre a-t-il quitté la pièce au même moment ?

— Pas que je m'en souvienne… mais j'étais allé me promener un moment sur les pelouses.

— Seul ?

— Non. Alan Dewar était avec moi. Le pasteur s'était mis à parler de Dieu et, bon, je crains d'avoir été un peu éméché et d'avoir fait une ou deux remarques déplacées. Dewar a suggéré que nous allions faire un tour et éclaircir nos idées.

— Et vous êtes sûr que c'était pendant que Ronald Carter avait quitté la pièce.

— Oui. Voyez-vous, nous sommes revenus en même temps que sa seigneurie.

— Et le docteur Deakin ?

— Le docteur ?

— La nuit dernière, pendant l'absence de Carter, Deakin a-t-il quitté la pièce ?

— Maintenant que vous en parlez, je pense qu'il est peut-être sorti. Je me rappelle avoir regardé la maison et n'avoir vu que le pasteur Philips devant. J'avais pensé que Deakin était allé retrouver les dames, mais il est possible qu'il ait quitté la pièce. Quoi, vous ne pensez pas que le vieux Deakin a quelque chose à voir avec la mort de Carter. »

Sat ne répond pas.

Preston a un rire dédaigneux. « C'est ridicule. La seule façon dont il aurait pu le tuer aurait été en l'ennuyant mortellement. Non, si vous voulez mon avis, si quelqu'un était susceptible de descendre Carter ce serait Dewar. Il n'est pas homme à passer l'éponge. Il est davantage du genre à prendre les choses à bras-le-corps. Il a un sacré tempérament. Oui, je vois très bien Dewar tuer le vieux Carter. Un oreiller sur la figure ou deux mains autour du cou et c'est fini. Et je vais vous dire…

— Merci, monsieur Preston, dit Sat. Je vous suggère de garder de telles spéculations pour vous.

— Absolument ! Mais si vous finissez par l'arrêter, s'il vous plaît avisez-moi. J'aimerais lui offrir un verre. »

*

Alan Dewar paraît la quarantaine mais il est habillé comme un jeune homme. Sa femme Celia, avec son serre-tête et sa robe à fleurs, paraît encore plus jeune, et avec le teint de porcelaine et la chevelure de feu d'une Celte elle semble plutôt inadaptée à tout climat au sud de l'arc arctique.

Après avoir entendu le témoignage de Charlie Preston, Sat les reçoit avec toute la cordialité d'un peloton d'exécution en leur indiquant le canapé d'un signe de tête ; ils s'y assoient main dans la main, image touchante de solidarité conjugale.

« Comme vous le savez, commence Sat, votre hôte M. Ronald Carter est décédé la nuit dernière dans des circonstances jugées suspectes. Je suis le sergent Banerjee et le commissaire de district m'a chargé d'enquêter sur cette affaire. Dans ce but je voudrais vous poser quelques questions. »

Les Dewar acquiescent.

« Vous pourriez peut-être commencer par me parler de vos relations avec M. Carter et de ce qui vous a amenés à être reçus ici à Highfield la nuit dernière. »
Dewar se mouille les lèvres. « Nous avions des relations

d'affaires. Je dirigeais une exploitation de bois près de Langting. Carter en était actionnaire. »

Sat prend des notes. « S'il vous plaît, dites-moi avec vos propres mots comment il se fait que vous ayez été invités au dîner hier soir et ce qui s'est passé après que vous êtes arrivés ici du Jatinga Club. » Dewar serre la main de sa femme. « Carter nous a invités à ce fichu dîner. Pour être honnête, j'aurais préféré ne pas y aller. C'est long de venir de Langting, mais Carter a insisté. Il a dit qu'il nous réservait une soirée remarquable. Si j'avais su qu'il parlait de ces oiseaux qui se sont écrasés sur le sol et d'un charmeur de serpents qui prédirait sa mort je serais resté chez moi. Celia a été très affectée par tout ce qui s'est passé et voulait aller se coucher directement quand nous sommes arrivés ici, mais Emily Carter n'a rien voulu entendre. J'imagine qu'elle avait envie de compagnie de son âge plutôt que d'être coincée avec des fossiles tels que Deakin et le pasteur Philips. En tout cas la soirée était ratée. Le vieux Carter a toujours aimé être le centre de la conversation, dans le cas contraire il réagissait mal et s'en prenait aux autres, mais hier il était plutôt calme. Il paraissait inquiet, presque comme s'il croyait à la prophétie de ce fakir.

— De quoi avez-vous parlé ?

— Du fakir, naturellement, mais ensuite des sujets habituels, la politique, la situation dans les plantations maintenant que la grève générale est finie…

— M. Carter a-t-il quitté la pièce à un quelconque moment ? »

Alan Dewar se frotte le menton. « En fait oui. Son boy est venu sur la véranda où nous étions en train de fumer et lui a dit qu'il y avait un message pour lui ou que sais-je. Il s'est absenté un bon moment.

— Et quelqu'un d'autre a quitté la pièce en même temps ?

— Je ne pourrais pas vous dire. Je suis allé me promener dans les jardins. J'avais envie d'air frais.

— M. Preston vous accompagnait ?

— C'est exact. En fait il avait encore plus besoin d'air que moi.

— Une idée de combien de temps Carter s'est absenté ? »

Dewar sourit. « Je crains de ne pas l'avoir minuté. Vous permettez que nous nous servions un verre ? Le soleil a décliné, ou du moins vous le sauriez si vous pouviez le voir. »

Sat me consulte du regard. Je n'ai pas d'objection. En fait, j'ai bien envie d'un verre moi-même.

« Servez-vous », dit-il.

Dewar se lève et va soulever le couvercle d'un bar en forme de globe couleur sépia.

« Celia ? » demande-t-il.

Sa femme s'abstient.

« Comme tu voudras. » Il tire une bouteille de single malt apparemment coûteux et un verre. « Capitaine Wyndham ? Vous prenez quelque chose ou êtes-vous en service ?

— Pas officiellement. » Je m'approche de l'hémisphère maintenant ouvert, je me sers un whisky et retourne m'asseoir sous le regard furieux de Sat. J'en retire une certaine satisfaction.

« Étiez-vous des amis proches de M. Carter ? » demande Sat.

Dewar boit une longue gorgée de son verre en

cristal taillé. « Disons seulement qu'il appréciait notre compagnie.

— Je suppose que c'est une façon de voir. D'après ce que nous savons, c'est votre entreprise qu'il appréciait le plus. Nous avons appris qu'il vous avait mené à la faillite puis avait remboursé votre dette en échange d'actions.

— C'est vrai, dit Dewar mal à l'aise. Dernièrement Carter était un actionnaire important de la société.

— Un actionnaire important ? Allons donc, monsieur Dewar. Carter est devenu l'actionnaire majoritaire, n'est-ce pas ? Votre entreprise est devenue la sienne et vous avez été réduit à travailler pour lui. Il vous faisait marcher à la baguette. C'est pourquoi vous étiez obligé de venir hier soir alors que vous n'en aviez aucune envie. Ce que je ne comprends pas c'est pourquoi il a voulu que vous veniez. »

Dewar se hérisse. « Parce que c'était sa façon d'être. Il aimait manipuler les autres.

— Cela paraît une bonne raison de vouloir se débarrasser de lui », dit Banerjee. Avant qu'il puisse réagir, Celia Dewar pose une main sur le poignet de son mari.

« Capitaine, dit-elle, vous connaissez l'expression gardez vos amis près de vous et encore plus vos ennemis ? Eh bien, Ronald Carter avait très peu des premiers et beaucoup des seconds. Si vous étiez invité chez lui vous pouviez être sûr que c'était parce qu'il attendait quelque chose de vous ou qu'il voulait vous rappeler qu'il vous avait déjà pris quelque chose et qu'il n'y avait rien que vous puissiez y faire. C'était le genre d'homme qui prenait plaisir à voir les autres courber l'échine devant lui ; pas des flagorneurs, il s'en lassait vite, mais plutôt des hommes dont il savait qu'ils ne l'aimaient pas mais qui n'avaient guère d'autre choix que de lui obéir. Mon mari n'avait aucune affection pour Ronald Carter, mais on pourrait dire la même chose d'autres personnes dans cette maison.

— Telles que ? »

Celia sourit. « Vous devriez peut-être demander au pasteur Philips de vous parler du terrain autour de son église et de la triste disparition de certaines de ses brebis. »

*

Le pasteur Philips a l'aspect physique d'un ours russe et un visage ridé et buriné qui en ce moment paraît prêt à éclater.

« C'est un fichu mensonge, espèce de petit avorton païen ! »

Emily Carter l'a décrit comme un gentil géant, mais de là où je suis je ne vois rien de gentil en lui. Il se tient au-dessus de Sat, les joues rouges et crachant la fureur comme s'il envisageait de l'étrangler à mains nues, ce qui ne semble pas particulièrement chrétien.

Banerjee regarde le pasteur dans les yeux. « Asseyez-vous, monsieur. »

Il y a dans sa voix une force de volonté, quelque chose que je ne lui connaissais pas, et cela me donne la sensation qu'il a changé pendant son séjour à Dacca.

Ils restent un instant face à face tels des cerfs en rut avant que le pasteur semble se rappeler qu'il est un homme de Dieu et se rassoie.

« Je vous le demande encore, dit Banerjee, est-il

vrai que Ronald Carter vous a payé pour convaincre les veuves de deux membres de votre congrégation de retirer la plainte pour assassinat qu'elles avaient déposée contre lui ? »

Sat reprend là ce qu'Alan Dewar nous a raconté, généreusement assisté par son épouse.

« Ça n'est pas du tout ce qui s'est passé, fulmine Philips.

— Alors peut-être pourriez-vous corriger notre méprise », dit Sat.

Le pasteur se tord les mains comme s'il essorait une éponge.

« C'est arrivé il y a environ dix-huit mois. La plupart des hommes de la tribu de la vallée sont employés dans l'une ou l'autre des entreprises de Carter. Ces deux-là faisaient partie d'une équipe de terrassement qui travaillait à Diyung pour protéger un tronçon de la route Maibang-Barabond. C'était vers la fin de la mousson et en toute rigueur ils n'auraient pas dû se trouver là à attendre que le temps s'améliore, mais Ronald Carter a insisté. Il y a eu un glissement de terrain. On a sorti de la boue trois hommes vivants. C'est le docteur Deakin qui les a sauvés. Quatre autres n'ont pas eu autant de chance. Deux d'entre eux n'étaient que des enfants, treize et quatorze ans.

« Les victimes étaient toutes membres de ma congrégation. Par ici, il arrive souvent que des affaires comme celle-là se règlent avec le paiement de… réparations, plutôt que d'avoir recours aux tribunaux. Carter m'a demandé d'intercéder au nom de ses compagnies et je l'ai fait. Ça ne m'a pas plu, mais vous devez vous rappeler que Carter était le roi de la vallée. Des villageois illettrés n'avaient aucun moyen de gagner un procès contre lui. »

Sat a du mal à cacher son dégoût.

« Et Carter vous a payé pour vos services ? » crache-t-il.

Philips serre les poings. Les articulations blanchissent.

« Il a fait une donation à l'église.

— Et cette donation était-elle par hasard plus élevée que la somme payée aux familles endeuillées ?

— Son montant n'a rien à voir ici.

— Pourquoi avez-vous accepté l'invitation de Carter la nuit dernière ? poursuit Sat. Était-ce pour essayer d'obtenir une autre "donation" pour votre église ?

— Je ne voulais pas venir, répond-il hargneusement. Il y a quelque chose de diabolique ici. » Il se tourne vers moi pour s'assurer de mon soutien. « Vous l'avez vu aussi hier soir, Wyndham. Les oiseaux qui tombent du ciel comme des grêlons, comme s'ils étaient possédés, ensuite la mort de Carter… Je suis venu parce que… » Il reste perdu dans ses pensées puis il poursuit : « Écoutez, Wyndham, je ne sais pas à quel jeu vous jouez ici, mais je refuse qu'une espèce de subalterne prétentieux me parle de cette façon. Vous feriez mieux de lui dire de rester à sa place ou il le regrettera. Je sais qu'un homme est mort, mais cela n'a rien à faire avec moi, et cela ne donne certainement pas à ce babu le droit de m'insulter. »

J'adresse à Sat un regard sévère.

« Je suis convaincu que le sergent ne cherchait pas à vous offenser, et je suis sûr que dorénavant il prendra un autre ton. »

Bien entendu, Sat ne fait rien de la sorte.

« Pourquoi êtes-vous venu, monsieur Philips ? Était-ce dans l'espoir de lui soutirer plus d'argent ? »

Quand Philips répond, sa voix est un murmure. « Carter a insisté pour que je vienne. J'ai essayé de parler argent avec lui, je lui ai dit que la tribu avait besoin d'une église à elle, c'est un projet de leur communauté, mais il a répondu qu'il s'occuperait de la question le lendemain.

— Sauf que le lendemain il était mort », dit Sat.

Philips lève la tête. « C'était peut-être un châtiment divin ?

— Peut-être, dit le sergent, mais alors de quel dieu ? »

Philips ne voit aucun humour dans cette question. « Il n'y a qu'un seul vrai Dieu », dit-il.

Après cela Sat n'a plus grand-chose à demander au pasteur, et deux minutes plus tard je pousse Philips dehors, toujours furibard.

« Vous avez intérêt à surveiller ce petit salaud, Wyndham, grogne-t-il. Pour qui se prend-il en se montrant ici habillé de cette façon pour interroger ses supérieurs ? Fichu Bengali vaniteux. Vous devriez lui rappeler qu'il n'est plus à Calcutta. On accepte peut-être ce genre d'insolence là-bas, mais pas ici. »

J'essaie de le calmer.

« Je lui parlerai.

— Assurez-vous de le faire.

— J'ai une dernière question. La nuit dernière avez-vous entendu le tonnerre par hasard ? »

Le pasteur me regarde l'air narquois. « Ni tonnerre ni éclair, je ne crois même pas qu'il ait plu. »

Sat se tient près des portes-fenêtres et regarde la pluie.

Je lui demande : « Mais enfin à quoi jouez-vous ? D'abord le docteur Deakin, puis les Dewar, maintenant Philips, essayez-vous délibérément de mettre les gens en colère ? »

Il se retourne pour être face à moi quand je le rejoins.

« Un homme est mort, dit-il.

— Je le sais, c'était un horrible salaud mais il n'y a aucune preuve qu'il soit mort d'autre chose que de causes naturelles. En outre, rien ne suggère qu'aucune de ces personnes soit mêlée à sa mort. Pour l'amour du ciel, Sat, que vous arrive-t-il ? »

Il me lance un regard que je ne lui ai jamais vu.

« Ne m'appelez pas ainsi, je vous prie.

— Comment ?

— Vous savez comment. Nous nous connaissons depuis près de trois ans. Je vous ai sauvé la vie et j'ai été à vos côtés quand aucun sahib n'y était. Vous vous dites mon ami, et pourtant vous ne faites même pas l'effort de m'appeler par mon véritable nom ? »

Je réponds en bégayant : « Vous savez que j'ai du mal avec sa prononciation. Et tout le monde dans le service vous appelle Sat… »

Le sergent secoue la tête. « Seuls les officiers sahibs m'appellent ainsi. Les Indiens et les agents ne le font pas.

— Que voulez-vous dire ?

— Je veux dire qu'en tant qu'ami vous devriez m'appeler par mon nom et ne pas le ridiculiser.

— Vous insultez un pasteur parce que vous êtes mécontent de ma prononciation de votre nom ?

— J'ai insulté le pasteur ? » Il recule d'un pas. « Je

n'ai employé aucune épithète désobligeante. Lui, m'a traité d'avorton païen et de subalterne prétentieux. Vous n'avez rien à dire là-dessus ? Il s'est fait payer pour régler une affaire impliquant deux Indiens morts, mais c'est moi qui suis insultant ?

— Ce n'est pas ce que…

— Le docteur Deakin m'a appelé noiraud et M. Preston s'est moqué de moi en m'appelant le Mahatma. Vous ne les avez pas jugés insultants ? Ou bien croyez-vous qu'un Anglais peut dire à un Indien ce qui lui plaît, mais que lorsqu'un Indien a la témérité de contester un Anglais c'est une insulte au sahib ? »

Je lui demande mollement ce qui a déclenché tout cela.

D'un geste il m'indique l'extérieur. « Regardez autour de vous, Sam. Au cours de cette année, pendant que vous étiez dans la brume de l'opium ce pays flambait. Il a changé. Même l'homme ordinaire réagit aux insultes de la domination britannique. Si les meilleurs d'entre vous ne peuvent pas traiter les Indiens dignement, alors quel espoir y a-t-il ? »

Je le regarde, son dhoti de coton blanc et ses sandales de cuir, et je me rends compte avec une clarté douloureuse qu'il a raison. Mais je ne suis pas assez honnête pour admettre quoi que ce soit de la sorte devant lui.

Quelque chose dans ses traits a changé : une lueur dans les yeux et une expression plus douce.

« Désolé, je n'aurais pas dû mentionner votre addiction. C'était une erreur de ma part. »

Et voilà le rameau d'olivier tendu encore une fois par l'Indien ; parce que c'est dans sa nature, parce qu'il est un homme de conscience et parce que en Inde un Anglais ne pourrait jamais être celui qui présente ses excuses.

« Aucune importance… Satyendra. »

Il sourit malgré lui.

« Je l'ai bien dit ?

— Non. Vous l'avez massacré, mais j'apprécie votre effort. Peut-être pourriez-vous m'appeler simplement Satyen ?

— Je pourrais. Ou je pourrais aussi m'obstiner. J'ai probablement encore le temps de m'exercer avant que vous ne chassiez tous les sahibs hors de l'Inde. »

33

Février 1922

Assam

La pluie a cessé et les braises luisantes d'un soleil rouge plongent au-dessous de la ligne de nuages à l'est. Sat, ou plutôt Satyendra, est assis sur le canapé où se tenaient précédemment ses suspects, absorbé par son calepin comme un étudiant avant un examen.

Moi aussi j'ai réfléchi. À notre conversation. J'aurais dû deviner que quelque chose n'allait pas quand il est arrivé vêtu comme Rabindranath Tagore. Depuis trois ans que je le connais il n'a porté le dhoti traditionnel qu'une fois, et seulement pour une cérémonie pendant la fête de la déesse Durga. S'il est arrivé habillé de la tête aux pieds de coton tissé maison comme le parfait représentant du parti du Congrès c'est que quelque chose a changé chez lui depuis qu'il m'a souhaité bon voyage à la gare de Howrah. Ou bien le changement a commencé plus tôt et j'étais trop embrouillé dans mes affaires de drogue pour le remarquer. Il a dû y penser pendant toute cette année de grève générale. Le parti du Congrès a appelé les gradés indiens de la police et des services publics à démissionner, et beaucoup l'ont fait, mais pas Satyendra, ce qui a menacé ses relations avec sa famille. Mais maintenant que la grève est finie il est peut-être possible que les esprits se calment et que se rétablissent des rapports plus chaleureux. Je suppose qu'il a passé beaucoup de son temps à Dacca à réfléchir à ces questions.

Je lui dis : « C'est ma faute. »

Il lève la tête.

« Quoi ?

— Votre nouveau zèle nationaliste. Jamais je n'aurais dû vous dire de prendre le temps de penser à votre avenir.

— C'est vrai. C'était une erreur. Comme vous dites, laisser à un Bengali le temps de penser ne donne jamais rien de bon. »

Je vais m'asseoir dans le fauteuil face à lui.

« Alors qu'en pensez-vous ? A-t-il été liquidé par un membre de cette jolie bande d'invités ou est-il mort de causes naturelles ? »

Banerjee pose le menton sur son poing telle une version en dhoti du penseur de Rodin.

Il soupire.

« Tous les invités qui ont passé la nuit ici avaient des raisons de détester leur hôte : Philips, Dewar, Preston…

— Pas Deakin.

— En êtes-vous sûr ? Ses sentiments ont peut-être changé. Peut-être était-il dégoûté par la violence de Carter envers sa femme. Peut-être l'a-t-elle convaincu de le faire. Ou peut-être est-ce à cause de ce glissement de terrain de la dernière mousson qui a coûté la vie à des paroissiens de Philips et son entreprise à Dewar. Deakin a été le premier médecin sur les lieux. Il a aidé à tirer les corps de la boue, y compris ceux des deux enfants. Il a pu en être affecté. Il devait savoir que les travaux étaient effectués sous les ordres de Carter, et il pourrait avoir changé d'opinion sur son vieil ami. Les trois ont peut-être planifié de le tuer ensemble ? Ils étaient tous invités à passer la nuit ici, et comme Carter avait envoyé les invitations quelques jours plus tôt ils avaient eu le temps de prévoir un plan.

— Qui serait lequel exactement ?

— De saouler Carter pour qu'ensuite le docteur lui injecte quelque chose, ou simplement de mettre quelque chose dans son verre. Bien sûr, comme Carter invite aussi M. Preston et que le boy vient l'appeler ils sont forcés d'improviser. Dewar emmène Preston se promener pendant que le médecin s'éclipse, peut-être dans l'intention de dire à Carter qu'il a besoin d'une autre injection de morphine.

— Et les marques de brûlures sur son corps ?

— Peut-être les avait-il déjà avant ?

— Il n'y a aucune preuve pour corroborer ces hypothèses.

— Restent les résultats de l'autopsie. S'il a été empoisonné j'espère que nous en aurons une preuve dans le rapport.

— Il vous faudrait plus que de l'espoir, mon ami. Admettons que vous ayez raison et que Dewar, Philips et Deakin l'aient tué…

— Mme Carter aussi, peut-être. »

J'ignore ce commentaire.

« Si rien dans le rapport d'autopsie ne suggère un empoisonnement, ils partiront libres comme l'air, même s'ils reconnaissent tout en passant la porte. »

Le sergent acquiesce, mécontent.

« Voulez-vous que nous considérions que la journée est terminée ? Nous avons questionné tous les invités.

— Il reste encore les domestiques », dit Satyendra.

Thakur est un garçon dégingandé avec une vilaine acné et l'allure d'une jeune cigogne. Il entre en traînant les pieds, vêtu d'un pantalon bleu trop court et d'un pull-over usé jusqu'à la corde qui a probablement nourri bon nombre de mites durant les mois d'été. Sous une masse de cheveux noirs il a des yeux noirs intelligents et un air circonspect.

Il se présente et Sat l'accueille avec un sourire et une tape sur l'épaule en lui indiquant le canapé. Il s'assoit à côté de lui.

« Tu parles bien l'anglais.

— Merci. J'apprends à l'église. Tous les dimanches, memsahib me fait aller. Elle m'enseigne aussi.

— Comment as-tu commencé à travailler pour M. et Mme Carter ?

— Mon oncle travaille pour Maître sahib comme chauffeur. Quand Maître sahib lui dit il a besoin un boy pour travail petit, aller chercher, porter, ce genre de chose, mon oncle propose moi.

— Depuis combien de temps travailles-tu ici ?

— Deux ans, presque.

— Et tu habites ici ?

— Mon village est deux jours de voyage. Je retourne chez moi tous les six mois une semaine.

— Pour voir tes parents ?

— C'est exact, et ma femme.

— Quel âge as-tu ?

— Seize ans. J'aurai dix-sept ans dans deux mois. »

Sat y réfléchit un instant puis reprend ses questions.

« Dis-moi ce qui s'est passé quand ton maître et memsahib sont rentrés du club la nuit dernière. »

Thakur marque un temps et se passe la main sur le duvet de son menton.

« Maître sahib et les invités arrivent tard le soir, longtemps après que tous les oiseaux tombent. Memsahib emmène invités dans salon, mais Maître sahib, il m'appelle d'un côté et il me dit de chercher un homme, Bogoran Deori, de village de tribu.

— T'a-t-il dit pourquoi ?

— Non, monsieur. Il me dit seulement l'amener à la maison. Il est très tard et j'ai peur d'aller à village Deori, mais Maître sahib me dit, alors je dois aller. Je vais à village et trouve Deori et l'amène au bureau de Maître, puis je vais appeler Maître sahib.

— As-tu raccompagné M. Carter à son bureau ?

— Maître sahib parle à Deori en privé. J'attends dehors porte. Dix minutes plus tard porte s'ouvre et Maître sahib me dit accompagner Deori dehors.

— Que s'est-il passé ensuite ?

— J'accompagne Deori à porte derrière, puis reviens et attends qu'invités finissent soirée.

— As-tu vu le docteur Deakin ou un autre des invités hors de la pièce à ce moment-là ? »

Thakur réfléchit un instant. « Je vois le docteur.

— Où ?

— Dans l'entrée, qui parle avec Maître sahib. Puis les deux reviennent vers les invités. »

Nous échangeons un regard Sat et moi.

« Et après, que s'est-il passé ?

— J'attends dans l'entrée. Quand invités vont se coucher j'aide Ranjana à emporter verres et assiettes à cuisine. Après je monte dans ma chambre.

— As-tu entendu quelque chose pendant la nuit ? Le tonnerre, peut-être ?

— Oui, j'entends quelque chose. Mais pas orage. J'entends une personne sur escalier vers dernier étage, où ma chambre est située. C'est bizarre parce que toutes autres chambres sont étage dessous. Seulement moi je suis au dernier étage je pense peut-être un invité est devenu perdu en cherchant toilettes.

— Et Ranjana ? Sa chambre n'est-elle pas aussi au dernier étage ?

— Non, monsieur. Sa chambre est à côté de celle de memsahib dans le couloir de la chambre de Maître sahib. »

Je demande : « Au premier étage ?

— C'est exact, monsieur. Elle doit s'occuper de memsahib. »

On dit que même la plus grande tapisserie peut se défaire à partir d'un fil tiré. Ce qui vaut pour les tapisseries vaut aussi pour les mensonges. Pendant trente secondes je m'égare dans mes pensées. Quand je reviens à la conversation Sat reparle de tonnerre.

« C'est possible, répond Thakur. Nous avons souvent éclairs ici. Je ne me rappelle pas la nuit dernière… »

« Pardonnez-moi », dis-je, et je demande au boy : « Les pas que tu as entendus dans l'escalier, quelle heure était-il ? »

Le garçon fronce les sourcils. « Je ne sais pas, sahib. Je n'ai pas d'horloge.

— Mais était-ce peu après t'être couché ou plus tard ?

— Plus tard, sahib. Beaucoup plus tard.

— Une dernière question. En dehors de ta chambre, qu'y a-t-il d'autre au dernier étage ?

— Pas beaucoup. Il y a une pièce vide, une pièce que memsahib utilise pour débarras, et aussi porte vers le toit. »

Le sergent n'a plus de questions et il est prêt à laisser partir le boy. J'acquiesce bêtement quand il demande si je suis d'accord. C'est le moment de lui parler de mon fil tiré, mais quelque chose me retient. Je me dis que ce n'est rien, un simple malentendu que je pourrais dissiper rapidement, et qu'il est inutile de troubler davantage ce qui l'est déjà.

Mais en y repensant il est possible que ce soit à partir de là que commence ma propre erreur. Je ne suis pas porté sur la spiritualité mais j'admets qu'il y a quelque chose d'un autre monde à Jatinga. De l'ashram de Devraha Swami aux oiseaux suicide et à la mort inexpliquée de Jeremiah Caine, cela ne ressemble à aucun endroit où je sois allé avant. Charlie Preston croit qu'il y a une malédiction sur la vallée, que l'endroit est malfaisant. Mais si le contraire était vrai ? Si c'était un lieu où les torts étaient réparés et les péchés sinon pardonnés du moins acceptés ? Je pense au dieu Indra avec sa foudre. Je cache peut-être mes inquiétudes à Sat parce que, comme le fakir, j'ai une prémonition de la vérité ? Ou celle, ce qui est pire, de ma propre réaction honteuse.

*

Quand Thakur quitte la pièce Satyen me demande : « Vous ne restez pas ? La domestique est la dernière personne qu'il nous reste à questionner.

— J'ai besoin de vingt minutes pour méditer.

— Méditer ?

— Cela fait partie du régime post-opium. Je dois méditer vingt minutes.

— Et il faut que vous le fassiez maintenant ?

— Tous les soirs à la même heure. C'est ce qu'ont dit les moines. »

Je me dirige vers la porte. Les moines n'ont rien dit de ce genre, mais j'ai davantage besoin de réfléchir que d'écouter le témoignage de la domestique.

« Je suis sûr que vous pouvez vous débrouiller tout seul. À moins que vous n'ayez peur de parler aux domestiques maintenant ?

— Non, dit-il en levant le menton. Pas trop.

— Alors c'est réglé. Vous la questionnez. Je vais trouver un coin assez tranquille pour la contemplation.

— Sam, dit-il quand j'atteins la porte, êtes-vous sûr que tout va bien ?

— Absolument. » Sur quoi j'ouvre la porte et je sors tandis que derrière moi Satyen tire le cordon sur le mur pour appeler la domestique.

J'attends quelques minutes dans le vestibule avant de courir après Thakur.

« Oui, sahib ?

— Je veux voir les pièces du dernier étage.

— Très bien, sahib. S'il vous plaît attendez. »

Il revient muni d'une lampe-tempête et me fait signe de le suivre.

Il n'y a pas grand-chose à voir. Après un coup d'œil rapide je ne prends pas la peine d'examiner sa chambre, puis j'essaie la porte du toit. Elle est barricadée et une masse de toiles d'araignée sales couvre l'encadrement, signe qu'elle n'a pas été ouverte depuis un bon bout de temps.

Les deux autres pièces sont pratiquement vides.

« Je croyais que tu avais dit que la memsahib se servait de ces pièces comme atelier.

— Oui. C'est cette pièce, sahib, dit-il en indiquant la porte ouverte d'une des chambres vides. Mais ce matin, elle me demande d'emporter toutes les choses dans le bâtiment dehors.

— Les boîtes que tu as transportées dans la grange ? Elles venaient de cette pièce ?

— C'est exact, sahib. Memsahib voulait pièce nettoyée. Je pense avec mort Maître sahib elle ne travaillera plus avec ces choses de voiture. »

Je lui prends la lampe des mains. « Merci, ce sera tout. »

Il m'adresse un bref salut de la tête et je ferme la porte derrière lui. La pièce a l'air d'avoir les mêmes dimensions que la chambre de Carter en dessous, mais elle est mansardée. À la différence de la chambre de Carter elle est presque nue et ne contient ni lit ni tapis, ni aucun des meubles que l'on voit communément dans une chambre.

En revanche, contre le mur du fond, sous une fenêtre, se trouve un établi semblable en forme et en dimensions à celui que j'ai vu dans la grange, mais tandis que ce dernier était couvert de composants mécaniques celui-ci est vide, et en passant le doigt dessus je constate qu'il est propre, comme si quelqu'un l'avait nettoyé.

Contre un autre mur se trouvent une armoire et une commode. À la lumière de la lampe-tempête j'ouvre l'armoire, elle est vide. Ensuite je tire chaque tiroir de la commode et je ne trouve rien non plus.

Je me redresse et regarde autour de moi à la

recherche du moindre détail anormal, mais il n'y a rien qu'un vide mortel. Quoi qu'il ait pu y avoir ici a disparu depuis longtemps et le lieu a été rendu aussi propre qu'une salle d'opérations. Quelqu'un est monté au deuxième étage pendant la nuit. Thakur l'a entendu. Emily Carter peut-être aussi mais elle l'a interprété comme le tonnerre.

Je ressens un étrange mélange d'émotions : la déception vide de n'avoir rien trouvé, mais aussi, je m'en rends compte, une pointe de soulagement. Je décide qu'il est temps de cesser de chercher.

Je traverse le centre de la pièce. Si je m'étais trouvé un peu plus à droite ou à gauche l'affaire serait terminée. Mais je marche au milieu et ma chaussure bute contre une des lattes du parquet nu, je trébuche et je tombe. La lampe-tempête tombe avec moi, son verre se brise et sa flamme s'éteint. Je me redresse sur les genoux et je reste là, aveugle dans l'obscurité jusqu'à ce que je m'y adapte. Autour de moi je distingue les débris du verre de la lampe. Je la ramasse. La mèche est encore en place, je sors ma pochette d'allumettes, j'en gratte une et rallume la lampe que je pose par terre. Je me relève, et avec le pied j'étudie la latte inégale sur laquelle j'ai failli me briser le cou. Je la frappe du bout de ma chaussure. Elle branle très légèrement, et soudain je m'aperçois qu'elle n'est pas fixée.

Je m'agenouille, et à l'aide d'un des plus gros morceaux de verre je réussis à la soulever. Je la mets de côté, j'approche la lampe et regarde dans le trou en espérant découvrir quelque chose. Mais il n'y a rien qu'un espace vide et une grosse vis maintenue en place par un écrou.

Je pose la lampe à côté de moi sur un lit de débris

de verre. Mon esprit galope. Quelque chose ne va pas. Je sais que l'on m'a menti. Mais je ne sais pas pourquoi. J'essaie de réunir des fragments jusqu'à ce qu'une image se forme dans ma tête : un homme, seul dans une pièce fermée à clef, mort dans son lit. Mais les fragments ne s'emboîtent pas. Il me manque quelque chose. Mon instinct me le dit. Et derrière cette sensation il y a au fond de moi la peur, la peur froide, amorphe, de savoir déjà ce qui s'est passé.

*

Par la porte de la bibliothèque je vois Satyendra se découper contre la lueur de la bougie. Je me demande si je dois lui dire quelque chose et quoi, et je décide que pour le moment du moins il vaut mieux que je garde mes réflexions pour moi. Il remarque que je le regarde et vient à ma rencontre.

« Comment s'est passée votre méditation ?

— Quoi ?

— Votre méditation.

— Pas particulièrement éclairante. »

Il m'examine et une expression soucieuse vient troubler la douceur de ses traits.

« Qu'est-il arrivé à votre main ? »

Je baisse les yeux et m'aperçois que je saigne. De l'écarlate goutte de la paume de ma main gauche jusqu'à la pointe de mon index.

« J'ai eu un petit accident avec une lampe-tempête. »

Je cherche un mouchoir dans ma poche en continuant d'éviter son regard.

« Avez-vous tiré quelque chose de la domestique ?

— Rien d'utile. Seulement ce que nous savions

déjà : que Carter est sorti vingt minutes et que lorsqu'il est revenu il était accompagné du docteur Deakin ; que la soirée s'est terminée vers une heure et que les invités se sont retirés pour la nuit. Carter est allé dans sa propre chambre et la domestique n'a rien remarqué d'alarmant.

— Ainsi nous n'avons pas avancé sur votre théorie ? Vous devriez descendre au bureau du télégraphe. Envoyez un message à Turner pour lui rappeler que nous avons besoin de l'autopsie pour chercher des signes d'empoisonnement ou d'overdose.

— Bonne idée. Nous y allons maintenant ?

— Vous, vous y allez. Je veux avoir une conversation avec vos suspects. M'assurer qu'ils comprennent tous les conséquences s'ils partaient avant que vous les y autorisiez. Je vous retrouverai au club dans une heure. Je vous invite à dîner. »

Je l'accompagne jusqu'à la porte puis je retourne à la bibliothèque d'où je le suis jusqu'à ce que sa forme vêtue de blanc disparaisse en bas. Un bruit de voix parvient du grand salon et je suppose que les invités de Mme Carter s'y sont réunis, contraints de passer une nuit de plus à Highfield sur l'ordre d'un petit sergent indien en dhoti. Non que je soupçonne aucun d'eux d'être coupable, loin de là. Et pourtant, s'ils l'étaient cela faciliterait les choses. Au moins, je n'aurais pas à mentir à Satyen, or je crains que ce ne soit exactement ce que je vais devoir faire.

Une fois de plus je fais appel à Thakur.

« Où est ta memsahib ?

— Memsahib est avec invités dans grand salon. »

Je le suis, et devant la porte je prends une grande respiration avant de frapper et entrer. Les invités sont réunis sur des canapés devant un feu allumé dans l'âtre. Tous à l'exception d'Alan Dewar qui est assis sur un tabouret devant un piano à queue assez grandiose. Leurs expressions couvrent toutes les nuances qui vont de l'intéressé au chagriné en omettant volontairement tout ce qui ressemble même de loin à l'amical. Au milieu d'eux est assise Emily Carter, une vision noire, mouchoir serré entre ses doigts et le bras consolateur de Celia Dewar autour de son épaule.

Elle me reçoit avec un sourire au bord des larmes mais sans un mot, et c'est Alan Dewar, qui fait précéder ses remarques de quelques puissantes notes graves de Beethoven, qui prend le premier la parole.

« Vous voilà, Wyndham. Nous pensions que votre coolie vous avait peut-être envoyé faire une course. »

J'ignore la provocation et m'adresse à Emily Carter.

« Puis-je vous parler quelques minutes ? En privé ? » Elle se tamponne la joue avec son mouchoir.

« Nous allions dîner, capitaine, voulez-vous vous joindre à nous ? »

À voir leur expression, les invités accueillent ma présence comme un cas de malaria. Je ne le leur reproche pas. Rompre le pain avec un flic qui a passé le plus clair de sa journée à les interroger n'est pas précisément propre à inspirer une conversation stimulante pendant le dîner. C'est sans doute pourquoi je trouve la proposition tentante. Mais je la décline.

« J'apprécierais réellement cinq minutes de votre temps. »

Elle accepte, l'air morne, présente ses excuses et me suit hors de la pièce devant ses invités qui réagissent comme si elle était sainte Perpétue conduite au martyre et si j'étais le taureau qui l'a tuée d'un coup de corne.

Je l'emmène dans la bibliothèque où Satyendra et moi avons passé une si grande partie de la journée. Le feu s'est éteint et elle frissonne en se frottant les bras.

« Asseyez-vous », dis-je en lui tournant le dos et en allant vers les portes-fenêtres.

« Que vouliez-vous me demander ? »

Je regarde un instant dehors. Une légère brume a tellement obscurci la vallée qu'il est difficile de distinguer plus que les contours de quelques maisons et quelques arbres.

Je me retourne face à elle.

« Y a-t-il quelque chose… n'importe quoi… que vous ne m'ayez pas dit ?

— Que voulez-vous dire ?

— Quelque chose en rapport avec la mort de votre mari. »

Elle hésite, et se tamponne le coin des yeux, le portrait même de la veuve affligée. Et peut-être l'est-elle, après tout ? Elle ne serait pas la première à pleurer la mort de son bourreau.

« Vous n'auriez pas fait une allusion auprès du docteur, ou un des autres hommes, à propos de ce que vous faisait votre mari ? Quelque chose qui pourrait les pousser à prendre les choses en main ? »

Emily se tait, rougit, et quand elle répond c'est avec indignation.

« Êtes-vous en train de me demander si j'ai persuadé l'un d'entre eux de tuer mon mari ?

— Je…

— Comment pouvez-vous penser une telle chose ? Vous pensez que je suis tellement faible et impuissante que je me suis jetée à la merci d'hommes comme le docteur Deakin ou le pasteur Philips, ou votre ami Preston ? Ou que je les ai manipulés ? Que j'ai usé de mes charmes ?

— Je suis désolé. Ce n'est pas ce que je voulais dire. Je…

— Et prenez-en note, capitaine : non, je n'ai demandé à aucun d'eux d'assassiner Ronald. Mon mari est mort dans son lit, dit-elle avec fermeté. Ni moi ni personne d'autre n'a quelque chose à y voir. Alors s'il n'y a rien d'autre, je devrais vraiment retourner auprès de mes invités. »

Je la regarde quitter la pièce et disparaître dans l'obscurité du vestibule.

Est-ce que je deviens fou ? Sans l'ombre d'une preuve j'ai accusé une veuve accablée d'avoir organisé la mort de son mari. Et pourquoi ? À cause de mon instinct ? Je n'ai pas touché à l'opium pendant deux semaines mais j'ai quand même la sensation d'être tombé à travers le sol dans une autre réalité. Tout cela est ridicule, et pourtant je ne peux m'empêcher de penser que quelque chose ne va pas.

Tout ce que j'ai ce sont les marques sur le corps de Carter, les mêmes que celles trouvées sur le corps de sa première femme, des pas entendus par Thakur au deuxième étage au milieu de la nuit, et le sentiment que l'on me cache encore certaines choses.

34

Février 1922

Assam

C'est une tout autre atmosphère ce soir au Jatinga Club. Tout d'abord il n'y a pas d'oiseaux se précipitant vers leur mort, bien que le spectacle, semble-t-il, ait provoqué chez les membres du club moins de consternation que la vue d'un indigène en dhoti dînant entre les murs lambrissés de leur sacro-sainte institution.

Après mes malheureuses remarques à Emily Carter j'ai quitté Highfield avec un début de mal de crâne et je suis allé retrouver Satyendra. Il est coincé derrière une table dans un coin discret près de la cuisine, et pourtant, pour les autres dîneurs, il ne pourrait pas se faire remarquer davantage s'il s'était peint aux trois couleurs nationalistes et se mettait à chanter *Vande Mataram*, l'hymne de l'Inde libre, à pleins poumons.

Ce n'est pas la première fois que je suis forcé de méditer sur la nature de mes compatriotes. Nous aimons nous voir comme une race noble, architectes du plus grand empire que le monde ait jamais connu, mais notre comportement reste enraciné dans la mentalité étroite de cette petite île humide d'où nous venons. La vérité est que nous gaspillons un temps et une énergie démesurés en hiérarchies mesquines et hypocrisies. Nous sommes outragés à l'idée qu'un homme avec une teinte de peau différente puisse avoir la témérité de manger dans la même pièce que nous, en négligeant allègrement le fait que ce pays est le sien et que nous y sommes les étrangers.

Je traverse un océan de regards et prends la chaise en face de Satyendra qui est assis devant un jus de citron vert et un menu en loques qu'il étudie avec solennité.

Je lui demande : « Qu'est-ce qu'il y a de bon ? » tandis qu'un serveur en jaquette noire, le seul autre indigène dans la pièce, accourt et me pose une serviette sur les genoux.

« Rien, à ma connaissance. » Il jette le menu sur la table. « Mon Dieu, Calcutta me manque. Cela ne me dérange pas de manger de la cuisine anglaise, mais celle-ci n'a même pas l'air d'être de la bonne cuisine anglaise. » D'un signe de tête il indique la porte derrière lui. « Et les plats qui sortent d'ici donnent un nouveau sens au mot "fade". »

Je prends le menu.

« Vous voulez que je commande pour vous ?

— Pourquoi pas ? » Il sourit. « Ainsi, tout le blâme retombera sur vous, l'officier supérieur.

— Comme il se doit. Avez-vous envoyé le télégramme ? »

Satyen acquiesce. « Et j'ai même reçu une réponse. On dirait que Carter était un homme très spécial par ici. Ils ont déjà commencé l'autopsie. Nous devrions avoir les résultats dès demain matin.

— Eh bien, voilà qui se fête. »

J'indique son verre de jus de citron vert. « Allez-vous

vous joindre à moi pour une boisson convenable ou vous en tenir à l'eau de Gandhi pendant toute la soirée ?

— Une boisson convenable s'impose. Nous n'avons pas encore eu l'occasion de fêter votre victoire sur l'opium.

— Bien. » Je fais signe au serveur.

« Deux whiskys. Bien tassés. Oh, et puis non, apportez-nous la bouteille. »

Satyen écarquille les yeux.

Je dis : « Eh bien, quoi ? C'est la fête. »

Une heure plus tard, efficacement assistés par une bouteille très convenable de Highland Park, nous avons épuisé une série de sujets divers tels que mon séjour à l'ashram et le sien à Dacca, ses réflexions sur ma relation plutôt chancelante, que certains pourraient qualifier de non existante, avec une femme du nom d'Annie Grant, et mon avis quant à sa famille désunie. Finalement, et malgré tous mes efforts, la conversation revient à la mort de Ronald Carter.

« Cette affaire, dit Satyen en examinant les entrailles gélatineuses d'une crème caramel insipide, je ne sais pas quoi en penser. Un homme meurt, dans son sommeil et dans son lit, et je jure que je ne vois pas comment ce peut être autre chose qu'un empoisonnement ou une mort naturelle.

— Je suis désolé de vous y avoir mêlé. Tout sera terminé demain quand arriveront les résultats de l'autopsie. S'il y a le moindre signe d'overdose ou de poison nous arrêterons Deakin et Dewar et cet épouvantable prêtre écossais trucmuche.

— Philips.

— Philips. Nous les arrêterons tous. Si au contraire

il n'y a rien de suspect, nous leur serrerons la main et nous les laisserons vaquer à leurs occupations. Ensuite nous attraperons le premier train vers Calcutta et vers une cuisine ridiculement incendiaire plus en accord avec vos goûts. Qu'en dites-vous ? »

Satyendra lève le nez de son assiette. « Je dois dire que je ne vous avais encore jamais vu aussi calme devant l'éventualité d'un crime impuni. L'ashram vous en a peut-être guéri aussi.

— L'homme que je voulais arrêter est mort, et en ce qui me concerne c'est une conclusion satisfaisante. Mais rassurez-vous, dès que nous atteindrons la gare de Howrah je redeviendrai l'insupportable moi-même. »

Le sergent acquiesce, mais quelque chose me dit qu'il n'est pas totalement convaincu.

Satyendra me suit dans la véranda où nous fumons une cigarette. Il affiche un sourire de profonde satisfaction et je devine qu'il prend plaisir à faire date en qualité de premier hôte non Blanc du Jatinga Club. Je ne le lui reproche certainement pas.

Finalement je le quitte et me rends là où je suis logé, chez Charlie Preston.

La rue qui descend est déserte, sa surface luit sous la rosée récente. La brume s'est épaissie et je marche à l'aveuglette dans une obscurité animée par l'appel des criquets et des grenouilles.

La maison de Preston est telle que je l'ai laissée ; le montant de la porte d'entrée et le pot fracassés. J'envisage d'improviser un moyen de la bloquer, mais j'y renonce vite. D'abord parce que je pense que les chances d'être attaqué deux nuits consécutives sont minimes, ensuite parce que je suis trop fatigué.

Je laisse donc la porte entrouverte et me dirige vers ma chambre dans le noir absolu, j'enlève ma chemise et mes chaussures, et oubliant que la moustiquaire est encore en place je me jette sur le lit, tête la première dans la gaze. Ensuite vient un bruit sec quand un des cordons maintenant la moustiquaire au mur cède et qu'elle s'écroule autour de moi.

Je mets une bonne demi-minute à m'extraire de ce fichu machin, puis j'allume une bougie et entreprends de la réinstaller en réattachant les cordons de chaque coin aux crochets du mur. C'est une corvée qu'il vaut mieux laisser aux domestiques et je ne peux pas me rappeler la dernière fois que j'ai dû hisser une moustiquaire. Mais comme on dit, nécessité fait loi. Je devais y penser à cet instant, mais l'épuisement a attaqué mes synapses, et je m'effondre sans soupçonner une seconde que j'ai frôlé la vérité.

*

Je me réveille avec un mal de tête épouvantable et au bruit de quelqu'un qui cogne contre ce qui reste de la porte d'entrée. Je soulève le bord de la moustiquaire, je rampe hors du lit, je me mets debout et je cherche ma chemise.

De l'extérieur parvient la voix douce de mon collègue Satyendra.

« Sam ! »

Je grogne : « J'arrive. »

Mes tempes résonnent au son de ma propre voix et j'ai un goût amer dans la bouche.

En trébuchant dans le couloir j'arrive jusqu'au vestibule, j'ouvre la porte et cligne des yeux face à la violente lumière du jour et à la tenue d'un blanc éclatant de Satyen aujourd'hui : kurta et pantalon blancs, châle crème.

Je lui montre le linteau brisé. « Vous auriez pu entrer directement. Comme vous voyez, la porte a été défoncée.

— Je ne voulais pas risquer de me tromper de maison. »

Je le fais entrer en disant : « Je vois. Et cogner sur une porte déglinguée en hurlant mon nom est un comportement parfaitement sensé en l'occurrence, n'est-ce pas ? Bon, quelle heure est-il ?

— Huit heures. Huit heures cinq, en fait.

— À quelle heure attendez-vous des nouvelles de l'autopsie ?

— À midi au plus tard.

— Parfait. C'est aimable de votre part de m'avoir réveillé à temps.

— J'ai pensé que nous pouvions examiner les preuves encore une fois.

— D'accord. Faites comme chez vous pendant que je m'habille. Je vous proposerais bien du thé, mais il n'y a personne ici pour le préparer.

— C'est pourquoi nous ne devrions jamais voyager sans nos domestiques.

— Ne recommencez pas avec ces histoires. » Sur quoi je pars à la recherche d'une bassine d'eau, d'une chemise propre et d'un tube d'aspirine.

Vingt minutes plus tard, n'ayant trouvé ni chemise ni aspirine et portant un polo de Preston j'émerge dans le vestibule, après m'être peigné d'une façon que j'espère acceptable. Satyen est assis sur le canapé le nez dans un des romans de gare de Preston.

Il lève la tête.

Je lui dis : « Allons-y. Nous allons tout terminer aujourd'hui, mais d'abord j'ai besoin d'un petit déjeuner. »

La cabane en bordure de la partie indienne de la ville est plus animée aujourd'hui, et ils sont trois à assurer le service au lieu du vieil homme habituel. Le curry aussi est différent – chou-fleur à la place des pommes de terre – et Satyen en commande deux, que nous mangeons avec des rotis tandis que je m'efforce de ne rien dire ou faire qui risque d'aggraver mon mal de tête. Ce qui m'amène à une réflexion. « Comment se fait-il que vous n'ayez pas la gueule de bois ce matin ?

— Parce que j'ai le meilleur antidote qui soit.

— Et quel peut-il bien être ?

— La jeunesse. Vous, vous vieillissez. »

Une heure plus tard nous remontons vers Highfield. Nous voyons Thakur sortir de la maison et se diriger vers la grange.

Satyen me demande ce qu'elle contient.

« Une vieille voiture. Emily Carter est en train de la restaurer.

— Elle s'y connaît en voitures ?

— Elle était mécanicienne pendant la guerre. Mais c'est bizarre…

— Qu'est-ce qui est bizarre ?

— Vous vous rappelez qu'hier le boy nous a dit qu'Emily Carter a une pièce en haut qu'elle utilise comme atelier ?

— Vaguement.

— J'y suis monté. La pièce était vide. Thakur a passé la moitié de la journée d'hier à la vider et à transporter le contenu ici. Il a dit que la memsahib le lui avait demandé.

— Vous pensez que nous devrions jeter un coup d'œil ?

— Ça ne peut pas faire de mal. »

Thakur arrive à la grange avant nous. Quelque part dans la forêt proche un oiseau appelle. La porte est entrouverte et répand la douce lumière jaune d'une lampe-tempête.

Je frappe et j'entre, Satyen sur mes talons. Thakur, dos à nous, range une boîte par terre près du mur du fond. Il se retourne, l'air affolé comme s'il avait peur de se trouver devant un brigand, ou un fantôme. Je lève la main pour le rassurer et je souris.

« À votre service, sahib, dit-il.

— Je voulais seulement montrer la voiture à mon ami. C'est sa passion.

— Absolument, confirme Satyen. Je ne m'en lasse pas. »

Je jette un coup d'œil autour de la grange. Elle est à peu près telle qu'elle était le jour où Emily Carter me l'a fait visiter, à la différence que la carrosserie de la Bugatti est maintenant recouverte d'une bâche et qu'il y a plusieurs boîtes et caisses supplémentaires déposées autour. Je reconnais celle sur laquelle est penché le boy.

« Pourriez-vous retirer la bâche ? » demande Satyen.

Le boy acquiesce et s'empresse d'aller découvrir la voiture. Le sergent la caresse d'un geste théâtral pendant que je m'approche de la boîte par terre. Aucun doute, elle est identique à celle que j'ai apportée du grand magasin il y a quelques jours. Satyen ne paraît pas impressionné par ce qui reste de la Bugatti.

« C'était une voiture rapide ?

— À une certaine époque, oui. »

Je demande à Thakur : « Qu'est-ce qu'il y a dans les caisses ? Celles que tu as apportées de la maison ?

— Je ne sais pas, sahib. Mais lourdes », répond-il avec un grand sourire.

Je vais soulever le couvercle. À l'intérieur se trouve la grosse batterie noire caoutchoutée avec le sigle de la Hudson Motor Company.

« Qu'est-ce que c'est ? demande Satyen.

— Venez voir.

— C'est une… ?

— Exact. Une batterie de voiture. Exactement ce dont aurait besoin une voiture neuve. »

Il me regarde avec insistance. « C'est aussi une source d'électricité. »

Tout à coup je me rends compte qu'il a raison. De l'électricité dans un lieu qui n'en a pas. Cependant, cela ne veut rien dire.

« On ne peut pas électrocuter quelqu'un avec une batterie de voiture. Le voltage n'est pas assez puissant. Le seul moyen de tuer quelqu'un avec serait de la lui lancer de très haut sur la tête. »

Je regarde le sergent se diriger vers l'établi examiner des petites pièces, bougies et autres composants de moteur lubrifiés. Puis il s'intéresse aux boîtes. La première est bourrée de ressorts, de morceaux de métal usiné et de verrous, mais la seconde est différente. Elle contient des circuits électriques démontés, du fil de cuivre et des composants exotiques. Il les sort un à un et les pose sur l'établi. La plupart me sont inconnus – je ne suis pas mécanicien, après tout – mais ensuite il retire un objet que je reconnais, et j'ai la respiration coupée. C'est un cube de métal vide dont deux faces sont recouvertes d'une masse de fil de cuivre. Il est plus serré sur une face que sur l'autre. On en voyait beaucoup dans les tranchées pendant la guerre.

La panique commence à m'envahir à mesure que Satyen continue de fouiller dans les dernières caisses. On dirait qu'il sent mon malaise.

« Tout va bien ? demande-t-il.

— Très bien. » C'est faux. « Ce ne sont que les effets secondaires de ma cure de désintoxication. »

Puis, au fond d'une autre caisse, je reconnais quelque chose. Quand Satyen le sort, je retiens involontairement ma respiration.

C'est un appareil encastré dans du métal et à peu près de la taille d'une machine à écrire sans les caractères, fixé sur une base en bois d'où sortent des fils. Sur une petite plaque en métal est inscrit General Electric Company.

« Une idée de ce que cela peut être ? »

Je sais ce que c'est. Deux ans dans les services secrets pendant la guerre ne m'ont pas appris grand-chose en matière de moteurs de voiture mais ils m'ont apporté les connaissances nécessaires du matériel électrique. C'est ce que nous appelions un générateur, ou parfois un oscillateur.

La flamme de la lampe-tempête tremblote et jette des ombres dansantes sur le visage de Satyendra.

« Aucune idée.

— Et maintenant ? demande-t-il en remettant tout dans les caisses.

— Nous pouvons peut-être examiner encore la chambre de Carter.

— Vous pensez que quelque chose a pu nous échapper ? »

Je le pense. Mais je ne vais pas lui en parler tout de suite. Je dis au boy que nous avons besoin de voir la chambre de Carter encore une fois.

« Bien sûr, sahib. »

Pendant que nous montons vers la maison tout se bouscule dans ma tête. Une image se forme, tellement fantastique qu'elle paraît presque impossible. Je ressens un profond malaise. La première femme de Jeremiah Caine a été électrocutée. Bessie Drummond a été assassinée dans une chambre dont on a fait en sorte qu'elle soit fermée de l'intérieur. Si Caine, qui se faisait appeler dernièrement Ronald Carter, est mort comme je commence à le supposer, alors c'est plus que de la justice poétique, et les similitudes frôlent le surnaturel.

Je m'ordonne de me ressaisir. Je vais trop vite. Pour le moment je n'ai encore rien trouvé de tangible, et une part de moi espère ne jamais rien trouver.

La chambre de Carter est telle que nous l'avons vue hier, à la différence que cette fois, naturellement, le corps n'est plus là et les draps ont été retirés. Elle sent déjà la poussière et la naphtaline et je ne cesse jamais d'être surpris par la vitesse à laquelle les traces de la présence d'une personne peuvent disparaître.

« Que cherchons-nous ? » demande Satyen.

Je ne sais pas quoi lui dire. Je veux la vérité. J'en ai besoin. Mais une voix me conseille de ne pas partager mes soupçons trop vite avec mon collègue.

« N'importe quoi de bizarre, je suppose. » J'examine le lit, j'appuie sur le matelas. « Quelque chose qui ne devrait pas se trouver là.

— Je ne vois rien d'inhabituel. »

C'est bien. Le hic c'est que moi non plus. Il semble n'y avoir rien qui puisse corroborer la théorie qui prend forme dans ma tête.

Je vais à la fenêtre. Elle est fermée, les volets le sont aussi, exactement comme lorsque je suis entré et que j'ai trouvé Carter mort. Est-il possible que quelqu'un ait pu sortir de la chambre par la fenêtre en refermant les volets derrière lui ?

J'ouvre la fenêtre, j'ouvre les volets et ils frappent les murs avec un bruit mat. Je me hisse pour voir au-dehors comme je l'ai fait à la fenêtre de Bessie il y a tant d'années. En avançant, je me suis aperçu que cette seule action a déclenché une succession d'événements au terme desquels un homme a été pendu.

« Que faites-vous ? demande Satyen.

— Je vérifie si quelqu'un a pu partir par la fenêtre.

— Et ? »

En dessous, le rebord est mince et fragile, et je doute qu'il puisse supporter le poids d'un homme. Je regarde en haut et en bas. L'étage au-dessus et le toit sont inaccessibles. Il n'y a aucun tuyau d'évacuation ni d'autre moyen de franchir la distance. De même, sauter sur la véranda, presque deux étages au-dessous, suffirait à vous briser les os. En outre, je m'aperçois que l'étroitesse du rebord ne permettrait pas de fermer les volets et d'avoir encore la place de s'y tenir, surtout avec toute une caisse de matériel.

Je reviens à l'intérieur, je saute à terre et je dis à Satyen : « Je doute que l'on puisse sortir de la pièce par la fenêtre. Elle est trop haute et il n'y a aucun accès ni au toit ni à l'étage inférieur. Je ne vois pas comment quelqu'un aurait pu tuer Carter et s'enfuir.

— Vous pensiez que l'un des invités avait pu entrer par la fenêtre, injecter une dose mortelle à Carter et repartir par le même chemin ?

— Peut-être. »

Ce n'est pas ce que j'ai pensé, mais si c'est ce que présume Satyen, je n'y vois pas d'inconvénient. Quant à ma théorie, celle qui paraissait presque vraisemblable quand Satyendra m'a montré des composants dans la grange, elle est en lambeaux. Mise en pièces par la dure réalité que l'on ne peut ni entrer dans la chambre de Carter ni en sortir, sauf par une porte fermée de l'intérieur.

« Alors où en sommes-nous ? » demande Satyen.

C'est une bonne question.

Deakin, Dewar et Philips sont peut-être responsables de la mort de Carter. Ou peut-être y a-t-il quelque chose de plus puissant en jeu. Quelque chose de surnaturel qui a foudroyé Carter et peut-être provoqué la chute mortelle de Le Corbeau. Ou encore ce ne sont que coïncidences et coups de malchance.

« Je suppose que votre théorie du poison est maintenant la seule qui tienne.

— Mais nous ne pouvons pas la démontrer. »

Je regarde ma montre. « Il est presque onze heures. Nous devrions peut-être aller au bureau du télégraphe. »

*

La forêt est silencieuse, sa tranquillité surnaturelle n'est troublée que par le crissement du gravier sous nos pas. Satyen et moi marchons en silence vers le bureau du télégraphe ; notre réserve cache une tension croissante. Pour ce qui est de Satyen, je sais que les résultats de l'autopsie vont décider s'il a de quoi attaquer les anciens amis de Carter ou s'il devra admettre une mort naturelle et les laisser libres.

Le bureau n'a guère changé depuis ma précédente visite. La peinture s'écaille toujours sur les planches de bois de l'entrée de la cabane et le chien errant somnole au soleil du matin comme il y a deux jours. Ici le temps s'est arrêté, et pourtant, au cours de ces quarante-huit heures, la situation a changé du tout au tout.

Les gonds protestent quand Satyen ouvre la porte. Il s'arrête.

« Après vous, monsieur », dit-il avec un sourire.

Je m'en étonne, je suis incapable de me rappeler la dernière fois qu'il m'a appelé monsieur.

« Assez de bavardage, sergent. De toute façon, c'est votre enquête. Ce n'est que justice que vous lisiez le télégramme le premier. J'attendrai dehors.

— Vous êtes sûr ?

— Tout à fait. »

Il s'apprête à entrer puis se retourne.

« Croyez-vous qu'ils soient innocents ?

— Je n'en sais vraiment rien.

— Voulez-vous qu'ils le soient ? »

Je frotte ma joue râpeuse.

« Alors là, c'est une bonne question. »

Satyen entre dans la cabane et je vais m'asseoir au soleil sur un gros tronc d'arbre, près du chien qui fait sa sieste. De là, je regarde la forêt qui s'éclaircit aux abords de la route de la ville. À moins d'un mile trois hommes attendent, ignorant que toute leur vie est en jeu, qu'elle dépend de quelques mots transmis par télégraphe sur une distance de vingt miles, imprimés sur un bout de papier que le sergent est en train de lire.

Je pense à la dernière question de Satyen et je m'aperçois que je ne sais pas si j'ai envie qu'ils soient coupables ou non. Je n'aimais pas l'homme qui se faisait appeler Ronald Carter, et je ne suis pas malheureux qu'il soit mort. Mais si MM. Deakin, Dewar et Philips ne l'ont pas tué, cela signifie que ce salaud est mort paisiblement dans son sommeil et qu'il a échappé à toute justice pour ses crimes. En ce qui me concerne je préférerais nettement qu'ils l'aient assassiné, même en me laissant face au dilemme de devoir les arrêter pour cela.

Les gonds non huilés grincent de nouveau et je vois Satyendra sortir avec une tête d'enterrement.

Je me lève.

« Eh bien ? »

Il me tend le bout de papier bleu. Je le lis, je le plie et je le mets dans ma poche. Satyendra pousse un soupir.

« Venez, dis-je en lui tapant sur l'épaule. Allons annoncer la nouvelle. »

Nous nous mettons en route et nous retournons en silence à Jatinga.

Cette fois je frappe à la porte de Highfield d'une manière plus civilisée qu'hier. C'est encore la domestique Ranjana qui l'ouvre. Satyen lui demande d'appeler sa memsahib et de réunir les invités dans la bibliothèque. Nous y entrons quelques minutes plus tard, accueillis par les regards de visages cendreux. Après nos séances d'interrogatoire d'hier les meubles ont repris leur place d'origine et les canapés se font face devant l'âtre, séparés par une table basse en acajou.

Les Dewar en occupent un, et Emily Carter partage l'autre avec Deakin. Le pasteur Philips est debout près de la porte-fenêtre tandis que Charlie Preston s'appuie contre le globe-bar après avoir jeté un regard curieux sur mon polo.

Satyen toussote pour demander le silence puis il se place au centre de la pièce tel le prophète Daniel dans la fosse aux lions. Six paires d'yeux suivent ses mouvements et le regardent fixement, les unes dans l'expectative, les autres avec des expressions assurément moins bienveillantes.

« Mesdames et messieurs », commence-t-il gravement. Je me prépare. « Nous avons reçu les résultats de l'autopsie effectuée sur M. Ronald Carter. Ils indiquent que la cause de la mort… n'a pas pu être déterminée. Il n'y a donc pas lieu de vous retenir ici plus longtemps. Vous êtes tous libres. »

Ses derniers mots se perdent parmi les jurons et les soupirs de soulagement. Seule Emily Carter reste impassible.

Ils se lèvent un à un et quittent la pièce, deux d'un côté, trois de l'autre, les uns en me tournant ostensiblement le dos, les autres en s'appliquant à m'adresser quelques mots choisis que je reçois sur le menton comme il se doit.

À l'exception de Charlie Preston, qui réussit à voir l'aspect comique de la situation.

« Mon vieux, je dois dire que vous nous avez fait

une bonne blague. J'espère que vous reviendrez nous voir. Et gardez le polo. Considérez-le comme un cadeau. »

Je tends le télégramme à Satyendra.

« Tenez. Un souvenir de votre première enquête. »

Il le déplie et le relit.

CAUSE DE LA MORT INDÉTERMINÉE.

CAUSE DES MARQUES DE BRÛLURES SUR LE TORSE INDÉTERMINÉE.

AUCUNE TRACE DE MORPHINE OU AUTRES SUBSTANCES TOXIQUES.

« Honnêtement, je croyais qu'ils l'avaient tué, dit-il. Je ne parviens pas à croire que ce soit une coïncidence si Carter est mort quelques heures après que le fakir l'a prédit.

— C'en est peut-être une, ou peut-être ont-ils simplement utilisé une toxine indétectable. Regardez autour de vous. Nous sommes au milieu d'une forêt subtropicale. Qui sait quels poisons exotiques les tribus d'ici tirent des arbres. »

Je pense au médicament d'herbes dont j'ai été nourri pendant dix jours dans l'ashram. Qui peut dire qu'il n'y avait pas d'autres potions moins bienfaisantes ?

« Ou alors il s'agit peut-être d'une œuvre de dieux. La vengeance de ses péchés passés. »

Satyen me reprend. « Vous ne le croyez pas vraiment, n'est-ce pas ?

— Non. Mais j'aimerais.

— Pouvons-nous rentrer chez nous, maintenant ?

— Ne me dites pas que vous ne vous amusez pas, sergent.

— Ici c'est trop froid et trop montagneux pour des Bengalis.

— Vous trouvez cet endroit pénible ? Vous devriez essayer l'Écosse. Mais très bien. Allez faire vos bagages et je vous retrouverai au club dans une demi-heure. »

Il me dit d'un air entendu : « Laissez-moi deviner, vous allez faire vos adieux à Mme Carter. »

Cinq minutes plus tard je le raccompagne à la porte où on se croirait à la sortie du Ritz. Les Dewar et Deakin tournent en rond en attendant l'arrivée d'un transport à cheval tandis que Thakur se bat dans l'escalier avec leurs valises. Satyen, dans un geste de magnanimité, leur souhaite bon voyage.

J'ai avec eux une conversation forcée. D'après Alan Dewar, Preston est déjà parti chez lui et le pasteur Philips est encore dans sa chambre, probablement en train de faire ses bagages ou dire ses prières.

Aucun signe d'Emily Carter, et ses invités ne savent pas mieux que moi où elle se trouve. Je leur dis au revoir et je monte au premier. Je frappe à chaque porte dans l'espoir qu'une sera ouverte par la maîtresse de maison et non par le prêcheur baptiste.

Pas de réponse aux deux premières portes, mais à la troisième tout change. J'ai peut-être frappé un brin plus fort que nécessaire ou convenable, mais ce ne serait pas grave si la porte était bien fermée. Or elle ne l'est pas, et elle s'ouvre sur Ranjana debout sur le lit en train de s'occuper de la moustiquaire. Je suppose qu'il s'agit d'une des chambres occupées par les invités des Carter, et que la domestique en profite pour mettre de l'ordre. Elle se retourne, surprise, et perd l'équilibre. À la dernière seconde elle s'agrippe à la moustiquaire.

« Je ne voulais pas vous faire peur. Je cherche votre memsahib. »

Elle a ce regard inexpressif que les domestiques réservent à leurs supérieurs quand ils considèrent qu'ils perdent leur temps et descend du lit.

« Je vais la chercher, sahib.

— Ne vous pressez pas. Finissez ce que vous faisiez. »

La jeune fille acquiesce et remonte détacher la moustiquaire d'un gros crochet fixé au centre du plafond. Quand elle la décroche et que le voile diaphane tombe sur le sol j'ai une révélation.

La moustiquaire.

Avec une certaine grâce et sans tenir compte des règles du décorum britannique elle descend du lit en silence et rassemble la moustiquaire qu'elle plie soigneusement avant de la ranger dans un coffre au pied du lit, en faisant de son mieux pour ignorer l'enquêteur anglais qui observe chacun de ses gestes.

« Un moment, sahib. Je cherche memsahib.

— Attendez. » Je la prends par l'épaule. « Il faut que je voie la moustiquaire qui était pendue au-dessus du lit de votre maître la nuit où il a été tué. »

Elle me regarde comme si j'étais fou, mais elle se garde de questionner un sahib. Elle me conduit à la chambre de Ronald Carter et entre.

Elle ouvre l'armoire, s'agenouille, fouille en bas et en sort la moustiquaire. D'un seul regard je peux dire qu'elle est différente de celle de l'autre chambre. Elle paraît plus raide, moins délicate, et elle est loin d'être aussi soigneusement pliée. Je vois un reflet métallique.

« Posez-la sur le lit. »

Elle obéit sans un mot et je lui ordonne de sortir. J'examine la chose et je regarde le crochet au plafond d'où elle pendait la nuit où Carter est mort. Puis je l'enveloppe dans un drap et je l'emporte. Maintenant je sais où se trouve Emily Carter.

*

« Je pensais vous trouver ici. »

Emily Carter se retourne, une main sur la bouche sous le choc.

« Capitaine Wyndham. Vous m'avez fait peur. »

Je m'en doute un peu.

Elle regarde ce que je tiens avec curiosité et un sourire nerveux.

Je lui demande ce qu'elle fait.

Elle passe la main sur l'établi.

« Je suppose que vous pourriez appeler cela un nettoyage de printemps. » Comme pour illustrer son propos elle prend la boîte contenant la batterie Hudson et la dépose dans une caisse en bois à côté d'elle. « J'ai décidé de me débarrasser de la voiture. Je ne suis pas sûre d'avoir le cœur à travailler dessus maintenant que Ronald est parti.

— C'est probablement pour le mieux. À vue de nez je ne pense pas que vous auriez réussi à la faire rouler de nouveau. » Je jette un coup d'œil à la caisse. « Installer une batterie sur une Bugatti de 1913 laisserait penser que vous ne connaissez rien aux voitures. »

Je vais retirer la bâche qui couvre la Bugatti et je m'agenouille devant le radiateur.

« Vous voyez ceci ? dis-je en indiquant la manivelle au-dessous du radiateur. Vous savez ce que c'est, n'est-ce pas ? »

Elle lève le menton et envoie sa crinière blonde en arrière.

« Vous parlez de la manivelle ? »

Je me relève. « Très bien, dis-je avec un manque de sincérité appuyé. Cette Bugatti n'a jamais eu besoin de batterie parce qu'elle démarrait à la manivelle. Mécaniquement, et pas électriquement. »

Son regard s'assombrit bien qu'elle reste d'une impassibilité impressionnante.

« Mais vous le savez déjà, comme toute mécanicienne digne de ce nom, notamment une qui comme vous a servi dans le WAAC. »

Elle se tait.

« Vous n'aviez pas besoin de la batterie pour la voiture, n'est-ce pas ? Vous en aviez besoin comme source d'électricité pour assassiner votre mari. »

Elle secoue la tête. « C'est peut-être mon tour de faire votre éducation, capitaine. C'est impossible d'électrocuter quelqu'un avec une batterie de voiture. Le voltage est trop faible.

— C'est vrai. » Je m'approche d'une des boîtes. « Et c'est peut-être pour cela que je n'y ai pas pensé au début. Mais hier j'ai vu votre boy transporter tout ce matériel depuis la maison. Cela a piqué ma curiosité et ce matin mon collègue et moi sommes venus faire une petite visite. Naturellement il y avait des pièces de voiture, mais ce n'était que pour camoufler les composants qui vous intéressaient réellement. »

Je sors le bloc de métal avec les fils enroulés autour et le brandis devant elle.

« Ceci est un transformateur, n'est-ce pas ? Et il sert à augmenter le voltage dans un circuit électrique. Et ceci » – j'indique l'appareil sur l'établi portant la petite plaque de la General Electric Company –, « si je ne me trompe, est un oscillateur, appelé aussi un générateur, et je devine que vous savez à quoi il sert. »

Cette fois elle renonce à faire semblant.

« Il transforme le courant continu en courant alternatif. »

Je confirme d'un signe de tête. « Et le courant alternatif convient mieux que le courant continu pour provoquer une crise cardiaque. Allez savoir pourquoi.

— Ainsi, vous pensez que je suis allée dans la chambre de mon mari avec une batterie de voiture, un transformateur et un oscillateur, que j'ai tout installé sur sa poitrine sans qu'il se réveille, que je l'ai électrocuté et qu'ensuite j'ai remporté tout le matériel sans que personne ne le remarque, en fermant la porte de l'intérieur par miracle ? »

Je la regarde avec, je dois le dire, une pointe d'admiration.

« Je reconnais que c'est ce que j'ai pensé. Le seul point qui m'échappait était comment vous étiez sortie de la chambre. Mais maintenant ? Maintenant, je pense que vous êtes une des personnes les plus intelligentes que j'aie jamais rencontrées.

— J'en suis flattée, dit-elle sèchement, mais je ne vois toujours pas comment vous pensez que moi, j'ai pu tuer Ronald.

— Dans ce cas, laissez-moi vous expliquer. Un certain nombre de détails ont éveillé mes soupçons.

Quand mon collègue le sergent Banerjee vous interrogeait vous avez dit que vous avez deviné qu'il se passait quelque chose quand vous avez été réveillée par le bruit que je faisais pour entrer chez vous. Que vous êtes sortie de votre chambre et m'avez trouvé en train de frapper à la porte de la chambre de votre mari.

— C'est exact.

— Sauf que votre chambre est au premier. Au même étage que celle de votre mari et celles de vos invités. Mais la première fois que je vous ai vue hier matin je me tenais devant la porte de votre mari et vous n'êtes pas arrivée du corridor mais vous êtes descendue du deuxième étage. Je n'ai pas pu m'expliquer tout de suite pourquoi vous nous mentiriez. »

Emily regarde par terre et secoue la tête.

« Ensuite le boy, Thakur, m'a dit que vous utilisiez parfois une chambre là-haut comme atelier et qu'elle était exactement au-dessus de la chambre de votre mari. Pourquoi auriez-vous besoin d'un atelier au deuxième étage de votre maison alors que vous aviez déjà toute cette grange pour y travailler ? J'ai décidé d'aller voir. Mais quand je suis monté hier soir la pièce était vide, parce que vous aviez déjà demandé à Thakur de nettoyer et de descendre tout le matériel ici.

— Je continue de ne pas savoir où vous voulez en venir, capitaine, et à moins que vous n'ayez quelque chose de tangible à ajouter je vous serais reconnaissante de vous retirer. J'ai un mari à enterrer et beaucoup de travail à…

— Je crois que vous avez relié tous vos appareils électriques dans la chambre du deuxième étage, que vous avez soulevé les lattes du parquet au centre de la pièce et relié le tout au piton qui maintient le crochet au plafond de la chambre de votre mari et que vous l'avez relié à ceci. »

Je sors la moustiquaire du drap et la jette à ses pieds. Le reflet d'un des fils brille à la lumière.

« C'est ingénieux. Vous avez introduit du fil de cuivre dans le bord de la moustiquaire, vous l'avez relié au crochet du plafond et vous avez complété le circuit en mettant en contact l'extrémité des fils et le lit ainsi que les ressorts du matelas. Vous avez attendu que votre mari et vos invités soient endormis puis, au milieu de la nuit, vous êtes montée dans la chambre du dessus, vous avez relié la batterie au transformateur et à l'oscillateur et le tout au piton qui maintient le crochet auquel étaient accrochés la moustiquaire et ses fils. Le voltage a dû être suffisant pour provoquer l'arrêt cardiaque. Quant aux marques de brûlures sur le corps de votre mari je suppose qu'elles ont été occasionnées par les ressorts du matelas. »

Elle ne répond pas.

« Je reconnais n'être jamais tombé sur une méthode de meurtre aussi novatrice. Électrocuter un homme dans un lieu où il n'y a pas d'électricité. Nous frôlons l'artistique, et étant donné les circonstances dans lesquelles il s'est débarrassé de sa première épouse, c'est presque poétique. Comment y avez-vous pensé ?

— Je savais qui il était, dit-elle simplement. Helena Gibb était ma tante.

— Sa première femme ?

— Elle était la sœur de mon père. Il est mort en 1900, laissant ma mère avec trois jeunes enfants à élever. C'est tante Helena qui s'est occupée de nous, de notre entretien et de notre éducation. J'avais douze ans quand elle est morte. La première fois que j'ai vu Jeremiah Caine c'était à l'enterrement de tante Helena. Ce n'est que quelques mois plus tard que les journaux ont annoncé qu'elle avait été assassinée. Naturellement, il avait déjà pris la fuite et on supposait qu'il était mort en mer… En tout cas, la mort d'Helena a été la fin pour nous. Sans son soutien, son argent, ma mère s'est effondrée. J'ai dû quitter l'école pour m'occuper d'elle et de mes sœurs… j'ai dû… faire des choses qu'aucune femme et encore moins une fillette ne devrait être forcée de faire… mais je les ai faites, pour sauver les autres. »

Elle essuie une larme sur sa joue et c'est comme un coup de poignard dans ma poitrine.

« J'étais pratiquement condamnée, poursuit-elle, une femme déchue. » Elle a un sourire amer. « Et je peux vous dire qu'une femme de la classe moyenne tombe de plus haut et a peu de chances de rédemption. Mais la guerre est arrivée, et avec elle le WAAC, et c'est ce qui m'a permis d'échapper à cette existence. Je me suis engagée, j'ai appris un métier, et vous connaissez la suite… à peu près. Je suis arrivée ici après la guerre, j'ai rencontré Caine, qui se faisait désormais appeler Carter. Je l'ai aussitôt reconnu. Il n'avait aucune idée de qui j'étais, bien entendu. La dernière fois qu'il m'avait vue j'avais douze ans et je portais le voile de deuil. C'est alors que j'ai décidé de me venger de ce qu'il avait fait à ma famille. »

C'est une belle histoire et pourtant je ne suis pas totalement convaincu. « Vous ne pouviez pas trouver un autre moyen de le tuer ? Vous deviez l'épouser d'abord ? Cela paraît un peu tarabiscoté. »

Elle secoue la tête comme si je me montrais obtus.

« Vous avez combattu pendant la guerre, capitaine. Au bout de quatre ans de mort et de destruction aurait-il suffi d'accepter la défaite allemande et de rentrer tous chez nous ? Non, nous avions besoin d'une forme de vengeance, de réparation, quelque chose qui justifie la douleur et la souffrance. C'était la même chose pour moi avec Jeremiah Caine. J'ai voulu moi aussi une forme de réparation. J'ai voulu le tuer, mais j'ai aussi voulu son argent.

— Et vous vous êtes mariée avec lui.

— Je n'ai pas eu de mal à le convaincre. Il m'a pratiquement suppliée de devenir Mme Carter.

— Et les contusions ? Faisaient-elles partie de la comédie ? Des blessures que vous vous êtes infligées pour susciter ma pitié ?

— Elles n'étaient que trop réelles, proteste-t-elle. Ses violences ont commencé dès notre nuit de noces quand il s'est aperçu que je n'étais pas exactement vierge. » Elle rit. « Quelle ironie ! Qu'il soit tellement offensé par mon impureté alors que le meurtre de ma tante en était la cause. Naturellement il a menacé de divorcer, mais il n'a jamais cherché à le faire réellement. Je suppose qu'il aurait trop souffert de perdre la face devant tous ceux d'ici sur lesquels il régnait. Mais cela ne veut pas dire que je n'aurais pas connu le même destin que tante Helena. Je me souviens d'avoir été reconnaissante de l'absence d'électricité par ici. Il faudrait qu'il trouve un autre moyen pour se débarrasser de moi. J'ai commencé à réfléchir. » Elle regarde le transformateur et l'oscillateur sur l'établi. « Et un jour Ranjana se plaignait de la tête de lit en métal dans la chambre de Ronald, et j'ai eu une inspiration divine. Il m'a fallu du temps pour réunir toutes les pièces, mais finalement la batterie est arrivée et vous m'avez aidée à la monter ici. Puis, l'autre nuit, quand les oiseaux mouraient et que le fakir a prédit la mort de Ronald, c'était comme si le destin me disait que c'était le moment d'agir. Ce que je n'ai pas compris c'est si le fakir savait que j'allais assassiner Ronald cette nuit-là ou si je l'ai fait parce qu'il en a parlé. Vous ne me croirez pas, mais j'ai eu l'impression que quelque chose s'emparait de moi et guidait presque ma main. »

Je regarde la mauvaise contusion clairement visible sur son visage et je pense soudain à Bessie la nuit où nous l'avons trouvée dans Grey Eagle Street. Je pense à tous ceux qui sont morts à cause du mauvais sort jeté par Jeremiah Caine : Helena, Israel Vogel et Tom Drummond, et peut-être même le pauvre Philippe Le Corbeau, quoique nous ne puissions jamais en être sûrs, et dès lors le dernier doute disparaît. Je prends le transformateur sur l'établi et je commence à arracher les fils.

Emily me regarde et me demande ce que je fais.

Je lui indique l'oscillateur. « Vous devez vous en débarrasser. Le jeter quelque part dans la montagne et brûler la moustiquaire. Non, je le ferai. »

Elle est sous le choc. « Vous n'allez pas m'arrêter ?

— Votre mari n'a pas seulement tué sa première femme. Il a aussi assassiné quelqu'un qui a compté pour moi autrefois. Elle était intelligente et belle comme vous et je l'ai abandonnée. Il méritait d'être condamné à mort pour ses crimes. Peut-être étiez-vous simplement destinée à être l'exécutrice. »

Elle m'embrasse doucement sur la joue.

J'arrache les derniers fils du transformateur, je

le jette sous le siège de la malheureuse Bugatti et recouvre de nouveau le tout avec la bâche.

Ensuite je ramasse la moustiquaire, je l'enveloppe de nouveau dans le drap et je quitte la grange.

En partant je prends un bidon de térébenthine, je remonte vers la maison et je vais à l'arrière. En bas du jardin il y a un coin isolé, caché par une rangée de gommiers rouges. Là je jette le drap avec la moustiquaire, je dévisse le bidon et je noie tout dans la térébenthine.

Je sors de ma poche des cigarettes et une pochette d'allumettes. Je prends la dernière cigarette dans le paquet froissé que je jette sur le tas. J'étudie la pochette d'allumettes : colorée en rouge et or elle me rappelle une des cravates de Preston et j'ai dû la trouver à Chinatown il y a des semaines. Sur le rabat figure un gros buddha qui rayonne de contentement. Des vingt allumettes de carton à tête rouge il ne reste que deux utilisables. Je détache l'avant-dernière, je la gratte sur l'étroite bande d'émeri et je la regarde prendre vie. En la protégeant de ma main j'allume ma cigarette et je tire une bouffée. Je regarde la petite flamme qui consume lentement le carton et je dis une prière. Je reste un instant cloué sur place.

Je ne l'entends pas approcher.

« Allez-vous le faire ? »

Je me retourne et je vois Satyen, d'un calme presque serein. La flamme vacille et meurt entre mes doigts.

Il regarde le drap. Un coin de la moustiquaire apparaît d'un côté.

« Pensiez-vous que je ne comprendrais pas ? demande-t-il.

— J'ai bien failli ne pas y arriver moi-même. Je

n'ai réussi que grâce à un goût pour les composants électriques qui m'est venu pendant la guerre. Et vous, comment l'avez-vous compris ?

— J'avais l'avantage d'observer votre comportement bizarre.

— C'est absurde. Mon comportement a été bizarre toute l'année.

— Vrai, dit-il en souriant, mais pas de cette façon. Je ne savais peut-être pas quels étaient les composants, mais quand j'ai vu la batterie et votre réaction j'ai su qu'il y avait quelque chose qui n'allait pas.

— Vous voulez que je vous l'explique ?

— Pas vraiment. Je suppose que c'est sa femme qui l'a tué.

— Juste.

— Logique. J'ai peut-être du mal à parler aux jolies femmes, mais vous, vous ne pouvez jamais leur dire non.

— Ce n'est pas cela.

— Non ? » Il y a de la déception dans son regard. « Nous devrions l'arrêter. Ne pas le faire serait une perversion de la justice. »

Je sens la bile monter dans ma gorge. « La justice ? Vous croyez vraiment que ce salaud meurtrier méritait la justice ? Avez-vous pensé que sa mort était peut-être la justice ? Emily Carter a peut-être été l'instrument de cette justice. Elle a peut-être été la foudre du dieu Indra ou l'instrument d'un Jéhovah vengeur. Quoi qu'il en soit il y aura très peu de justice à la voir pendue. »

Satyendra a un rire amer. « Depuis mon enfance des Anglais me disent les vertus de la justice anglaise. "Elle est honnête et équitable et ne connaît ni sentiments ni partialité."» Il a cité les mots avec la voix d'un maître d'école anglais. «Et pourtant, dans la pratique, vos critères de justice sont aussi arbitraires que ceux de n'importe qui d'autre. Comment osez-vous alors dire aux Indiens ce qui est bien ou mal dans notre propre pays?

— L'heure n'est pas au débat politique. Et comme vous avez pu le remarquer, je ne suis pas l'Empire britannique. Tout ce que je sais c'est qu'Emily Carter ne mérite pas la corde pour la mort de son persécuteur.»

Satyen regarde les arbres. De longues secondes s'écoulent et il continue de se taire.

Finalement je lui demande : «Eh bien?»

Il se retourne et me regarde dans les yeux.

«Allez-y.»

Le feu prend extrêmement vite, les flammes orange font une danse hypnotique et nous restons longtemps à regarder la moustiquaire se réduire en cendres.

«Allez-vous parler de ceci à Turner?

— Pour lui dire quoi? Que vous avez brûlé une moustiquaire dans un jardin?»

La fumée devient soudain noire et âcre et me fait tousser. Le caoutchouc d'isolation autour du fil de cuivre qu'Emily a cousu dans le bord de la moustiquaire commence à se carboniser et brûler. Satyen se colle son mouchoir sur la bouche. Il ne reste bientôt qu'un tas de cendres noires et du fil de cuivre très fin.

Je suis prêt à partir mais Satyen me retient par le bras.

«Souvenez-vous de ce qui s'est passé ici aujourd'hui, Sam. Un jour viendra peut-être où je vous demanderai moi aussi de regarder ailleurs. Pour la justice, ou pour moi.»

NOTE DE L'AUTEUR

Le Soleil rouge de l'Assam n'est pas le roman que je voulais écrire. Certes, j'avais voulu fournir ma version du mystère classique de la chambre fermée de l'intérieur, cependant, au départ, je n'avais aucune intention d'en situer une partie hors de l'Inde.

Mais finalement les circonstances m'ont laissé peu de choix. Comme beaucoup, j'ai été attristé par la situation où se trouvent la Grande-Bretagne et une grande partie du monde. Des États-Unis à l'Asie en passant par l'Europe, la montée du populisme a vu grandir la colère, l'extrémisme, la peur de l'autre, et l'érosion de la tolérance et du respect humain.

En Grande-Bretagne une grande partie de cette colère a été dirigée contre les immigrants : ceux qui viennent se réfugier sur nos côtes ou qui sont simplement en quête d'une vie meilleure pour leur famille.

Mais ce pays caractérisé par la peur et l'intolérance n'est pas la Grande-Bretagne que je connais et que j'aime, et ce n'est pas celle qui a offert un refuge aux Juifs d'Europe de l'Est entre 1880 et 1914, ou aux Asiatiques fuyant la persécution en Ouganda dans les années 1970. Ce n'est pas non plus celle qui a invité la génération Windrush des Caraïbes ou ceux venus du sous-continent indien comme mon père et ma mère à venir ici dans les années 1950 contribuer à reconstruire une nation épuisée par la guerre et satisfaire nos besoins en main-d'œuvre et aide de toute sorte : chauffeurs, infirmières, médecins, professeurs, ingénieurs et tant d'autres.

Mais on dirait que chaque pas en avant provoque une réaction brutale : une peur que les choses ne s'aggravent. Or, chaque fois que l'intolérance a levé la tête, des Blackshirts de Mosley au discours des « fleuves de sang » d'Enoch Powell et au National Front des années 1970 la majorité honnête et respectueuse de l'humain s'y est opposée. J'ai l'espoir qu'elle fera de même cette fois.

Et je voulais écrire sur l'espoir. Sur le souvenir de ce que nous sommes en tant que nation, afin que nous puissions tenter de vivre à la hauteur des critères de tolérance, de respect et de *fair play* qui, je crois, sont encore en nous.

P.-S. : Les oiseaux se suicident réellement à Jatinga.

Londres, juillet 2019

GLOSSAIRE

Babu : nom employé sous l'administration anglaise pour désigner un fonctionnaire indigène

Cheroot : petit cigare artisanal aux deux extrémités coupées très populaire en Inde

Dhoti : pièce rectangulaire de coton nouée autour de la taille

Kerdu : courge originaire d'Asie orientale

Mali : caste d'agriculteurs

Memsahib : titre de respect pour une femme européenne blanche à l'époque coloniale

Pranam : forme de salut respectueux

Roti : petit pain plat et rond sans levain

Sahib : mot hindi signifiant « Monsieur », utilisé durant la période coloniale comme titre honorifique, seul ou en compagnie d'autres titres

Thana : commissariat

Wallah : travailleur

DU MÊME AUTEUR

Aux Éditions Liana Levi

LE SOLEIL ROUGE DE L'ASSAM, 2023, Folio Policier nº 1010.

AVEC LA PERMISSION DE GANDHI, 2022, Folio Policier nº 979.

LES PRINCES DE SAMBALPUR, 2020, Folio Policier nº 944

L'ATTAQUE DU CALCUTTA-DARJEELING, 2019, Folio Policier nº 918.

COLLECTION FOLIO POLICIER

Dernières parutions

649.	Gabriel Trujillo Muñoz	*Mezquite Road*
650.	Boileau-Narcejac	*L'âge bête*
651.	Anthony Bourdain	*La surprise du chef*
652.	Stefán Máni	*Noir Océan*
653.	***	*Los Angeles Noir*
654.	***	*Londres Noir*
655.	***	*Paris Noir*
656.	Elsa Marpeau	*Les yeux des morts*
657.	François Boulay	*Suite rouge*
658.	James Sallis	*L'œil du criquet*
659.	Jo Nesbø	*Le léopard*
660.	Joe R. Lansdale	*Vanilla Ride*
661.	Georges Flipo	*Le commissaire n'aime point les vers*
662.	Stephen Hunter	*Shooter*
663.	Pierre Magnan	*Élégie pour Laviolette*
664.	James Hadley Chase	*Tu me suivras dans la tombe*
665.	Georges Simenon	*Long cours*
666.	Thomas H. Cook	*La preuve de sang*
667.	Gene Kerrigan	*Le chœur des paumés*
668.	Serge Quadruppani	*Saturne*
669.	Gunnar Staalesen	*L'écriture sur le mur*
670.	Georges Simenon	*Chez Krull*
671.	Georges Simenon	*L'inspecteur Cadavre*
672.	Kjetil Try	*Noël sanglant*
673.	Graham Hurley	*L'autre côté de l'ombre*
674.	John Maddox Roberts	*Les fantômes de Saigon*
675.	Marek Krajewski	*La peste à Breslau*
676.	James Sallis	*Bluebottle*
677.	Philipp Meyer	*Un arrière-goût de rouille*
678.	Marcus Malte	*Les harmoniques*

679. Georges Simenon — *Les nouvelles enquêtes de Maigret*
680. Dashiell Hammett — *La clé de verre*
681. Caryl Férey – Sophie Couronne — *D'amour et dope fraîche*
682. Marin Ledun — *La guerre des vanités*
683. Nick Stone — *Voodoo Land*
684. Frederick Busch — *Filles*
685. Paul Colize — *Back up*
686. Saskia Noort — *Retour vers la côte*
687. Attica Locke — *Marée noire*
688. Manotti – DOA — *L'honorable société*
689. Carlene Thompson — *Les ombres qui attendent*
690. Claude d'Abzac — *Opération Cyclope*
691. Joe R. Lansdale — *Tsunami mexicain*
692. F. G. Haghenbeck — *Martini Shoot*
693. *** — *Rome Noir*
694. *** — *Mexico Noir*
695. James Preston Girard — *Le Veilleur*
696. James Sallis — *Bête à bon dieu*
697. Georges Flipo — *Le commissaire n'a point l'esprit club*
698. Stephen Hunter — *Le 47e samouraï*
699. Kent Anderson — *Sympathy for the Devil*
700. Heinrich Steinfest — *Le grand nez de Lilli Steinbeck*
701. Serge Quadruppani — *La disparition soudaine des ouvrières*
702. Anthony Bourdain — *Pizza créole*
703. Frederick Busch — *Nord*
704. Gunnar Staalesen — *Comme dans un miroir*
705. Jack Ketchum — *Une fille comme les autres*
706. John le Carré — *Chandelles noires*
707. Jérôme Leroy — *Le Bloc*
708. Julius Horwitz — *Natural Enemies*
709. Carlene Thompson — *Ceux qui se cachent*
710. Fredrik Ekelund — *Le garçon dans le chêne*
711. James Sallis — *Salt River*
712. Georges Simenon — *Cour d'assises*

713. Antoine Chainas — *Une histoire d'amour radio-active*
714. Matthew Stokoe — *La belle vie*
715. Frederick Forsyth — *Le dossier Odessa*
716. Caryl Férey — *Mapuche*
717. Franck Bill — *Chiennes de vies*
718. Kjell Ola Dahl — *Faux-semblants*
719. Thierry Bourcy — *Célestin Louise, flic et soldat dans la guerre de 14-18*
720. Doug Allyn — *Cœur de glace*
721. Kent Anderson — *Chiens de la nuit*
722. Raphaël Confiant — *Citoyens au-dessus de tout soupçon…*
723. Serge Quadruppani — *Madame Courage*
724. Boileau-Narcejac — *Les magiciennes*
725. Boileau-Narcejac — *L'ingénieur aimait trop les chiffres*
726. Inger Wolf — *Nid de guêpes*
727. Seishi Yokomizo — *Le village aux Huit Tombes*
728. Paul Colize — *Un long moment de silence*
729. F. G. Haghenbeck — *L'Affaire tequila*
730. Pekka Hiltunen — *Sans visage*
731. Graham Hurley — *Une si jolie mort*
732. Georges Simenon — *Le bilan Malétras*
733. Peter Duncan — *Je suis un sournois*
734. Stephen Hunter — *Le sniper*
735. James Sallis — *La mort aura tes yeux*
736. Elsa Marpeau — *L'expatriée*
737. Jô Soares — *Les yeux plus grands que le ventre*
738. Thierry Bourcy — *Le crime de l'Albatros*
739. Raymond Chandler — *The Long Goodbye*
740. Matthew F. Jones — *Une semaine en enfer*
741. Jo Nesbø — *Fantôme*
742. Alix Deniger — *I cursini*
743. Anders Bodelsen — *Septembre rouge (Rouge encore)*
744. Patrick Pécherot — *La saga des brouillards*
745. Thomas H. Cook — *Secrets de famille*

746.	Ken Bruen	*Chemins de croix*
747.	David Ellis	*La comédie des menteurs*
748.	Boileau-Narcejac	*À cœur perdu (Meurtre en 45 tours)*
749.	Boileau-Narcejac	*Le mauvais œil* suivi d'*Au bois dormant*
750.	Ingrid Astier	*Angle mort*
751.	Carlene Thompson	*Jusqu'à la fin*
752.	Dolores Redondo	*Le gardien invisible*
753.	Dashiell Hammett	*Le sac de Couffignal* suivi d'*Âmes malhonnêtes* et de *Tulip*
754.	Mario Falcone	*L'aube noire*
755.	François Boulay	*Cette nuit…*
756.	Didier Daeninckx	*Têtes de Maures*
757.	Gunnar Staalesen	*Face à face*
758.	Dominique Manotti	*L'évasion*
759.	Laurent Guillaume	*Black cocaïne*
760.	Jô Soares	*Meurtres à l'Académie*
761.	Inger Wolf	*Mauvaises eaux*
762.	Jo Nesbø	*Police*
763.	Jonathan Ames	*Tu n'as jamais été vraiment là*
764.	Jack Vance	*Méchant garçon*
765.	John le Carré	*L'appel du mort*
766.	Bill Pronzini	*Mademoiselle Solitude*
767.	Franz Bartelt	*Chaos de famille*
768.	Thierry Bourcy	*Les ombres du Rochambeau*
769.	Georges Simenon	*Nouvelles exotiques*
770.	Jo Nesbø	*L'inspecteur Harry Hole. L'intégrale, I*
771.	Lorenzo Lunar	*La vie est un tango*
772.	Nick Stone	*Cuba Libre*
773.	Jean-Claude Izzo	*Fabio Montale*
774.	Boileau-Narcejac	*Les intouchables*
775.	Boileau-Narcejac	*Les visages de l'ombre*
776.	Joe R. Lansdale	*Diable rouge*
777.	Fredrik Ekelund	*Blueberry Hill*
778.	Heinrich Steinfest	*Le poil de la bête*